Elogios para Patti Cal...

Sra. Lewis

«Patti Callahan parece haber encontrado la historia que nació para contar en esta inesperada amistad entre Joy Davidman y C. S. Lewis que se convierte en amor verdadero, que pone a prueba los límites de la fe y altera radicalmente sus vidas. Su conexión cobra vida en las manos expertas de Callahan, que pone de manifiesto una relación tan convincente y conmovedora que nos preguntamos si habrá otra igual en la historia. Brillante y perspicaz».

—Paula McLain, autora de *Mrs. Hemingway en París*,
éxito de ventas en la lista del *New York Times*

«En *Sra. Lewis*, Patti Callahan Henry insufla una nueva y maravillosa vida a una de las más grandes historias de amor literario de todos los tiempos: el insólito romance entre el escritor inglés C. S. Lewis y Joy Davidman, una divorciada estadounidense mucho más joven que él. Callahan relata su compleja y poco convencional relación, con una voz segura, una percepción aguda del personaje y gran atención a los detalles de la época. El resultado es una historia sobre el amor y la pérdida profundamente conmovedora, transformadora y mágica».

—Pam Jenoff, autora de *El vagón de los huérfanos*,
éxito de ventas en la lista del *New York Times*

«La prosa de Patti Callahan se lee como poesía en su hábil manera de desenterrar una historia de amor perdida que implora ser recordada y contada de nuevo. Me he visto arrastrada, llena de esperanza y totalmente seducida, no solo por la vida que hay tras el velo de los libros de C. S. Lewis, sino también por la mujer que conquistó su corazón. Un tesoro literario desde la primera página hasta la última».

—Lisa Wingate, autora de *Antes de que llegaras*,
éxito de ventas en la lista del *New York Times*

«*Sra. Lewis* es a la vez profundamente evocadora, revela una visión íntima de una mujer cuyo amor y cuya historia nunca se habían contado del todo... hasta ahora. Patti Callahan da vida a la indescriptible Joy Davidman y arroja luz sobre el doloroso romance entre Joy y C. S. Lewis. Este es el libro que Patti Callahan nació para escribir. *Sra. Lewis* es una auténtica proeza literaria y la lectura obligatoria de la temporada».

—Mary Alice Monroe, autora de *Beach House Reunion*,
éxito de ventas en la lista del *New York Times*

«Patti Callahan ha escrito mi libro favorito del año. *Sra. Lewis* explora hábilmente la vida y obra de Joy Davidman, una mujer audaz y brillante que hace tiempo que debería estar en el punto de mira. Una investigación detallada. Una prosa de gran belleza. Un libro intensamente romántico. De una aguda inteligencia. Es tanto una meditación sobre el matrimonio como una grandiosa aventura. Conmovedora, tierna y triunfal, es una historia de amor para toda la vida».

—Ariel Lawhon, autor de *I Was Anastasia*

«Patti Callahan tomó un personaje secundario, uno que históricamente ha sido relegado a un segundo plano con respecto a su par masculino, y le dio una voz intensa y apasionada. Para los seguidores de Lewis interesados en la mujer que inspiró *Una pena en observación*, este libro ofrece una perspectiva plausible y fascinante de la vida privada de dos personajes tan notables».

—New York Journal of Books

«*Sra. Lewis* ilumina la pura humanidad de la búsqueda de la fe en un mundo desprovisto de confianza. Ya conocemos la narrativa de C. S. Lewis. Aquí, Callahan desmitifica con pasión la historia de la poetisa Joy Davidman y, en el relato, nos muestra el poder de un amor mayor. Me sorprendió esta novela».

—Sarah McCoy, autora de *Marilla of Green Gables* y *The Baker's Daughter*, éxitos de ventas en la lista del *New York Times* y a nivel internacional

«Este relato, fruto de una excelente investigación en la vida de la escritora Joy Davidman, me conmovió profundamente. De alguna manera, Patti Callahan se encarna en Davidman, introduce a sus lectores en la mente y el corazón hambrientos de la escritora. Sentimos vívidamente la lucha de Davidman por llegar a ser ella misma en una época (la década de 1950) en que las mujeres tenían pocas opciones. Cuando Davidman se libera de un matrimonio devastador y cruza el océano para reclamar la plenitud de su vida, nos alegramos con ella. Una deslumbrante obra de ficción biográfica».

—Lynn Cullen, autora del éxito de ventas *Mrs. Poe*

«Con un toque de artista, Patti ha revestido de carne y hueso una historia de amor por la que nadie apostaría y nos ha ofrecido la panorámica de un hermoso romance verídico. Lo he leído con una sensación cada vez mayor de asombro y admiración. En la última página, me di cuenta de que Patti había creado una obra literaria íntima y audaz».

—Charles Martin, autor de *Long Way Gone* y *The Mountain Between Us*, éxito de ventas en la lista del *USA Today*

«En este relato de amistad convertido en amor verdadero entre **Joy Davidman** y **C. S. Lewis**, Patti Callahan encontró la historia que nació para contar».

—PAULA MCLAIN

Sra. Lewis

La improbable historia de amor
entre Joy Davidman y C. S. Lewis

PATTI CALLAHAN

GRUPO NELSON
Desde 1798

NASHVILLE   MÉXICO DF.   RÍO DE JANEIRO

© 2019 por Grupo Nelson®
Publicado en Nashville, Tennessee, Estados Unidos de América.
Grupo Nelson es una marca registrada de Thomas Nelson.
www.gruponelson.com

Título en inglés: *Becoming Mrs. Lewis*
© 2018 por Patti Callahan Henry
Publicado por Thomas Nelson. Thomas Nelson es una marca registrada de HarperCollins
Christian Publishing, Inc.

Editora en Jefe: *Graciela Lelli*
Traducción: *Juan Carlos Martín Cobano*
Adaptación del diseño al español: *Setelee*

ISBN: 978-1-40021-499-0

Impreso en Estados Unidos de América
19 20 21 22 23 LSC 8 7 6 5 4 3 2 1

Para Joy y Jack
Con gran amor

El consuelo de los cuentos de hadas, la alegría de un final feliz o, mejor dicho, de la buena catástrofe, el repentino y gozoso «giro» ... es una de las cosas que los cuentos de hadas pueden lograr sumamente bien.

J. R. R. TOLKIEN, «SOBRE LOS CUENTOS DE HADAS».

PRÓLOGO

1926
Bronx, Nueva York

Desde el principio fue el Gran León quien nos unió. Ahora lo veo. La fiera tierna y feroz nos atrajo el uno al otro, lenta e inexorablemente, a través del tiempo, salvando un océano y contra los tenaces baluartes de nuestras vidas. No nos lo iba a poner fácil, no es su estilo.

Era el verano de 1926. Mi hermano pequeño, Howie, tenía siete años y yo, once. Me arrodillé junto a su cama y le agité suavemente el hombro.

—Vamos —susurré—, están dormidos.

Ese día llegué a casa con mi boletín de calificaciones y, entre la larga columna de As, estaba el sello indeleble de una sola B que marcaba el papel de algodón.

—Padre —le había dicho, tocándole el hombro, y él había mirado a los trabajos de sus estudiantes que estaba calificando con su lápiz rojo—. Aquí están mis calificaciones.

Sus ojos escudriñaron la tarjeta, con los anteojos encaramados en el extremo de su nariz como un eco de las fotos de sus antepasados ucranianos. Había vivido en Estados Unidos desde niño, y en Ellis Island le cambiaron el nombre de Yosef a Joseph. Se puso de pie para encararme y levantó la mano. Podría haber retrocedido; yo sabía lo que me esperaba en una familia donde las prioridades eran la aceptación y el logro.

Su palma abierta voló a través del espacio entre nosotros, un espacio ocupado por mi brillante expectativa de aceptación y alabanza, y abofeteó mi mejilla izquierda con el chasquido de piel contra piel, un sonido que yo conocía bien. Se me movió la cara a la derecha. La picazón duró como siempre, lo suficiente para soportar los azotes verbales que vinieron después.

—En esta familia no hay lugar para el trabajo negligente.

No, no había lugar para ello en absoluto. A los once años ya estaba en segundo grado en la secundaria. Debía esforzarme más, ser mejor, soportar toda desgracia hasta que encontrara la manera de triunfar y demostrar mi valía.

Pero por la noche Howie y yo teníamos nuestros secretos. Se levantó en la oscuridad de su dormitorio, con las zapatillas de deporte enredadas en la sábana. Me sonrió.

—Ya tengo los zapatos puestos. Estoy listo.

Reprimí una risa y tomé su mano. Nos quedamos quietos y escuchamos por si se oía alguna respiración que no fuera la nuestra. Nada.

—Vamos —dije, y él puso su manita en la mía: confianza.

Nos escabullimos desde la casa de ladrillo hasta las calles vacías del Bronx, entre el olor a basura húmeda de la ciudad, tan penetrante como el interior del subte. Los ríos oscuros de las aceras, las pequeñas lunas de las farolas y los edificios en ciernes eran la protección del mundo exterior. La ciudad estaba en silencio y engañosamente segura a medianoche. Howie y yo íbamos a visitar a otros animales enjaulados y forzados a actuar de manera civilizada en un mundo que no entendían: los residentes del Zoo del Bronx.

A los pocos minutos llegamos a la puerta de Fordham Road y nos detuvimos, como siempre, para contemplar en silencio la Fuente de Rockefeller —tres hileras de niños de mármol tallado sentados en valvas de moluscos marinos, con sirenas que los sostenían con los brazos levantados o con sus robustas cabezas— y la gran serpiente que trepaba el pilar central, con la boca abierta para devorar. El agua caía con un sonido de lluvia que atenuaba nuestras pisadas y susurros. Llegamos al pequeño agujero en el otro lado de la valla y nos metimos.

Disfrutábamos de nuestros viajes secretos al zoológico a medianoche: la casa de los loros con sus criaturas multicolores; el hipopótamo Pedro el Grande; un zorro volador; la casa de los reptiles con sus criaturas antinaturales y terroríficas. Escabullirnos allí era nuestra recompensa por soportar la vida familiar, y nuestra forma invisible de rebelión. El río Bronx atravesaba las tierras del zoológico; aquella serpiente de agua oscura parecía otro animal vivo, traído desde el exterior para dividir la superficie por la mitad y luego escapar, ya que el agua sabía cómo salir de allí.

Luego estaba la guarida de los leones, una zona oscura, enrejada y boscosa. Me sentía atraída hacia allí como si esas bestias me pertenecieran, o yo a ellas.

—Sultán —resonaba mi voz en la noche—, Boudin Maid.

La pareja de leones de Berbería se movió hacia delante, apoyando sus grandes zarpas en la tierra, con músculos peligrosos y ondulantes bajo el pelaje mientras se acercaban a los barrotes. Los envolvía una espléndida gracia, como si hubieran llegado a comprender su destino y a aceptarlo con una extraordinaria dignidad. Sus crines eran largas y enmarañadas como un bosque. Me sumergí en el universo infinito de sus grandes ojos de ámbar mientras me permitían, incluso me invitaban a extender la mano a través de los hierros y enredar mis dedos en su piel. Los habían domesticado hasta dejar atrás su naturaleza salvaje, y yo sentía una afinidad con ellos que me causaba temblor en el pecho.

Me devolvían la mirada, su cálido peso en la palma de mi mano, y supe que la cautividad había dañado sus almas.

—Lo siento —les susurraba todas las veces—. Deberíamos ser libres.

PARTE I

AMÉRICA

Ustedes no me habrían llamado a mí si no
hubiera estado yo llamándolos a ustedes.

Aslan, *LA SILLA DE PLATA*, C. S. Lewis

Capítulo 1

Volver a empezar, debo volver a empezar
Yo que he comenzado tantos amores en llamas

«Soneto I», Joy Davidman

1946
Ossining, Nueva York

Son innumerables las maneras de enamorarse, y eran muchas las maneras en que yo había emprendido mis amores sin futuro. Esta vez esa manera era el matrimonio.

El mundo cambia en un instante. Lo he visto una y otra vez, la forma en que la gente va pasando los días convencida de que lo tiene todo bien resuelto, protegido en una vida segura. Sin embargo, no hay forma de entender la vida, al menos, no una forma que nos proteja de las tragedias del corazón. Ya debería haberlo sabido; debería haber estado preparada.

—Joy —la voz de Bill al teléfono sonaba tan trémula que pensé que podría estar en un accidente de tráfico o algo peor—. Me estoy desmoronando otra vez y no sé qué hacer. No sé adónde ir.

—Bill —contesté, me apoyé el teléfono de plástico negro entre la oreja y el hombro, con el grueso cordón colgando, mientras balanceaba a nuestro bebé, Douglas, contra mi pecho—. Respira hondo. No pasa nada. Tranquilo. Es solo el miedo de antes. No estás en la guerra. Estás a salvo.

—*No* estoy bien, Joy. Ya no aguanto más —replicó, el pánico le rompía la voz, pero lo entendí. Pude hablar con él en esa situación como lo hice otras noches. Quizás se emborrachase antes de que todo terminara, pero yo podría calmarlo.

—Ven a casa, cachorrito. Ven —dije, usando el apodo con que nos llamábamos entre nosotros y con nuestros hijos, como un reclamo.

—No voy a volver a casa, Joy. No sé si volveré nunca más.

—¡Bill! —exclamé, creí que había colgado, pero entonces oí su respiración dificultosa, como si alguien le estuviera exprimiendo la vida. Después, el largo y estridente zumbido de desconexión vibró como un diapasón en mi oído y me llegó al corazón, donde aguardaba mi propio miedo enroscado y listo para atacar.

—¡No! —grité al teléfono sin línea.

Me sabía el número de la oficina de Bill de memoria y lo llamé una y otra vez, pero, mientras yo musitaba un mantra: «Contesta, contesta, contesta», solo daba la llamada. Como si tuviera algún control desde mi lugar en nuestra cocina, apoyé mi espalda contra el mostrador de linóleo verde lima. Al final me di por vencida. Ya no me quedaba nada que hacer. No podía dejar a nuestros bebés e ir a buscarlo. Se había llevado el auto y yo no tenía quien me ayudara. No tenía ni idea de dónde podría estar, aparte de que sería en un bar, y en Nueva York había cientos.

Sin nadie alrededor, solo me quedaba culparme. Fui yo quien presionó para que nos mudáramos de la ciudad a este lugar desterrado y espantoso, lejos de mis amigos literatos y de mis contactos editoriales. Había empezado a creer que nunca había sido poeta, novelista, amiga o amante, nunca había existido como otra cosa que no fuera esposa y madre. Mudarme aquí había sido mi pobre intento de alejar a Bill de una aventura con una rubia en Manhattan. La desesperación te hace confundir la idiotez con la astucia.

¿Estaba con otra mujer y tan solo fingía una crisis nerviosa? No parecía muy descabellado, pero hasta su locura tenía un límite.

O tal vez no.

Nuestra casa en el valle de Hudson, en el extremo más alejado del barrio residencial de Ossining, Nueva York, era una pequeña vivienda de madera que llamamos Maple Lodge. Tenía el techo abohardillado y crujía con cada movimiento que hacía nuestra pequeña familia: Bill; Davy, un pequeño que era como una bomba atómica desbocada; y Douglas, todavía un bebé. A menudo parecía que los propios cimientos se iban a deshacer con nuestra agitación. A mis treinta y un años, rodeada de mis libros, dos gatos y dos hijos, me sentía tan vieja como la casa.

Extrañaba a mis amigos, el ajetreo de la ciudad, las fiestas de las editoriales y los chismes literarios. Echaba de menos a mis vecinos. Y a mí misma.

La noche nos envolvía a mis hijos y a mí, la oscuridad presionaba los cristales de las ventanas con una fuerza siniestra. Douglas, con su masa de rizos marrones y sus mofletes rojos, dormitaba con un biberón caliente colgando de su boca mientras Davy arrastraba camiones de juguete por el piso de madera, inconsciente de los arañazos que causaba.

Mientras vagaba por la casa esperando noticias de Bill, el pánico se apoderó de mí. Proferí maldiciones. Me enojé. Golpeé con mi puño los blandos cojines de nuestro sofá desvencijado. Después de darles la cena a los niños y bañarlos, llamé a mis padres y a un par de amigos; no habían sabido nada de él. ¿Cuánto tiempo estará fuera? ¿Y si nos quedamos sin comida? Estábamos a kilómetros de la tienda.

«Cálmate —me repetía a mí misma—. No es la primera vez que tiene una crisis». Así era, y siempre pendía sobre nuestra casa el espectro de una nueva. La peor sucedió una vez en que yo no estaba; fue después de una temporada en la Guerra Civil Española, antes de conocernos. En aquella ocasión intentó lo que yo tanto temía: el suicidio. Los traumas de la guerra que serpenteaban por su psique habían llegado a un punto insoportable.

Como si pudiera curar el pánico desde lejos, me imaginé a Bill cuando lo conocí: el joven apasionado que entró en la Liga de Escritores Americanos con su cuerpo delgado y su amplia sonrisa refugiada bajo un grueso bigote. Al instante, me sentí atraída por su valentía e idealismo: un hombre que se había ofrecido como voluntario y que había luchado donde se necesitaba en un país lejano y desgarrado. Más tarde me enamoré más intensamente del mismo hombre encantador al que escuché tocar la guitarra en los locales de música de Greenwich Village.

Nuestra pasión me abrumó, me aturdió en su inmediatez cuando nuestros cuerpos y mentes se encontraron. Aunque estaba casado cuando nos conocimos, él me había tranquilizado: «Nunca fue nada real. No se parece en nada a lo nuestro». Nos casamos en la colonia de artistas

MacDowell tres días después de la confirmación de su divorcio. Aquello era el símbolo de nuestro vínculo y de la dedicación a nuestro oficio. Dos escritores. Un matrimonio. Una vida. Fue esa misma pasión e idealismo lo que lo destrozó, desquiciando su mente y llevándolo de nuevo a la botella.

Cerca de la medianoche, estaba de pie junto a la cuna de nuestro bebé, con el corazón martilleándome en el pecho. No había nada, ni *una* sola cosa que pudiera hacer para salvar a mi marido. Se derrumbó mi bravura; mi ego colapsó.

Aspiré la que posiblemente fue la primera ráfaga de humildad de mi vida y me dejé caer con tanta fuerza sobre mis rodillas que el parqué me devolvió una sacudida de dolor en las piernas. Incliné la cabeza, las lágrimas corrían por las comisuras de mis labios mientras oraba pidiendo ayuda.

¡Estaba orando! ¿A Dios?

Yo no creía en Dios. Era atea.

Pero ahí estaba, de rodillas.

En un resquicio de mi alma, durante el miedo que se desató mientras pedía ayuda, el sabio León vio su oportunidad y Dios entró; entró en las fisuras de mi corazón como si llevara mucho tiempo esperando encontrar una oportunidad. Me inundó su calidez; un río de paz fluyó a través de mí. Por primera vez en toda mi vida, me sentí plenamente conocida y amada. Había una sensación tangible de que él estaba conmigo, de que siempre había estado conmigo.

La revelación duró no mucho, menos de un minuto, pero fue a la vez para siempre; el tiempo no fue como un metrónomo de momento a momento, sino como una eternidad. Perdí las fronteras entre mi cuerpo y el aire, entre mi corazón y mi alma, entre el miedo y la paz. Todo en mí palpitaba de amorosa presencia.

Mi corazón se calmó y las lágrimas se detuvieron. Me incliné hacia adelante y apoyé mi mejilla mojada en el suelo.

—¿Por qué has esperado tanto tiempo? ¿Por qué he esperado...? —me dije, descansé en el silencio y luego pregunté—: ¿Y ahora qué?

No hubo respuesta. No funcionaba así: no se escuchó ninguna voz, pero encontré la fuerza para levantarme, para mirar a mis hijos con gratitud, para esperar lo que pudiera venir.

Dios no arregló nada en ese momento, pero es que no se trataba de eso en absoluto. Todavía no sabía dónde estaba Bill, y aún temía por su vida, pero Alguien, mi Creador al parecer, estaba allí *conmigo* en todo esto. Este Alguien era tan real como mis hijos en sus camitas, como la tormenta que golpeaba las ventanas, como mis rodillas en el piso de madera.

Al final, después de vagar por las calles y beber casi hasta la inconsciencia, Bill se topó con un taxi que lo trajo de vuelta justo antes del amanecer. Cuando entró por la puerta principal, le sostuve la cara entre mis manos, olí el licor rancio y le dije que lo amaba y que ahora sabía que había un Dios que nos amaba a los dos, y le prometí que encontraríamos el camino juntos.

———

Con el paso de los años, nuestra mesita del café se fue llenando de libros de historia y de filosofía, de textos y folletos religiosos, pero aun así no sabíamos cómo darle sentido a una experiencia que yo sabía que había sido tan real como el latido de mi corazón. Si había un Dios, y yo estaba segura de que lo había, ¿cómo se presentaba en el mundo? ¿Cómo iba a acercarme a él? ¿O es que aquella experiencia no fue más que un destello de entendimiento que no cambió nada? No fue en absoluto conversión religiosa; fue tan solo la comprensión de que existía algo más grande. Quería saber más. Y más.

Una tarde de primavera, después de habernos mudado a una granja en Staatsburg, Nueva York, usamos como posavasos para el café de Bill, en la mesa de la cocina, una revista vieja, de hacía unos tres años, de 1946, llamada *Atlantic Monthly*. Aparté la taza y hojeé la revista mientras nuestros hijos dormían la siesta. Las páginas se abrieron a la altura de un artículo de cierto profesor de la Universidad de Beloit llamado Chad Walsh. El artículo se titulaba «Apóstol de los escépticos» y era un estudio en profundidad sobre un colega de Oxford, Inglaterra, un hombre llamado C. S. Lewis que fue ateo y se había convertido al cristianismo. Por supuesto, yo había oído hablar del autor, incluso había leído sus libros *El regreso del peregrino* y *El gran divorcio*. Ambos presentaban un susurro de una verdad que yo apenas empezaba a escuchar. Comencé a leer el artículo con atención y hasta que Douglas no me sobresaltó llamándome no me despegué de la historia de este autor y profesor que había llegado a los lectores estadounidenses con su escritura clara y lúcida, con su lógica y su intelectualismo.

Pronto leí todo lo que Lewis había escrito, más de una docena de libros, incluyendo una breve novela de sátira tan ardiente que me encontré atraída una y otra vez a la sabiduría que se escondía en ese relato: *Cartas del diablo a su sobrino.*

—Bill —dije una noche durante la cena, y le enseñé el libro de Lewis que estaba releyendo, *El gran divorcio*, mientras los niños revolvían sus espaguetis—. Aquí hay alguien que podría ayudarnos con algunas de nuestras preguntas.

—Podría ser —murmuró, encendió un cigarrillo antes de que terminara la cena y se inclinó en su silla para mirarme fijamente a través de sus anteojos sin montura—. Aunque, cachorrita, no estoy seguro de que nadie tenga las respuestas que *necesitamos.*

Bill era de una corrección fría y dura: creer en un dios no había sido algo tan sencillo. Todas las filosofías y religiones tenían una visión de la deidad que yo no había sido capaz de captar. Estaba dispuesta a abandonar la búsqueda, a meter la experiencia de Dios en mi gran caja de errores, al menos hasta que me puse en contacto con el profesor Walsh, el autor del artículo, y le dije: «Hábleme de C. S. Lewis».

El profesor Walsh había visitado a Lewis en Oxford y había pasado tiempo con él. Estaba convirtiendo sus artículos en un libro con el mismo título y me contestó. «Escríbale al señor Lewis —sugirió—. Es un ávido escritor epistolar y le encanta el debate».

Allí estábamos Bill y yo —tres años después de mi cegadora noche de humildad, tres años de lectura y estudio, de reuniones y debates en Alcohólicos Anónimos, de unirnos a la Iglesia Presbiteriana— cuando surgió la idea: le escribiríamos una carta a C. S. Lewis, una carta con nuestras preguntas, nuestras reflexiones y nuestras dudas sobre el Cristo en el que aparentemente creía.

Capítulo 2

Abre la puerta, no sea que el corazón tardío
Muera en la noche amarga; abre la puerta

«Soneto XLIV», Joy Davidman

1950

¿No empezó todo con palabras? «En el principio era el Verbo», incluso la Biblia proclamaba esa verdad. Así fue con mi amistad con Lewis.

Descendí de la oficina del segundo piso de nuestra granja y entré en el día frío de enero para recoger el correo. Dos trenes distintos de pensamiento corrían por las vías de mi mente: qué iba a cocinar para la cena y cómo sería recibida mi segunda novela, *Weeping Bay*, en el mundo dentro de unos meses.

La hierba helada crujía bajo mis botas mientras caminaba hacia el buzón y lo abría. Mientras hojeaba el fajo de papeles, mi corazón latía el doble de rápido. Encima del montón de facturas, correspondencia y un número de *Presbyterian Life* había una carta de Oxford, Inglaterra. Sostuve ante mí el sobre blanco con un joven Rey Jorge de perfil, coronado, por sello. En letra cursiva inclinada y apretada, en la esquina superior izquierda, se leía la dirección del remitente: «C. S. Lewis».

Por fin había escrito una respuesta. Pasé mi dedo enguantado por su nombre y la esperanza se elevó como una flor de primavera temprana en mi pecho. Necesitaba su consejo: mi vida parecía trastornada por las nuevas creencias que había pensado que me salvarían, y C. S. Lewis conocía la Verdad. O yo esperaba que la conociera.

Cerré de golpe el buzón metálico, los carámbanos crujieron en el suelo y metí el correo en el bolsillo de mi abrigo para surcar el camino helado de la entrada. Las voces de riña de mis hijos me hicieron mirar a nuestra granja blanca y al porche que se extendía por su parte frontal: un oasis hasta que entrabas. Sus persianas verdes, como la sombra de ojos de una mujer pálida, se abrieron para revelar el alma de la casa, antaño pura, pero ahora nublada por la ira y la frustración.

La puerta principal estaba abierta y Douglas, de cuatro años, salió corriendo con Davy, de seis, persiguiéndolo de cerca.

—Es mío. Devuélvemelo —decía Davy, solo dos o tres centímetros más alto que su hermano pequeño, con el pelo castaño enredado por la lucha y el juego del día, gritando y empujando a Douglas hasta que ambos me vieron y se detuvieron, como si yo hubiera aparecido de la nada.

—Mami —reclamó Douglas corriendo hacia mí, abrazando mis blandas caderas y enterrando su cara en los pliegues de mi abrigo—, Davy me dio una patada en la espinilla —se quejó—. Luego me empujó al suelo y se sentó sobre mí. Se me sentó encima muy fuerte.

Oh, cómo le encantaba a Dios hacer chicos tan distintos.

Me incliné y le aparté el cabello a Douglas para besarle el moflete. En momentos como este, mi corazón palpitaba de amor por los niños que Bill y yo habíamos engendrado. El cuerpo ágil y la energía frenética de Davy eran de Bill, pero la sensibilidad de Douglas a la maldad era mía. Aún no había aprendido a taparla como yo.

—Todo esto es una tontería —dije, jugando con el pelo de Davy y tomando de la mano a Douglas—. Entremos y hagamos chocolate caliente.

—Sí —dijo Davy contento y corrió hacia la casa.

Mientras, la carta ardía en mi bolsillo. «Espera, espera», me decía. La expectación es la emoción necesaria antes de tener algo.

Davy pasó volando por la puerta principal, pero no sin antes irritar a Topsy, que ahora ladraba como si nos avisara de un monstruoso intruso.

—Cállate, chucho peludo —dije—, o harás que me arrepienta de haberte rescatado.

Apoyé el pie sobre una pila de camiones de juguete en el vestíbulo con Topsy pisándome los talones. Para entonces habíamos reunido una colección de animales: cuatro gatos, dos perros, un pájaro y ahora Davy quería una serpiente.

Bill estaba en su renovada oficina del ático, escribiendo a la mayor velocidad que sabían sus dedos, trabajando en su segunda novela para pagar unas cuentas que se amontonaban tan alto como pronto lo haría la nieve. Los gritos, los ladridos y el alboroto debieron de haberlo sacudido de su máquina de escribir, pues de repente se encontraba en la parte inferior de la escalera.

Douglas se encogió y yo le agarré la mano.

—No te preocupes —le dije en voz baja—. Papá no va a gritar. Ya está mejor.

Las manos de Bill pendían a sus costados en una postura de derrota. Con su metro ochenta y cinco de altura, mi marido a menudo me daba la impresión de ser un junco. Tenía su denso y oscuro cabello arrastrado hacia el lado izquierdo como una ola alta que se había desplomado. Ahora estaba sobrio, y sus azotes verbales se habían calmado. Alcohólicos Anónimos estaba dando resultado con los Doce Pasos, los consejos espirituales y la responsabilidad del grupo.

Señaló la canasta de libros de la biblioteca que se había desparramado al lado de la puerta y luego se subió sus anteojos sin montura.

—Podrías recoger todo eso, ¿sabes?

—Sí, cariño. Lo recogeré.

Le eché un vistazo. Su camisa azul de botones estaba arrugada y mal abrochada. Sus *jeans* le quedaban holgados; había perdido peso en los últimos meses de estrés. Yo, mientras tanto, había engordado; más de lo que era justo.

—Estaba intentando escribir, Joy, hacer algo en una casa con tanto desorden que apenas puedo concentrarme.

—Perros, niños... —traté de sonreírle—. Qué combinación.

Entré en la cocina. Quería calmar cualquier enojo. La discusión que pudiera surgir sería una repetición de otras mil peleas, y no estaba de humor. Tenía una carta, un rayo de esperanza en mi bolsillo.

Davy se subió a una silla, se sentó en la mesa de madera astillada y cruzó las manos para esperar. Me quité el abrigo y lo puse en una percha junto a la puerta. Coloqué el correo sobre la mesa de la cocina, a excepción de la carta. Quería leerla primero. Quería que algo fuera únicamente mío, aunque solo fuera por un tiempo. Me quité los guantes y los metí en los bolsillos para ocultarla. Con las manos desnudas, escarbé en los platos sucios apilados en el fregadero —otro recordatorio de mis carencias como ama de casa— y encontré la cacerola, con su costra de sopa de tomate de la noche anterior.

Esta casa había sido en otro tiempo el cumplimiento de un sueño. Cuando se estrenó la obra de Bill *El callejón de las almas perdidas* y Tyrone Power protagonizó la película, nos vimos rebosantes de dinero por primera vez en nuestras vidas. Fue suficiente para comprar esta granja al norte del estado. Ignorábamos que los sueños hechos realidad no siempre eran lo mejor. No se decía así en los cuentos.

Me volví hacia Davy, con mi voz llena de alegría artificial.

—Hoy podría nevar. ¡A que sería divertido!

—Sí —dijo, moviendo las piernas de un lado a otro para golpear la mesa por debajo.

Bill entró a la cocina y se quedó quieto, observándome limpiar la cacerola encostrada.

—Más facturas —dijo, rebuscando en el correo—. Fantástico.

Sentí sus ojos sobre mí y supe que no irradiaban amor. El amor estaba menguando, pero cada día media lo que quedaba. ¿Compañerismo? ¿Admiración? ¿Seguridad? En ese momento me pareció rabia. Levanté la cazuela limpia y la repasé con un paño de cocina verde que tenía junto al fregadero. Luego me volví hacia él con una sonrisa.

—¿Quieres un poco de chocolate caliente?

—Claro —accedió, y se hundió en una silla junto a Davy—. Mamá nos va a hacer entrar en calor.

Abrí el viejo Coolerator —más ataúd blanco que refrigerador— y miré sus estantes despoblados. Lechuga marchita, una lata abierta de sopa de tomate de anoche, leche, huevos y una cacerola de carne picada que se había puesto oscura, presagiando el color marrón de la carne rancia. Tenía que ir al mercado, lo que significaba perder otra tarde de escritura. Mi estado de ánimo se iba encogiendo como la carne estropeada, y odiaba ese egoísmo mío de preocuparme más por la página, por la escritura, que por la comida de mi familia. No sabía cómo cambiar, pero lo estaba intentando.

Observé cómo hervía despacio la leche en la olla; luego vertí las hojuelas de chocolate en la espuma blanca, transfigurada. Afuera revoloteaba el primer copo de nieve, que se derretía al posarse sobre el cristal de la ventana; era una maravilla natural y me enardecía el corazón. El comedero de pájaros colgaba de una rama baja, y un cardenal se detuvo allí y miró con sus ojos negros. Cada sencillo detalle irradiaba un instante de belleza extraordinaria, una gracia cotidiana.

Vertí aquella delicia derretida en tres tazas justo cuando Douglas llegó a la cocina.

—¿Te olvidaste de mí? —preguntó, con las manos sobre la cabeza como si quisiera volar.

—No, muchachote, no me olvidé de ti.

Nos reunimos alrededor de esa mesa. Mis tres hijos tenían cada uno una taza de chocolate caliente y yo una taza de té. Deseé que la crema batida fuera la guinda de su pastel. ¿Por qué sentía a veces la cotidianidad de mi vida como algo que me constreñía, cuando la cotidianidad lo era *todo*?

Tenía otra familia, mis padres seguían vivos, pero no me apetecía mucho visitarlos. Mi hermano trabajaba en la ciudad como psicoterapeuta, pero rara vez lo veía. Aparte de nuestra nueva comunidad de la Iglesia Presbiteriana, *esta* era mi familia.

Allí, en nuestro terreno en el norte del estado de Nueva York, me sentía aislada del mundo, pero escuchaba las noticias: Truman era presidente, la bomba atómica seguía ocupando todos los comentarios: ¿qué habíamos desencadenado al dividir ese átomo? Cháchara apocalíptica por todas partes. En el mundo literario, Faulkner acababa de ganar el Premio Nobel de Literatura.

—Gracias, mami —me trajo de vuelta la voz de Davy.

Le sonreí a él y a su bigote de chocolate. Luego miré a Bill. Se recostó en su silla y se estiró. Presentaba un cuadro tan hermoso, el «mítico marido perfecto», como una vez lo llamé durante nuestro gran enamoramiento. A veces me preguntaba cómo me veía ahora, pero mis instintos de supervivencia no dejaban espacio para la vanidad. Mi pelo castaño, largo y espeso, se mantenía en un moño holgado y enredado en la nuca. Si era bonita, lo era al estilo antiguo, lo sabía. Bajita, no más de metro setenta, con ojos grandes y marrones, no era el tipo de belleza al que los hombres silbaban. Era más bien una belleza agradable que se podría realzar si se ponía intención, aunque últimamente no la había puesto. ¿Y Bill? Él era apuesto, gallardo, y le encantaba que se lo dijeran. Sus antepasados de las plantaciones del sur de Virginia adoraban esa palabra en particular.

Se cruzó las piernas y me dirigió esa sonrisa torcida que Douglas había heredado.

—Iré a la reunión de las siete y media en AA. ¿Vienes?

—Hoy no. Creo que me quedaré en casa con los chicos y terminaré de arreglar su ropa de invierno.

Por debajo de la mesa apreté las manos, esperando la reprimenda, que no llegó. Exhalé aliviada. Bill se puso de pie y se estiró con un rugido que hizo reír a Davy antes de llegar a la entrada de la cocina.

—Ahora voy a trabajar —dijo—. O al menos a intentarlo otra vez.

—Muy bien —asentí con una sonrisa, pero, oh, cómo me dolía volver a mi trabajo. El editor de la revista que tenía sobre la mesa de la cocina me había pedido una serie de artículos sobre los Diez Mandamientos y yo apenas había progresado en ello. Pero Bill era el hombre de la casa, y yo, como él y la sociedad me recordaban, era el ama de casa.

Los niños salieron corriendo a la sala de juegos contigua a la cocina, bromeando en su propio idioma. Dudé, pero acabé diciendo:

—Bill, C. S. Lewis nos respondió.

—Bueno, ya era hora —comentó, y se detuvo a mitad de camino de la puerta—. ¿Cuánto ha sido? ¿Seis meses? Cuando termines de leerla, déjala en mi escritorio.

—Aún no la he abierto, pero sé que ya no tienes mucho interés en esas cosas.

—¿En qué cosas?

—En Dios.

—Por supuesto que sí, Joy. No me obsesiono con las respuestas como tú. Demonios, no soy tan obsesivo con *todo* como tú —dijo. Hizo una pausa como sopesando sus duras palabras y luego añadió—: Ni siquiera sabes lo que ha escrito. A lo mejor te pide que dejes de escribirle. Es un hombre ocupado.

Me desinflé por dentro, sentí cómo colapsaba el sueño de algo que ni siquiera había visto ni conocido.

—Bill, no puedo dejar que mi experiencia no signifique nada. No se puede desechar como un destello ocasional. Dios estaba allí; lo sé. ¿Qué significa eso?

—Desde luego, yo no lo sé. Pero haz lo que quieras, cachorrita. Escríbele, o no. Debo volver al trabajo.

———

Ya en mi despacho, me estremecí de frío. Si nuestra casa estuviera tan llena de amor como de libros… Tenía más de dos mil apilados en estantes y mesas y, si hacía falta, en el suelo. Había corrientes de aire y el carbón ya no ardía. Enviaría a Davy a traer más. Semanas antes, tuvimos que despedir a la asistenta. Yo escribiría todo lo que pudiera solo por el dinero necesario para recuperarla.

Las cosas tenían que cambiar, y pronto.

Tenía la carta en la mano y, acurrucándome en mi suéter, me acomodé en una desgastada butaca. Quería que mi esposo entendiera el anhelo que había dentro de mí, un anhelo por el mundo invisible que se esconde en el mundo evidente. Lewis era diecisiete años mayor que yo: acumulaba experiencia y búsqueda. Le escribí buscando respuestas que satisficieran tanto mi corazón como mi intelecto.

Pasé mis dedos por el relieve de sus palabras. La tinta, obviamente de pluma azul, sangraba líneas diminutas desde cada letra en las vetas del papel de algodón. Levanté el papel hasta la nariz y no inhalé nada más que el aroma del aire frío y el polvo. Pasé mi dedo por debajo de la solapa sellada, deseosa de leer cada palabra, pero curiosamente también quería que la expectativa durara: la espera y el anhelo son a menudo el combustible barato del deseo.

Queridos Sr. y Sra. Gresham:

comenzaba.

Gracias por su extensa y elaborada carta.

Sonreí. Extensa y elaborada, sí.

Mis ojos examinaron rápidamente el final de la página para estar segura.

Suyo, C. S. Lewis

Nos había escrito.

De entre los cientos de cartas que recibía, me había escrito a mí.

Capítulo 3

He amado a un fantasma u otro todos estos años
A muertos cuyos besos y ojos se desvanecen

«Oración antes del amanecer», Joy Davidman

Un día después de llegar la carta de Lewis, yo escuchaba al viento silbar su llamada invernal. En la silla del fondo se apilaba un montón de tarea de costura, pero la ignoré para mirar por la ventana. Extrañaba mis caminatas por nuestras hectáreas de terreno y el aire teñido de flores de manzano de mi jardín primaveral, dormido bajo la escarcha. La primavera regresaría; siempre lo hacía.

Volví a mi trabajo, a las teclas negras de mi Underwood, al papel en blanco que esperaba. Había reservado esa hora de la tarde para mi poesía: un regalo que me hacía a mí misma.

Los fuegos están en mis entrañas
y puedes encender una vela que no servirá de nada.

Hice una pausa, sorbí mi té y me recogí el pelo suelto detrás de las orejas. Con los ojos cerrados, busqué en las profundidades de mí misma los versos siguientes. Toda mi vida había escrito desde los nudos de mi interior con la esperanza de desatarlos.

—¡Joy! —la voz de Bill hizo añicos la quietud.

El verso se desvaneció con su voz, una frágil vaina de diente de león ahora vacía y dispersa.

—Aquí arriba —lo llamé justo cuando apareció y se apoyó en el marco de la puerta, con un cigarrillo colgando de sus labios.

—En casa no —dije, aun sabiendo que mis palabras no servirían de nada.

—Los chicos están en la escuela —comentó, inhaló una larga calada y luego exhaló dos columnas de humo de su nariz antes de preguntar—: ¿No oíste el teléfono?

Negué con la cabeza, me acurruqué más en mi suéter.

—Han llamado de Brandt y Brandt. Quieren programar tu foto de autora con Macmillan para la solapa de contraportada.

Mi agente llamaba para hablar de mi editor.

—Gracias —dije, un poco molesta porque los echaba de menos y había sido Bill quien había hablado con ellos—. Los llamaré.

—¿Estás bien? —preguntó, acercándose y sacudiendo la ceniza en la papelera que había junto a mi escritorio.

—Estoy inquieta. No doy con las palabras esta tarde, al menos con ninguna que tenga sentido.

—¿Por qué no llamas a Belle para que venga de la ciudad a visitarte? Ella siempre te anima.

—Ella también está ocupada con su familia, y ambas estamos escribiendo todo lo que podemos. Con las llamadas telefónicas basta por ahora.

—Este camino que hemos elegido —dijo, y se acercó el cigarrillo a los labios—. Lo de ser escritores. Quizás deberíamos haber elegido algo más fácil.

Estaba bromeando; fue un momento agradable.

—Como si pudiéramos haber elegido otra cosa —contesté. Lo miré y añadí—: Extraño mi poesía, Bill. La echo muchísimo de menos.

—Hacemos lo que tenemos que hacer. Volverás a ella —me besó la frente mientras sostenía el cigarrillo en alto en el aire—. Ahora vuelve al trabajo.

Prendió mi pequeño calentador y luego cerró la puerta. Estos actos de bondad aliviaban la tensión, me recordaban sentimientos que ahora parecían meros recuerdos. Me enfrenté de nuevo a la máquina de escribir. Pero, en vez de poesía, quería escribir mi respuesta al señor Lewis. Solo había pasado un día y, aunque no quería parecer ansiosa, ciertamente lo estaba.

C. S. Lewis:

Su búsqueda espiritual es muy parecida a la mía. Es asombroso verse perseguido por el gran Cazador del Cielo, ¿no es así? Mi primera reacción fue rabia y terror. Me pregunto si usted sintió lo mismo. Creo que desde ese momento he pasado los años intentando encontrarle algún sentido a todo esto. Pero ¿debemos encontrárselo? No estoy seguro de que esa sea la razón de nuestro encuentro. Sin embargo, aun así lo intentamos. Suena como si estuvieras atrapado en la malla de su red; no tienes muchas posibilidades de escapar.

Parece que mi amigo Chad Walsh les ha contado mucho de mi vida, háblenme de la suya. ¿Cuál es su historia, señores Gresham?

Me detuve con el deseo de tomármelo con calma, a conciencia, sin precipitarme como hacía con casi todo lo demás, con mis tropiezos, caídas y vueltas a levantarme.

Mi historia, eso es lo que me había pedido. Hacía mucho tiempo que a nadie le importaba algo de mí que no fuese lo que había preparado para cenar, si la colada estaba lista o si las tareas escolares estaban hechas.

Querido Sr. Lewis:

Qué maravilloso recibir su carta durante el helador frío del Año Nuevo aquí en Nueva York.

¿Y ahora? ¿Cómo se empieza a plasmar algo que solo es percibido débilmente por su propia protagonista? Toda mi vida había estado buscando la Verdad, o al menos mi versión de ella. Si había algo que siempre había hecho con plena determinación, era esto: buscar un sentido que apaciguase mi corazón atribulado.

Había creído en tanto y en tan poco.

Me había arruinado y me había salvado.

Le escribe la señora Gresham en respuesta a su carta. Gracias por responder a algunas de nuestras preguntas. Sorprendentemente, ha derribado los pilares de mi argumento sobre el anhelo de ser algo contra lo que debemos luchar: su afirmación de que, si anhelamos algo más, seguramente es porque debe de existir algo más (Dios), suena tan real como el cielo que está sobre mí.

Pero, por todos los santos, no me pide que discuta ni que coincida con usted. Me pregunta sobre mi historia.

Hice una pausa y tomé aliento.

¿No debería ser graciosa e ingeniosa? ¿Un amigo epistolar con quien quisiera cartearse y enzarzarse en actividades intelectuales? La inteligencia era lo único que me había sostenido a lo largo de los años. Tal como me recordaban mis padres (y cualquier otra persona que escuchara), no estaba excesivamente dotada de belleza, gracia o encanto. Mi prima Renée sí poseía ese conjunto particular de atributos. Ella era la bonita. ¿Y yo la lista?

La impronta de mi vida, mi tema si se quiere, la historia de Joy, son las máscaras. Los cambios de fachada han sido innumerables, pero el dolor y el vacío interior se han mantenido constantes, y ahora creo que ese es el anhelo que me llevó a caer de rodillas.

¿No era algo demasiado serio?
No, él había preguntado.

Fueron mis padres los que me regalaron mi primera máscara: la de judía. Nací llamándome Helen Joy Davidman. Pero siempre me han llamado Joy.

Escribía como si compusiera una fuga: la tinta negra deformaba las páginas, el metal de la pluma sonaba como un *staccato*. Cuando las voces de mis hijos llamándome me hicieron saber que habían regresado de la escuela, escribí el final.

Después de la profunda experiencia de conversión que deshizo mi firme fundamento ateo, mi alma no me dejará descansar hasta que encuentre respuestas a algunas de mis preguntas espirituales, preguntas que no desaparecerán, preguntas que tienen todo el derecho de reconcomerme hasta que encuentre la paz. ¿Quién es este Dios en el que ahora creo? ¿Qué debo hacer con esta verdad? ¿Seguro que era real o me he engañado con otra panacea inútil?

Suya,

Joy

Cuando terminé, mi corazón se estiró como si se desperezara de un largo y perezoso sueño, y me inundó una secreta esperanza. Sonreí. Luego saqué la última página de la máquina de escribir y doblé las cuatro hojas en un sobre.

La tarde de invierno aullaba con una tormenta inminente; mis hijos jugaban a los caballeros luchando por la doncella, mi esposo estaba encerrado en su despacho y yo sellé una carta a C. S. Lewis en la que me despojaba de todas mis máscaras.

Quería que me conociera. Quería que me viera.

CAPÍTULO 4

Y esto es sabiduría en una tierra exhausta;
no pidas nada, aprieta los dientes ante tu necesidad

«SELVA OSCURA», JOY DAVIDMAN

Diecinueve meses después
Agosto de 1951

Agosto resplandecía de calor y lluvia mientras nuestro viejo Impala, asfixiado, entraba en la propiedad de verano de Chad y Eva Walsh en Vermont. Después de entablar contacto con Chad con motivo de su artículo, forjamos una amistad intelectual y espiritual por nuestras llamadas telefónicas y cartas, y al final su esposa y sus cuatro hijas visitaron nuestra granja en el norte del estado de Nueva York. Los Walsh habían llegado a sernos amigos muy queridos.

Davy y Douglas rebotaban en el asiento trasero, cansados del largo viaje y hambrientos, ya que se habían comido todos sus bocadillos antes de cruzar la frontera del estado. Bill agarraba el volante plateado con manos tensas cuando entramos en un paisaje exuberante de rocas escarpadas y árboles cubiertos de musgo, de campos tupidos y salvajes y un lago cristalino que parpadeaba con la luz del sol.

Ambos acordamos que este viaje para visitar a Chad y Eva era una especie de compromiso de tregua.

Sin embargo, incluso esa misma mañana Bill se había opuesto.

—¿Quieres pasar estas vacaciones con Chad porque es alguien próximo a Lewis? —preguntó mientras empacábamos.

—Eso es absurdo —dije, parada al extremo de la cama con la maleta abierta medio llena.

Bill abrió una gaveta y luego se volvió hacia mí.

—Él fue quien te animó a escribirle a Lewis.

—Bill —dije y me acerqué a él—, Chad es el principal experto en Lewis de Estados Unidos. Es profesor y, como nosotros, es alguien que se ha convertido a su mediana edad. Es un buen amigo tanto para ti como para mí. Si no quieres ir de vacaciones, no iremos. Solo tienes que decirlo.

Bill me besó con sequedad, evitando mi boca para posarse en mi mejilla.

—Tenemos que salir de aquí. Necesitamos un descanso. Vermont podría ser una buena baza —dijo.

Joy:

Sr. Lewis, me siento perdida en lo que Dante llamó una «selva oscura, en que la recta vía era perdida». La maternidad es altruista. Escribir es egoísta. El choque de estas dos verdades inquebrantables crea una fina cuerda floja de la que me caigo cada día, causándonos daño a todos.

Sin embargo, mi jardín me ha servido de sustento. ¿El suyo ya ha florecido?

C. S. Lewis:

Sra. Gresham, yo también he estado perdido en esa selva oscura y sentí lo mismo, no con respecto a la maternidad por supuesto (habría sido bastante extraño), sino con respecto a mi vida y mi trabajo. Dios nos prometió tiempos así; las tinieblas son parte del programa. Al igual que usted, encuentro consuelo y sustento en la naturaleza y en mis largas caminatas por Shotover Hill (¿vendrá algún día a ver este lugar y nos acompañará en nuestros paseos?). El único mandato que la naturaleza nos impone es contemplar y estar ahí. Pero no le exija a ella más de lo que puede dar.

Había pasado un año y medio desde que llegó el primer sobre de Oxford, y ya no podía contar las cartas que el señor Lewis y yo habíamos intercambiado. Volaban sobre el océano como pájaros que se cruzaban en el aire. Yo recogía mis pequeñas alegrías cotidianas y las guardaba como tesoros. Quería compartirlo todo con él, mostrarle mis vivencias y leer sobre las suyas. Lo que más deseaba en la vida era recibir sus cartas, y releía las viejas hasta que llegaba una nueva.

El león, la bruja y el ropero había llegado a nuestras costas el año anterior, y compartí al señor Lewis con mis hijos mientras se lo leía. Ahora se había publicado *El príncipe Caspian* y nos lo llevamos al viaje. Yo lo narraba una y otra vez, hasta que Aslan, Lucy y Edmund se nos hicieron tan familiares como el resto de la familia.

C. S. Lewis:

Ah, sí, se ve la influencia medieval en mis historias, es sobre todo mi visión del mundo. Profesionalmente, soy principalmente un medievalista que desea encontrar sentido y busca la Verdad, y creo que las historias están ahí para deleitar e informar.

Joy:

Sus influencias artúricas están muy arraigadas en su prosa. Tiene que haber leído sus leyendas desde una edad muy temprana.

C. S. Lewis:

Encontré al rey Arturo en mi niñez, a mis ocho años para ser exactos. A la misma edad que usted decidió ser atea, por lo que veo. Desde entonces, seguro que ha influido mucho en mi imaginación. Junto con Dante, Platón y los anclajes en el pensamiento griego clásico y, por supuesto, muchos otros. ¿Cómo podemos saber qué influencias han permeado nuestro trabajo? Precisamente por eso debemos tener cuidado con lo que leemos.

Indirectamente, gracias a sus cartas pude experimentar un tipo de vida diferente: una de paz, de conexión e intimidad intelectual, de humor y amabilidad, y me gustaba.

Mientras tanto, en ese año de 1951, el mundo seguía girando: la Gran Inundación cubrió las tierras del Medio Oeste, se probó la bomba nuclear en un punto aislado en Nevada, la Guerra de Corea se estaba llevando la vida de nuestros hombres. Perry Como, Tony Bennett y *I Love Lucy* intentaron aliviar nuestros temores con música y risas mientras Harry Truman despedía al general MacArthur.

Pero en nuestra casa se desató una batalla diferente. Las peleas con Bill se volvieron monstruosas. Me avergonzaba ver en qué nos habíamos convertido y estaba decidida a cambiarlo, a sanar nuestro matrimonio.

Solo un mes antes de las vacaciones, borracho y lanzando páginas de un manuscrito fallido por la habitación, Bill había agarrado su rifle de caza y lo sacudía como un loco.

—¡Basta! —grité—. Me estás asustando, y los niños están durmiendo.

—Nunca me has entendido, Joy. Ni una sola vez. Tú conseguiste la casa que querías, la fama que deseabas, ¿pero y yo qué?

—Bill, lo que dices no tiene sentido. Estás borracho. Baja esa estúpida arma.

—Está descargada, Joy. No seas tan dramática con todo.

Apuntó el arma al techo, apretó el gatillo y abrió un agujero en el yeso. En una descarga de adrenalina por miedo, con el corazón revoloteando como un pájaro contra mis costillas, subí a la carrera al piso de arriba, incapaz en mi mente confusa de descifrar con qué parte del cuarto de los niños podría coincidir el disparo. El pánico me asfixiaba hasta que llegué a la parte superior del rellano y me di cuenta de que la bala había entrado en la habitación de huéspedes, dejando un agujero en el suelo.

Bill llegó hasta detrás de mí, con el arma colgando de su mano.

—Uau —dijo, y miró la madera astillada—. Pensé que estaba descargada.

Le cerré la puerta en la cara, me dejé caer en la cama y me estremecí de rabia. Era una respuesta débil, pero no sabía qué más hacer. Solo sabía que debía esforzarme más. Orar. Hacer más. Y volver a las cartas que me daban apoyo en mi búsqueda de la Verdad y el sentido.

C. S. Lewis:

Mi hermano Warnie disfruta de sus cartas tanto como yo. Se ríe a carcajadas con sus historias. Él también le escribirá pronto. Está inmerso en investigaciones para una colección de historia francesa. ¿Le he dicho que también es un buen escritor?

Joy:

Me da envidia (eso viola un mandamiento, ¿no?) de su estrecha relación con su hermano y de su convivencia. Mi relación con el mío está rota, y es por mi culpa. Se publicaron una serie de artículos en el *New York Post*, titulados «La joven comunista», donde desnudé mi alma y conté historias de mi pasado, de cómo había transitado del ateísmo al comunismo y a Cristo. En ese momento sentía que estaba siendo sincera sobre mi travesía, que mi meta era la integridad. Pero ahora no estoy segura. Howie estaba avergonzado por las historias familiares que conté; le mortificaba que hubiera confesado mi participación en el partido y mis locuras juveniles. Está enojado y no me ha hablado desde entonces. Es una gran pérdida. ¿No conoce usted ese dolor de desnudar su alma en lo que escribe y sufrir por ello?

C. S. Lewis:

Sí, Joy, conozco bien ese dolor. Cuando escribimos la verdad, no siempre encontraremos los aplausos de mucha gente. Pero debemos escribirla.

Esa primera tarde en Vermont, después de haber desempacado las maletas y de que los hombres hubieran llevado a los niños al lago, Eva y yo caminamos bajo el sol intenso del verano por los largos senderos y los parterres de flores silvestres que se extendían junto al lago. Me preguntó cómo nos llevábamos en la familia.

—Hay mucho que contar —le dije—. Por los niños, trato de mostrarme libre y siempre riendo, Eva. Quiero que sean felices. Estamos encantados de estar aquí. No hablemos de problemas por ahora.

—¿Qué problemas, Joy? Soy tu amiga —dijo, arrancó del suelo una rudbeckia bicolor y se la insertó detrás de la oreja, de modo que sus pétalos amarillos relucían sobre su cabello oscuro.

No quería contárselo todo, no quería quejarme. Mi tiroides estaba baja otra vez y me empujaba hacia una profunda fatiga. Los niños padecían asma y alergias. Bill sufría de la fiebre del heno, de fobias, y siempre al borde de una crisis nerviosa. Luego estaba el alcohol, siempre el alcohol. Y en el fondo sospechaba que había otras mujeres.

Busqué su rostro amable antes de preguntarle:

—¿Nunca sientes que hay más, que la vida tiene mucho *más*, y de alguna manera nos lo estamos perdiendo? Quiero ser parte de un mundo más grande, marcar la diferencia, verlo y sentirlo, participar en él. ¿No sientes ese anhelo dentro de ti?

Ella me devolvió una linda sonrisa.

—Estamos marcando la diferencia al cuidar de lo que Dios nos ha dado en nuestros hijos.

—No me refiero a eso, Eva.

—Lo sé —dijo, tocándome el brazo—. Lo sé.

—Quiero una vida propia: corazón, mente y alma, lo que de verdad soy. Quiero que mi vida sea mía, pero también quiero que sea de mi familia y de Dios. No sé cómo conciliar todo eso.

—Quieres resolverlo todo a la vez, ¿no? —respondió riendo.

—Sí.

—No todo es cuestión de lógica —dijo, sacudiendo la cabeza—, pero eso ya lo sabes; he leído tu poesía —comentó, e hizo una pausa—. Se trata de entrega, creo.

Se protegió los ojos del sol con una mano como visera y llamó a una de sus hijas.

—¿Madeline?

—Estamos en el lago, mami —respondió Madeline.

Eva me agarró la mano.

—Vamos, Joy. Vamos a divertirnos un poco.

C. S. Lewis:

¿Me pregunta por mi momento más triste? Por supuesto, es obvio: la muerte de mi madre cuando yo tenía diez años. Se marchitó con el cáncer; ese es el momento terrible y definitorio de mi vida, cuando desapareció toda felicidad estable. Era como si el continente de mi vida se hundiera en el mar. Y, por cierto, te lo ruego, llámame Jack, que es el nombre que usan todos mis amigos.

Joy:

Sí, ¿acaso nuestros momentos más graves no influyen en nuestra vida?, ¿en mi vida? Tal vez sean demasiados para contarlos, pero, si tengo que elegir uno, es el día en que vi a una joven suicidarse. Era mi último año en Hunter College, estaba estudiando en mi escritorio y, al mirar por la ventana, la vi volar como un pájaro desde lo alto de un edificio del otro lado de aquel patio verde primaveral. Cuando llegó al suelo, retorcida y ensangrentada en la acera, supe que yo nunca volvería a ser la misma. Me enteré de que lo había hecho por pobreza y hambre, y creo que ese fue mi primer impulso hacia el comunismo: la injusticia reinante.

Por cierto, sí, me honra que me consideres una amiga, te llamaré Jack. Por favor, llámame Joy.

—¿Con qué sueñas cuando sueñas con algo más, Joy? —preguntó Eva mientras bajábamos la colina.

—Cuando era muy joven, y durante años, tenía el mismo sueño una y otra vez.

—Cuéntame —dijo Eva, que se detuvo a mitad de camino y se levantó las gafas de sol.

—Voy andando por un camino. Siempre comienza en un vecindario familiar, pero, a medida que avanzo, doblo una esquina en un sendero cubierto de hierba y de repente me encuentro en un terreno desconocido. Pero aun así sigo caminando más y más. Sé que estoy perdida, pero por alguna razón no tengo miedo. A lo largo del paseo se extienden sauces y robles con ramas altas que me protegen. Hay narcisos y brillan los tulipanes, como en los parques de mi infancia. La hierba es tupida y esmeralda. Me resulta demasiado exuberante y familiar como para tener miedo. Continúo adelante hasta que el camino se abre.

—¿Y luego qué? —preguntó Eva, ahora interesada.

—¿No te hace anhelar algo maravilloso esa imagen del camino, como si fuera a contarte la mejor historia que hayas oído, una que te llene el corazón?

—Sí, así es —dijo riendo—. Continúa.

—El sendero se abre en un bosque eternamente verde con grandes rocas y el suelo lleno de pequeñas setas y flores —dije—. Es un lugar al que llamo País de las Hadas. Cuando llego allí, siento que mi corazón va a estallar de felicidad. Lejos de la colina hay un castillo, cuyas torres se elevan hacia las nubes. Aunque no llego hasta allá, sé que es un lugar donde no hay odio ni angustia. Las cosas tristes o terribles sencillamente no existen. Todo está bien. Reina la paz.

—¿Alguna vez has llegado? —preguntó Eva—. ¿En tu sueño?

—No —negué con la cabeza, y regresó la vieja desilusión que a menudo me inundaba al despertar de ese sueño—. Siempre me despierto antes de llegar. Todo lo que puedo hacer es contemplarlo a lo lejos —dije, e hice una pausa—. A Jack también le conté este sueño.

—¿A Lewis? ¿Le contaste *esto*? No sabía que su relación fuera tan estrecha.

—Ni siquiera nos conocemos —dije con una risa—, pero sí. Lo sorprendente es que se ha imaginado el mismo lugar. Escribió sobre ello, sobre este País de las Hadas en *El regreso del peregrino*. Bueno, él lo llama «la Isla», pero es la misma descripción, la idea de un lugar donde se cumple el anhelo.

—Todos queremos creer que hay algo perfecto que ha de llegar. Eso es el cielo, Joy.

—Lo sé. Pero hay una diferencia: esto lo soñé cuando no creía en nada más grande que lo que ven nuestros ojos. Fue el libro de Jack el que me reveló lo que realmente significaba mi sueño.

—¿*Su* peregrino sí llega a la Isla? —preguntó como si fuera lo más importante que había que saber, y tal vez lo fuera.

—Sí.

Exhaló como si eso la aliviara.

Jack:

Debe de frustrarte que no pueda responder a todas tus preguntas, Joy. Tu mente es la más rápida y ágil que he conocido. Pero a veces no tengo otra respuesta que la suya, que es «Tú sígueme». Tu matrimonio y la infidelidad de tu marido parecen algo horrible, pero también me parece que estás decidida a amar.

Joy:

Sí, con las preguntas que quitan el sueño es mejor recordar su respuesta. Una y otra vez volveré a ella: «Tú sígueme».

Eva se detuvo mientras coronábamos la colina, observando a Bill y Chad en una frazada con una canasta de picnic entre ellos. Los seis niños estaban al borde del lago, salpicándose y llamándose entre ellos. Las multicolores flores silvestres, anémonas de bosque y hepáticas, áster y cimífugas, florecían con un descaro y afán que las hacía parecer ansiosas por llamar la atención.

—Mira el mundo —le dije—. Qué maravilla, cuánta belleza. Quiero vivir así, no como si la vida fuera una gran tarea.

Me incliné y arranqué una flor, la sostuve al sol.

—Precioso pensamiento. Tú, amiga mía, eres la mujer más fascinante que conozco. Me encanta que estés aquí —dijo y me abrazó con fuerza antes de descender la colina hacia donde estaban los hombres.

Me quedé quieta un momento. El agua del lago se rizaba con el chapoteo y la natación de nuestros hijos. Bill y Chad componían una bella escena, apoyados en la manta y riéndose.

Vivía dos vidas: la que tenía en ese momento, con el sol que nos extendía su calor, los niños que gritaban alegres, el canto de los pájaros posados en los robles, el chapoteo en el lago. Luego estaba la segunda vida paralela: aquella en la que mi mente estaba preocupada por cómo describirle estos momentos y sentimientos a Jack. ¿Qué elegiría de esta jornada para compartir con él? En mi mente estaba viviendo una vida con él mientras en la vida externa estaba de picnic con mi familia. Era desconcertante y equilibrante al mismo tiempo.

Descendí con cuidado y llegué a la frazada donde Eva estaba sentada, con la cara al sol, riendo abiertamente. Me daba envidia. Ahí estaba, feliz con su marido y sus cuatro hijas.

Chad, con su cabello oscuro pegado a su rostro redondo y ansioso, me sonrió.

—Bienvenidas, señoritas —dijo, mientras se rascaba distraídamente las picaduras de mosquito que le salieron en sus brazos pecosos.

Eva se volvió hacia él y él se inclinó para besarle los labios.

—¿Qué hacen aquí abajo?

Bill se sentó.

—¡Cachorrita! —gritó con una alegría que hacía pensar que yo acababa de llegar de muy lejos. Él también se inclinó, me besó con el dulce sabor del Chianti en los labios y me palmeó suavemente la mejilla—. ¿No te alegras de que hayamos venido? —dijo y se volvió hacia Chad—. ¿Cómo podremos agradecértelo?

Exuberante, se levantó y corrió hacia el lago con los niños. Lanzó a Davy de cabeza y se metió en el agua con él entre chillidos de alegría.

Jack:

He leído tu ensayo sobre la conversión, «El camino más largo». Me asombra tu habilidad para explicar algo que es casi imposible de articular: el poder de la conversión y la comprensión de que el ateísmo era demasiado simple. Es un escrito refulgente. No hay muchas cosas que sean tan sencillas como parecen, y, si uno quiere profundizar, como tú lo haces, Joy, debe estar preparado para la dificultad de ese viaje. La mayoría no lo está. Me honra que mencionaras mi trabajo en tu ensayo. Gracias.

Joy:

En ese ensayo declaro que, desde ese medio minuto, he ido cambiando poco a poco para ser una persona nueva. Por primera vez en mucho tiempo, puedo volver a sentir ese cambio: la transformación hacia una nueva vida con mi verdadero yo.

Sí, por supuesto que mencioné tu trabajo. Tanto las *Cartas del diablo a su sobrino* como *El gran divorcio* removieron los rincones aletargados de mi vida espiritual. Me llevó algo de tiempo, pero las historias se movieron en mi interior hasta que estuve lista. ¿No es así con todas las buenas historias? Pero fuiste tú, Jack, quien me enseñó en qué me había equivocado en mi análisis intelectual. Tus palabras no fueron el último paso en mi conversión, sino el primero.

Chad levantó una botella de Chianti, vertió un poco en un vaso y me la dio.

Eva miró a Bill en el lago y luego bajó la voz como si compartiéramos un secreto.

—Quiero saber cómo empezó todo —dijo, volviendo al tema de Jack—. ¿Sobre qué se escriben?

—Sobre todo. Libros. Teoría. Estamos debatiendo sobre el control de la natalidad. Amor. Mitología. Nuestros sueños. Nuestro trabajo —me reí—. No se excluye ningún tema.

—Hay miles de eruditos —dijo Eva con una sonrisa— a los que les encantaría que Lewis les escribiera sobre filosofía y sueños.

—Eva, es como si todo lo que he leído y escrito en mi vida me hubiera llevado a esta amistad.

—Yo no me siento así con nada —me sonrió Eva. —Excepto con mis hijas.

—¿Y conmigo, mi amor? —preguntó Chad y se acercó a ella.

—Y contigo.

Dirigí la mirada a Bill a la orilla del lago, arrojando a Davy desde el extremo del muelle.

Escribí sobre los Diez Mandamientos, pero luchaba con su significado en mi propia vida. Sí, estaba comprometida con seguir casada.

Quería que funcionara la relación con Bill; sin embargo, mi mente estaba ocupada en lo que tenía que decir o escribir a otro hombre y lo que él podría responderme. No era infidelidad, pero ¿qué era?

Jack:

Me preguntaste sobre mitología. Fue Tolkien (¿has leído su obra?) quien me convenció del único mito que es verdad: Jesucristo. La mía no fue una conversión fácil, fue una conversación de toda una noche al borde del río.

Joy:

Por supuesto que he leído *El hobbit* (y se lo he leído a mis hijos). Es extraordinario. En cuanto al mito, en otro tiempo me avergonzaba mi afición a la mitología y la fantasía, pero me ayudaban a dar sentido a un mundo que no lo tenía. Ahora estoy agradecida por ellas, ya que me condujeron a tu obra y tus creencias. Encontré el *Fantastes* de MacDonald a los 12 años, aburrida en la biblioteca de la escuela. En otro tiempo solo creía en un mundo tridimensional, pero lo que quería era un mundo con una cuarta dimensión, y esas historias me lo dieron. En retrospectiva, todo parece un plan maestro: cada relato es un peldaño hacia donde estoy ahora.

Jack:

¡Dios mío! Qué alegre coincidencia: fue *Fantastes* el libro que bautizó mi propia imaginación, y me pregunto si fue el que te llevó a mi obra. Qué alegría tener una amiga epistolar a la que admiro y de la que espero tener noticias. Aguardo expectante tu próxima carta.

Chad se levantó para unirse a Bill y a los niños en el lago. Tomé un largo sorbo del Chianti y dejé que la cálida neblina se asentara sobre mí. A lo lejos sonó un trueno.

—Otra vez lluvia, no —se quejó Eva. Se dio media vuelta para indagar en mí—. ¿Qué te ha ayudado a superar este año —preguntó—, con tantos males?

Doblé las piernas y volqué el vaso vacío sobre la hierba.

—Mis hijos. Escribir. Acercarme a Dios, o a lo que sé de él, lo mejor que pueda. Todavía no tengo el cristianismo tan claro como pareces tenerlo tú.

—No lo tengo tan claro —dijo, se apoyó la cara en la palma de la mano—. Nadie lo tiene.

—¿Nunca? Tú eres creyente desde mucho antes que yo.

—Creo que nunca, Joy. Es un desarrollo. Una constante evolución hacia una nueva vida; o así es en el mejor de los casos.

—Nueva vida —pronuncié las palabras como si quisiera saborearlas.

Capítulo 5

Enloquecerá el amor si la luna brilla

«Soneto III», Joy Davidman

Desde un nebuloso sueño en el bosque, las risas de Davy y Douglas, unidas a las de las pequeñas Walsh, se desbordaron por la ventana abierta. Me habían despertado de un sueño, ¿qué había sido?

La ventana abierta mostraba cómo la mañana se posaba suave como el cachemir. Me di vuelta para mirar la cama gemela: Bill se había despertado y se había ido. Me acurruqué de nuevo con la almohada mientras las familiares nubes de tormenta redoblaban a lo lejos.

La risa de los niños se convirtió en un rugido estridente. En sus bromas de hermanos recordé mi sueño medio olvidado: era sobre Howie y nuestras salidas de medianoche al zoológico. Echaba de menos nuestra cercanía en la infancia; lo extrañaba de una manera que me dolía debajo del corazón. Apreté los párpados, deseando por un momento recordar cuando me amaba, esa sensación particular que ahora me resultaba difícil de alcanzar.

Abrí los ojos al sol de la mañana, a las voces de los niños y al nuevo día. Quería ser para mis hijos un tipo de madre diferente a lo que mis padres fueron para mí. ¿Lo era?

Con estos largos y lentos días de verano, había decidido, con gran determinación, que mi prioridad principal era cuidar a mis hijos, a mi esposo, mi jardín y mi casa, los dones que había recibido. Quería sanar mi matrimonio, allanar el camino a la felicidad de aquellos primeros días juntos. Quería reposar en la afabilidad que encontramos el uno con el otro en pequeños momentos, al escribir juntos, al jugar con nuestros hijos, al hacer el amor. Harían falta un perdón y una gracia radicales, pero estos eran mis objetivos, y quién sabe si la alegría y la paz se presentarían con sus triunfos. «Esto es por la esperanza», pensé.

Mi camisón de algodón se enredó en las sábanas mientras me levantaba, y me reí, me saqué la prenda por la cabeza y me puse unos pantalones cortos y una camiseta roja gastada de los días universitarios de Bill. Aparté la cortina de cuadros rojos y grité por la ventana:

—Buenos días, cachorritos.

—¡Mami! —saludó Douglas con la mano desde el columpio de cuerda que colgaba de la nudosa rama baja de un viejo roble—. La señora Walsh está haciendo panqueques para el desayuno. ¡Date prisa!

Jack:

Pero ¿qué es lo que ha llegado a nuestra casa, a los Kilns? ¡Nos has enviado un jamón a Warnie y a mí! Muchísimas gracias. No puedes imaginarte lo que esto significa durante los días de racionamiento. No nos falta comida, pero estamos cansados de comer siempre lo mismo.

Joy:

De nada. No podía soportar que estuvieran comiendo lo mismo día tras día. ¡Mi huerta de verano da mucho de sí! He preparado mermeladas y enlatado los frijoles; he horneado pasteles con las manzanas y las peras de mi huerto.

Allí en Vermont, los niños corrían por el bosque tan salvajes como las propias flores. Llevé a los seis niños a largas caminatas por el bosque, buscamos setas, les enseñé los nombres y sabores de todos los frutos silvestres. Los chicos se burlaban de las niñas porque les daba miedo comer las cosas que yo arrancaba del suelo. Sabía que me consideraban una excéntrica, y no me importaba.

Nuestras horas de verano con los Walsh rebosaban de charlas e inspiración. Caminamos y hablamos de filosofía. Jugamos a los naipes y a Scrabble. Discutimos los pensamientos de Bill sobre el budismo, y ambos admitimos que habíamos tenido que ganarnos un dinero escribiendo artículos y libros que preferiríamos no haber escrito. Hablamos de la bomba atómica y de cómo podría cambiar nuestro mundo.

En algunos momentos, durante esos debates brillantes y honestos, sentí la libertad y el estímulo intelectual que había experimentado durante mis cuatro veranos en la Colonia MacDowell. En esa comunidad de artistas y escritores de New Hampshire, entre sus hectáreas de bosques vírgenes, la combinación de la tranquilidad para escribir y la cordialidad de los compañeros me había proporcionado el contexto creativo para mi mejor trabajo. Eso fue cuando lo único que hacía era escribir y eso era lo que ocupaba mis conversaciones y pensamientos.

Jack:

Lamento que tengas problemas con tu nuevo trabajo sobre los Diez Mandamientos. Recuerda, Joy: lo que a ti no te preocupe intensamente no le interesará a tu lector.

Joy:

Oh, Jack, me preocupa intensamente. Veo que escribir sobre teología es más difícil de lo que había previsto. Tal vez no estaba preparada. Pero a veces debemos hacer aquello para lo que no estamos preparados.

No dejaba de llover, pero sabía que los amigos de Nueva York estaban agobiados de calor, y allí estaba yo, con mis mañanas nubladas y la neblina a ras de suelo. La tierra estaba tan saturada de agua que las malas hierbas crecían casi de la noche a la mañana; sin embargo, los tomates parecían no querer madurar. Las nubes se agrupaban en cumulonimbos como ejércitos grises en el horizonte, y las tormentas eran a la vez premonitorias y mágicas.

Había oído hablar en la ciudad de gente que achacaba a la bomba atómica las nubes y los truenos. «El fin del mundo», murmuraban. Le escribí a Jack y le dije que podría encontrar una historia en los rumores estadounidenses sobre los días del fin.

Era una noche sin luna, en un apagón debido a la tormenta, cuando Bill, Chad, Eva y yo volvimos a hablar de escribir y publicar.

—Ah, Joy, dinos cómo va con *Weeping Bay* —dijo Eva.

Me encogí de hombros, pero sabía que ella lo pedía con cariño.

—En *Weeping Bay* se revelan falsos dioses de todo tipo, pero eso no importa porque no ha ido bien, amiga mía —dije y tomé un largo trago de vino—. Un muchacho católico muy ferviente del departamento de ventas encontró mi libro ofensivo y lo sepultó. Ya casi no se puede encontrar. No sabes lo que es derramar tu corazón en una novela y que la desechen por sus méritos.

—¿Y sus deméritos? —preguntó Bill con su acento sureño que usaba y omitía a voluntad. Tenía razón, a la novela no le había ido bien y las críticas habían sido duras: «Arruinada por sus obscenidades y blasfemias», se leyó en la reseña más áspera.

—¡Bill! —sonó la voz de Eva—. Yo creo que ya lo está pasando suficientemente mal.

—Bill —dije yo, dando una palmada contra mi pierna—, ¿por qué tienes que atacar mi obra?

—Ah, ¿es aquí donde me recuerdas que tú tienes dos títulos universitarios y yo no tengo ninguno?

—Nunca he hecho eso, Bill. Tú eres el único que saca ese tema —dije, y miré a Chad y a Eva—, pero tienes razón en lo que respecta al libro —admití—. Algunas de las críticas fueron maravillosas, pero otras decían que las carencias de uno de los personajes principales destrozaban el relato sin remedio. No se equivocan, pero escribí la historia como yo quería, de la forma en que necesitaba escribirla —le señalé a Bill—. Y uno de mis personajes favoritos, el predicador aficionado al *whisky*, es contribución tuya, así que sé un poco más amable —concluí y traté de sonreírle. Cuánto deseaba que hubiera amabilidad entre nosotros.

Damaris, la hija mayor de los Walsh, se quejó desde las habitaciones de los niños.

—¡No armen tanto ruido!

Todos nos reímos y Eva se levantó para ir a calmarla. Me miró con cariño al salir de la sala.

—Trabajaste años en esa novela, Joy. Me imagino lo doloroso que debe de ser oír críticas negativas.

—Sí. La comencé en MacDowell hace años. Antes de los niños. Antes de Bill, del matrimonio y de los artículos escritos por dinero. Cuando la escritura consistía en la magia de poner frases una tras otra y elaborar una historia que significase algo para mi alma —dije, me acomodé de nuevo en mi silla y sentí cómo brotaba la melancolía.

—La ficción debe de acarrear mucho —dijo Chad—. No sé cómo lo haces.

—Jack y yo hemos escrito sobre eso.

La luz de las velas titilaba por la cara de Chad, atrapando sus anteojos. Era un hombre con aspecto de estudioso, la imagen que cualquiera tendría de un profesor de universidad, pero su fácil sonrisa irrumpía entre sus modales serios.

Me incliné hacia adelante.

—Y sobre que los Evangelios *no* son ficción. La ficción siempre sigue una línea recta, congruencia si se quiere, pero la vida, no. Así es como sabemos que los Evangelios son reales; no se leen como ficción.

—He oído a Lewis decir lo mismo —comentó Chad.

—Joy —dijo Bill en voz baja—. ¿Qué quieres decir? Pensé que estábamos hablando de *tu* obra.

—Estoy hablando de mi obra, y de lo que la ficción puede hacer.

Chad asintió con un gesto; sus gafas descendieron por su nariz en señal de acuerdo.

Bill sacudió su cigarrillo sobre la empanada. La ceniza se derritió con un leve silbido en el postre que había hecho esa mañana con manzanas recién recogidas.

—Creo que he terminado por esta noche —dijo, se levantó y se alejó, dejándonos a Chad y a mí junto a la mesa, donde se había instalado el olor a cigarrillo que quedaba.

Jack:

Warnie y yo estamos planeando nuestra peregrinación anual de verano a Irlanda durante un mes. Aunque nos encantan los Kilns, todos los veranos estamos deseosos de ir a la tierra de nuestra niñez. Es allí donde visito a mi más querido amigo, Arthur Greeves, mi compañero desde la infancia. Regresamos a la tierra de ondulantes colinas verdes y de panorámicas que me recuerdan algunos de los días más felices de mi vida.

Joy:

Irlanda. Me encantaría ver ese país algún día, así como Oxford, por supuesto. Parece que esas tierras han dado forma a tu paisaje interno. Para mí, siempre ha sido Nueva York, excepto por el año en que Hollywood me robó el alma como guionista. Tus descripciones son tan lúcidas que cuando cierro los ojos casi puedo ver los Kilns. Me pregunto si te sería posible enviarme una foto desde Irlanda.

Tuya, Joy

—Estás bastante enamorada de Jack —dijo Chad con cuidado.

Al principio no respondí, sopesé mis palabras con precaución mientras los ríos turbulentos del vino fluían a través de mí. Chad conocía a Jack de una manera en que yo nunca lo había conocido: había pasado seis semanas en su casa de Oxford. Conocía su rutina. Había visto a Jack cuando se despertaba, cuando trabajaba y cuando se retiraba a descansar. Lo había visto enseñar y asistir a la iglesia y participar en la Eucaristía.

—Sí —dije finalmente—. Estoy enamorada de su mente. Se ha convertido en mi maestro y mentor, así como en mi amigo. Bill ya no se interesa tanto por Dios, y no siempre estamos de acuerdo. Con Jack, me parece que no se puede agotar la riqueza de su persona o de sus opiniones.

—Creo que Lewis te diría que siguieras a Cristo, no a él —dijo Chad con una taimada sonrisa.

—Ah, ¿es que no puedo seguir a ambos? —pregunté, e hice una pausa antes de encontrar lo que quería decir—. No soy tan tradicional como Jack, pero tampoco él es tan tradicional como otros creen —dije, y dejé que las siguientes palabras se afirmaran en mi lengua antes de pronunciarlas—. Ojalá pudiera visitarlo como tú lo hiciste. Casi puedo sentir el frescor verde del mundo inglés. El silencio. Las bibliotecas y catedrales enmudecidas de sublime belleza.

Chad juntó las manos y se puso los dedos debajo de la barbilla, asintiendo con la cabeza.

—Fue profundo, lo reconozco. Tal vez llegue el día en que tú también puedas.

—Es más fácil para los hombres —dije—. No es justo, pero es verdad. Las esposas y madres no pueden ir a Inglaterra a investigar, escribir y entrevistarse. Un hombre puede irse dos meses a estudiar, dejar a sus cuatro hijos con su esposa, pero hay una ley invisible y no declarada que nos impide a nosotras hacer lo mismo.

La amable sonrisa de Chad afirmaba que lo entendía.

—Tal vez algún día, Joy. Tal vez algún día.

—Jesús nos dice que no nos preocupemos por el mañana. ¿Lo creemos?

—¿Qué quieres decir? —inquirió Chad, frotándose el puente de la nariz como si sus lentes fueran demasiado pesadas.

—Y si… —dije y me acerqué, bajando la voz—. ¿Y si confío en ese mandato? ¿Qué pasaría conmigo si me volviera valiente?

—Desde luego, Joy —asintió Chad—. ¿Qué sería de nosotros si nos volviéramos tan valientes como para creer sus palabras?

Estuvimos callados unos instantes, hasta que la voz de Eva lo llamó y se levantó para irse. Me senté sola mientras arreciaba la tormenta.

Después de un rato, con la casa en silencio, entré en el dormitorio, donde Bill roncaba, en busca de papel. Regresé a la cocina, donde me senté y vibré con el trueno; entonces comencé otro soneto. Aunque ya no escribía poesía para publicar, podía crearla para mi espíritu. Sentimientos que no se podían reconocer a la luz del día o con el sonido de la voz —el dolor de los deseos sofocantes, el disgusto de rechazar las necesidades por verse inaceptables, la frustración de la responsabilidad que me constreñía como mujer— encontraban salida por la puerta de la poesía.

Escribí con letra apretada. Surgió la primera línea de un soneto.

Aprieta los dientes ante tu necesidad.

Capítulo 6

Moneda de plata, luna de plata, cómprame una lágrima;
Perdí a todos los míos en un año ya pasado

«Para Davy que quiere saber
de astronomía», Joy Davidman

Invierno de 1952

—La diosa de la luna es Selene —le dije a Davy una oscura noche de invierno bajo la luna llena. Habían pasado seis meses desde las vacaciones en Vermont, y la paz de ese viaje había desaparecido como una cascada, río abajo, muy lejos. Mi hijo mayor y yo yacíamos inmóviles sobre una frazada, envueltos en nuestros abrigos y contemplando la bóveda celeste, nombrando las constelaciones. Llevaba gafas por entonces, pues heredó mi mala vista, y sus ojos parecían crecer bajo los lentes redondos.

—Una vez escribí un poema sobre ella —le dije—. Sobre la luna. Me la imaginé destilando plata líquida.

—Escribes poemas sobre todo —dijo Davy y se acercó a mí en la manta—. Tal vez escribas uno sobre mí.

—Eso es justo lo que voy a hacer —le dije.

A Davy le encantaba la astronomía. Buscamos en la biblioteca libros sobre los cuerpos celestes. Me sentía más cerca de él en este deseo que en cualquier otro de los que había tenido a su corta edad. Podía sentir partes de mí misma latiendo en su cuerpecito desbocado. Cuando yo era niña también me fascinaban el cielo y las estrellas. El firmamento no me exigía nada, pero lo ofrecía todo. Era como con Davy, en los raros momentos en que no estaba abriéndose camino por el mundo.

Mientras tanto, Douglas andaba inmerso en el mundo terrenal, ya fuera en un fuerte que había construido o en el barro en el que se había hundido en Crum Elbow Creek, que atravesaba nuestra propiedad con rocas cubiertas de musgo y guijarros de plata. Topsy, nuestro chucho rescatado, seguía a Douglas por todas partes mientras deambulaba por nuestro terreno, y fue allí, en el mundo natural, donde encontré mi conexión con mi hijo menor. Hundía sus manos en la tierra de mi jardín y vagaba por el huerto que yo había plantado. Parecía ser como yo había sido de niña, un ser solitario, pero bastante feliz con su suerte.

Por la noche me arrodillaba junto a las camas de mis hijos para orar, arroparlos y besar sus suaves mejillas. Mis preciosos niños, que ahora tenían siete y nueve años.

El tiempo se me escapaba en la cotidianidad mundana de la supervivencia mientras escribía y me ocupaba de ellos.

—Te amo —les decía siempre al apagar la luz—. Que duermas bien.

Pasábamos los días juntos leyendo o jugando afuera. La televisión en color había llegado a nuestra parte del mundo, pero, aunque los hubiéramos querido, no teníamos dinero para semejantes lujos. Mientras les leía cuentos de hadas y misterio a mis hijos, crecía el sueño de visitar Inglaterra, de conocer a mi amigo Jack.

Habíamos cumplido dos años de nuestra amistad por correspondencia y yo esperaba con interés sus cartas como aguardaba la llegada de la primavera. Tenía hambre de ellas. A veces con desesperación.

Jack:

Aquí estamos esperando a que el jardín florezca. Los abedules brotan verdes sobre nuestras cabezas. Creo que la primavera nos llega más tarde a nosotros que a ustedes. Espero que esta temporada te devuelva a tu poesía, porque sé que la echas de menos. Ah, ya te habrás enterado: la reina Isabel va a acceder al trono con solo veinticuatro años. A esa edad yo no sabía distinguir mi trasero de mi nariz, y ella va a ser la reina de Inglaterra.

Joy:

Las prímulas salpican el suelo, rojas, amarillas y tímidas. Los toma-tes estarán pronto tan pletóricos que reventarán como si no pudieran más. Espero ver algún día Inglaterra, ver su jardín. Sí, he vuelto a mi poesía, e incluso estoy probando con los sonetos. Oh, pobre Isabel. A esa edad, yo era una atea recalcitrante. Participaba activamente en el Partido Comunista y en la Liga de Escritores Americanos, y escribí mi primer libro de poesía (*Letter to a Comrade*), no precisamente como una reina.

Con Jack no me contenía, por eso sabía que realmente *me* veía, incluso le contaba mis errores y equivocaciones más vergonzosos, mis desatinos y críticas más humillantes.

Una tarde de enero, encorvada sobre mi máquina de escribir, con una tos ardiente que me perforaba el pecho, intenté empezar un relato breve. El medicamento para la alergia me mantenía despierta y nerviosa, pero improductiva pese a todo. Tenía la cabeza apoyada en la mesa cuando Bill apareció con una carta en la mano.

—Otra entrega para la señora Gresham —dijo—. De Oxford, Inglaterra.

—Al menos no es otra factura —comenté, tratando de sonreír.

Bill dejó caer la carta sobre la mesa y se detuvo.

—¿Qué vamos a hacer con la cena de esta noche?

—No lo sé —contesté mirándolo, cansada de todo.

Se marchó sin decir palabra y yo abrí el sobre que había viajado a través del océano desde Inglaterra.

Jack:

Es solo en la entrega o rendición de nosotros mismos donde encon-tramos nuestro verdadero yo. Renunciando a la rabia, a los deseos y anhelos propios.

Joy:

Oh, ¿cómo se consigue? Quiero saberlo.

Mi madre siempre quiso que fuera otra persona, me comparaba

con mi prima Renée y con las mujeres bonitas de nuestra calle. Mi padre, bueno, nunca sería lo suficientemente buena para él, y mucho menos podría aspirar a que me entendiera. Mis padres creían que la crítica era una muestra de amor. ¿Y Bill? Quiere que sea la clase de esposa que no puedo ser, por mucho que lo intento y oro por ello. Estas heridas no se deshacen fácilmente ni siquiera bajo la «rendición» de un falso yo para encontrar al verdadero.

El invierno siguió su curso acostumbrado en el norte del estado de Nueva York, y la infección que me había comenzado en los pulmones se instaló con fuerza en los riñones. La fiebre, la ictericia y los vómitos acabaron enviándome al hospital por unos días. Cuando me dieron el alta, fue con claras instrucciones del doctor de guardar cama y descansar.

La enfermedad me había acompañado toda mi vida, pero siempre me había repuesto. Cuando era niña, había tenido de todo, desde un collar de radio para el hipotiroidismo hasta píldoras de hígado para la fatiga. Pero este último azote me había dejado sin nada. En la cama, miraba fijamente al techo mientras las paredes se cerraban y las puertas parecían bloqueadas. No había escapatoria. Me palpaba el bulto que apareció en mi seno izquierdo, pero al menos el médico había dicho que *eso* no era motivo de preocupación.

El doctor Cohen, el médico de familia de pelo canoso con lentes tan gruesos como parabrisas visitó la casa una tarde y se sentó al borde de mi cama con su estetoscopio y sus cejas como rastrojos inclinados hacia el entrecejo.

—Su esposa debe descansar un poco —le dijo a Bill, como si yo ya fuera invisible a causa de la enfermedad.

«Su esposa». Esa era mi definición. Yo era el objeto de la vida de alguien, y no el sujeto de la mía.

Llegó desde el pasillo un golpe repentino, luego el ladrido de Topsy y el grito de Davy. Bill saltó desde mi cama hasta la puerta.

—Bill —interpeló el doctor Cohen con firmeza.

—¿Sí? —dijo, girándose ya con la mano en el pomo de la puerta, listo para salir.

—Hablo muy en serio. Su esposa no se recuperará del próximo golpe. Es demasiado. Ambos deben encontrar la manera de que descanse un poco, aunque eso signifique irse a otro lugar por un tiempo. No me importa dónde, pero debe ser algún lugar donde pueda curarse. Su cuerpo no puede soportar más enfermedades en este estado. ¿Entiende la seriedad de lo que le estoy diciendo?

—Sí, lo entiendo —asintió Bill.

Douglas irrumpió por la puerta del dormitorio con Davy pisándole los talones, agitando los puños. Bill los sacó con la misma rapidez y cerró de un portazo.

El doctor Cohen y yo le oímos gritar:

—Vayan los dos directamente a sus cuartos, que ahora iré a darles sus azotes. Se acabó.

Cerré los ojos y me hundí en la desesperación. ¿Qué se podía hacer? Mi cuerpo me había traicionado.

La desesperanza era mi compañera y la fantasía, mi escapatoria.

Jack:

Oh, mi querida amiga. Si tu esposo bebe y es infiel, ¿qué opciones tienes? El adulterio es una monstruosidad, el intento humano de quitarle su carácter sagrado a esta unión. Pero a veces, Joy, el divorcio es una cirugía necesaria para salvar una vida. ¿Están a salvo los chicos? ¿Es posible que te tomes unas vacaciones y vengas a visitar Inglaterra? Estamos orando por ti, como siempre.

Joy:

Gracias por la amabilidad de tus sentimientos. Estoy de acuerdo con tu opinión y, sin embargo, estoy aturdida en medio de todo esto, es difícil desarrollar una perspectiva.

Oh, Jack, ¿unas vacaciones? Sí, sueño con ir a Inglaterra. Sueño mucho con ello.

Los días eran largos y llenos de dolor, las píldoras apenas aliviaban mis punzadas renales. Una noche terrible cayó una tormenta invernal que cubrió las ventanas de hielo, y Bill aún no había vuelto a casa. Los recuerdos de desapariciones anteriores regresaron como fantasmas impertinentes. Al final, en medio de esa noche de insomnio, lo oí llegar. Primero sus pasos en la escalera, el *chasquido* de las manijas de las puertas viejas, y luego se paró en nuestro dormitorio.

Su sombra se extendía alargada junto a la cama, y su forma se inclinó para besarme en la frente.

—Cachorrita, parece que ya no tienes fiebre.

El olor pegajoso y primario del sexo me abrumó los sentidos, hasta el punto de marearme. Ojalá los analgésicos pudieran aliviar el dolor de la traición.

—¿Dónde has estado? —levanté la voz, exhausta pero firme.

—Oye —dijo en voz baja—, no te enojes. Esto no tiene nada que ver con lo mucho que te quiero, cachorrita. ¿No lo entiendes? Un hombre tiene que satisfacer sus necesidades, y tú no estás en condiciones de satisfacerlas. Solo intento ser amable, darte la oportunidad de curarte mientras recargo las pilas.

—¿Quién fue esta vez? —pregunté en un susurro, un último aliento.

—Oh, Joy, mi amor. No me preguntes lo que no quieres saber.

Se incorporó y retrocedió como si acabara de darse cuenta de su propio olor.

Jack:

Dios, por supuesto, nos habla en nuestros dolores, que son su megáfono para alcanzarnos.

Joy:

Ojalá pudiera oír lo que dice; normalmente ese megáfono de dolor ahoga el resto del ruido y no puedo oír nada más. En mi momento de mayor debilidad —mi novela fracasada, mi salud deteriorada—, Bill decidió que satisfacer sus propias necesidades ayudaría.

—Oh, Joy —dijo Bill con ese falso lirismo sureño en su voz. Se acostó a mi lado, con el cuerpo estirado y la pierna sobre la mía en un movimiento de amor y familiaridad. Su aliento olía a *whisky* rancio y a puros—. Descansa. Cúrate. Cuando te recuperes, estaremos mejor. Tú espera y ya verás.

Pero sabía que no iba a mejorar. O me iba o me moría. Lo percibí como algo tan seguro como la certeza de que pronto sería primavera, luego verano, luego otoño y luego el maldito invierno de nuevo.

«Dios —oré, desesperada—, por favor, ayúdame. No sé qué hacer».

Capítulo 7

Conocía, en la solitaria medianoche siguiente,
Al terrible tercero entre nosotros, como una espada

«Soneto II», Joy Davidman

Febrero de 1952

La taza de té junto a mi Underwood se había enfriado, pero aun así tomé un sorbo, distraída con el artículo de los Diez Mandamientos que estaba escribiendo. «Él es la fuente de todos los placeres; es divertido, desenfadado y risueño». Estaba avanzando rápido, acercándome al séptimo mandamiento.

En la planta baja había un montón de tarea de costura y remiendos para los niños. Ya me dedicaría pronto a ella. Al salir del dormitorio de Bill y quedarme en el mío, estaba sanando poco a poco a ritmo constante.

Quería dejarlo, cuánto quería dejar a Bill, pero no veía salida. Y, que Dios me perdone, lo amaba. El amor no desaparece cuando uno cree que se acabó; no se aleja ante la más mínima provocación. Ojalá lo hiciera.

Allí estaba yo, escribiendo sobre la voluntad de Dios y al mismo tiempo contemplando el divorcio. Sin embargo, no teníamos suficiente dinero para separarnos; había hijos que proteger. Ahora, para colmo de males, mi prima Renée y sus dos hijos venían a vivir a casa. Esta pequeña familia se mudaría con nosotros mientras Renée escapaba de su marido alcohólico en Mobile, Alabama. Había sido un plan secreto en el que mis padres y los de ella urdieron una supuesta situación de crisis en Nueva

York, pero en realidad se vino a mi casa, donde su esposo no la podría encontrar.

Con un sobresalto, oí cómo la puerta de un auto se cerraba de golpe. ¿Ya estaban aquí? Me pareció como si Bill se hubiera ido a buscarlos a Grand Central. Miré por la ventana para ver a las tres almas que cambiarían mi vida: Renée y los pequeños Bobby y Rosemary. Ella era una conmovedora y elegante estampa al salir del lado del pasajero, tocando con una mano enguantada su sombrero negro. Casi había olvidado lo cautivadora que era. Un abrigo de lana azul cruzado cubría su encantadora silueta, y su largo y oscuro pelo caía sobre sus hombros en una reluciente cascada. Sus hijos, de seis y ocho años, salieron de la parte trasera del auto con cara de aturdidos y sumisos. Me levanté para bajar y saludarlos.

Jack:

Es cierto que, si somos libres para ser buenos, también somos libres para ser malos. Sin embargo, esta elección es lo que hace posible el amor, la alegría y la bondad que vale la pena saborear.

Joy:

Libres para ser malos. Oh, cómo me gustaría discutir con Dios sobre esa elección. Pero ¿cómo? Cuando lo elijo todo el tiempo, y cuando quiero que la decisión sea mía.

Qué raro, pensé mientras bajaba las escaleras hacia la puerta principal, que Renée y yo nos hubiéramos casado las dos con alcohólicos. Ahora corría hacia *mí* en busca de seguridad, cuando siempre la habían presentado como el ejemplo de «la buena», un listón que mi madre había usado para medir mis insuficiencias, de niña, cuando Renée vivía con nosotros.

Davy y Douglas ya habían abierto la puerta principal, y yo me paré en la entrada, temblando y recorriéndome los brazos de arriba abajo con las manos. La nieve caía en una bruma de gruesos copos blancos, luminiscentes. Bill estaba envuelto en su largo abrigo negro, con un aspecto galante, mientras descargaba el equipaje desde la parte trasera del auto y lo colocaba en la entrada cubierta de nieve. Renée se inclinó para posar su mano sobre la de mi esposo y decirle algo que no pude oír. Ella sonrió; él se rio. De hecho, era encantador y, en sus buenos momentos, amable.

Cuando llegaron a la base de los escalones, la mirada de Renée se fijó en la mía, y sonrió tan amplia y agradecida que casi corrí por la nieve en calcetines. Era mi prima, de mi sangre, y una entrañable amiga. Davy y Douglas estaban parados detrás de mí, callados y observando.

Ella subió los escalones y nos abrazamos. Le quité la nieve de las hombreras de su abrigo.

—Entra —le dije—. Qué contenta estoy de verte.

—Oh, Joy, ¿cómo podré agradecértelo? —dijo, poniendo una mano con dulzura sobre la cabeza de cada niño. Los miré por encima del hombro: Bobby, con el pelo corto y castaño aplastado bajo un gorro moteado por la nieve; Rosemary, una niña de pelo oscuro y ojos muy abiertos, vestida como si fuera a la iglesia, con zapatos de charol tan brillantes que me devolvieron un breve reflejo de la luz del porche.

—Pasa, Joy —dijo Bill mientras entraba al porche, sacudiéndose la nieve de las botas y sobrecargado con el equipaje—. Hace muy mal tiempo aquí afuera.

—Adelante, adelante —dije, y entonces lo sentí como un temblor bajo mis costillas: el sutil cambio bajo los cimientos de nuestro hogar, el cambio que llegaba con estas tres almas desamparadas.

Nos instalamos alrededor de la mesa en la cálida cocina y les serví té y sándwiches de queso gratinado. Me interesé por ellos y les di un poco de conversación. Renée había cubierto con su abrigo de lana la silla de respaldo de lamas, se quitó los alfileres del pelo, se despojó del sombrero salpicado de nieve y lo puso en el aparador. Se le había subido un poco su vestido de *tweed* y pude ver las medias negras de nailon que cubrían sus piernas. Sentada a su lado, yo era la imagen opuesta, con mis pantalones de pana masculinos y mi camisa de botones.

Observé la familiar cara de mi prima, cercana a los treinta y cinco años, pero con algo parecido a una nube antigua en sus ojos. Era un dolor que solo se debía cargar después de la guerra, una agonía que vi en los ojos de mi marido. Sin embargo, allí estaba ella, una fugitiva, con su delineador de ojos y su rímel intactos: la imagen perfecta del ama de casa de los años cincuenta en un anuncio de Electrolux. Siempre la había caracterizado una inclinación a la belleza y, a pesar de las batallas que había librado, no la había abandonado. Me metí un mechón suelto en el moño y empecé a parlotear con timidez.

Los niños se miraban fijamente unos a otros, sus miradas tímidas revoloteaban de uno a otro como mariposas confundidas. Tan pronto como se saciaron de comida y se calentaron bien, salieron corriendo a la sala de juegos, encabezados por Douglas con sus ideas para juegos y su insaciable deseo de más diversión.

Jack:

Warnie y yo nos divertimos con las historias de tu vida: la llegada de tu prima, tus animales, la granja... Oh, y Davy tratando de atrapar una culebra para tenerla como mascota. Por favor, sigue contándonos.

Joy:

Dudo que pueda parar ahora.

Más tarde, arriba, Renée y yo nos quedamos por fin solas y se lo conté.

—Compartiremos una habitación —le dije—, como en los viejos tiempos.

—¿No te acuestas con Bill? —preguntó, dejó caer su gran bolso negro sobre la cómoda de madera y se volvió hacia mí con los ojos muy abiertos—. Claude nunca me hubiera permitido dormir en otra habitación, ni cuando peor estaban las cosas.

—Bueno, esa es la diferencia —contesté—. Bill no me permite ni me prohíbe nada. Su última correría con otra mujer casi me mata —le dije, barriendo el aire con la mano, y añadí con un guiño—: pero tú, mírate, no solo has dejado la cama de Claude, lo has dejado a él.

Renée suspiró como si hubiera estado aguantando la respiración durante años y se sentó en la cama gemela frente a la mía.

—Muchas gracias por dejarnos venir aquí —dijo—. No sé qué habría hecho si no. Prometo no ser una molestia. Haré todo lo posible.

—Basta, *cookie*. Somos familia. Lo superaremos juntas. Y, francamente, estoy entusiasmada por tener compañía, una amiga con la que hablar. He estado muy... confundida. Será maravilloso tenerte cerca de nuevo —dije, y me retiré un mechón de los ojos—, aunque mamá siempre dijera: «¿Por qué no puedes ser más como Renée?».

—Oh, Joy, ella nunca quiso decir eso —contestó, entre lágrimas desbordadas como la nieve en el alféizar de la ventana—. Me alegro de estar aquí. Ha sido horrible. Necesitamos algo... algo estable. Todos lo necesitamos.

—Lo sé —dije, salvé el espacio entre las camas y la tomé de las manos—. Vamos a instalarte. Ya hablaremos más tarde.

Joy:

¿Las partes más horribles de la infancia tienen siempre que convertirse en impulsos inconscientes que influyen en nuestra vida para siempre? ¿Por qué es difícil superar el pasado y caer en el Gran Amor, donde nuestro Ser Verdadero puede guiar nuestra vida? Yo creo que esto debería ser lo más fácil de la vida. Pero, ah, volvemos una y otra vez a esa palabra: entrega.

Jack:

¿Y cómo nos sentimos al descubrir que no somos nuestro propio Dueño? Justo cuando creemos desear que nuestra vida sea nuestra, descubrimos que solo podemos tener nuestra vida si entregamos nuestra vida a ese Gran Amor al que te refieres.

Después de la cena, acomodando a los niños en la cama, una partida a las damas y unos vasos de ron, Renée y yo nos recostamos en nuestras camas.

Me hundí en las almohadas, algo achispada y soñolienta. Apoyé la cabeza en mis manos entrelazadas, con los codos abiertos de par en par.

—¿Cómo llegamos a esto, Renée? ¿Cómo nos enamoramos y nos casamos con alcohólicos?

—Me lo he preguntado muchas veces, Joy. Hicimos lo que se esperaba de nosotras, y ahora mira qué desastre. ¿Sería algo de nuestra infancia? ¿Algo que nos inculcaron inconscientemente? No lo sé.

—Creo que es algo así. Nos enseñaron a atenuar nuestra luz para que los hombres pudieran brillar, o por lo menos lucir bien. Nos formaron para apaciguar, para complacer, para bailar al ritmo de sus necesidades. La rabia de mi padre y sus expectativas de perfección nos tuvieron como rehenes, siempre con miedo de ser quienes éramos, de ser nosotras mismas. ¿Cómo podríamos haber hecho algo diferente con nuestros propios hombres?

—Ahora sí haremos otra cosa, Joy. Debemos hacerlo.

—Sí —asentí. Me senté y miré a través del espacio oscuro entre nosotras—. Tiene que haber otra forma de vivir la vida como mujer, vivir a nuestra manera. Quiero saber quién soy más allá de todas estas expectativas que nos pliegan en una cajita. Quiero desplegarme. ¿Cómo lo hacemos?

—No tengo respuesta. Solo intento sobrevivir y, gracias a ti, puedo hacerlo.

—Aquí no estamos mucho mejor, *cookie*. Bill sigue bebiendo y dejando de beber. Quiere que yo sea alguien que no puedo ser: un ama de casa, una criada y una esposa sumisa. Cuando se casó conmigo *me* conocía. Ahora quiere alguien distinta, como si el matrimonio me convirtiera en una muñeca obediente. No quiero que lo odies, pero ha dicho y hecho cosas terribles.

—¿Te ha golpeado? —preguntó ella en un susurro.

—No. Eso no. Golpea otras cosas, como la vez que destrozó su guitarra favorita contra una silla o cuando tiró su rifle por el cuarto. Normalmente solo son gritos. Chillidos. Ira irracional —confesé. Entonces me detuve—. Renée, le dijo a un amigo que si no tiene todo el éxito que debería es porque un escritor necesita dos cosas: una máquina de escribir y una esposa, y ambas deben funcionar bien.

—Menuda estupidez.

—No debería quejarme. No es tan horrible como tu situación. Mis hijos están a salvo. No hay nadie enfermo ni muriéndose. No es tan malo, solo a veces parece serlo.

—No quiero compararme, Joy. Hay muchas maneras de ser miserable en un matrimonio. Claude nos golpeó y amenazó con matarnos.

Nos echó y casi se mata bebiendo. Pero pueden suceder otras cosas para hacerte sentir que te mueres. Tú al menos tienes tu pasión por la escritura. Yo no tengo nada.

—Sí, me ayuda —dije—. Pero, querida, ahora nos tienes a nosotros, y tus hijos tienen a los míos.

—Sí, ahora estoy aquí.

Era como si ella hubiera venido a salvarnos, y no al revés.

Capítulo 8

Y aun así me acuesto sola
Cantando su canción

«Sáficos», Joy Davidman

Pasaron las semanas y me preguntaba cómo habíamos podido estar antes los unos sin los otros: los niños sin retozar juntos como cachorros, o Renée y yo sin quedarnos siempre hasta tarde jugando a las damas chinas y bebiendo ron, hablando de la vida y del amor.

Mi prima no tardó mucho en hacerse cargo de muchas de las tareas domésticas, y lo hizo sin problemas, como si hubiera venido para eso. Sus impulsos naturales siempre se dirigieron a la pulcritud y la elegancia, y yo lo agradecí como un regalo. Nos reíamos, bebíamos y nos ayudábamos con los niños, que a menudo corrían asilvestrados por la casa y los huertos. La radio que habría dejado apagada, Renée la encendía, y murmuraba noticias del mundo exterior. Gran Bretaña anunció que también tenía armas atómicas. Albert Schweitzer ganó el Premio Nobel de la Paz. Herman Wouk recibió el Pulitzer por *Huracán sobre el Caine*. Cada vez que oía hablar de un premio literario, mis viejos sueños se despertaban en mi interior, insuflando más vida a mi trabajo.

Con otro par de manos en la casa, escribía hasta más tarde y a menudo me dormía haciéndolo, una de las cosas que más me gustaban después de largas noches en mi escritorio. Los niños tomaban desayuno caliente en lugar de cereales fríos, la ropa estaba limpia y bien doblada, y la comida, bien ordenada en los estantes del refrigerador.

Joy:

¿Cómo mantener las obligaciones cuando se ha debilitado la voluntad? Es una virtud, lo entiendo, y tal vez es solo sea posible mediante un poder superior. ¿Abandonar? ¿Rendirse? De alguna manera, el secreto se esconde en esta idea.

Jack:

Déjame contarte de Janie y Maureen Moore. ¿Ya te las mencioné? Vivieron con Warnie y conmigo durante veinticuatro años en cumplimiento de una obligación y un compromiso: eso es en realidad una virtud, Joy, y es lo mismo que estás haciendo con tu prima y tus sobrinos. Verás, la señora Janie Moore y su hija, Maureen, se vinieron a vivir con nosotros porque le prometí a mi camarada de guerra Paddy Moore que cuidaría de su familia si lo mataban, y, por desgracia, lo mataron. Maureen se mudó hace un tiempo, pero la señora Moore, Janie, vivió con nosotros hasta el año pasado. Ahora mismo está en una residencia —nos dejó con rabia y enojo— y no le queda mucho tiempo en este mundo. Los últimos años no han sido fáciles, de hecho, durante mucho tiempo han sido bastante deprimentes. Su partida nos liberó a Warnie y a mí de una pesada carga.

Joy:

No tenía ni idea de que tuvieran a dos mujeres viviendo con ustedes por tanto tiempo. Jack, eres un hombre bueno y admirable. Pero a mí me encanta tener a Renée aquí; es mi compromiso con Bill lo que está desgarrando el tejido de mis virtudes.

Una tarde, mientras aporreaba la máquina de escribir, Renée entró en mi despacho con una pregunta directa.

—Si eres desgraciada, ¿no has pensado en el divorcio? Veo que tu corazón está cerrado a Bill.

—Estoy tratando de hacer que funcione, lo amo —respondí, y señalé a mi obra—. Estoy tratando de guardar los mandamientos, *cookie* —dije, intentando quitarle hierro, y le guiñé un ojo.

—*Yo me* voy a divorciar —replicó, con los ojos tan secos como su afecto por Claude—. ¿Es eso malo y «antibíblico»? No me sirve de nada una religión así, si es que me sirve alguna.

—No —dije con cariño—. Claude te golpeó. Y a los niños. Esa no es mi situación. Mi corazón está preocupado por un hombre que dice que me ama aun cuando me grita: un hombre al que amo y ahora temo. Además, Renée, he llegado a ver que hay una diferencia entre religión y Dios. Una *gran* diferencia.

Renée se acercó y habló con un tono más suave.

—Bill me ha contado lo que dijo el doctor...

—¿Cómo? —dije, arqueando las cejas.

—Que tienes que curarte, que tal vez necesites ir a algún lugar para ello. Todos te necesitamos, sobre todo los niños y, si estás enferma y agotada, no eres útil para nadie, ni siquiera para ti misma. Especialmente para tu trabajo.

—Lo sé, pero no me parece posible irme. ¿Cómo podría dejar a mis hijos? No sé si podría sobrevivir a eso.

—Puede que no sea fácil —dijo—, pero no es imposible. Yo he hecho muchas cosas que antes me parecían imposibles.

—He pensado en Inglaterra —dije—, en ir allá y descansar un poco de estas enfermedades, en escribir y hablar con el único amigo que podría ayudarme. He anhelado ver la campiña inglesa, sumergirme en su historia y su literatura. Tengo una idea para una serie de libros allí, pero mi única posibilidad es seguir intentando hacer las cosas bien aquí. Seguir escribiendo. Seguir cuidando de mi familia.

—Si sueñas con ir a Inglaterra y tu médico te sugiere lo mismo, entonces deberías, Joy. Estaremos bien aquí —dijo, cruzando los brazos sobre el pecho.

Miré a mi prima con asombro. Tal vez sí estaban a mi alcance todos los sueños, deseos e imaginaciones del paisaje de Inglaterra.

—No sé —contesté, y me quedé mirando por la ventana como si Inglaterra reposara sobre nuestra finca de Staatsburg—. Chad fue y eso cambió su vida. Cuando regresó, escribió su mejor trabajo, y no se ha ido.

—Podría cambiarnos a todos nosotros también, Joy. Tal vez esta sea tu única oportunidad. ¿Por qué no la aprovechas? Yo estaré aquí para ayudar.

Me sonrió con la amabilidad que uno podría concederle a un niño pequeño y luego se puso de pie para retirarse.

Cuando la habitación se quedó vacía, mis pensamientos volvieron a algo que le había dicho a Chad no mucho tiempo atrás en Vermont: «¿Qué pasaría conmigo si me volviera valiente?». Bueno, creo que estaba a punto de averiguarlo.

Jack:

¿Cómo va la visita de tu prima? Una vez recuperado el pleno dominio sobre nuestra casa, Warnie y yo albergamos a un invitado de Irlanda —mi amigo de la infancia, Arthur Greeves— y ahora estamos descansando todo el fin de semana. Ni siquiera el haber sido rechazado para una nueva cátedra en Magdalen puede disminuir mi buen humor. La semana pasada pronuncié un discurso sobre literatura infantil en la Asociación de Bibliotecarios; creo que aprovecharé el discurso y lo convertiré en un ensayo; contiene mucho de lo que tú y yo escribimos en nuestras cartas: las buenas y las malas maneras de escribir para los niños. Así han llegado a ser las cosas: tus palabras ayudan a clarificar las mías.

Joy:

Ha sido agradable tener una amiga en casa. Sin·embargo, te trae viejos recuerdos de la infancia. Renée ha aceptado un trabajo en Poughkeepsie, por lo que ahora entra dinero en casa; se preocupa mucho por no ser una carga. Yo escribo como una loca: el libro del rey Carlos II ha abierto una brecha en mi creatividad y las palabras vuelven a fluir.

Noticias emocionantes: estoy haciendo planes para ir a Inglaterra. Hay que resolver algunos aspectos logísticos, pero creo que es posible.

Una húmeda mañana de primavera fui a ver a Bill y a Renée y les pedí que me escucharan mientras les contaba mis planes para salvarnos a todos.

Nos sentamos en la sala de estar, Bill y yo en el hundido sofá de pana y Renée en la rígida silla Naugahyde al otro lado de la mesita de café de madera chapada. La sala lucía la pulcritud de estos últimos meses, entre las atenciones de Renée y el regreso de nuestra ama de llaves, Grace, el polvo y el desorden habían desaparecido temporalmente.

—En abril —comencé— recibiré un cheque por mis artículos. Me gustaría usar ese dinero para hacer un viaje al extranjero —dije, y me detuve—. A Inglaterra.

Renée me sonrió, formando una arruga en su delineador de ojos. Bill se movió, con la espalda presionada contra el apoyabrazos del sofá como si intentara alejarse lo más posible de mí.

—Inglaterra —dijo en un tono muy suyo.

—Bill —intervino Renée con su dulce voz—, sabes que el doctor Cohen dijo que necesitaba algo así.

Bill miró a Renée y luego a mí.

—¿Te sientes mal otra vez?

—Sabes cómo me siento. Me duele el cuerpo. *Todo* en mí me duele. Pero esa no es la única razón. Los amo a los dos y amo a los chicos, lo sé, pero me siento entumecida y perdida.

—¿Y de qué vas a vivir? —dijo con una voz mucho más baja, ya sin rastro del acento sureño.

—Tengo los artículos y un cheque de regalías que vendrá de Macmillan en cualquier momento, y terminaré o trabajaré en al menos dos libros mientras esté allí —contesté. Me moví en el sofá, respiré y expuse las palabras que había practicado—. Cuando cierro los ojos, veo su verde profundo. Es un lugar donde tenemos amigos con los que puedo quedarme, Phyl está ahora en Londres —dije mirando a Renée—. Se quedó con nosotros el invierno pasado durante una crisis en su vida, y ha dejado claro que tengo un lugar donde quedarme. Además, contamos con un amigo que podría tener algunas respuestas para ayudarnos a todos.

—El señor Lewis —dijo Bill.

—Sí —dudé. Aquí es donde podía perder el equilibrio—. He empezado la novela sobre el rey Carlos II, y creo que podría ser una verdadera fuente de ingresos. Pero necesito ir a Edimburgo a la biblioteca para investigar. También podría terminar los artículos de los Diez Mandamientos, que podrían formar un libro atractivo, todos compilados. Para colmo, la atención médica en Inglaterra es prácticamente gratuita. No impiden que los turistas la usen cuando está de vacaciones. Por fin podría arreglarme todos los dientes y hacerme algunos chequeos que he estado posponiendo porque…

—No tenemos dinero… —interrumpió Bill, pero luego se ablandó, se acercó a mí y me tomó las manos—. Joy, queremos que te mejores, y sé que no podemos pagar la atención médica aquí. Haz lo que tengas que hacer. Si crees que ir al extranjero podría ayudarte, deberías hacerlo.

—Lo que necesites para estar sana —coincidió Renée.

—Esto lo hago por *todos* nosotros —dije—. Casi no puedo pensar en dejar a mis hijos, pero sé que los tendrán a ustedes dos. Todo irá mejor cuando vuelva. No es diferente de uno de tus viajes de negocios —le dije a Bill—. Cada vez que vuelves, es como si nunca te hubieras ido.

Bill me besó en la palma de la mano.

—Estaremos bien —dijo, se puso de pie y se fue a pasear como si simplemente hubiéramos decidido cenar emparedados esa noche.

Renée también se levantó. Recogió del suelo un juguete de plástico con forma de hueso y lo dejó en una canasta debajo de la mesa de café.

—Estaremos bien, *cookie*. Muy bien. Nos has salvado, y yo haré lo mismo por ti —dijo, agarrando mi mano—. Ponte bien para volver preparada para lo que sea.

—Sí, lista para lo que sea.

Jack:

Warnie y yo estamos deseando conocer a nuestra amiga epistolar. Por favor, mantennos informados de tus planes de viaje. Te esperamos.

Joy:

Salgo de Nueva York la segunda semana de agosto y llegaré a Southampton el día 13. Me quedaré con una vieja amiga en Londres y les avisaré cuando llegue y me haya instalado.

Durante esas semanas previas a mi partida, sentía como se me desgarraban las entrañas cuando llevaba años sintiéndolas entumecidas, como si esa decisión hubiera despertado el alma de mi interior. Le dije a mis hijos adónde iba y la gran aventura que sería. Nos inventamos historias sobre cómo sería Inglaterra. Davy hizo dibujos y Douglas se preguntaba si los bosques eran más espesos o más verdes. Nadie podría contar cuántas veces les dije lo mucho que los extrañaría, cómo la idea de marcharme me hacía sufrir por ellos incluso cuando aún los tenía sentados a mi lado.

—Chicos —les dije al arroparlos una semana antes de irme—. Los amo tanto… con un amor más grande que el universo.

—El universo no se puede medir —dijo Davy con su nueva sabiduría astronómica.

—Exacto —respondí.

—Cuando vuelvas, ¿nos traerás regalos? —preguntó Douglas.

—Montones de regalos.

—¿Crees que el señor Lewis será tan agradable como el profesor de su libro?

—Aún más agradable —le dije—. Te escribiré y te lo contaré todo sobre él.

Se durmieron con la facilidad con que solo los niños exhaustos pueden hacerlo, y yo me paré junto ellos, dejando correr las lágrimas por mi rostro hasta las comisuras de los labios.

Cuando llegamos al embarcadero de los muelles del río Hudson esa mañana de agosto, Bill estaba erguido y rígido como los pilares del muelle.

—Buen viaje, Joy —pronunció al darme un débil abrazo.

—Este es un viaje para todos nosotros —le dije, tomando sus manos—. Será una vuelta a la salud, a unas finanzas más estables y a la vitalidad de nuestra familia. Lo entiendes, ¿verdad, cachorrita?

Se dio la vuelta y Renée se acercó. Su abrazo fue más prolongado, más fuerte. Dio un paso atrás con su vestido rojo y su sombrero de paja de ala ancha y sonrió.

—Te echaré de menos, *cookie*. Vuelve a casa a salvo y pronto.

—Me besó la mejilla, y yo sabía que me dejaría la marca carmesí de su lápiz labial.

Una húmeda brisa que traía el olor acre de humo y gasolina nos inundó mientras extendía mis brazos a mis hijos. Detrás de mí me esperaba el gran transatlántico, un barco gigantesco al que estaba a punto de subir.

—Davy, Douglas. Vengan acá.

Abracé a cada uno con cada brazo, formé con ellos un círculo cerrado y besé sus rostros, sin dejar ni un centímetro.

—Estaré en casa pronto. Los quiero mucho —dije, pero mi voz se anudó con las lágrimas que se atascaban en mi garganta.

—No llores, mami —dijo Douglas, dándome una palmadita en la mejilla—. Puedes traernos regalos de Inglaterra.

Davy enterró su cabeza en mi hombro y comenzó a llorar suavemente, dejando caer sus gafas al suelo. Le levanté la cara y le sostuve la barbilla con mi mano para ver sus profundos ojos marrones fijos en los míos.

—Miren la luna y sepan que yo también la miraré. Estaremos bajo las mismas estrellas y el mismo cielo. Y eso me llevará a casa. Te lo prometo.

Nos abrazamos con fuerza hasta que Bill anunció:

—No empeoremos las cosas. Debes irte ya.

Con dos besos más en las mejillas de mis hijos, vi cómo Bill los tomaba de las manos y el cuarteto se alejaba hacia Bobby y Rosemary, que estaban esperando al final de la acera. Solo Douglas miró hacia atrás y saludó con la mano. No me moví ni un paso hasta que desaparecieron de mi vista; entonces, lentamente, alcé los ojos hacia el transatlántico. Estaba amarrado a los muelles con cuerdas tan gruesas como árboles, inmóvil en las agitadas aguas, pese a que a su alrededor el agua se balanceaba, bailaba y golpeaba el casco. En las altas letras blancas que recorrían su costado se leía: SS *United States*.

A bordo, el viento era cálido, y casi podía saborear el aire de alta-
mar, donde desaparecería el calor. Me paré en la cubierta de popa, con mi
vestido ondeando como un pájaro incapaz de levantarse del suelo, y me
quedé allí hasta que la estatua de la Libertad se vio tan pequeña como un
juguete en una tienda de regalos, hasta que el último extremo de tierra se
desvaneció de la vista y lo único que quedó fue el vasto mar.

II

INGLATERRA

«... no lo puedes retener como si
fuera un león domesticado».

La travesía del viajero del alba, C. S. Lewis

CAPÍTULO 9

El amor es esto y aquello, siempre presente

«SONETO III», JOY DAVIDMAN

Agosto de 1952

Salí del SS *United States* hacia los muelles de Southampton, entrecerrando los ojos tras mis lentes ante el desconocido país envuelto en niebla y polvo de carbón. El país, y la exuberante gloria verde que me brindaba, estaban en algún lugar más allá.

Arrastré mi equipaje, algo que seguro que todos vieron, porque, pese a la polución y la suciedad, tenía una sensación de tal ligereza y alegría que el malestar que había estado cargando durante años se me desprendió como piel mudada. No me hubiera sorprendido que alguien hubiera corrido detrás de mí gritando: «¡Se le ha caído algo ahí detrás!».

Había dejado a mi familia en Estados Unidos y sabía que había vecinos y amigos que no lo entendían. Nuestra comunidad eclesial frunció el ceño. Otras mujeres hablaban de mí. Pero ¿no se les moría el alma por dentro? ¿No sentían la ansiedad que viene cuando la luz interior se eleva y grita: «Déjame vivir»?

Tal vez nuestro Hacedor nos haya hecho a cada una de tal manera que esto no sea así para todas las mujeres. Podría haber seguido mi camino, vacía e ictérica, enferma y desolada en el alma. Podría haberme esforzado aún más por borrar el hedor a *whisky* de mi marido alcohólico, por limpiar el piso, por calmar mi corazón atormentado. Por supuesto que podría haberlo hecho, pero ¿a qué precio?

Una complicada composición musical de acentos —desde el londinense barriobajero y el melódico irlandés hasta el sofisticado inglés de Queen's— me llevó por la acera como si la hubieran escrito para mi llegada. Subí a un tren y me bajé en Londres para tomar un taxi. Ante mí pasaba la belleza de la ciudad: calles empedradas y autobuses rojos de dos pisos, farolas que se arqueaban sobre las aceras de manera tan majestuosa que parecían custodiar la urbe; hombres trajeados en bicicleta; mujeres con vestidos elegantes de cintura ceñida que se cimbreaban sobre sus tacones altos por las aceras; catedrales con torres que se extienden hacia el cielo; cabinas telefónicas de color cereza en las esquinas, cuyas puertas a menudo se abrían como una invitación secreta. El taxi llegó al piso de Phyl en el 11 de Elsworthy Road, una calle flanqueada por abedules plateados y sicómoros que te hacían señas para entrar como si fuera un pasadizo secreto.

Sintiendo todavía el vaivén del barco en las piernas, me paré en los escalones de piedra rojiza y llamé con la esperanza firme de un nuevo comienzo. Phyl abrió la puerta y por un momento no la reconocí. La última vez que la vi estaba en mi casa de Staatsburg, caracterizada por su palidez de suicida, pero allí estaba ahora, con sus mejillas coloradas y una amplia sonrisa, llena de vitalidad, dándome un saludo bullicioso y un gran abrazo.

—¡Ya estás aquí!

Transformación. ¡Sí! Eso era lo que buscaba. Nombrar algo era hacerlo mío: la transformación de mi corazón y de mi cuerpo.

Y todo comenzaría aquí en Londres.

————

«Hoy voy a conocer a Jack».

El pensamiento me despertó con una sonrisa en el cuarto de huéspedes de Phyl. Llevaba un mes en Inglaterra, deseando ser fuerte y estar lista para conocer a mi amigo epistolar, así como para disfrutar de la paz y el descanso que necesitaba. Hoy era el día.

Me levanté despacio tras el silbido de una tetera.

En los últimos días me había dejado seducir por Inglaterra, y el tiempo había pasado volando con la evidencia de que es relevante, de que se mueve más rápido en la felicidad, huyendo de mí como el agua de la cascada más alta. Había explorado Londres con un atento deseo de aprender y ver todo lo posible de las 900 millas cuadradas de la ciudad real. Este viaje, estos días lejos de mis pequeños, tenían que hacer que valiera la pena la ausencia, y me propuse que así fuera. Mientras Phyl y yo caminábamos por Trafalgar Square, ella resoplaba, sin aliento.

—Has recorrido toda la ciudad, estoy segura. ¿No estás cansada?

—¿Cansada? —dije, abriendo bien los brazos, y me reí—. Caminar siempre me ha permitido deshacerme de las partes más oscuras de mí misma. La belleza de esta ciudad me deja anonadada.

Me senté en el borde de la fuente e hice un gesto para que ella hiciera lo mismo.

—Lo más fascinante es la forma en que veo el mundo ahora. Es como si creer en Dios me diera ojos nuevos, el mundo está lleno de posibilidades y fascinación. Ya no es solo naturaleza, o solo belleza, es *revelación*.

Entrecerró los ojos al sol y me empujó.

—A mí me parece lo mismo.

—¡Oh, Phyl! —exclamé, con las manos al cielo. —¿No ves que todo es posible? Lo que sea. El mundo cambia cuando comprendes el Amor que hay tras él, sobre él y debajo de él.

—Amas la vida a puñetazos, querida —me dijo, con una palmadita en la rodilla.

Volvimos a casa y, durante las semanas que me quedaban, los dentistas y los médicos que visité me pincharon una y otra vez; la curación era una parte fundamental de este viaje. También me pasaba los días leyendo e investigando, escribiendo y viajando, conociendo nuevos amigos y buscando un grupo de escritura. Iban y venían montones de cartas entre Bill, los niños, Renée y yo. Quería contarles cada detalle de mi viaje.

Joy:

Oh, Renée, cómo me gustaría que hubieras estado conmigo en Trafalgar Square, donde encontré un restaurante español que te habría encantado. Pero me he dado cuenta de algo: los londinenses deben de ser medio patos. Si no fuera por los zapatos de suela de crepé, habría podido nadar por las calles.

Bill:

Me alegra escuchar que todo está siendo tan ideal para ti y que eres maravillosamente feliz, pero estamos pasando por un momento difícil acá. El dinero escasea. Perdóname por no enviar más esta vez.

Joy:

Querido cachorrito:

Lamento que escasee el dinero. Haré lo que pueda para escribir y vender, para estirar los chelines. Pienso en ti a menudo: ¡me gustaría que hubieras estado conmigo cuando fui a un teatro al aire libre y una gran tormenta sacudió la carpa como si estuviéramos todavía en Vermont! También hice un viaje a Hampstead Heath, donde compré tres obras de arte a bajo precio, una acuarela por solo treinta y cinco chelines. Es un lugar maravilloso y lleno de artistas y escritores de todo tipo. Quizá deberíamos vender la casa y mudarnos aquí. Amor para todos, Joy.

P.D. para Davy: ¡El acuario tiene una gran salamandra de Japón de metro y medio!

Davy me había escrito acerca de la serpiente que Bill *por fin* le había dejado atrapar: la llamó Señor Nichols. Pensaba en mis hijos continuamente y cuando fui al zoo de Londres los extrañé mucho y compré recuerdos para enviárselos.

Visité el Museo de Madam Tussauds y todas las capillas, catedrales o estudios de arte que se me abrieron. Luego llegó mi viaje sola a Canterbury, que fue como entrar en un libro que leí en mi infancia. Nunca había visto una tierra que se hiciera eco de mis sueños: las seductoras y ondulantes colinas verdes con sus distintos tonos de verde, bordeadas por muros de piedra y salpicadas de ovejas lanudas.

Me enamoraba de Inglaterra una y otra vez. La forma de mi alma cambiaba con cada paisaje; quería ser fuerte y firme antes de conocer a Jack en persona.

Viajé por Kent, una región de vacas de cuernos cortos y doradas colinas ondeantes. Traté de describirlo en mis cartas, pero ¿cómo podría hacerle justicia? Kilómetros y kilómetros de manzanos, perales y ciruelos. Avellanos y serbales con bayas rojas encendidas como el fuego que no se consumía. Los castaños y los campos de lúpulo pasaban volando como cuadros de Renoir. Yo estaba llena a rebosar de paisajes. Los espacios bombardeados en la Segunda Guerra Mundial dejaron al descubierto el antiguo pavimento romano y las murallas; por donde mirase encontraba una historia. Oh, qué provinciano y aburrido parecía Estados Unidos en comparación.

Luego estaban los amigos que conocí. Dos días después de mi viaje, a instancias de Jack, llamé a la puerta de Florence Williams. Su difunto esposo, Charles Williams, la había apodado su «Mical» y, aunque él ya no estaba, se quedó con el nombre grabado. Había sido poeta, teólogo, escritor y parte de los Inklings, junto a Jack y J. R. R. Tolkien. En una conexión que nos hizo prorrumpir en esa risa que une a las amigas, descubrimos que Bill había escrito un prólogo para uno de los libros de su difunto esposo: *The Greater Trumps*. No solo nos hicimos amigas en seguida, sino que además me presentó a un grupo de escritores de ciencia ficción que se reunía en Fleet Street los jueves por la noche en un *pub* de techo bajo llamado White Horse. El grupo se puso el nombre de «Círculo de Londres», y yo me introduje entre ellos y tracé ese círculo a mi alrededor. Entre abundantes cervezas y salchichas, sus historias, debates y chismes editoriales se arremolinaban en torno a mí. Era un compañerismo que había estado buscando y que había encontrado, como si hubiera llegado a una isla después de haberme perdido en el mar.

Bill:

Es bueno saber que ya fuiste al médico y al dentista. Espero que te estés curando. Los chicos están bien, pero te extrañan más de lo que dicen.

Renée:

¡Gracias por la bufanda de Liberty! La llevo puesta siempre. Por favor, perdona a Bill por no enviar mucho dinero; estamos arruinados del todo; lo sentimos, pero es la terrible verdad: Bill está teniendo problemas para vender lo que sea.

Joy:

Querido cachorro Bill:

Lamento que no puedas enviar dinero y que en realidad estés «arruinado del todo». Escribo todos los días y, si vendo algo, te enviaré algo de dinero en efectivo. Mientras tanto, voy a sobrevivir con lo mínimo. Gracias a Dios, tengo a Phyl y un lugar para vivir. Estarás encantado de saber que he encontrado un grupo de escritura. La mayoría son escritores de ciencia ficción, y muchos de ellos conocen tu trabajo. Adivina a quién conocí: ¡Arthur Clarke! Ya sabes, el famoso escritor que es miembro del Interplanetario Británico. En cuanto a mi salud, nunca me he sentido mejor. Espera, Bill, cariño, cuando vuelva a casa voy a ser la mejor cachorrita que hayas conocido.

—¡Joy! —llamó Phyl desde el pasillo—. Debemos irnos o perderemos el tren a Oxford.

Había cambiado tres veces de ropa y sombreros; casi había elegido la camiseta de lana negra Jaeger que acababa de comprar, pero cambié de opinión cuando vi que podía parecer deprimente. Me sujetaba el pelo en alto y luego lo soltaba, y luego me lo volvía a sujetar en mi moño de siempre. Fue Michal Williams quien me dijo que a Jack le gustaba cuando las mujeres se esforzaban con su vestimenta.

Phyl metió la cabeza en la habitación y se llevó las manos al pecho.

—Te ves linda. Me encanta ese vestido de tartán.

—Oh, Phyl —agradecí. Me subí las medias y me las sujeté con el liguero—. Me pregunto de qué vamos a hablar. No se me da bien tratar con desconocidos. Esa es la especialidad de Bill en nuestro matrimonio: él es atractivo y encantador, se ríe a carcajadas y cuenta chistes, toca la guitarra y participa en los juegos. Normalmente yo me quedo en un rincón debatiendo sobre política, religión o libros —dije, me puse las gafas y le sonreí.

—Pero tú ya *conoces* a este hombre.

—Sí, creo que sí. Traerá a un amigo y seremos cuatro —comenté, me miré en el espejo una vez más y metí mi pelo bajo el sombrero de grogrén con cinta azul—. Gracias por acompañarme.

—No hay problema —me aseguró—. Y, desde luego, yo también quiero conocerlo. Además, Oxford, ¿quién no quiere pasar un tiempo en Oxford? ¿Crees que te gusta Londres? Pues espera. Y te encantará la pequeña habitación de invitados de Victoria, cómoda y acogedora.

Recogí mis maletas y enderecé mis hombros.

—Vayamos, pues.

———

Phyl y yo estábamos sentadas juntas mientras el tren salía del andén. Ella leía una novela y yo contemplaba su rostro, sus largas pestañas que subían y bajaban. Entonces me sobrevino un horrible recuerdo: una terrible pelea con Bill en diciembre del año pasado. Había llevado a Phyl en nuestro viejo Chrysler al Muelle 88 en Manhattan para su viaje de regreso a Londres. Había estado enferma, miserable, ausente y desconfiada después de las noches pasadas de infidelidad confesa, y no me había portado de manera racional. Cuando Bill llamó para decir que el auto estaba averiado y que pasaría la noche en el Hotel Woodstock, lo acusé de seducir a Phyl. Grité, maldije y me sentí incómoda conmigo misma. Él también se enfureció conmigo. No recordaba las palabras, pero las heridas del alma habían calado a fondo y para largo.

Phyl había demostrado ser la amiga más leal e inspiradora; me preguntaba cómo pude haber pensado que aceptaría semejante tontería de mi marido. Además, Bill me había jurado que sus infidelidades habían terminado... pero para una esposa nunca se acaban. Nunca.

—Phyl —dije mientras el tren exhalaba su humo teñido de carbón y se dirigía hacia Oxford.

—¿Hmmm?

—Estoy nerviosa. ¿No es extraño? ¿Por qué debería estar nerviosa por conocer a un hombre y a su amigo en un restaurante? He conocido a cientos de escritores, y la mayoría de ellos no merecen el temor que me inspiraban.

—Porque respetas mucho a este escritor. Creo que te da mucho miedo conocer al hombre *de verdad*. Quizás no sea todo lo que imaginaste que sería.

Me reí, demasiado fuerte como siempre, y dos mujeres que estaban delante se giraron con miradas de desaprobación. Les ofrecí mi mayor sonrisa. Nada como un poco de bondad para matar.

—Oh, *cookie* —le dije a Phyl— ¿No podrías ser más directa?

—Más vale que afrontemos la verdad, querida —sentenció, se estiró y cerró *El gran divorcio*, que había querido leer antes de conocer a Jack—. No tiene sentido fingir que no te importa. Está claro que tienes mariposas en el estómago.

Pensé por un momento mientras veía cómo el paisaje parpadeaba, verde y dorado.

—Lo que me pone nerviosa no es perder el respeto que le tengo; eso no es posible. Es la idea que podría o no tener de mí. ¿Sabes, querida? Los judíos no son muy apreciados por aquí. Ni siquiera los exjudíos. ¿Y si esta exatea y excomunista nacida en el Bronx le inspira temor?

—Tal vez esté horrorizado, pero seguro que un poco fascinado. Como con el desarrollo de un buen libro, tendrás que esperar y ver.

Los asientos de tapicería a cuadros picaban al tacto, pero de todos modos me hundí en ellos y subí la persiana de la ventanilla. Campos verdes, humedales y ríos, embarcaderos y arroyos. Parecía como si hubiéramos cruzado muchos ríos, aunque podría haber sido uno solo, serpenteando entre Londres y Oxford. En lo alto de una loma atravesamos una aldea cuyas bajas chimeneas parecían lápidas. Después pasamos por el Industrial Slough, teñido de carbón, y luego por Reading. El traqueteo del tren hizo que me invadiera el sueño mientras imaginaba unas cuantas líneas de presentación para el momento en que encontrara a Jack.

Es un honor y un privilegio.

Has cambiado mi vida.

Me encantaste desde la mitad de El gran divorcio cuando dijiste: «No hay personas que se encuentren entre sí más absurdas que los amantes».

Hola, soy Joy, y estoy hecha un manojo de nervios.

Pero al final no dije nada de eso.

CAPÍTULO 10

Mediré mi afecto por la dracma.

«SONETO I», JOY DAVIDMAN

Los ladrillos del Hotel Eastgate, una gran dama de la arquitectura de Oxford, eran del color ámbar de la piel de mi gato. Había pasado un mes y todavía me impresionaba la sólida antigüedad de Inglaterra, la manera en que se construían sus estructuras como si supieran que su belleza etérea sería necesaria durante miles de años. Las ventanas estaban encajadas como ojos caídos de sueño. Los cuatro escalones de la puerta principal eran anchos y curvos. A nuestra derecha estaba lo que podría pasar por ser una fortaleza medieval, que en realidad era uno de los treinta y cuatro *colleges* de la Universidad de Oxford, Merton College, con su largo muro de piedra que seguía la calle en curva con la cercana disposición de un amante.

—Phyl —dije cuando nos detuvimos en la puerta de madera oscura—, aunque extraño a mi colección de cachorritos, estoy muy contenta de estar aquí.

Me dirigió una mirada tranquila y conocedora, con sus ojos azules entrecerrados ante la luz del sol.

—Esto será interesante, amiga mía. Disfrútalo.

Asentí y me puse la mano sobre el estómago para calmar los nervios. Me limpié el carmín con un pañuelo de papel. Durante años había esperado conocer a Jack, aunque dudaba de conseguirlo, y ahora me encontraba en una acera de Oxford, al lado del lugar donde se reunía con sus amigos para almorzar.

Entramos en el vestíbulo del bar del hotel, donde dijo que estaría esperando. Me acordé de las fotografías en las que Bill decía que Jack parecía un viejo y amable perrito *basset*. En esas imágenes, Jack a veces llevaba anteojos de montura redonda negra y siempre aparecía con traje y corbata. ¿Se ponía estas cosas en un día normal para almorzar en un hotel? ¿O estaría con sus ropas de profesor? ¿Tendría una pipa entre los labios? ¿Un cigarrillo colgando?

Mis pensamientos revoloteaban locos, como pájaros enjaulados.

¿Lucía bien? ¿Bella pero inteligente? ¿Agradable pero lista? Nunca había admirado mi aspecto, excepto por una fotografía favorecedora en la contraportada de *Weeping Bay*. Cada vez que intentaba reproducir esa pose exacta, me quedaba frustrada y decepcionada. Jugueteé con mi collar de perlas y miré en la barra. Era la hora del almuerzo y estaba repleta: hombres con corbata y traje de tres piezas, mujeres con perlas y sombreros no diferentes de los que yo llevaba. La sala era una nube de cretona y terciopelo, débilmente iluminada por las lámparas de las mesas auxiliares de madera oscura. Las paredes estaban cubiertas de papel pintado de damasco verde, el techo con hastiales de madera oscura, gruesos como traviesas de ferrocarril. Era todo muy majestuoso y noble, lo que me hizo estirarme, echar atrás los hombros para estar más alta.

Recorrí la sala con la mirada hasta que lo encontré.

Jack.

Allí estaba, animado, inmerso en una conversación con el hombre que tenía delante. Tenía una sonrisa amable y pronunciada mientras escuchaba.

Lo evalué como si tuviera una eternidad para mirar sin que él se diera cuenta. Su línea capilar había retrocedido y lo que le quedaba de cabello oscuro en la parte superior estaba echado hacia atrás, liso y con marcas de peine. Su sonrisa resplandecía de vitalidad. Tenía los ojos ensombrecidos por sus párpados caídos bajo unas gafas sin montura, como si acabara de despertarse y estuviera contento de haberlo hecho. Se sentaba de manera informal, con una pierna vestida de pana sobre la otra.

Había algo luminoso en él, en la forma en que su rostro se mostraba animado bajo sus espesas cejas. Su boca y sus labios se veían carnosos.

Estos atributos —su mente, que yo conocía de las cartas, y ahora la luz de su espíritu— se combinaban en una palabra singular: bellos. Los pájaros de mi mente se trasladaron a mi pecho y revoloteaban premonitorios en él.

Entonces, como si alguien pusiera una mano sobre su boca, dejó de reírse. Me miró como si mis ojos le hubieran tocado el hombro.

Nuestras miradas se encontraron y se detuvieron. Él sonrió, al igual que yo.

Hice acopio de fuerzas y me acerqué a él. Me detuve frente al sofá junto al que él estaba de pie. Esos ojos marrones suyos brillaban como encendidos.

—Bueno, bueno. Mi amiga epistolar Joy está en Inglaterra por fin —su voz era una canción: parte acento irlandés, parte inglés. No era tan alto como esperaba, como mucho un metro ochenta, pero su carisma llegaba hasta las vigas. Vestía una descuidada chaqueta de *tweed* con parches de cuero marrón en los codos y una camisa de botones blancos con una corbata azul brillante.

—Y tú —le dije con una sonrisa nerviosa— debes de ser mi famosísimo amigo, Jack Lewis.

Soltó una carcajada y extendió su mano para estrechármela en un fuerte apretón de manos.

—¿Famoso? Infame quizás, y en círculos muy limitados.

Mi voz resonaba con aire de tonta. La bajé.

—Me alegro mucho de verte. Después de todos estos años de amistad y un mes entero aquí en Inglaterra, finalmente nos encontramos cara a cara.

Le sostuve la mano y nos sonreímos el uno al otro. Durante lo que probablemente fueron solo unos segundos, el tiempo se detuvo. Me soltó la mano cuando Phyl se acercó.

—¡Oh! ¡Se me he olvidaba! Por favor, te presento a mi amiga Phyl Williams.

El hombre al lado de Jack arqueó las cejas y de inmediato supe lo que había hecho mal: había hablado en voz alta con mi acento neoyorquino.

Jack estrechó la mano de Phyl.

—George Sayer —dijo con ese acento suyo—, te presento a Joy Gresham y a su amiga de Londres, Phyl.

George inclinó su cabeza una vez ante cada una y Jack explicó:

—George es un buen amigo que fue alumno mío en Magdalen.

—Es un placer conocerlo —saludé a George. Le extendí mi mano y él la estrechó sin decir palabra. Nerviosa, apreté los labios, esperando que el carmín siguiera en su sitio y que no se hubiera vertido en los pequeños pliegues alrededor de mi boca.

—Vengan —dijo Jack—, sentémonos. Nos han preparado una mesa.

Los cuatro nos dirigimos a la mesa del comedor, reservada en el centro del restaurante, donde nos esperaban cuatro copas de vidrio que chispeaban con un líquido ámbar.

Nos acomodamos, nos extendimos las servilletas en el regazo, mientras yo evaluaba rápidamente a George. Tenía una cara larga como la de un caballo, con profundos surcos en la frente, un mapa de carreteras de años de ceño fruncido. Sus grandes orejas estaban agachadas como si se inclinaran hacia sus ojos y su larga nariz terminaba en un bulbo redondeado desde el cual parecía mirarme mientras captaba mi atención. Miré hacia otro lado.

—Jerez —dijo Jack y levantó su copa—. Bienvenidas a Oxford.

Todos levantamos nuestras copas y juntos tomamos un sorbo.

—Hmmm —dije—. Delicioso. En Estados Unidos hubiéramos comenzado con licor fuerte y pasado al vino, y estaríamos borrachos antes de que empezara la comida —dije, agitando la cabeza—. Luego habría tenido una buena resaca antes de que se acabara la comida. Pero todo aquí es muy civilizado.

Jack se rio y George me miró con ceño fruncido. Esbocé mi mejor sonrisa.

—Señor Sayer, Jack dice que fue usted alumno suyo... ¿A qué se dedica ahora?

—Enseño en Malvern.

—Oh, qué suerte tiene. Esta ciudad, Oxford —le dije—, me hace preguntarme cuán diferente habría sido mi vida si la hubiera pasado en un lugar como este con hombres como ustedes dos.

—Me atrevo a decir que su vida está mucho mejor habiéndola pasado con hombres que no seamos nosotros —dijo George levantando su copa—, por lo aburridos que somos.

—Pero la vida intelectual aquí tiene…, ¿cuánto? ¿unos novecientos años? —observé, y me incliné hacia ellos—. Qué estimulante.

—Sí —dijo Jack—. Puede ser, pero también es bastante prosaica a veces: el tedio de enseñar, poner calificaciones y dar conferencias.

—Bueno, me hubiera gustado probarlo.

Entonces Phyl contó un chiste que no recuerdo y empezamos a conversar y reír. Comimos una *mousse* de salmón tan ligera como la crema batida, y perdí la cuenta de las copas de vino. Con el vino, la alegría aumentaba exponencialmente, las bromas se contaban mal y las historias se embellecían con adornos. Hablamos de la próxima coronación de la nueva reina, del racionamiento del té. El largo almuerzo nos pareció durar solo cinco minutos. A menudo Jack y yo nos mirábamos y sonreíamos, pero tímidamente. Nos conocíamos tan bien como cualquier par de amigos —él había oído mis secretos y mis temores— y, sin embargo, era ahora cuando nuestros ojos podían captar lo que nuestras mentes ya habían captado.

—¿Cómo conoció la obra de nuestro amigo? —preguntó George finalmente, cuando nos trajeron el bizcocho de postre.

—Como Jack, fui sorprendida por Dios. Los dos nos convertimos siendo personas de mediana edad —contesté, le sonreí a Jack y luego volví a mirar a George—. Cuando tenía ocho años leí el *Bosquejo de la Historia* de H. G. Wells y entré en la sala de estar de mi casa para anunciar a mis padres judíos que yo era atea.

George se estremeció. Lo noté, y supe que era por la palabra «judíos». Los británicos podían afirmar que no eran antisemitas, de la misma manera que los estadounidenses blancos podían afirmar que no eran racistas, ya que segregaban sus escuelas y vecindarios.

—Hemos estado escribiendo sobre nuestra travesía espiritual —le dijo Jack a George y luego se volvió hacia mí— y me ha llamado la atención sobre los agujeros y puntos débiles de algunos de mis argumentos. Debo decir que rara vez me he encontrado con un adversario tan digno.

¿Adversario? Quería ser cualquier cosa menos eso.

—Bueno —dijo George tras aclararse la garganta—, díganos lo que piensa de Inglaterra, señora Gresham. ¿Lleva aquí un mes?

—La verdad, me he enamorado, señor Sayer, con un amor loco y apasionado —contesté. El calor de un rubor llenó mi cara y mi cuello. Me llevé la mano al escote, me agarré a las perlas que había colgado allí esa misma mañana pensando que parecían elegantes y respiré hondo—. ¡Me refiero a Inglaterra, por supuesto!

George asintió, acariciando sus labios con una servilleta.

—Me encanta todo lo de Inglaterra —continué como siempre que estaba nerviosa, con palabras que salían a borbotones—. Prácticamente me he quedado sin piernas. Estoy enamorada de su luz dorada. ¿Y cómo puede el aire ser más tenue aquí? No tengo ni idea, pero lo es. La amabilidad de los extraños no tiene parangón. Y, oh, los *pubs* —exhalé—. Adoro los *pubs*. Su oscura calidez, el murmullo de la conversación, la música de un violinista escondido en un rincón.

George estalló en una carcajada.

—Obviamente aún no ha visto la maldita niebla inglesa. Espere, ya veremos si sigue idealizando nuestro país. Lo cual, por cierto, me parece muy bien.

—Cuando vi Oxford por primera vez —dijo Jack tras levantar su copa—, le escribí a mi padre y le dije que era un lugar que superaba con creces todo lo que había imaginado, con sus legendarias torres y agujas. Envidio tu opinión sobre Oxford hoy. Solo hay una primera vez.

Todos nos quedamos en silencio y terminamos nuestros postres despacio, como si ninguno de nosotros deseara la despedida que naturalmente le seguiría. Me sentí desolada por dejar de estar con Jack, a pesar de que era solo una idea y aún no había ocurrido.

Entonces se puso de pie, se limpió las migas de su chaqueta y sonrió.

—Caminemos hasta Magdalen y te mostraré un poco de esto, si tienes tiempo.

Si tengo tiempo...

CAPÍTULO 11

Entre dos ríos, en un clima de nostalgia,
Cambia el cielo, se desnuda el árbol, se suspende el verano

«SONETO VI», JOY DAVIDMAN

Septiembre en Oxford es una gloria de color y aire sedoso, de tonos dorados y esperanza cubierta de hiedra. Era como ser transportada al país de un cuento de hadas que te habías olvidado de leer.

Acompaño a Jack mientras balancea su bastón a cada paso, con su sombrero de pescador inclinado sobre la cabeza. Cruzamos High Street para ver por primera vez el Magdalen College, que descansaba majestuosamente sobre el río Cherwell. Me detuve a mitad de camino.

—¡Impresionante!

Miré fijamente a la torre de piedra del College, con seis agujas que llegaban hasta el cielo más azul. Una gran fortaleza de murallas y portones rodeaba los edificios de piedra caliza. Su arquitectura medieval y mística conformaba un cuadro, un diorama de una película de fantasía.

—A mí también me sobrecogió así la primera vez. Todavía me impresiona —dijo Jack—. Es tan hermoso como cuando te acercas. Ven.

—¿Sabes? —dije—. Después del bullicio de Londres y de los sitios bombardeados, esto parece prístino e intacto.

Por el rostro de Jack pasó una expresión de nostalgia, pero luego se volvió hacia mí y asintió.

—Sí, nos libramos de las bombas: Hitler planeaba hacer suya Oxford y quería salvarla. Veíamos a los aviones dirigirse aquí y luego girar a la izquierda o a la derecha usando el río como guía.

Levanté la vista como si los aviones estuvieran zumbando sobre nosotros.

—Me alegro mucho de estar aquí.

—Y yo de que hayas hecho el viaje —me sonrió.

Phyl y George siguieron adelante y cruzaron la gran puerta de madera de Magdalen, dejándonos solos a Jack y a mí. Las hojas amarillas formaban una alfombra de felpa bajo nuestros pies, aunque unas pocas todavía se aferraban a los árboles con sus frágiles tallos. Las lápidas eran tan comunes a lo largo de las aceras como los bancos o las paredes de piedra.

Anduvimos a paso lento; no tenía mucha prisa. Pasamos por las desgastadas puertas de madera gris de Magdalen, tan grandes como las puertas del castillo que había visto en Buckingham, y Jack nos hizo un gesto para atravesar primero un puente de piedra. A mitad de camino se detuvo y nos quedamos de pie juntos, apoyados en la antigua muralla y absortos ante la panorámica del río Cherwell. Estábamos en pie, con los hombros separados por un suspiro, cuando me vino a la mente un verso de *El rey Juan* de Shakespeare.

—«No se fíen de las arteras aguas de sus ojos, pues sin tal llanto no existe villanía».

Con una risa repentina, Jack alzó el rostro hacia el sol y terminó.

—«Y él, ducho en ello, hace que parezcan ríos de remordimientos e inocencia».

Nuestros ojos se encontraron, se abrieron y juntos dijimos:

—*El rey Juan.*

Jack se sacó una cajetilla del bolsillo y extrajo un cigarrillo, golpeando con fuerza el fósforo contra el pedernal en un rápido movimiento. Puso el fuego contra el extremo y aspiró hasta que se encendió. Todo esto lo hizo lentamente, con cuidado, como si tuviera todo el tiempo del mundo para completar este singular acto en un puente de piedra sobre un río. Abajo, las bateas estaban apiladas contra la orilla, amarradas y sujetas con fuerza, esperando a ser elegidas. Los sauces se inclinaban como para acariciar el río, ondeando sus ramas con la brisa.

Rompí el silencio.

—Este río —dije— se parece mucho a la vida.

—¿Cómo es eso? —se interesó Jack, que se giró para apoyarse en el parapeto de piedra, aspirando una larga calada de su cigarrillo.

Bueno, eso me enseñaría a hablar sin pensar.

—El agua que fluye —dije con determinación— y llega a su fin en el mar pase lo que pase.

Él se quedó pensando en ello.

—Creo que la vida es más como un árbol. Cada rama se va diferenciando a medida que crece. Cada una es una elección individual.

—Jack —dije, y señalé el río que fluía bajo nosotros—. Este es el río de la vida. Está sujeto a sus orillas, pero aun así es libre. ¿A veces debaten por diversión? —pregunté riendo—. Lo digo para ver si puedo seguirte el paso.

—Ah, no, estoy seguro de que puedes seguirme el paso. Pero el río, aun siendo una metáfora tan bella, no es la adecuada para nuestras elecciones en la vida. No todos desembocamos en el mismo lugar, como los ríos.

Sus ojos eran de un marrón vivo e intenso, y yo me preguntaba qué veían en mí: sabía cómo mantener una atención amable, una presencia.

—Elección —dije, me agaché y tomé un puñado de hojas, para dejarlas caer entre mis dedos—. ¿Y si elegimos mal? ¿Ardemos en un infierno eterno? ¿Puedes creer eso? —pregunté, lanzándole una hoja—. ¿Es como escribiste en *El gran divorcio*? ¿No puedes llevarte ningún recuerdo de lo que amas?

—He disfrutado de nuestra correspondencia —se rio—, pero charlar contigo es aún mejor.

—Sí —asentí, respiré hondo y dije la verdad—. A lo largo de los años, mi perezoso corazón comenzó a latir de nuevo con palabras, nuestras palabras, y con el poder de ellas.

Jack sonrió mientras la dorada luz del sol inglés se elevaba desde detrás de una nube plisada, descansando suavemente sobre su rostro como si la luz deseara tocarlo. Por un momento, no más largo ni más corto que el que estuve de rodillas aquella noche en el cuarto de mis hijos, mi cuerpo se sintió desprendido de la tierra, como si fuéramos un mero fragmento de sueño. El pulso me revoloteaba en las muñecas, en el pecho, en el vientre. Un rubor cálido, tímido pero seguro, me inundó.

Oh, Joy, ten mucho, mucho cuidado.

Había cautivado mi intelecto, mi mente y mis pensamientos; no podía permitir que hiciera lo mismo con mi corazón.

Me alejé de su sonrisa, de esos ojos burlones, y juntos caminamos de regreso desde donde habíamos llegado, pasando bajo árboles con nidos de pájaros como sombreritos en sus ramas desnudas, hasta que estuvimos a solo unos pasos de la entrada de Magdalen. La primera vez que vi impreso el nombre del College, lo leí mal. Agradecí a los cielos haber escuchado la forma correcta antes de conocer a Jack: Maudlin. Pero no entramos aún. Jack se sentó en un banco, cruzó una pierna sobre la otra.

Sostenía su cigarrillo con el pulgar y el índice, y el humo subía dando vueltas. Extendió sus brazos a lo largo del respaldo del banco.

—No es tanto un recuerdo lo que queremos llevarnos, lo que necesitamos llevarnos es nuestro corazón —dijo—. Este anhela lo que yo llamo el País Alto, y no podemos llegar allí sin abandonar la creencia de que esto es todo lo que existe, de que debemos sacarle el máximo provecho y llevarnos algo con nosotros.

Me miró entonces, en silencio, como un debatiente que acababa de dar en el clavo con su argumento.

—Oh, Jack —dije y me senté a su lado, girándome para estar de frente ante él—, tu País Alto es mi País de las Hadas. Lo he soñado desde que era niña. Cuando leí *El regreso del peregrino*, supe que te referías al mismo lugar: «La isla», lo llamaste.

Esta conversación con un hombre cuya mente había llegado a estimar y valorar me era como agua para un alma reseca.

—Tú y yo —proseguí— tuvimos la misma experiencia siendo niños, esa misma emoción que trae la naturaleza, el conocimiento de que a veces el mundo suscita un sentimiento tan lleno de anhelo que las palabras no pueden captarlo. Y ese anhelo nos da atisbos de un lugar donde no puede existir el mal ni puede mantenerse la angustia. Incluso cuando no éramos creyentes, seguíamos creyendo. Es como si hubiéramos tomado el mismo camino, y el País Alto nos llamó a los dos.

Asintió con la cabeza, y casi creo que se sonrojó.

—*El regreso del peregrino* fue el primer libro que escribí después de mi conversión, preguntándome sobre el anhelo y lo que podría significar —dijo, sonriéndome despacio—. Con las hojas amarillas y la felicidad de esta tarde, anhelo aún más un lugar así —añadió—. ¿No es extraño? ¿Que podamos ser felices aquí y a la vez queramos ir... allí?

—Es como si, al ser más felices, queremos aún más. Como si este fuera el atisbo —dije, y me tomé un respiro—. Jack, miro atrás en mi vida y entiendo la seducción del ateísmo, pero ahora parece casi imposible. ¿Cómo pude *no* haber creído cuando mi corazón siempre lo supo?

—Tal vez fuimos demasiado simples.

Agité la cabeza al hacer memoria de ello.

—No lo sé; creo que solo quería que mi alma fuera mía.

—Desde luego —asintió como si recordara lo mismo.

—¿Alguna vez...? —iba a decir, pero me detuve.

—¿Alguna vez qué?

—¿Sentiste otra presencia? ¿Como si el velo se hubiera levantado por un minuto? Y no me refiero solo a la oración.

—Dime a qué te refieres, Joy —inquirió, acercándose más.

—Cuando mi amigo Stephen Vincent Benét falleció, sentí su presencia. Creo que... no, sé que incluso vi pasar a su espectro —confesé, y me encogí de hombros—. ¿Es una locura?

Jack se acercó más a mí y su tono bajó al dejar caer el último de sus cigarrillos.

—Joy, yo me sentí destrozado cuando murió Charles Williams; estaba perplejo y aturdido. Fui al *pub* que frecuentábamos juntos, el King's Arms, y pedí una cerveza. Entonces sentí a mi amigo. Estaba conmigo, y había fallecido. Nadie me convencerá de lo contrario. Tollers cree que soy bastante ridículo, pero sé que es verdad.

Nos miramos fijamente: otro hilo que nos unía.

———

Atravesamos el arco hacia Magdalen, y sentí una felicidad inconmensurable cuando Jack se convirtió en guía turístico. Su voz se volvió más grave.

—Debes saber, por supuesto, que Oxford consta de treinta y cinco *colleges*, y este no es más que uno, Magdalen, y está fuera de la puerta de la ciudad medieval.

—Novecientos años —dije—. Eso es lo que he leído. Estar en un lugar con tanta historia te hace sentir humilde.

La reluciente torre de piedra blanca de Magdalen se dirigía hacia el cielo azul; sus seis torres ancladas a edificios de piedra se orientaban en todas las direcciones, en una obra maestra de la precisión geométrica. Señalé a la torre mientras nos acercábamos.

—Es un símbolo fálico para una institución dominada por hombres, ¿no?

Jack se detuvo, arqueó las cejas por encima de sus anteojos y luego, con una exhalación de risa y humo de cigarrillo, vociferó encantado.

—No tienes pelos en la lengua, ¿verdad, Joy? —dijo en un acento tan bello que mi corazón cayó de rodillas.

«Su voz —pensé— es como un océano en una caracola».

—Creo que nunca me cansaría de este lugar —dije. Me detuve y recorrí con la vista los edificios y sus muros cubiertos de hiedra, el césped prístino y espeso surcado por senderos en perfecto estado—. Y esa entrada... —comenté cuando nos acercábamos a la inmensa puerta de madera decorada con bronce y protegida bajo un arco de piedra—. Parece como si fuera a salir uno de tus seres mágicos.

—La gran entrada al patio —dijo—, la Puerta Antigua. Es fascinante ver las cosas familiares a través de tus ojos.

El muro de piedra, me informó Jack, se llamaba Longwall, que abarcaba a Magdalen, el comedor, el claustro, las aulas, la capilla, las habitaciones de los estudiantes, el comedor, la biblioteca y mucho más. Entramos. Los pasillos de piedra y los callejones de caliza, con sus ecos del pasado, eran de lo más espiritual que jamás había pisado. El liquen crecía a lo largo de los senderos y en las grietas de entre las piedras de Headington. Bromeé sobre unas salas privadas y escondidas: mazmorras tal vez. La Edad Media permanecía aferrada a la atmósfera y parecía ocultarse en los pasillos y en las estrechas escaleras de piedra.

Los pasillos del claustro perimetraban un césped muy verde, formando una plaza perfecta. Las pasarelas eran de yeso amarillo pálido; ménsulas y tallas adornaban los arcos abiertos al patio. Caminamos juntos, girando a la izquierda y a la izquierda y a la izquierda otra vez para terminar donde empezamos, hablando como si nunca fuésemos a parar. Después de la segunda ronda hicimos una pausa y nos quedamos ambos con la vista dirigida al césped del patio. Las gárgolas miraban hacia abajo desde los edificios que se cernían sobre los claustros.

—No sabría decir si nos observan o nos protegen —dije señalándolas.

—Jeroglíficos —informó, y fingió esconderse de ellos como si estuviera asustado—. Vamos ahora por aquí —me conminó, adelantándose—. Paseemos junto al río.

Lo seguí por el pasillo que daba paso a un campo abierto.

—Casi cincuenta hectáreas —dijo. Luego pasamos una puerta de hierro forjado y un arco hacia un puente de piedra más pequeño, por debajo del cual pasaba un afluente del Cherwell—. Y esto es Addison's Walk —señaló.

El sendero de tierra estaba sembrado de hojas de todos los colores, la densidad de la arboleda era la justa para poblar el camino, a la vez que dejaba suficiente espacio para sentirse libre y protegido.

—Todo esto se construyó por primera vez en 1458 —me dijo, de pie con los brazos extendidos—, y este prado —señaló adelante— en primavera está lleno de flores de un color púrpura que colma los sentidos.

—*Fritillaria meleagris* —dije.

Se rio con esa ya familiar voz grave.

—¿También eres un apéndice de nomenclatura latina andante? —preguntó.

—Eso creen mis hijos —respondí—. Sobreviví muchos días de mi infancia gracias a mis paseos por los jardines botánicos del Bronx memorizando la familia y la especie de todas las plantas y flores.

Íbamos juntos por ese sendero y yo me preguntaba si mis ojos alguna vez podrían ver toda la gloria de ese lugar; era demasiado para una sola visita. La arquitectura y el mundo natural se fusionaban en algo tan sublime que llevaría años o décadas apreciarlo en su justa medida.

—Jack —dije volviéndome hacia él—, hay algo que me he estado preguntando.

—¿De qué se trata? ¿Qué preguntas no he contestado hasta ahora?

—¿Por qué te llamas Jack si tu nombre es Clive?

—¡Ah! —suspiró, levantó su bastón y lo clavó en el suelo—. Bueno, eso tiene su historia.

—Pues cuéntamela —le pedí, con los brazos en jarras y los pies plantados—. Estoy lista, caballero.

—Muy bien. Cuando era niño teníamos un perro llamado Jacksie. En un cálido día de verano, cuando el mundo era bueno y justo, Warnie y yo íbamos caminando a la ciudad, llegó un auto rugiendo por la curva y atropelló a nuestro perro. Lo mató justo delante de nosotros —contó. Entonces sacudió la cabeza—. Si pudiera pedirle algo a Dios, sería que ningún niño viera cómo matan a su perrito del alma —comentó estremecido. Luego continuó—: Por lo tanto, anuncié que mi nombre era Jack y juré que nunca conduciría un auto.

—Te pusiste el nombre de un perro y no conduces —dije entre risas.

Él dio un paso adelante con su bastón, mirando por encima de su hombro para ver si yo lo seguía.

—Ahora tal vez sepas todo lo que hay que saber.

—Lo dudo —dije mientras alcanzábamos a Phyl y George.

—Querida —gritó viniendo hacia nosotros—. Debo irme ya si no quiero perder el último tren.

—Y yo —dijo George—, debo regresar a Malvern. He disfrutado mucho de este día —dijo, inclinando y descubriéndose la cabeza antes de irse.

Le di las gracias a Phyl, y Jack y yo volvimos a quedarnos solos. Hablamos y paseamos por los terrenos de Magdalen hasta que los tonos rosados del cielo de la tarde nos hicieron pensar en el anochecer.

Nuestra despedida fue cortés y, cuando le dije que estaría allí diez días más, sonrió. Y ese hombre, cuando sonreía... era lo único que querías ver. Su rostro era muy serio en las fotos, pero en persona era animado y optimista. Parecía estar siempre listo para reírse a carcajadas si se le daba la oportunidad. Yo quería darle todas las oportunidades.

No sabía si abrazarlo o estrecharle la mano. Al final no hice ninguna de las dos cosas, ya que él envolvió la parte superior de su bastón con las dos manos.

—Mi hermano, Warnie, estará disponible mañana. ¿Te gustaría que nos encontráramos aquí para almorzar?

—Me gustaría mucho —dije.

—¿Dónde te alojas?

—Con la amiga de una amiga, Victoria Ruffer. Mientras tanto, voy a aprovechar al máximo la ciudad, caminando y admirándola. El otoño de aquí quizá sea el más hermoso que he visto en mi vida.

—Sí, es glorioso. El otoño hace que todo parezca posible.

—Es la primavera la que hace eso —dije, abriendo mis manos como una flor—, con toda esa vida que regresa desde la tierra helada.

Dibujó una sonrisa taimada.

—¿Qué? ¿He dicho algo malo?

—No —negó con la cabeza—, pero está claro que tienes tu propia opinión para todo. Lo sabía por tus cartas, pero ahora no dejo de ver que es así, ¿me equivoco?

—Sí, en ese sentido soy horrible. Lo sé.

—Aún no estoy seguro de que seas horrible —replicó, mirándome entonces de cerca, como si me viera por primera vez.

Nos separamos y me encaminé por las aceras de Oxford, de vuelta a la casa de Victoria. Sabía lo que haría en cuanto cerrara la puerta de mi pequeño cuarto de huéspedes: escribir un poema. ¿Qué otra cosa se podía hacer con estas emociones que parecían decir, como la primavera, que el mundo estaba a punto de comenzar de cero?

Capítulo 12

Hasta las campanas de la torre de Magdalen tocaban
A muerte al caer la tarde

«Soneto VI», Joy Davidman.

Llegó el segundo día en Oxford, luminiscente, los melosos matices de la luz del sol caían desde las hojas para posarse sobre la hierba como si fuera pintura derramada. El aire tenía la claridad del cristal y la suavidad del algodón. Me levanté de la cama para enfrentarme al día, expectante.

Con pereza, empecé una carta para la familia y también me dediqué a una lectura rápida de mi artículo sobre el Segundo Mandamiento antes de dirigirme a Magdalen para almorzar. Quince minutos más tarde, cuando llegué a la puerta de la universidad, me detuve: la vieja fatiga amenazaba en el extremo de mis huesos.

—No —dije en voz alta—. Estamos en Oxford, sanos y salvos. Vamos a ver a Jack y a conocer a Warnie.

Algo en los árboles y en el río inspiraba santidad, así que elevé una oración en silencio: «Tú nos has reunido. Por favor, acompáñanos». Entonces me tranquilicé bajo el antiguo arco de piedra de Magdalen que daba paso al patio. Pasaban hombres corriendo con sus túnicas negras, abiertas y ondeando al viento, como manada de cuervos. Los estudiantes iban trajeados, eran niños vestidos de hombres con sus suéteres abotonados, sus chaquetas arrugadas y con solo los dos botones superiores abrochados. El humo del tabaco… parecía que todas las bocas tuvieran que llevar un cigarrillo. Si alguna vez había habido un reino de los hombres, era este. Apestaba a cuero y a humo de pipa. Llegué a la puerta del

95

comedor con pasos tímidos, con mi máscara de bravuconería quebrándose por momentos.

¿Qué estaba haciendo?

Las mujeres, por supuesto, no tenían prohibida la entrada (excepto si eran estudiantes, becarias o mentoras), pero en todas mis terminaciones nerviosas podía percibir que aquí éramos bienvenidas sobre todo como apéndices o notas a pie de página; como compañía agradable en el mejor de los casos.

Llevaba un abrigo de *tweed* marrón de primera calidad, y de mi cuello colgaba un collar doble de perlas. Mis medias nuevas de nailon me frotaban agradablemente los muslos. Lucía una bufanda Liberty de seda azul pálida, comprada en Londres, enlazada en mi cuello con gran arte para dar cierta impresión descuidada, aunque había tenido que ensayar las lazadas más veces de las que admitiría.

Me paré en la entrada del comedor y esperé temblorosa. Las puertas de esta fortaleza eran pequeñas y carecían de marcas, estaban casi ocultas, excepto para quienes las conocían. Entré despacio, parpadeando bajo su tenue luz. De paneles oscuros y cavernosos, la sala parecía haberse construido para los eruditos, para la alta literatura y la discusión filosófica. Había grandes óleos colgados de las paredes, retratos de hombres con túnicas y estolas a rayas al cuello, hombres serios, carentes de sonrisa. Las mesas eran largas y rectangulares, preparadas para el almuerzo con servilletas blancas en cada asiento y cristalería brillante esperando el jerez. Las lámparas de araña de latón oscuro colgaban a baja altura, emitiendo círculos de luz. Al final de la sala había una mesa larga sobre una tarima de unos treinta centímetros de altura, y allí estaban sentados los tutores con sus túnicas negras: la mesa alta. Las vidrieras vigilaban la sala y una chimenea de piedra tallada dominaba la pared izquierda.

Deseaba que este salón fuera el mío.

Me ajusté el sombrero azul oscuro y sonreí lo mejor que sabía, pero mis pensamientos estaban preocupados por un asunto: necesitaba encontrar un baño de mujeres. Había sido una caminata encantadora pero larga desde la casa de huéspedes de Victoria, y no debí haberme tomado las dos últimas tazas antes de salir.

Jack me vio antes que yo a él.

—Buenas tardes, Joy —saludó mientras se me acercaba con una sonrisa que se posó en mí con calidez, como si nos encontráramos para almorzar todos los días. Llevaba la misma corbata que el día anterior y su túnica negra le colgaba desabrochada sobre el traje gris. Los anteojos los llevaba enterrados en el bolsillo de su chaqueta, como si fueran a espiar lo que pasaba.

—Muchas gracias por invitarme.

Fue mi acento lo que hizo que los hombres apartaran la mirada de sus platos hacia mí. Otro hombre se acercó.

—Bueno, buenas tardes. Usted debe de ser la señora Gresham. No sabe cuánto he disfrutado de sus cartas —dijo. Era más bajo que Jack, pero supe inmediatamente de quién se trataba. Su sonrisa sincera y sus ojos francos lo delataron.

—Y usted debe de ser Warnie —respondí con una sonrisa—. No tengo palabras para expresar lo maravilloso que es conocerlo.

La cara de Warnie era mucho más redondeada que la de Jack, y su barbilla parecía desvanecerse en su cuello, pero su sonrisa iluminaba sus rasgos. Llevaba un traje igual de monótono, pero sin la túnica. Su corbata estaba torcida, al igual que su sonrisa, y era encantador a su desaliñada manera.

—Estamos encantados de que haya venido de visita —dijo desde debajo de su espeso bigote.

Tras ese saludo, Jack nos guio fuera de la sala principal y por los pasillos de arcos hacia un comedor privado donde nos prepararon el almuerzo. Nos instalamos en la cálida sala de piedra que, con su enmaderado oscuro y estanterías de libros, casi me hace olvidar la presión de mi vejiga. Los muebles de felpa gruesa parecían hechos para que los hombres se sentaran, encendieran sus pipas y leyeran a placer. ¿Qué decía de mí que me sintiera más cómoda allí que en ningún salón para damas?

Jack se giró para saludar a otro hombre y yo me volví hacia Warnie. —¿Hay algún lugar en este reducto de varones donde una mujer pueda hacer sus necesidades? —pregunté, un poco desesperada a esas alturas.

Gracias a Dios que Jack y sus amigos no se enteraron. De todos modos, Warnie se sonrojó y apartó la mirada. Las mujeres no deben hablar del baño en este país.

Me señaló en la dirección correcta y allá fui. Mis tacones bajos repiqueteaban contra los adoquines. En lugar de sentirme avergonzada, sentí un destello de envidia: quería formar parte de un sitio como ese: ya fuera como tutora, académica o escritora de renombre. Cuánto lo deseaba. Pero había que empezar con el almuerzo.

En el espejo ondulado y polvoriento del lavabo, me miré fijamente a los ojos, envueltos en la montura de cuernos de mis gafas. ¿Qué habían visto Jack y Warnie? Me apliqué carmín y alisé mi cabello. No estaba mal.

Volví y me encontré el jerez servido en las copas. Me bebí el mío demasiado rápido, sintiendo el leve zumbido que traía consigo. Sonaban campanas lejanas, cada vez más, y el eco del tañido de unas alcanzaba al de las otras.

—Parece por aquí que las campanas nunca dejan de sonar desde sus altas torres —dije, y fingí que me tapaba las orejas.

—Sí, las campanas de los distintos *colleges* están descompasadas unos minutos —dijo Jack y movió su mano hacia la ventana—. No es todo lo coherente que uno quisiera.

Dejé que mi atención vagara mientras miraba a mi alrededor y se detuvo en las palabras grabadas en el blasón de Magdalen.

—*Floreat Magdalena* —murmuré—. Que florezca...

—¿Lees latín? —me preguntó Jack.

—¿Disculpa?

Señaló el blasón.

—Ah. Sí. Latín, alemán y francés. He aprendido griego sola, pero lo tengo un poco oxidado. El latín y el griego tienden a solaparse a veces —contesté y me detuve, avergonzada; temí que sonara vanidosa—. Mi compañera de cuarto en la universidad, Belle, hablaba ruso, pero nunca le pillé el truco. Pero tú sabes más idiomas que yo, Jack: latín, griego, francés e italiano. Probablemente más.

La risa de Warnie resonó por toda la sala cuando nos sentamos a la mesa.

—Parece que no hay mucho que nuestra amiga americana no sepa hacer.

—Oh, sí lo hay —le dije. Así volví mi atención hacia él—. Dígame, Warnie, ¿en qué está trabajando? ¿Qué está escribiendo ahora?

—Estoy trabajando en un libro sobre Luis XIV, el Rey Sol. Probablemente no le interese mucho, pero para mí es una obsesión —dijo. Se parecía tanto a Jack que sentí un parentesco que no me correspondía.

—¿Qué no me interesa? —le pregunté—. Pero, Dios mío, sí estoy trabajando en un libro sobre Carlos II, y mi Lord Orrery, sobre quien escribí mi tesis para Columbia, tuvo su escaño en la Cámara de los Comunes en la misma época que su rey.

Así nos trasladamos al mundo de la historia como si Jack no estuviera allí. Hablamos de Francia y de reyes y batallas. Charlamos sobre la investigación y lo difícil que era escribir sobre personajes históricos que llevaban mucho tiempo enterrados y que solo habían dejado pistas de su vida para que la desentrañáramos.

Pronto Jack se unió a nuestra conversación y volvimos al presente. Alcancé a tomar otro bocado de mis salchichas y tomates asados a la parrilla y noté que Jack había dejado ya su plato limpio.

—¿Soy muy lenta? —dije mirando a Warnie—. Lo siento. ¿Tienen algún compromiso en otro lugar? He estado hablando demasiado.

—¡No! —declaró Jack con fuerza, con las manos en gesto de súplica—. El problema es mío, como muy rápido. Es culpa de Oldie.

—El horrible director de tu antiguo internado —dije, recordando una historia de una de sus cartas.

—¿Conoce la historia? —preguntó Warnie.

—No mucho, pero algo sí —dije, y miré a Jack. ¿Estaba traicionando una confidencia?

Jack colocó su tenedor sobre su plato vacío y encendió un cigarrillo.

—Nos metíamos en un buen lío si no terminábamos de comer a tiempo o si dejábamos algo en el plato. Eso me llevó a este terrible hábito de engullir, que he intentado romper en vano.

—O eso o que está deseando terminar para poder fumarse su cigarrillo —dijo Warnie riendo.

—Bueno, yo voy a saborear mi comida —dije, y di un mordisco exageradamente lento, haciendo que el jugo de tomate goteara sobre el plato.

Se rieron, como yo esperaba. Después de unos instantes, cuando ya hube apartado mi plato, Jack me preguntó:

—¿Vamos a pasear al parque de los ciervos?

—Eso suena genial —dije con un terrible acento inglés falso.

—Entonces, vámonos.

Volvieron a oírse las campanas de Magdalen, tocando la hora, el sonoro tañido del sacramento.

Envueltos en el suave rumor del jerez y la compañía, Jack, Warnie y yo salimos del comedor hacia el gran jardín verde. Los hombres pasaban con sus pipas y cigarrillos, con libros bajo el brazo. La hierba decoloraba su verdor hasta el próximo invierno, volviendo al tono castaño del cabello fino, pero las hojas adornaban con su caída la desnudez del césped. Los estudiantes estaban sentados en grupos sobre frazadas y libros esparcidos por todas partes.

Jack señaló un largo edificio rectangular frente a nosotros al otro lado del jardín.

—Ahí es donde están mis dependencias.

Sacudió su bastón y se alejó del edificio caminando bajo el arco de hierro por el que habíamos pasado el día anterior. Los tres paseamos sin prisa por el pequeño puente de piedra, una versión reducida de Magdalen Bridge al otro lado de la calle, y hacia Addison's Walk y el parque de los ciervos.

Warnie caminaba a mi lado mientras un cervatillo moteado recorría el césped, mirando por encima de su hombro.

—A mis hijos les encantará esto —susurré antes de darme cuenta de que había pronunciado en voz alta una oración o un conjuro para el día de mañana—. Los ojos de ese ciervo —dije—, es como si nos miraran solo a nosotros, tan redondos y marrones.

—Como los tuyos —dijo Jack con tanta naturalidad que tardé más tiempo de lo normal en entender debidamente su declaración.

—¿Los míos?

No respondió, como si ya hubiera olvidado lo dicho. Caminaba por delante de nosotros columpiando su bastón. Warnie y yo lo alcanzamos; yo ya sentía las ampollas que me provocaban los zapatos que me había puesto para lucir elegante, en lugar de para estar cómoda.

—En los años cuarenta —le conté— pasé unos meses en Hollywood intentando ser guionista. El único guion que casi llegó a rodaje era uno sobre cervatillos —dije, observando al pequeño corzo que teníamos delante y que saltó hacia el sotobosque—. Tomé prestado el tema del ciervo blanco de Kipling.

—Qué inteligente de su parte —dijo Warnie—. ¿Por qué no se llegó a rodar?

—Bueno, ya teníamos director, pero en Hollywood es muy difícil encontrar ciervos. Si hubiera sabido cómo importarlos, lo habría hecho. Pero mis poderes tienen sus límites.

Ambos se rieron.

—¿Qué más escribió en California? —preguntó Warnie—. Parece un lugar a un millón de millas de distancia.

—Mejor que no lo sepa. Fue una época terrible. Excepto por el león de la MGM, llamado Leo, a quien llegué a amar todo lo que se puede amar a un animal. Fue un tiempo que preferiría olvidar. Pero soñaba con poner a Tristán e Isolda en una historia de amor en el mar. Es uno de mis mitos más queridos de todos los tiempos.

—Amor irlandés —dijo Jack— que termina en muerte.

—Pero amor *verdadero* —repliqué. Me detuve en el borde del parque y alcé mi rostro hacia el cielo, donde unas nubes blancas escalonadas se esparcían hasta chocar con una barrera invisible—. La clase de amor que te hace percibir hasta el más mínimo detalle del mundo natural, que nos devuelve a nosotros mismos.

—Oh, es una romántica —dijo Warnie y levantó las manos al cielo—. Ustedes dos se llevarán bien.

Jack no escuchó a Warnie o no respondió, porque sus siguientes palabras clausuraron la tarde.

—Mañana pasearemos por Shotover Hill.

—Eso suena interesante —respondí sin preguntar dónde estaba Shotover Hill o por qué íbamos a pasear por allí.

—Entonces nos vemos mañana.

La sonrisa de Jack se apoderó de mí. Las golondrinas viraban por encima de nosotros y el canto de las alondras llenaba el aire.

Con planes de reunirse por la mañana, los hermanos partieron, uno a casa a los Kilns y el otro para su tutoría con un estudiante. Quizás sería por la novedad, o por cómo todo esto me sabía a un fruto nunca antes probado, pero Oxford y los hermanos Lewis habían lanzado sus hechizos; yo estaba encantada.

CAPÍTULO 13

El mundo sabía a fragante y nuevo
Cuando ascendimos a Shotover Hill
«BALADA DE LOS PIES AMPOLLADOS», JOY DAVIDMAN

Shotover Hill se alzaba desde Oxford como el pecho de una mujer reclinada. Jack, Warnie y yo comenzamos nuestra caminata en silencio, nuestra conversación se apaciguaba y revitalizaba como las olas. Anduvimos por laderas cubiertas de helechos; sobre nosotros volaban mirlos y chochines. Los hermanos balanceaban sus bastones a un ritmo de paso, paso, balanceo, paso, golpeando las ortigas y pateando piedras o escombros del camino para que yo pasara. Subimos la colina y recuperamos el ritmo de la respiración.

Con el esfuerzo físico, los pensamientos lógicos se desvanecían, se desenredaban y no dejaban nada más que la sensación y la dicha de la tranquilidad de la naturaleza. Jack ya me había dicho que era un error combinar la conversación y la caminata, porque el ruido tapa los sonidos de la naturaleza. Así que, entre zigzags y curvas escarpadas, el brezo tierno nos llevó adelante. Cuando llegamos a la cima, todos sin aliento, nos quedamos parados contemplando el mosaico de valles y ríos, estanques y bosques que teníamos debajo, una zona llamada South Oxfordshire.

—Una tierra creada a partir del cuento de hadas de alguna otra persona —murmuré, sin aliento, al llegar a la cima. La luz del sol se posó sobre mí con tal calor que me senté en el suelo y doblé las rodillas para descansar mis manos.

—Sí —dijo Warnie—. Eso parece desde aquí, ¿verdad? —añadió. Respiró hondo y se agachó para apoyarse en sus rodillas—. Pero no es más que el simple Oxford.

—¡Oh, Warnie! —le dije, mirándolo, con sus anchos dobladillos sujetos a sus pies y apoyado en su bastón—. Oxford no tiene nada de simple.

—El ojo del recién llegado —dijo y se enderezó—. Déjame mirar de nuevo —añadió. Entrecerró los ojos contra el sol y se inclinó adelante como si estuviera en la proa de un barco—. Sí, es un país de cuento de hadas. Tienes mucha razón, señora Gresham.

—Esta tierra debe de formar parte de ustedes —comenté. Inhalé el aroma purificador de la hierba y la tierra, del cielo azul como un lago alpino—. Quiero que este paisaje sea mío y ser yo de este paisaje.

—Entonces así será —dijo Jack—. Dudo que haya muchas cosas que te propongas hacer y no las hagas.

Los hermanos vinieron a sentarse uno a cada lado de mí, y hablamos: del nuevo trabajo de Warnie, de los próximos exámenes semestrales de los alumnos de Jack, de la reunión del Club Socrático a la que debía asistir al día siguiente. Discutimos las opiniones conservadoras de Winston Churchill y su reciente anuncio de que Inglaterra tenía una bomba atómica. ¿La probarán? ¿Dónde estaba? Hablamos de cómo debía de sentirse el príncipe Felipe al convertirse su esposa en reina, y por supuesto del racionamiento del té, que había disgustado a toda Inglaterra. Éramos tres amigos de toda la vida, o eso es lo que habría creído cualquiera que se nos acercara.

—Ni el jardín del Edén podría ser tan hermoso —le dije a Jack con un codazo—. Aunque sé que no crees que exista tal cosa.

Warnie se llevó los dedos a los labios.

—Sssh, no le digas a nadie que el gran C. S. Lewis cree que Adán y Eva son un mito.

Jack resopló y se puso de pie para estirarse.

—Nunca he dicho que sea teólogo —dijo, negando con la cabeza—. Salgamos de este monte y vayamos a un *pub* decente. Nos merecemos una cerveza.

Mientras descendíamos, Warnie rompió el silencio.

—¿Adónde vas ahora, Joy?

—Bueno, estaré aquí una semana más —respondí, y me detuve en un recodo para recuperar el aliento y aliviar mi dolor de rodillas—. Luego viajaré a Worcester, donde mi rey perdió su batalla de Powick Bridge. Luego a Edimburgo para investigar en los archivos de la biblioteca.

—¡Worcester! —repitió Warnie, y se volvió hacia Jack—. ¿No es ahí donde viven los Matley Moore?

—Sí —respondió Jack—. Les diré que vas —dijo, y se volvió hacia mí—. Son unos buenos amigos que podrían darte alojamiento.

—Oh, eso sería maravilloso —le dije—. Podré ahorrar el poco dinero que tengo.

—Considéralo hecho —asintió Jack con la cabeza, y luego anduvimos sin prisa por la colina, con el sol calentándonos la espalda.

Llegamos a la ciudad, nos sentamos en los duros bancos de una taberna cercana y nos tomamos nuestra espesa cerveza marrón con impaciencia. Warnie pidió pasteles de cerdo y nos entregamos a ellos sin reservas.

—Los *pubs* quizás sean el mejor invento de los ingleses —dije, disfrutando del calor, del olor del *whisky* y de las frituras.

—¿Eso crees? —preguntó Warnie—. ¿Mejor que el pastel de cerdo, el lápiz o el telégrafo eléctrico?

Casi escupo la cerveza.

—¿El lápiz?

—Sí —asintió Jack con aire serio—. En Cumbria, en el siglo XVI, o eso nos dijo Oldie.

—Entonces lo admito, el lápiz es lo mejor, y después las historias. ¿Qué es lo que hace que las historias británicas sean mucho mejores? —pregunté—. ¿O es que me están engatusando?

—Te *están* engatusando —dijo Jack y extendió los brazos en el respaldo de su silla.

Nuestras miradas se encontraron y luego se desviaron. Juraría que se sonrojó por haber dicho eso.

—Pero ¿qué crees que tienen de diferentes nuestras historias? —preguntó Warnie, y le hizo un gesto a la camarera para que trajera otra cerveza.

—Sus historias, las de los ingleses, contienen magia. Misticismo. Nuestras historias americanas son más realistas. Ya saben, nosotros Tom Sawyer y ustedes Mary Poppins. Ese tipo de cosas. La cotidianidad de nuestras historias construye un cuento pero no nos transporta. No hay ningún pragmatismo en su George MacDonald y *La princesa ligera*. Y ese extraordinario *Fantastes*, no hay nada igual en el mundo.

—*Fantastes* me cambió la vida —dijo Jack someramente—. No lo supe entonces, pero así fue.

Habíamos escrito sobre esto, pero era mucho mejor conversar sobre ello. No había comparación.

—Yo sentí lo mismo —contesté, y tomé otro trago de cerveza para mitigar el bullir de mis pies ampollados—. Cuéntame —dije y levanté mi bebida con demasiada impaciencia, tanta que me salpicó en la cara y en el ojo, para jolgorio de ellos dos.

—Oh, ríete de mí, pero *mírate* —dije y me incliné hacia adelante para limpiarle a Jack una mancha de corteza en la barbilla.

Warnie tosió.

—Esto es lo que pasa cuando unos viejos solteros viven juntos. No nos damos cuenta de cuándo nos ha caído comida en la cara.

—Bueno —asentí—, y esto es lo que pasa cuando una mujer se emociona. Se derrama cerveza en el ojo.

Jack sonrió, regresando a sus recuerdos.

—*Fantastes*. Lo encontré en una librería de Great Bookham Station de regreso a la escuela en una tarde solitaria. Un chelín y un penique fue lo que pagué por él. Yo, que no tengo cabeza para el dinero, recuerdo exactamente lo que costó —dijo, y se limpió la barbilla con su servilleta, como para asegurarse de que no quedaba nada.

En una ráfaga de emoción, deseé viajar con él a esa estación de tren. Deseé haber estado con ese niño solitario cuando encontró el libro que bautizó su imaginación.

—Tú aún no habías nacido —me dijo con una sonrisa.

—Todavía no —asentí.

—Ahora sé —prosiguió— cómo llamar a la experiencia de leer ese libro: santa. Los libros pueden ayudarnos a ser quienes somos, ¿no? —dijo, recostándose sobre su silla—. Qué gran tesoro es encontrar una amiga con la misma experiencia.

—MacDonald ve la divinidad en todo —dije—. Pero, cuando lo leí por primera vez, hubiera dicho que veía magia. Tú haces eso mismo en tu obra.

—No como MacDonald. Era un escritor fuera de serie. Me influyó tanto que en respuesta escribí mi primer poema.

—*Dymer* —dije—. Un poema que escribiste a los diecisiete años. Chad Walsh me lo enseñó, y me fascinaron sus alusiones a una vida de fantasía... —me callé un momento y cité un verso, uno que se había prendido mucho tiempo atrás en las rendijas de mi memoria—: «Dijo ella, porque esta tierra solo amaba a los hombres; las tierras de penumbra». Y pensar que escribiste eso siendo ateo. Qué hermoso. Qué profundo.

El rostro colorado de Jack se enrojeció aún más, torció la sonrisa y apartó la mirada.

—Gracias, Joy.

—Sí —dijo Warnie, y ambos lo miramos como si hubiéramos olvidado que estaba allí. Estábamos muy metidos en nuestras copas, pero me di cuenta de que Warnie andaba algo achispado. Estaba adorable, pero se le había subido el vino a la cabeza.

Durante una hora, o quizá más, perdí la noción del tiempo. Hablamos los tres de nuestros libros favoritos, de lo que había influenciado nuestra infancia y nuestras mentes, y, lo más importante, de las cosas que nos habían encendido la imaginación. Bajábamos la voz a medida que acercábamos más y más nuestros rostros.

Cuando ya soltábamos más bostezos que palabras, nos levantamos para irnos. Afuera, la lluvia golpeaba las aceras, nublando el cielo con un manto de agua. Nos golpeaban el cielo gris, las ramas dobladas de los árboles y las hojas que se soltaban de su anclaje y se columpiaban hasta el suelo. Sin embargo, no había nada en ese momento que pudiera empañar mi alma. El agua me aporreaba los zapatos, inundándolos como si hubiera entrado en Crum Elbow Creek.

Nos despedimos empapados con promesas para el día siguiente. Llegué a mi pequeño cuarto y caí desfallecida, mojada como un pez, exhausta pero llena. Antes de que el sueño me robara los recuerdos del día, llevé la pluma al papel y empecé a escribir «Balada de los pies ampollados».

Pero mi mente estaba inquieta. Lejos de Jack y Warnie, estaba de vuelta en la habitación de invitados, y una carta de Bill aguardaba en mi mesita de noche. Mi otra vida irrumpió como un maremoto.

Bill:

Gracias por las sugerencias para la historia. Estoy trabajando duro para organizar algo. A los chicos les va bien y adjuntan sus cartas con esta. Davy ahora tiene tortugas y Douglas está construyendo un fuerte en el arroyo. Renée nos cuida a todos, no sé qué haríamos sin ella. Ahora mismo está arreglando la ropa de los chicos.

Joy:

Mi querida colección de cachorritos:

¡Los extraño mucho! Ojalá pudieran ver el multiforme esplendor de esta ciudad. Nunca, nunca, nunca podría cansarme de Oxford y sus imponentes edificios y piedras cubiertas de musgo. No extraño Londres en absoluto, salvo por la entrañable amiga que he encontrado en Michal Williams. Oro todos los días por todos ustedes y espero que las cosas mejoren en las finanzas. Bill, sé que en cuanto te lo propongas encontrarás la historia adecuada. Siempre has tenido talento para eso.

P.D. ¿Podrías por favor enviarme mis medicamentos para la tiroides, y una copia de «El camino más largo»?

Mientras me preparaba para ir a la cama y pensaba en mis hijos, elevé una oración para cubrirlos de amor. Oh, cómo deseaba que pudieran ver todo lo que yo había visto ese día, que tocaran el brezo que puebla Shotover Hill, que sintieran la lluvia suave en sus rostros, que levantaran una cometa al viento en la cima de la colina.

Dejé a un lado la pluma y el papel y me di por vencida con el poema que había de recordar ese día. Me acerqué la almohada, lo único blando que tenía para abrazar.

CAPÍTULO 14

Y, sin embargo, no es un recuerdo tan desolado:
Oxford, hojas de otoño, y tú, y yo

«Soneto VI», Joy Davidman

Oxford guardaba antiguos secretos y, si me acercaba lo suficiente y en silencio, podía escuchar sus susurros, y luego incluso los míos propios. En ese lugar empecé a sentir los contornos y trazos de mi paisaje interior, un mundo que a los treinta y siete años todavía no había explorado del todo.

Vi a Jack y Warnie todos los días durante esa semana y media. Cuando no estábamos juntos deambulaba por Oxford, donde había encontrado un rincón, en la librería Blackwell, para leer o escribir hasta que me dolían los ojos. En mis cartas a casa intentaba describir el paisaje, pero al final me rendía y salía a caminar, dejando las misivas inconclusas en mi mesita de noche.

En Nueva York me pasaba las horas esperando la correspondencia de Jack; ahora, la espera hasta verlo no era menos que aquella, solo que resultaba más bien agradable, como si tuviera hambre pero oliera en la habitación de al lado la comida que se iba a servir.

Durante días había paseado por veredas desde mi cuarto en la casa de Victoria en High Street, una habitación estrecha llena de muebles ingleses oscuros demasiado grandes para ese espacio, polvorientos y enmohecidos, pero lo suficientemente cálidos con su dicharachera compañía, hasta la elegancia tranquila de Eastgate y por el perímetro verde y lleno de flores de Headington. Subía a la cima de su colina y contemplaba los cerros y lagos que había debajo. La casa de Jack —los Kilns— exigía una caminata de tres millas por Headington hasta Kiln's Lane, pero no me aventuré a ir. No me habían invitado.

El martes por la tarde paseé sin ninguna prisa para encontrarme con Jack en sus dependencias universitarias. Los estudiantes salían por la pesada puerta de talla de Magdalen para esparcirse con sus libros bajo el brazo, entre risas que resonaban como las de generaciones anteriores. Pasé por el parque de los ciervos y me imaginé a mis hijos corriendo por él, luchando con espadas imaginarias, persiguiendo al gamo de cornamenta enorme y sinuosa. Cerré los ojos y elevé una oración por la seguridad de mis hijos.

Las dependencias de Jack estaban en el tercer piso del New Building, o sea, el edificio nuevo, entendiendo que «nuevo» significaba de 1733. El edificio era un rectángulo de piedra beis detrás del patio de Magdalen. Atravesé sus arcos de entrada en el nivel inferior y luego subí la escalera en curva, desgastada por los zapatos y el tiempo. Pasé la mano por la fría pared de piedra y entonces me encontré frente a su puerta: tercera planta, tercera puerta. «Mr. C. S. Lewis —decía la placa de bronce—. Tutor de Literatura Inglesa». Llamé con toques tímidos, pero la puerta se abrió como si hubiera estado esperando con la mano en el pomo.

—¡Joy! —exclamó y se hizo a un lado—. Bienvenida.

Allí estaba, con los brazos abiertos y esa sonrisa alegre en la cara, sus ojos fijos en los míos. Llevaba puesta una bata, franela gruesa gris de cuello ancho y ribetes a rayas en los bordes. Se la ceñía a la cintura con una cuerda fina, y debajo podía entrever su traje y la corbata azul aflojada en el cuello.

Se dio cuenta de que mi mirada se dirigía a su vestimenta.

—Mi bata —dijo, palmeándose el pecho—. Aquí solo hay calefacción de carbón, y esto me mantiene caliente. Entra. Entra.

Enderecé los hombros y le sonreí.

—Ver todo esto es muy divertido. Gracias por la invitación.

—Ojalá mis alumnos sintieran lo mismo. Quizá seas la única que ha cruzado el umbral de esta sala y ha pronunciado la palabra «diversión».

—Haré todo lo posible para ser más solemne —dije y puse una expresión seria, frunciendo el ceño.

—Ah, sí. Mucho más apropiado.

Sus dependencias constituían un trío formado por el dormitorio (con la puerta cerrada), el despacho y la sala de estar. Lo seguí hasta la oficina, que estaba cubierta con paneles pintados de color crema en lugar de la madera oscura que había imaginado. Los libros parecían dar estabilidad a la sala. Un reloj de pie daba su tictac cerca y una alfombra oriental de color tierra cubría el suelo de un extremo a otro. Su escritorio estaba en medio de la sala, de madera sencilla y oscura, con una silla bien metida debajo. Una lujosa butaca tapizada miraba el escritorio torcida, como si observara de reojo al trabajo en curso.

—¿Es aquí donde se sienta tu estudiante? —pregunté y señalé a la butaca.

—Sí.

—¿Puedo?

—Por favor.

Me dejé caer y exhalé, me quité los zapatos y estiré los pies.

—Creo que he atravesado todo Oxford y Headington.

—Entonces estaré más que contento de ofrecerte un descanso.

Jack se sentó en la silla de su escritorio, con la chimenea a su espalda. En la repisa de la chimenea había, dispuestas en línea, fotos enmarcadas de lo que parecía ser la campiña irlandesa o inglesa.

Jack sacó un cigarrillo del paquete que tenía en su escritorio, lo encendió y le dio una larga calada. Apoyó el brazo derecho en el respaldo de su silla y con el izquierdo sostuvo el cigarrillo sobre la rodilla doblada.

—Lo sé —dijo, como si yo le hubiera reprendido—, es un hábito terrible, pero empecé a los doce años y no parece que se pueda hacer mucho al respecto.

—¿A los doce? —me reí—. ¿Cómo es que te dejaron?

—Yo siempre me salía con la mía —dijo—. ¿Tú no?

—No. En absoluto. Yo me mantenía lejos de los problemas, sobre todo porque mi mayor placer era la lectura, y no te metes en muchos líos con esa afición. Además, por supuesto, le tenía mucho miedo a mi padre, lo cual te ayuda a ser lo más buena posible.

—Ah, el miedo como motivación.

—¿Sabes? Ahora mismo te pareces a tu foto en la revista *Time*, como si estuvieras posando otra vez —bromeé.

Se ajustó las gafas redondas en la nariz.

—Era mucho más joven y delgado entonces —dijo, y se levantó de un salto—. Lo que me recuerda... Tengo algo para ti.

Se dirigió a la librería, sacó un volumen delgado y me lo acercó. Lo tomé.

Mero cristianismo.

Mis ojos brillaban por las lágrimas y esperaba que no se diera cuenta.

—Este libro cambió mi vida —le dije.

—No. Dios cambió tu vida. Mi libro apareció muy apropiadamente en el momento adecuado.

—Sí. En el momento adecuado —repetí. Abrí la primera página: «Para mi amiga Joy Gresham. C. S. Lewis». Levanté la mirada—. Es una primera edición. Firmada para mí —dije, y me delaté al enjugarme una lágrima.

—Sí, lo es.

Abrí una página al azar en medio del libro y leí como si él hubiera subrayado las palabras. «Cuando un hombre hace una elección moral, eso implica dos cosas: el acto y los sentimientos e impulsos de su interior». Las palabras me sonaron como a condena y cerré el libro.

—No sé cómo agradecértelo —dije. Quería abrazarlo, pero en vez de eso me senté en la silla con el libro entre las manos. Sentí que mi corazón se inclinaba hacia él, que nuestra amistad era la más íntima que había vivido jamás.

—No hay necesidad de dar las gracias —dijo—. Me honra que el libro haya significado tanto para ti.

Se acercó, me miró con delicadeza y, si hubiera sido cualquier otro hombre, habría creído que era algo más que aprecio lo que emanaba de sus ojos. Pero no se trataba de cualquier otro hombre, era Jack.

Señalé a su escritorio, donde había un grueso montón de papeles esparcidos entre un tintero, cartas sin abrir y una taza de té a medias.

—¿En qué estás trabajando ahora?

—OHEL —dijo pasando las manos sobre su escritorio—. Así llamo al trabajo que bien podría significar mi muerte. *Siglo XVI - Historia de la Literatura Inglesa Oxford, Volumen Tres*. Es decir, OHEL, menudo infierno, como dicen las siglas en inglés —dijo, moviendo la cabeza—. Ya ves por qué le pongo un apodo a esta maldita cosa.

—Desde luego —asentí, y crucé y descrucé las piernas en un intento de encontrar una posición cómoda.

—Magdalen me dio un año sabático para terminarlo, pero trato en ella más de doscientos libros. No hay año sabático que valga —se quejó. Se puso detrás de su escritorio, aplastó el cigarrillo en un cenicero e inmediatamente, con el mismo movimiento suave, se sacó una pipa del bolsillo de su pecho y una bolsa de tabaco del cajón de su escritorio—. También estoy trabajando en una edición académica de Spenser y terminando la séptima y última aventura de Narnia.

—¿Cómo trabajas en tantas cosas a la vez? —le pregunté—. Mi mente funciona como un tren con cada proyecto en el que esté trabajando, no puedo saltar de una vía a otra.

—¿En qué *estás* trabajando?

—En ver Inglaterra —dije con una sonrisa.

—Por supuesto que sí. Pero sé que estás tramando algo. Tu mente y tu pluma no se quedan quietas. ¿Cómo van esos artículos?

Juraría que, mientras hablaba, le brillaban los ojos y su color café casi se volvía verde oscuro, como si la exuberancia de Oxford penetrara en su espíritu. Miré hacia la ventana.

—Ahora mismo estoy puliendo el cuarto mandamiento.

—El Día de Reposo —dijo sin dudarlo.

—Sí. Yo lo llamo el «Día de Regocijo».

—Me gustaría leerlo cuando lo termines.

—¿De verdad? —pregunté, con la mano sobre el corazón—. Dios mío. Me hace feliz que lo leas, pero me pongo a temblar solo de pensarlo —dije en un derroche de sinceridad.

—Joy —solo pronunció mi nombre, y fue tan simple que me inundó un cálido torrente de felicidad—. He leído algo de tu poesía, y desde luego tu ensayo sobre tu conversión. ¿Por qué temes que alguien lea tus escritos?

—A veces creo que soy mejor editora y ayudante que escritora. Tengo dos novelas publicadas, y ninguna de ellas parece haber impactado a muchas almas —dije, y me detuve ante esa verdad—. Pero, si quieres que lea las páginas de OHEL o cualquier otra cosa, será un honor. Cuando no estoy contigo y Warnie, me aburro por la noche en ese cuartito, y esta semana salgo de viaje.

Me quité el sombrero negro y lo puse sobre la mesa auxiliar, y, mientras lo hacía, se desprendió un alfiler de mi cabello y se me soltó un mechón sobre el hombro.

Jack miró hacia otro lado como si se me hubiera rasgado la camisa y se quedó quieto mientras me arreglaba el peinado. Cuando se volvió hacia mí, sonrió.

—Bueno, esa es una oferta muy interesante, y la aceptaré si me lo permites.

El reloj de pie que presidía la sala, adornado con tres biseles puntiagudos, dio la hora con un sonido de gongs. Los dos nos asustamos y Jack se puso de pie.

—Vaya, se nos ha escapado el tiempo, ¿no?

Miré el reloj, ese monitor de un solo ojo que controlaba la habitación, y quise decirles a sus manillas negras que dejaran de moverse, que por favor nos permitieran a Jack y a mí estar más tiempo sentados, alargar los minutos.

—Eso es lo que sucede entre nosotros, ¿no? —dijo mientras golpeaba la pipa contra la palma de la mano—. Creo que el tiempo adquiere una medida diferente cuando se juntan dos amigos.

Me volví a poner el sombrero, lo incliné a la derecha.

—Sí.

—Bueno, es martes y debo ir a los Inklings —anunció en una pausa mientras se quitaba la túnica para colgarla en una percha junto a la estantería—. No sabía si preguntar, Joy, pero siento que debo hacerlo. Tus ojos revelan algo de tristeza. ¿Va mejor tu matrimonio? ¿Mejoran las cosas en casa?

Era un tema que había que abordar. Le había escrito sobre aquel desastre y ya no podíamos obviarlo.

—¿Mis ojos? —pregunté, parpadeando con un pobre intento de bromear.

No sonrió, pero mantuvo la vista fija sobre la mía. No me permitió librarme de su pregunta.

—No, Jack. Nada ha mejorado. Estoy orando por restauración y paz en este viaje. ¿Qué es lo que pidió el rey David?

—«Crea en mí un corazón nuevo» —declaró Jack con reverencia. Se acercó a mí un paso más—. ¿Qué le dices a tu marido en momentos así? ¿Cuando llega a casa después de ver a otra mujer o estalla en ira?

—No me oye, Jack. Cuando reacciono con enojo, me pregunta si tengo el período o si me duelen los zapatos, y luego echa mano de sus diez millones de excusas.

—Joy, lamento lo que estás sufriendo.

—Hay una brecha, Jack. Ese espacio entre la historia que es y la historia que yo querría que fuese; ahí es donde está el dolor, y ahí es donde Dios entró y donde ahora espero que pueda darse la transformación.

—Evitamos esa brecha por mucho tiempo, ¿no?

—Sí. Me alejé de ella valiéndome de todas las preocupaciones posibles. Pero ya no puedo más —confesé, le abrí mi corazón. ¿Cuándo había tenido a alguien con quien hablar así?

Jack se puso su deteriorado sombrero gris de pescador, sacó su abrigo del estante junto a la puerta y agarró el pomo.

—Siempre que quieras hablar de ello, sabes que nuestra amistad es lo suficientemente grande como para hablar de lo que nos duele —dijo, y abrió la puerta de su despacho que daba al pasillo de piedra.

—Gracias —respondí, y entré en el pasillo—. Por favor, saluda a Warnie de mi parte.

Me alejé y, como cada vez que me iba, sentí que dejaba un pedazo de mi corazón en sus manos.

De vuelta en casa de Victoria, retoqué el poema «Balada de los pies ampollados» (tan solo para revivir ese glorioso día en Shotover), organicé una carpeta de apuntes sobre el rey Carlos, escribí otra carta a Bill, preguntándome por qué tardaba tanto en contestarme, y bebí una taza de té caliente. Mi mente se iba una y otra vez hacia las dependencias de Jack, hacia sus ojos brillantes y sus agradables maneras, hacia su risa y su ingenio, hacia cada cumplido o conexión sutil. Levanté el libro que me había dado y pasé el dedo por mi nombre escrito con su letra.

Al final enarbolé mi propia pluma. Otros tenían sus diarios; yo tenía mis sonetos.

Llevaba años escribiéndolos, no era una manera nueva de liberar mis emociones reprimidas. A lo largo de todos estos años, los rostros del «amor» habían cambiado: los sonetos no estaban destinados a un hombre, sino al sentimiento indefinido de ser amada y corresponder con amor, a ese momento de conexión e intimidad. Sin embargo, esa noche en el cuarto de huéspedes de Victoria, los sonetos comenzaron a palpitar con sus sentimientos, como un latido que se había acelerado, hacia Jack.

En su día escribí acerca de los mandamientos que «el yo es siempre la bestia del corazón» y que Dios es un «ser que exige todo tu corazón», sin embargo, yo sabía que debía proteger mi corazón. El monstruo que me sedujo para romper los mismos mandamientos sobre los que escribía estaba vivo y coleando en mi interior. Y no había ningún Orugario al que echarle la culpa.

—No —le dije en voz alta a la habitación vacía. No quiero caer en esa fantasía imposible de estar con Jack.

Sin embargo, la razón y la emoción nunca coexistieron bien en mí. Como dijo Blaise Pascal: «El corazón tiene razones que la razón ignora».

CAPÍTULO 15

O llenar tus ojos y oídos con algo de ruido,
Mero agradecimiento, ¡hasta que ya no me sienta orgullosa!

«Sextina de pan con mantequilla», Joy Davidman

Las imágenes y los sonidos de Oxford durante esos diez días me empaparon la piel y se asentaron en mis huesos. Caminé kilómetros, ignorando el dolor sordo de mis caderas. Compuse sonetos sobre el anhelo, pero ¿para qué? No estaba segura, pero entendí que tenía algo que ver con Oxford y cómo me sentía con una libertad que nunca había sentido antes.

Le escribí cartas a Bill y Renée y a los cachorritos más pequeños ignorando la persistente sensación de que algo andaba mal en casa. Probablemente era un contratiempo mi ausencia en esos momentos, con demasiados niños a cargo y muy poco dinero a mano. Lo compensaría cuando volviera a casa. Esa última tarde me senté en las dependencias de Jack después de que me diera algunas páginas de OHEL para leer en mi viaje a Worcester. Le había entregado el borrador del «Día de Regocijo», y allí estábamos sentados, cada uno con el trabajo del otro en la mano. Me acomodé despacio para ponerme de pie y caminé hacia la ventana, miré hacia el oeste al parque de los ciervos, donde los olmos se despojaban de sus últimas reminiscencias de oro. No había jugadores en el campo de *croquet* ese día, pero podía imaginar su aspecto cuando el tiempo fuera más cálido y estuviera lleno.

—¿Paseamos junto al río? —le pregunté.

—Sí —respondió. Se puso de pie rápidamente y se le cayó la pipa al suelo, esparciendo sus cenizas por la alfombra. Se cepilló los pantalones, pero ni siquiera prestó atención al desaguisado que dejó en el suelo, algo que me hizo sonreír.

Metí en mi bolso las páginas que me había dado mientras él descolgaba su sombrero de una percha de la pared y se lo ponía en la cabeza. Se le quedó torcido, y lo hacía aún más encantador. Con un rápido gesto recuperó el bastón que estaba apoyado contra la pared y luego cerró la puerta de su despacho al salir.

—¿Vamos?

Nos dirigimos por los senderos de Addison's Walk a la orilla del río mientras el sol irrumpía desde una nube. Se me cortó el aliento.

—Este —dije—, este es el lugar sobre el que me escribiste, donde caminaste toda la noche con Tolkien y Dyson. Este es el lugar en el que viniste a la fe.

—Sí —se quitó el sombrero en respuesta.

—Es como entrar en una de tus historias para ver un lugar que antes solo estaba en mi imaginación, para ver dónde te convenciste del único mito verdadero.

—Que Dios es el narrador y que la Providencia es su relato —dijo, se detuvo y exhaló.

—Ojalá hubiera estado aquí en aquella conversación, para tener a alguien como tú con quien hablar, o simplemente para escuchar.

—Ah —Jack se rio y se apoyó en su bastón con ese brillo en la mirada—. ¿Crees que podrías haberte limitado a escuchar?

—Me gustaría pensar que sí... —contesté con una sonrisa y sacudiendo la cabeza.

—La conversación hubiera sido mejor de haber contado contigo.

—Es extraño, ¿no? Un minuto antes no creíamos en absoluto. De hecho, éramos un poco prepotentes con los que sí creían. Y de repente sabemos que es verdad. Sencillamente lo *sabemos*.

Me miró tan intensamente que casi aparté la mirada.

—Parecía algo repentino ¿no es verdad? Pero sabemos que no fue de repente, llevaba toda nuestra vida acercándosenos con sigilo.

—Sí —dije, y un temblor retumbó bajo mi pecho al ser vista así por un hombre, al saber que él sintió y experimentó lo mismo que yo.

Empezó a caminar de nuevo.

—Sin embargo, aunque creía en Dios, no estaba seguro de si creía en Cristo.

—¿Cuándo ocurrió eso? ¿Aquí también? —inquirí. Me imaginaba el aire, los árboles, las flores y toda la compañía del cielo recordando la conversación que Jack Lewis tuvo en este mismo sendero, la conversación que le cambió la vida.

—No —se rio—. Estaba en el sidecar mientras Warnie conducía de camino al zoológico. En algún lugar entre los Kilns y el zoo, creí en Cristo. No sé en qué punto de ese viaje ocurrió, pero así fue.

—En un sidecar de camino al zoológico. Dios tiene un buen sentido del humor —comenté, y me quedé en silencio un momento, mirando el curso del río—. Entiendo por qué Dios se revelaría aquí. Posee una belleza que llega a doler. Vendría aquí todos los días si pudiera.

—Yo así lo hago.

Con cada gota de nuestras vidas que soltábamos con cuentagotas en nuestra conversación, nos acercábamos más. Un revoloteo agitado en el estómago me decía que *tuviera cuidado*. Ya había arruinado más de una amistad con el tipo de amor equivocado. Esta era una que jamás sacrificaría.

—Háblame de tu día a día, Jack —dije vivamente.

Dibujó con su bastón un círculo y luego lo apoyó en el suelo.

—No es demasiado emocionante. Tal vez prefieras imaginártelo.

—No —negué con la cabeza y se me cayó el sombrero sobre los ojos; lo empujé hacia atrás con una risa—. Abúrreme.

—En las noches que me quedo aquí en mis dependencias, me despierto a las siete y media de la mañana con un té que me trae mi asistente. Luego vengo caminando aquí —dijo, dio un golpecito con su bastón en el suelo verde y me miró directamente—, a Addison's Walk, y me quedo todo el tiempo que puedo. Oro y permito que la naturaleza me lleve al silencio.

—La belleza que nos lleva a la paz y susurra que hay algo más.

—Y Dios reivindica cada centímetro cuadrado de ella —dijo, me dirigió esa mirada que ya conocía, de que estábamos de acuerdo y no había nada más que decir. Era suficiente.

—A las ocho en punto tenemos las Oraciones del Decano en la capilla —dijo, y señaló hacia el claustro—. Luego vamos a desayunar en la Sala Común, y a las nueve de la mañana estoy en mis dependencias, leo la correspondencia y contesto a todas las cartas que puedo. Mis alumnos llegan hasta la una de la tarde.

—Desde que estoy aquí, casi nunca me he levantado antes de las nueve —comenté—, y para esa hora tú ya tienes la mitad del día hecho. Y estructurado. Creo que necesito parecerme a más a ti en tu orden.

—Estoy seguro de que tu vida es más emocionante —dijo—. Y variada.

—Bueno, continúa —le pedí, hambrienta de conocer más de su día a día.

—Algunas tardes doy conferencias en High Street. Pero, normalmente, cuando mis estudiantes ya se han ido, camino o tomo un autobús de vuelta a los Kilns, a tres millas de aquí. Una vez en casa, me adentro en la cuarta dimensión —dijo, y se inclinó hacia delante con aire misterioso—: mi siesta. Luego vuelvo aquí a las cinco para más tutorías. Las tardes son lo que más disfruto, llenas de lecturas, invitados y conversaciones en la Sala Común de Magdalen.

—Suena maravilloso. Una vida plena y estimulante.

Se sacó una pipa del bolsillo del pecho y la llenó con hojas oscuras de tabaco de una bolsita. La encendió con un fósforo que tuvo que raspar cuatro veces. Todo esto lo hizo en un ritual tan lento que me pregunté si se había olvidado de que yo estaba allí. Entonces me miró y sopló, convertidas sus mejillas en pequeños fuelles, hasta que la pipa se encendió y el humo se enfiló hacia arriba.

—Desde que te entregué las páginas de OHEL, me preocupa qué opinas del trabajo.

—¿Te preocupa?

—Sí, que te parezca una tontería —confesó, puso una mano en el respaldo de un banco de hierro y se inclinó hacia adelante, con la pipa colgándole del extremo de la boca. El viento le zarandeaba el pelo y la corbata amarilla que colgaba de su cuello—. Sin embargo, todo parece bien visto desde este ángulo, ¿no es cierto? Es uno de esos momentos en los que se desvanece toda preocupación.

—Sí —asentí. Estábamos tan cerca que casi nos rozamos los hombros—. Sentados aquí ahora mismo, siento que nada podría ir mal.

Entonces se volvió hacia mí.

—Pero sí hay algo que va mal, ¿verdad? —dijo, y sus mejillas se elevaron con su sonrisa taimada y paciente, esperando mi respuesta sincera.

—Sí —reconocí, me cerré más el abrigo y abroché el último botón de arriba para evitar el escalofrío que sentía acercarse—. Las cartas que llegan de casa no parecen buenas. En el mejor de los casos, se podría decir que Bill está siendo algo esquivo.

—¿Esquivo? ¿Te oculta algo?

—Sí. Creo que sí.

—Nunca he estado casado, Joy. Ni se me ocurriría darte consejos, pero puedo decirte que las cartas no siempre presentan toda la verdad sobre cómo alguien podría o no sentirse.

—No fue así entre tú y yo —le dije—. Yo te entendía.

—Sí —asintió y golpeó su pipa en el borde del banco—. No fue igual entre nosotros.

Me detuve en la paz y la comodidad de ese momento y me pregunté si podría llevármelo a donde fuera.

—No te pido que me digas nada, Jack, ni que me aconsejes. Baste con decir que han sido unos años terribles y que he perdido la firmeza de mi identidad en ellos.

—¿Por qué sigues, Joy?

—Quiero creer que es por la voluntad de Dios, pero tal vez sea por seguridad, o porque no quiero rendirme con mi familia. Quiero hacer lo correcto —confesé. Me envolví los brazos y me froté para calentarme mientras el viento soplaba por encima de los árboles casi desnudos.

—A veces parece que las exigencias de Dios son imposibles, ¿no te parece?

—Imposibles —asentí—. El amor. Una empresa complicada, Jack.

—He tratado de escribir sobre él, muchas veces, borradores de un libro sobre el tema, ya sabes. Somos los únicos que tenemos una sola palabra para describirlo. En griego tenemos *storge* para el afecto, *filia* para la amistad, *ágape* para el amor de Dios y, por supuesto, *eros*. Pero las palabras, sean o no griegas, no pueden contener la verdad de lo que es o no es.

La sonrisa de Jack se tornó en una mirada de tal calidez que quise abrazarlo.

—¿Cuál fue tu primer amor? —le pregunté, tímida y con una sonrisa.

—La poesía —dijo, e hizo una pausa—. O Little Lea, el hogar de mi infancia.

—Sabes que no me refería a eso —repliqué dándole un empujoncito.

—Trabajé en la poesía durante años hasta que me di cuenta de que nunca sería lo suficientemente bueno.

—¿Suficientemente bueno? —dije, y solté una carcajada tan fuerte que se asustó—. He leído tus poemas. Son más que suficientes —afirmé, sacudiendo la cabeza—. Yo dejé la poesía por la publicación y el dinero. Tú la dejaste porque creías que no estabas hecho para eso. En cualquier caso, ambos dejamos nuestro primer amor.

—Pero nos llevó a la prosa y al ahora —dijo.

Me crucé las manos tras la espalda y lo miré fijamente.

—¿Sabes qué creo? —le pregunté, pero no esperé su respuesta—. La poesía está enraizada en lo sagrado. La prosa es buena y está bien, pero la poesía es otra cosa.

—Sí.

—A veces creo que solo el papel y las palabras me entienden. Me pregunto si hay algún género que no haya tocado: desde guiones a ensayos y críticas de libros y películas.

Estaba callado, como si tuviéramos todo el tiempo del mundo para contemplar el agua que, iluminada por el sol, se movía ondulada, con hojas amarillas y rojizas posadas en su corriente.

—La sextina —dijo finalmente—. ¿Has escrito alguna?

—Ah, tal vez no desde la escuela, o nunca.

—Pruébalo —dijo, y se alejó del borde del banco.

—Antes de irme a Edimburgo —contesté— escribiré una sextina sobre estos días.

—Ya *hay* algo que tengo ganas de leer.

Una voz detrás de nosotros gritó el nombre de Jack y un hombre de larga túnica negra se acercó atravesando la capa de luz del sol otoñal. Yo quería ahuyentar a este hombre.

—Buenas tardes, Lowdie —lo saludó Jack con gusto.

Me presentó a su colega y sentí el escalofrío de saber algo que a menudo ignoraba: que era hora de irme. Me fui con la promesa de encontrarme con Jack y Warnie esa noche para comer salchichas y puré en el Eagle and Child. Estaba ansiosa por cruzar sus puertas, sentarme en sus rincones y ser una parte más de la vida de Jack, en ese lugar donde los martes se reunían los Inklings, su grupo de colegas y escritores que se juntaba para tomarse una pinta o dos mientras bromeaban sobre filosofía y escritura. Por supuesto, vetado a las mujeres.

Mientras me alejaba, me preguntaba qué habría pasado si allí, a orillas del río, mientras hablábamos de poesía, le hubiera contado todos los otros poemas que había estado escribiendo: sonetos de amor de anhelo desnudo, tan trémulos de necesidad que podrían haberlo hecho saltar al río por miedo a mí. Si no trataban sobre él, desde luego trataban sobre los sentimientos que él removía dentro de mí.

No, nunca se los mostraría.

Jamás.

CAPÍTULO 16

Lo que digo es que no tengo nada
Para darte que pudieras querer

«Soneto XII», Joy Davidman

Era mi última noche en Oxford y el atardecer caía sobre la arquitectura de la ciudad cuando salí de la casa de Victoria para caminar por las aceras flanqueadas por farolas. Los hombres pasaban en bicicleta, con sus abrigos ondeando tras de ellos. Las mujeres caminaban, empujando a los niños en sus cochecitos. En Inglaterra había una sensación de frágil alegría, como si todo el mundo estuviera saliendo a la luz, pero aún esperando las sirenas y el zumbido de los aviones, indeciso tras el horror de las bombas y los disparos de la Segunda Guerra Mundial, para creer en la paz.

Había metido en mi bolso la sextina que Jack me sugirió que escribiera. Podría leerla hasta el fin de mis días e invocar nuestro tiempo juntos tan claramente como si estuviera en una pantalla. Planeaba darle la copia de calco esa noche.

Nos habíamos divertido mucho, y yo sabía que me admiraba al mantenerme a su lado, ya fuera hablando en latín o citando a Shakespeare o poesía. ¿Pero era algo más que admiración? Si era así, lo mantenía escondido muy por debajo de su plática. No me había tocado ni la manga; su comentario sobre mis ojos fue su única referencia a un único atributo físico mío. Sin embargo, me elogiaba por mi escritura, mi ingenio o mi intelecto. Hacía planes para que nos viéramos todos los días.

Nunca había estado cerca de un hombre que me mirara de la forma en que lo hacía Jack, ni que me hablara como él y, sin embargo, ni una sola vez se me insinuó. Esperaba un contacto en los paréntesis naturales entre el hombre y la mujer, pero mantenía una armadura en torno a él invisible como el aire e impenetrable como el hierro.

Tenía cincuenta y cuatro años y nunca se había casado. ¿Había pasado el tiempo de pensar en las mujeres como algo más que como compañeras amigables? Todas las veces que estos pensamientos me punzaban, yo los desechaba. El dilema teológico en el que me encontraba era casi ridículo. Yo era una mujer casada tratando desesperadamente de no enamorarme de un hombre a quien había convertido en un ídolo mientras escribía sobre los mandamientos de Dios.

Más que cambiar mis emociones, necesitaba rendirlas. Tal vez podría encontrar una manera de *no* complacerlas, pero su compañía, las caminatas y las charlas íntimas no disminuyeron el anhelo que florecía con fuerza en rincones de mi interior que llevaban mucho tiempo instalados en la soledad. Después de irme, ¿sería más profundo el vacío interior? Estaba dispuesta a pagar ese precio. Mis maletas estaban empacadas: al día siguiente me dirigía a mis investigaciones sobre el rey Carlos II y a tratar de olvidar *mi* vida, metiéndome en la de otro hombre. Sería un largo viaje a Edimburgo en tren, a través de Worcester. Jack, como había prometido, había arreglado que me quedara en una casita rural con unos viejos amigos suyos, los Matley Moore, y me maravillaba que nos hubiéramos hecho tan buenos amigos que hiciera arreglos para mí con otras personas que le importaban.

Caminé dos cuadras más hacia el *pub* para encontrarme con él, mis cavilaciones me hacían compañía. La mujer en la que me había convertido al explorar Inglaterra, y al pasar tiempo con Jack y Warnie, me parecía ser quien *realmente* era yo. El verdadero yo, diría Jack, en Dios. Había estado mucho tiempo cubierta por el hollín del carbón de mi casa, enterrada en la lavandería, silenciada por los gritos de mis hijos y los regaños de mis padres primero y de mi esposo después; hasta venir a Inglaterra no vi quién podía ser: una luz brillante, apreciada por lo que era.

Me detuve en la esquina de St. Giles y Wellington y dejé pasar un autobús rojo de dos pisos. Al otro lado de la calle estaba el Eagle and Child. Era un edificio encalado de tres plantas en la calle St. Giles, con ventanas pareadas debajo de los hastiales y un par de ellas a juego debajo. El cartel que colgaba sobre la puerta de madera oscura mostraba un águila en vuelo contra un mar azul, con un bebé en sus alas. Eso explicaba su adorable apodo: El Pájaro y el Crío.

Crucé la calle, abrí la puerta y me quedé allí de pie, dejando que mis ojos se acostumbraran a la oscuridad. El bar estaba dividido en salas más pequeñas, con el techo muy bajo. Entré en la «Sala Conejo», cuya abertura arqueada parecía un ventanal de iglesia. Jack estaba ante el fuego, reavivándolo. Había una mesa de madera marcada y banquetas desgastadas. Pero era en la banqueta de la esquina, tapizada de borgoña, donde solían sentarse los Inklings.

Si el prestigioso grupo hubiera estado allí, no habría entrado en la sala, por muy valiente que me sintiera. Pero era viernes noche, no martes, y me habían invitado. Solo había dos hombres sentados en la esquina, uno de ellos era Warnie.

El bar brillaba bajo la luz de la lámpara y el espacio era cálido. Me despojé de mi abrigo y lo puse sobre mi brazo doblado, luego alisé la parte delantera de mi mejor vestido, el que llevaba puesto el día que conocí a Jack.

Al principio no me vio, su atención estaba concentrada en el fuego, pero Warnie dijo mi nombre. El otro hombre levantó la vista; su pelo blanco brotaba en todas direcciones y una pipa colgaba del borde de su boca. Inconfundible: J. R. R. Tolkien.

No estaba preparada.

Quería más tiempo con Jack antes de que llegara alguien a quien tanto apreciaba para juzgarme. Sentí agitarse el pánico bajo mi pecho. Caminé hacia ellos, esperando que el suave resplandor de la habitación me diera un buen aspecto ante Tolkien.

—¡Buenas noches, Joy, aquí estás! —exclamó Jack, colgó el atizador de fuego de un gancho y corrió hacia mí, señalando a Tolkien—. Me gustaría que por fin conocieras a Tollers.

Tolkien se puso en pie, pero, cuando levanté mi mano para estrechar la suya, simplemente asintió.

—Buenas noches, señora Gresham.

Levantó el sombrero una pulgada mientras sus cejas pobladas se elevaban para encontrarse con una profunda línea entre sus ojos. Tenía pecas esparcidas y fundidas por su rostro, y dos profundos surcos marcaban ambos lados de su boca, confiriéndole una mirada de desaprobación o juicio.

—Es un placer conocerlo. He oído hablar mucho de usted —dije. Me ardían los nervios bajo las costillas y me sentía pueril e insegura. Me esforcé por afianzarme y le mostré una sonrisa—. Ha sido usted una gran influencia en mi amigo.

Me senté y Jack se me unió. Este era el banco donde los Inklings se sentaban los martes por la noche. No creí que su genio se pudiera pegar a un tablón, pero me senté más lejos por si acaso.

—Como él para mí —contestó Tolkien y se sentó con su atención fija en Jack, como si yo fuera un espectro.

—¿Está su esposa aquí? —le pregunté, deseando la compañía de una mujer, con su efecto amortiguador—. Me gustaría conocerla.

—Mi esposa está en casa con los niños. No frecuenta los *pubs*.

De repente regresé a mis once años, con mi padre diciéndome que mis calificaciones eran un desastre; a mis doce años, con mi madre que me decía que Renée era más bonita; a mis treinta años, con Bill diciéndome que era una esposa horrible y que necesitaba recargar sus baterías con otra mujer.

Fue Warnie quien habló.

—La señora Gresham tiene dos hijos y un marido en América. Es una escritora que investiga sobre nuestro rey Carlos II, y también está trabajando en un libro sobre los Diez Mandamientos. Una buena escritora, y aún mejor poeta.

Jack asintió con la cabeza.

—Posee una escritura muy viva.

Tolkien asintió como si admitiera la afirmación masculina Lewis.

—¿Por qué está aquí en Oxford? —preguntó.

—No se preocupe, señor Tolkien —respondí, y adopté una posición más rígida—. No estoy aquí para derrumbar las paredes de su mundo de hombres ni para suplicarle que me permita formar parte de los

Inklings. Solo estoy aquí porque me divierte y por la amistad de Jack y Warnie —dije, y me detuve—. ¿Dónde está el *whisky* cuando lo necesitas?

—En camino —dijo Warnie—. Junto con una buena cantidad de pastel de cerdo. Por desgracia, es tu última noche.

—¿Entonces se va de Inglaterra? —preguntó Tolkien con aire de satisfacción, inclinándose hacia mí con una larga bocanada de su pipa. Las breves ráfagas de tabaco fuerte venían hacia mí.

Me recordó a cuando conocí a Bill. Yo creía que era un hombre de buen corazón, con su pipa y su pronunciación arrastrada, con su guitarra en el regazo. Y mira lo que resultó.

—No me voy de Inglaterra, todavía no —dije—, pero mañana me iré a Edimburgo y a otros lugares. Luego regresaré a Londres. Por supuesto, me encantaría volver a Oxford antes que a Estados Unidos, pero ya veremos cómo se desarrollan los días.

—Por supuesto que debes regresar aquí antes de irte —dijo Jack—. Eso está fuera de duda.

—Sí —coincidió Warnie.

El alivio que me ofrecieron fue como un baño caliente después del frío de una caminata lluviosa.

—Señor Tolkien —le dije—, mis dos hijos han leído *El hobbit* y estaban encantados. Quisiera saber más sobre su trabajo. Jack me dice que es brillante.

—Nunca dije tal cosa —se rio Jack con estas palabras y golpeó la mesa con la mano—. No hagas que piense que he dicho semejantes tonterías.

—No —dije—, entonces *yo* afirmo que su trabajo es brillante. Cuando Jack me habla de sus conversaciones, tengo envidia. Hubo un tiempo en que creía que la religión no era algo de lo que se hablaba en público. Qué alivio poder comentar y debatir sin que sea una discusión. ¿Se puede creer que yo solía pensar que la gente que creía en Dios era banal e ignorante? Y ahora no me canso de debates inagotables. ¿No es curioso?

Estaba hablando demasiado rápido; podía sentir cómo las palabras borboteaban por mi nerviosismo.

—¿Qué es lo que más le fascina de las cosas que pienso, señora Gresham? —preguntó Tolkien, agarrando su casi vacía jarra de cerveza.

—Su opinión sobre los cuentos de hadas —le dije.

—¿Y cómo conoce mi opinión sobre los cuentos de hadas?

—Tuve la suerte de entablar amistad con Michal Williams en Londres. Ella ha sido como una luz en esa ciudad que me parecía encantadora hasta que conocí Oxford, que lo es un millón de veces más. El caso es que me prestó el volumen de ensayos que debería haberle llegado a su marido. Era una conferencia que usted impartió...

—Sé lo que era —dijo Tolkien.

—Habla de cómo comenzó su ensayo «Sobre los cuentos de hadas» —dije—, de su tierra peligrosa e incontables estrellas, y de que un hada no puede quedar atrapada en una red de palabras.

—Bueno, bueno —dijo—. Debe de tener una memoria de lo más fotográfica.

—Confieso que sí —admití—. Me ha ayudado en mis peores días escolares. Pero su ensayo no lo memoricé, lo digerí. Y parece que sus puntos de vista han influido en Jack —dije, levantando la mano sin pensarlo; al hacerlo toqué la manga de la camisa de Jack en lo que debió parecer un gesto de apropiación. Retiré mi mano rápidamente.

Tolkien apuró su cerveza y se recostó sobre su asiento. Pude ver que estaba listo para irse, y el temor de haberlo echado me hizo insistir en mi intento.

—¿Qué será lo que tienen los cuentos de hadas que tanto nos gustan a todos? —le pregunté.

—Usted ha dicho que leyó mi opinión.

—Es el consuelo que queremos —dije—. Lo que usted escribió sobre el repentino y alegre giro de los acontecimientos, la gracia, el final feliz. Creo que amamos a nuestras hadas, sus historias y sus tierras porque, en medio de todas las dificultades, existe el consuelo de un final feliz.

Tolkien se puso el abrigo y el sombrero de *tweed* en la cabeza antes de mirarme.

—Ahí lo tienen —respondió, y se despidió de Jack y Warnie con un gesto—. Llego tarde a cenar en casa. Nos vemos mañana.

El pastel de cerdo, por lo general reconfortante, me supo a cartón. ¿Había ofendido al mejor amigo de Jack? Warnie se excusó para saludar a un amigo al otro lado de la sala y nos dejó a Jack y a mí solos, con la chimenea encendida detrás de nosotros.

Jack siguió con la vista a Tollers hasta que la puerta del *pub* se cerró y ya no estaba. Luego se inclinó para encender un cigarrillo y sonreírme.

—Me temo que puede ser un poco brusco.

Asentí, pero dirigí mi atención a Warnie, que tropezó y se agarró al respaldo de una silla, se rio y caminó hacia la barra.

—¿Está bien?

—Creo que sí, sí. Pero, si no lo está, no será la primera vez que tenga que meterlo en un taxi. Lamento que debas presenciarlo.

Levanté mi mano para que no siguiera.

—Jack, ya he vivido esto. No con alguien casi tan maravilloso como tu hermano, pero es igual. Si alguna vez quieres hablar más de ello, espero que sepas que puedes.

Jack asintió, y una tristeza que solía mantener oculta bajo su sonrisa cubrió su rostro por un momento. Entonces, con la misma rapidez, volvió a dirigir a mí su atención.

—¿Has disfrutado de Tollers?

—Aún no lo sé —dije—. Quisiera gustarles a tus amigos.

—Ah, pero a la señora Williams le gustas muchísimo; «deslumbrante», creo que dijo de ti.

—Nos llevamos muy bien y nos hemos reído mucho, lo que es importante, ¿no crees?

—¿Llevarse bien o reírse? —dijo, con un parpadeo, pero fue un guiño.

—¿No es lo mismo? —le pregunté.

—Sí, lo es —respondió, y se inclinó hacia delante—. Lo que une a las personas es que vean la misma verdad. Como nosotros.

—Pero tu Tollers no me aprueba. Me ha mirado como si yo estuviera aquí para robarte en la noche y no dejarte volver. Estaba enfurecido.

Jack se rio con su alegre voz de tenor.

—No creo que a Tollers le preocupe que yo me vaya. Pero está casado y tiene hijos y tal vez no entiende la amistad que puede surgir entre un hombre y una mujer —explicó, y se quedó absorto un momento—. Tollers separa la vida familiar, la vida académica y la vida de los *pubs*, cada una en su propio compartimento estanco. ¿Y qué importa de todos modos? Yo no me enfurezco como él.

—Si lo hicieras, seguro que no me enteraría —le dije—. Todos tenemos dos caras. Escribí sobre ello...

—En «El camino más largo» —me interrumpió.

Sonreí. El aparente rechazo de Tollers estaba perdiendo su fuerza.

—Sí. Mi cara falsa. Puede interferir. Yo no veo a Dios como magia; tú lo sabes. Quería que mi conversión viniera acompañada de algún cambio en mi vida, pero, por desgracia, creo que soy en esencia la misma. Solo es diferente con Dios. Sigo con mis máscaras. La ira aún estalla antes de que pueda detenerla. Elaboré mis máscaras de buena gana y con tal habilidad que creo que se fijan en su sitio cuando estoy desprevenida y nerviosa. Puede ser muy difícil mostrar nuestro rostro verdadero.

—Tal vez sea un trabajo de por vida —dijo, se cubrió la cara con ambas manos y luego miró a su alrededor para hacerme reír.

—¿Qué ves tú? —me atreví a preguntar.

—Una mente brillante —dijo con fuerza y puso su mano sobre la mesa—. Echa un vistazo, Joy. No hay ninguna como la tuya. Tal vez algunos hombres no puedan admirarte por tus virtudes varoniles como yo, por tu inteligencia y tu franqueza.

Sus palabras me cayeron como hormigón en el pecho.

—¿Mis virtudes varoniles? —dije. Se me saltaron las lágrimas y no pude hacer nada para evitarlo—. Jack, ¿te gustaría que te ensalzara por tus virtudes femeninas?

Se le demudó el rostro, sus carrillos parecieron descender hasta el cuello. Se quitó las gafas y se frotó la frente.

—Eso no es exactamente lo que quise decir. Qué torpe puedo llegar a ser...

—No puedes verme como una mujer, ¿verdad?

—No es tan fácil, ni tan simple, Joy. El libro en el que estoy trabajando... —dijo con voz apagada.

—Siempre estamos con el trabajo —repliqué. Respiré hondo y lo suavicé—. No me hables de tu trabajo. Dime cómo te *sientes*. Incluso en las *Cartas del diablo a su sobrino* evitas las emociones, solo aparecen la voluntad, el intelecto y la fantasía. Háblame de tus sentimientos.

Inclinó la cabeza, pensando la respuesta.

—Como tú, encuentro mi camino con cosas así sobre el papel. Pero lo que siento es que existen cuatro tipos de amor. Y tú y yo tenemos la mejor clase.

—Sí —dije—, *filia*.

—De *storge* a *filia*, somos realmente afortunados —afirmó; luego, con una gran carcajada, se inclinó hacia adelante con aire misterioso, como si fuéramos parte del mismo chiste—. Y mis sentimientos no importan, Joy, estás casada —dijo, e hizo una pausa antes de añadir con una sonrisa—: además, me gustan más las rubias.

Era una broma para suavizar el golpe, pero no lo consiguió.

—Me parece que no siempre eres consciente de tu efecto sobre los demás —dije, sentándome en mi silla—. O tal vez mantienes esa armadura de palabras e ingenio porque no quieres que otros te afecten.

—No sé a qué te refieres.

—¿Sabías que la revista *Vogue* te llamó la fuerza más poderosa de Oxford? Escribieron sobre tu inmensa cantidad de seguidores y las grandes multitudes que convocas. Pero tú estás aquí sentado y actúas como si tus palabras no tuvieran impacto.

—No leo *Vogue* —dijo, con un intento de sonrisa—. Y no pretendo ser insensible, Joy. Apunté a la frivolidad y fallé por unos pocos kilómetros.

Me libré de humillaciones adicionales gracias a que Warnie regresó a nuestra mesa. Intenté estar jovial y divertida. Al final, la noche se puso más oscura y dije:

—Tengo un tren temprano. Debemos despedirnos.

Los tres nos quedamos de pie, y Warnie me hizo prometer que volvería. Jack salió a pasear conmigo. El uno frente al otro en la oscuridad de la noche, se metió la mano en el abrigo y sacó un libro.

—Tengo algo para tus chicos —dijo, y me ofreció una primera edición de *El león, la bruja y el ropero*—. Se lo he dedicado a Davy y Douglas.

Le quité el libro de la mano y lo puse contra mi pecho como si fuera una brasa caliente.

—Jack, es un regalo muy generoso. Les encantará. Se lo he leído más veces de las que se pueden contar, y sé que Douglas se pierde por el bosque con la esperanza de encontrar Narnia.

—Entonces tal vez la encuentre —dijo Jack.

Comenzó a caer una ligera lluvia; la niebla esmaltó mis mejillas con un escalofrío que se asentó en mis huesos hasta que me metí en la cama con la botella de agua caliente.

—Cuando piense en Oxford, tendré muchos recuerdos, Jack, pero parte de ellos será siempre la lluvia —dije, y metí el libro en mi bolso, protegiéndolo.

—¿Recordar Oxford? ¿Como si no fueras a volver?

Me limpié las gotas de la cara y esbocé una sonrisa, ocultando la tristeza de la partida.

—Debes regresar —dijo—, Warnie y yo insistimos. Nos gustaría que nos acompañaras en las fiestas de Navidad, si no te importa quedarte en casa de unos solteros, con cañerías ruidosas y calefacción defectuosa. Pero tenemos una chimenea que abrasa y libros a tu gusto, y Oxford en Navidad es encantador —dijo Jack, luego abrió un paraguas negro y me resguardó con él mientras se intensificaba la lluvia—. ¿O ya habrás cruzado el charco para entonces?

—Estoy esperando un cheque por regalías de Macmillan, y luego reservaré mi pasaje. Pronto, creo.

Esperaba que la palabra «regalías» ocultara la vergüenza que había en mi voz, pero no creí que pudiera engañar a este hombre. Nunca quise compadecerme de nadie, y desde luego no de él. Dormiría en el suelo de la cocina de Phyl antes de permitir que la compasión se interpusiera entre nosotros.

—Entonces, en Navidad —dijo—. Ahora salgamos de esta lluvia torrencial o te morirás antes de tu viaje a Edimburgo. Haremos los arreglos a medida que se acerque el momento.

—Maravilloso —dije—. Enviémonos nuestras críticas y páginas. De aquí a entonces haremos todo el trabajo que podamos para disfrutar de las vacaciones.

Me abrazaba a mí misma de la misma manera que lo habría abrazado a él si hubiera podido.

—Sí, eso haremos. Tenemos mucho que hacer por delante, y tengo una conferencia en Londres en noviembre. Así que te veré pronto. Londres no está lejos, ¿sabes? Llámanos cuando regreses —dijo, me cedió el paraguas y se quitó el sombrero—. Adiós, y llévate esto.

Empecé a alejarme, inclinando el paraguas para proteger mi cara de la lluvia.

—Oh, Jack. Espera —lo llamé; ya había puesto su mano en la manija de la puerta del *pub*—. Casi lo olvido —dije, metí la mano en mi bolso y saqué el papel—: la sextina que te prometí.

Tomó el papel y levantó la mirada hasta mis ojos.

—Maravilloso.

Y, con eso, se marchó.

CAPÍTULO 17

Solo quería ver qué pasaría si...

«BALADA APOLOGÉTICA DE UNA BRUJA BLANCA», JOY DAVIDMAN

El tren a Worcester se puso en marcha y se me escapó la maleta de las manos, deslizándose por el pasillo. No quería dejar Oxford, pero el tren me alejaba. En otros momentos desgarradores de mi vida, había usado la escritura como válvula de escape, y esperaba hacer lo mismo de nuevo. Estaba inquieta y sentía un gran pánico. Pero ¿de qué tenía miedo? Ni idea.

O quizás sí lo sabía: miedo a que nunca conocería el amor *verdadero*.

¿Debía conformarme con el problema que me era propio? Una vida de decepción y rabia, alcohol y desesperación con Bill.

Después de guardar la maleta debajo de un asiento, me dirigí al vagón restaurante y pedí una ginebra. Una mujer alta vino y se sentó a mi lado. La caracterizaba, como a Renée, esa elegancia que yo nunca tendría.

—Hola —dijo y tomó asiento, cruzando las piernas con gesto delicado—. ¿Usted también se dirige a Edimburgo? —preguntó, y se movió su elegante y reluciente melena.

—Primero a Worcester y luego a Edimburgo —contesté—. Nunca he estado en ninguna de las dos.

—Oh, le encantarán, a menos que se quede demasiado tiempo —dijo riendo—. Ya sabe, es como un hombre al que crees que amas hasta que tienes que vivir con él.

Me uní a su risa y luego agregué:

—El amor. Nunca es lo que creemos, ¿verdad? —dije, y soné como una vieja amargada al final de sus aventuras.

—Nunca —coincidió ella—, pero ¿acaso no es divertido caer en él? Entonces comencé a derramar todo mi interior.

—Siento como si me estuviera enamorando. Y no debo —confesé. Sentía cómo el cansancio se apoderaba de mí, cómo llegaba con fuerza. Apuré mi copa y pensé que podría dormir durante todo el viaje en tren y olvidarme de todo.

—Ah, yo *siempre* estoy enamorada —dijo con un soniquete alegre, como el tintineo del hielo al caer de los árboles—. Bueno, ¿de dónde es usted? Parece de Nueva York.

—Sí —contesté, de nuevo consciente de mi diferencia. Nunca sería como estas mujeres cultas con sus uñas pintadas, su acento inglés y su cintura diminuta.

Un hombre canoso con traje que olía en exceso a colonia se acercó al bar y la saludó. Ella le sonrió de esa manera secreta que las mujeres saben, y él le pidió un trago. Me levanté del taburete del bar, sintiéndome bastante incómoda, y volví a mi asiento para derrumbarme. Le acababa de decir a una extraña que me estaba enamorando, como si *tuviera* que decirlo en voz alta para saberlo. Cerré los ojos, pero el sueño era tan esquivo como el propio Jack.

La luz del sol entraba por la ventanilla mientras el tren avanzaba por las vías y ofrecía un panorama emborronado de toda la gama de verdes. Saqué una libreta. ¿En quién más podría confiar?

La página. Siempre la página.

Con una mirada retrospectiva a mis amores, tal vez podría reordenar el ahora, convocar a los fantasmas a este compartimento del tren y reconciliarlos para que ya no pudieran influir en mi futuro. No quería arruinar esta amistad con Jack. Necesitaba volver atrás, empezar desde el principio de mi montón de cenizas de aventuras amorosas.

En cuanto a los demás hombres, no me habían prestado atención hasta la universidad; mis enfermedades, rarezas y ausencias en la secundaria no me habían permitido llevar vida social de ningún tipo. ¿Y a quién elegí para seducir primero? Yo era joven, solo tenía dieciséis años, y él era mi profesor de inglés, casado, de la universidad. De cabello oscuro y rizado, poseía una voz profunda que resonaba en mi pecho mientras hablábamos de libros y de historia. Sus ojos eran de un azul tan penetrante que parecían pintados. En aquellos días pensaba que el sexo sería suficiente, que conquistarlo me satisfaría. Pero nunca fue suficiente. Los rápidos encuentros en salas pequeñas, las miradas furtivas y nuestros cuerpos juntos en una necesidad desesperada… ahora me resultaba vergonzoso recordarlo. Su cuerpo parecía la respuesta a todas mis preguntas y necesidades. ¿Cómo podía yo juzgar con sentido de superioridad las indiscreciones de Bill si yo no había actuado de un modo diferente? El profesor tenía una esposa en casa. Lo sabía y, sin embargo, me había aferrado a él, a mi feroz deseo disfrazado de amor.

Porque no era amor; era obsesión. La compulsión de poseerlo junto con la necesidad de demostrar que yo era digna de tal atención. Quería que sacrificara su vida, a su esposa, para estar conmigo, como prueba de que me amaba. Actuaba tanto por ir contra mi padre como contra mí misma.

Luego le siguió otro amor: un escritor de la Colonia MacDowell. Había pasado allí cuatro veranos, el bálsamo de mis primeros años como autora. Había conocido a otro escritor, este también era mayor, y había ido tras él como si fuera un salvador de mi propia creación, demostrando mi absoluta necedad al llamar a su puerta en la noche estrellada o al esperar fuera de su casa de campo para ver si salía a buscarme. ¿Era amor? ¿O era eludir mi propia brega con la obsesión? Lo confundí con MacDowell, confundí los sentimientos por el lugar con mis sentimientos por él.

Había buscado amantes para calmar la tristeza rotatoria de mi interior. Había buscado amantes para calmar mi dolor. Había buscado amantes para arreglar lo que no se podía arreglar. Incluso cuando encontraba consuelo en otro cuerpo, incluso cuando había logrado una conquista, mi alma gritaba de soledad. Nunca sirvió para llenarme. Aun así, perseguía a los hombres con bochornosa voracidad.

Luego llegó la estrella de cine, la peor de todas las vergüenzas. Oh, hubo de todo menos amor durante esos meses solitarios y miserables en California, tratando de ser alguien que nunca podría ser. Cómo había ido tras él, incluso cuando huía. Cuando lo contrataron para un espectáculo y se mudó a Nueva York, lo aceché, y una vez incluso subí al tren que él había tomado para ir a casa con su familia, simplemente para verlo fugazmente.

La obsesión y la posesión confundidas de nuevo con el amor.

Luego, por supuesto, estaba mi marido. Cuán desesperadamente había tratado de confirmar que era digna de él, y cuánto tiempo había estado diciéndome que no lo era. Nunca lo sería. Aun así, lo intenté una y otra vez, expectante, como cuando le llevaba a mi padre mi cartilla de calificaciones.

Todos mis amores habían sido causas perdidas, pero una parte de mí, destrozada, seguía buscando más.

Mi patrón de anhelos se hizo visible como si hubiera observado detenidamente las estrellas hasta que los signos astrológicos se mostraran claros como dibujos. Mi perfil decía que necesitaba hombres que no pudieran y no quisieran tenerme, especialmente hombres mayores.

¿Quién era este falso yo necesitado que creía que un hombre podía sanar la herida abierta en mi alma? ¿Qué terrible danza era esta, este foxtrot de esfuerzos con resultado inevitable de fracaso? ¿Era Jack otro hombre que no podía amarme por muy encantadora, inteligente o ingeniosa que fuera?

Tenía que dejar de preocuparme o tenía que dejar de intentarlo. No podía quedarme con Bill y su afición a la bebida, con sus arrebatos de ira y sus infidelidades. Yo podría ser casi perfecta y aun así él no pararía. ¿Pero podría amarlo tal como era? ¿Exactamente tal como era? ¿Estaba en la aceptación la respuesta?

Una cosa sí sabía: no podía traer esta forma decadente de amar a mi relación con Jack. Me permitiría disfrutar de nuestra *filia* sin presionar por más.

Ahora tenía que ser Dios mi relación fundamental. Esa noche, de rodillas en el cuarto de mis hijos, se lo prometí. Pero ahí estaba yo, repitiendo un modelo que había comenzado el día en que quise el amor de mi padre y no lo logré.

Actúa, Joy. Hazlo mejor. Sé más inteligente.

Con el paso de los años, esos mandatos habían cambiado. Ahora era *Seduce.*

Cualquier cosa por amor.

La campiña británica parpadeaba en las ventanillas y mis amantes perdidos rondaban como la guadaña que anuncia la muerte. ¿Cómo podría sufrir por algo de lo que solo conocía lo que había leído en los cuentos?

Qué tonta.

Al pasar por estas malditas aventuras, había vertido mi quebranto en la poesía: de apasionada a melancólica a posesiva; se había convertido en el recipiente que contenía todas las necesidades y deseos no satisfechos.

Me sentí vacía como cualquier mujer que hace balance y ve la inutilidad de ir tras un amor que nunca podrá atrapar.

Capítulo 18

En vez de eso, pusiste mi hambre en una ración
De palabras caritativas, y me ordenaste vivir

«Soneto XXVII», Joy Davidman

El frío me llegó hasta la médula, tras calar mi abrigo y mis botas. El norte de Inglaterra era una tierra de páramos y calizas, viviendas de piedra y pintorescas iglesias, un lugar donde los reyes surgían y caían. Quería concentrarme en 1651, en las calamidades del rey Carlos II en lugar de en las mías, así que me paré en Powick Bridge para contemplar el agua fangosa y perezosa del río Teme. Este era el lugar donde mi rey había querido vengar la ejecución de su padre. Al principio había presenciado la contienda desde la seguridad de la torre de Worcester, hasta que entró en batalla con sus hombres. Sus monárquicos perdieron esta última batalla de la Guerra Civil inglesa, y Carlos evitó su captura, escapó y se refugió en Normandía. Allí estaba yo, de pie en el puente de su fracaso, con el imaginario olor a humo de mosquete, el ruido sordo de los pies a la carrera y el taconeo de los cascos de los caballos.

Pero estaba en el presente, y el puente de tres arcos sobre el Teme parecía más un lugar para las criaturas de Jack que para una batalla. La hiedra se aferraba a sus bordes en un grueso tapete que sonaba al viento como la lluvia. Las orillas del río eran marrones en invierno y no presentaban ni indicios de las flores blancas que se abrían en primavera. Desde lejos, la catedral de Worcester era casi un reflejo de la torre de Magdalen College, con sus agujas elevadas hasta el cielo. Tomé algunas notas en un cuaderno húmedo, en un intento de recordar los detalles del lugar. Crucé el puente y me dirigí a la parte más espesa del bosque, donde había combatido Carlos, y el golpe sordo de la tristeza se hizo evidente: quería a Jack junto a mí. Quería hablar con él y mostrarle todo esto.

No.

Yo estaba allí para sanarme, y para llevar de vuelta a casa con su familia a esa mujer sanada.

Joy:

Queridos Bill y Renée:

Perdonen la mala letra; en este viaje no tengo máquina de escribir. Estoy en los páramos con los amigos de Jack, los Matley Moore. Me miman mucho y he comido tanto de sus sabrosos platos que voy a reventar. Él es miembro de la Royal Society of Archaeologists, me ha dado valiosos libros de investigación y me ha llevado a Powick Bridge. Por favor, dime cómo va todo en casa.

Sin respuesta.

Joy:

Casi no me queda dinero, Bill. Debería llegar un cheque de regalías de Macmillan en noviembre, puedes enviarme esa cantidad. ¿Por qué no me has escrito? No puedo reservar mi billete a casa sin un poco más de dinero. Ulp.

Mi *invenciBill*, creo que estoy empezando a entender nuestra vida en común, pero no es muy grato lo que entiendo.

Después de unos días cálidos y alegres, y de despedirme con todo mi agradecimiento a los Moore, subí al vagón de fumadores rumbo a Edimburgo y apoyé la frente en la ventanilla mientras el tren se tambaleaba por los alrededores de Lancashire y Birmingham. Al atravesar los campos de pastos y helechos, lo veía todo pasar: el brezo y la retama se inclinaban por el aire que movía el tren a su paso; en la distancia, las suaves colinas; ovejas de barriga embarrada en los fértiles y ondulados campos verdes. Los ponis de los páramos levantaban su mirada perezosa, aburridos por el paso de otro tren.

Pasamos por Cumberland, cuyos lagos salpicaban el paisaje como pedazos de cielo azul caídos de arriba. Y la constante presencia de la piedra, siempre gris: las cabañas, los diques y las iglesias. Caía siempre aquella luz dorada que yo había llegado a venerar. Salimos de Carlisle y pasamos por Dumfries y Galloway, y vi las ráfagas de conejos y perdices corriendo hacia los páramos, hasta que finalmente llegué a Edimburgo.

Fue en Bill en quien pensé mientras caminaba por el andén para llamar a un taxi. Las pocas cartas que había enviado estaban repletas de noticias deprimentes sobre todos los problemas que había en casa, pero lo que más me molestaba era la perspectiva que estaba empezando a desarrollar sobre nuestra vida.

No veía remedio para lo nuestro. Que Dios me ayude, no le veía remedio.

En Edimburgo, encontré una habitación en un hotel bastante agradable y entré en calor con mantas gruesas y *whisky*. Después de dormir un poco, de una taza de té y una sopa caliente, me adentré en la ciudad de anchas calles. Caí bajo el hechizo de Edimburgo y se calmó mi pánico. Después de Londres, aquello parecía más aireado, con sus casas ordenadas y la acogida de sus amplios portales comerciales.

«¿Alguna vez habías pensado en esto cuando contabas tus historias? —le escribí a Jack—. Una ciudad fortaleza hecha de piedra y líquenes, inclinada en adoración reverencial a Castle Rock».

Las torres de Edimburgo se alzaban hacia el cielo, con iglesias y peldaños de edificios que escalaban más y más arriba las colinas. El gran reloj vigilaba la ciudad, la cronometraba. Las fuentes borboteaban sobre esculturas tan finamente trabajadas que parecía que las criaturas míticas representadas iban a cobrar vida.

No me sentí extranjera, y en ningún sentido me sentí perdida. Llegó la esperanza: este libro sobre el rey Carlos II podría llegar a ser algo que podría escribir con pasión. Mantendría mi mente alejada de cómo se desarrollaba mi vida a la vez que nos daría cierta libertad financiera a todos.

Las bibliotecas son santuarios, y la de Edimburgo era un espacio sagrado, con sus techos altos y sus lámparas suspendidas dejando caer círculos de oro sobre las mesas y el piso. El centro abierto, un pasillo de escritorios y sillas, se desviaba para revelar el segundo piso, que se alzaba por encima mí con su barandilla de hierro que parecía de encaje negro. Me paré en el medio, con el cuello vuelto para no perder detalle. Las columnas corintias y los escritorios de madera oscura y rayada me llamaban para ponerme a trabajar. Me acomodé con libros, libreta y pluma y empecé a escribir. Exhalé con alivio: este sí era un lugar en el que podía trabajar, no como Staatsburg.

Solo llevaba medio día ocupada en mis notas cuando la oscura fatiga volvió a asentarse a mi alrededor, y me di cuenta de que no me había sentido tan cansada y desgastada desde mi último episodio de infección renal. Lo único que quería era dormir.

Poco a poco me subió la fiebre, y me dolió mucho descubrir que había contraído algo muy parecido a la gripe. Abrevié mi viaje, me apresuré a empacar y regresé a Londres.

Joy:

Querido *invenciBill*:

Lamento muchísimo todo el dolor que soportan en casa. Yo he estado fuera de combate con la peor gripe de mi vida: pensé que me moría. Pero me condujo, como a menudo hace el dolor, a un gran despertar espiritual. Ahora sé que debo poner en orden mis emociones.

Bill:

Lamento tu enfermedad. Aquí estamos bien. Renée ha llegado a ser alguien muy querida para todos nosotros, especialmente para mí. Tal vez todo haya terminado entre nosotros, entre tú y yo, aparte de nuestra permanente amistad y de ser los padres de estos magníficos niños.

Joy:

Me alegro de que las cosas vayan bien por ahí; de que Renée sea tan querida para todos ustedes como siempre lo ha sido para mí. Por aquí, la mala racha ha pasado y ahora puedo decir la verdad: octubre fue un infierno dantesco en el Londres de clase media-baja, adonde me he mudado con una mujer llamada Claire a la que conocí en mi reunión de los chicos de la ciencia ficción del martes por la noche. Por ningún hombre —por muy maravilloso que sea, como tú— vale la pena morir de amor y melancolía. Ya estoy mejor y hoy voy a ver la procesión de la reina para la apertura del Parlamento. Dejaremos todas las discusiones sobre nuestro futuro para cuando regrese a casa.

Con amor para todos,
Joy

CAPÍTULO 19

Oxford es frío (¡y en mí no hay calor!)
Las ventiscas conducen al mar y a la orilla

«BALADA APOLOGÉTICA DE UNA BRUJA BLANCA», JOY DAVIDMAN

Noviembre de 1952

—¡Joy! —resonó la reluciente voz de Michal en el vestíbulo del Hotel Mitre de Londres.

Cercano a Hyde Park, el bar era cálido y exquisito, con papel pintado de damasco y muebles de cuero. En una hora, Jack y Warnie se unirían a nosotros, pero por ahora solo estábamos nosotras. Michal me esperaba en una mesa de la esquina y corrí hacia ella.

—Te he echado de menos —dijo ella—. Esta gripe te ha mantenido alejada de mí demasiado tiempo.

Me dio un cálido abrazo. Su rostro con forma de corazón, sus largos cabellos color *bourbon*, su amplia sonrisa de carmín y su acento alegre me hicieron muy feliz.

—¡Oh, Michal! Qué alegría verte. Ahora me siento mejor y me gustaría olvidar este octubre. ¿Puede hacerse eso?

Nos sentamos juntas, y su risa cayó sobre la mesa como una buena comida.

—Sí, ¿como editar un libro? Charles solía decirme eso cuando estaba editando: «Si pudiéramos hacerle esto a la vida».

—Sí —asentí golpeando la mesa con la mano—. Borraría las páginas de este mes. Las arrojaría a la basura y luego les prendería fuego.

—Pero no puedes llegar aquí sin pasar por ahí —dijo Michal, y se quitó su elegante abrigo rojo para colocarlo en una percha detrás de la silla—. ¿Quieres que cuelgue tu abrigo?

—Creo que me lo dejaré puesto un rato. No he sido capaz de calentarme en mucho tiempo.

—Oh, pobre Joy. Eres una mujer muy valiente y te ha golpeado tanto la vida —dijo, e hizo un gesto para pedir nuestras bebidas. Cuando llegaron, las levantamos la una en dirección a la otra antes de tomar nuestro primer sorbo.

—Sí, amiga mía. Creo que tienes razón, pero no hablemos de mí. Dime qué sucede con los manuscritos de Charles —dije, puse mis manos alrededor del vaso e inhalé el aroma profundo del jerez.

Había traído a colación el tema más delicado: su marido, que había fallecido inesperadamente apenas seis años antes, y aun así su patrimonio estaba hecho un caos. Sabía que el dolor no se iría.

—Lo último que supe de ti —continué— es que su albacea no se los había entregado.

—Parece que no le importa que me los haya dejado a mí —dijo, mirando por la sala como si alguien pudiera oírla—. Joy, los manuscritos de Charles están repartidos por todas partes. Los repartió también con otras mujeres.

—Oh, Michal —dije, extendiendo mi mano a través de la mesa.

No tuve que preguntar, porque vi el dolor en sus ojos. Yo había sentido la misma traición: saber que tu hombre había estado con otras mujeres y que les había dado algo de valor. Era un conocimiento que hería el alma.

—Y todo el grupo de Oxford me ha desdeñado desde su muerte. Todos menos Lewis. Así que no puedo pedirles ayuda. ¿Y qué importa si lo hago? Tal vez no quiero saber lo que esas mujeres tienen o saben. Quizás sea mejor que lo deje correr.

—Mejor no remover las cosas —le dije—. Que se queden con sus papeles y sus recuerdos.

—Creo que tienes razón, Joy —dijo, acercándose más—. Tampoco sé qué clase de cartas dejó por ahí.

—Es horrible —dije—. Los hombres pueden ser unos auténticos animales. Mientras otros los ven como héroes, nosotras somos las que compartimos casa con ellos y se supone que debemos tolerar sus infidelidades y pecadillos.

—Sí —asintió con un gesto.

—Jack no —afirmé, mirando hacia la puerta como si mi voz pudiera traerlo hacia nosotras.

—¿Crees que es diferente? ¿Que una vez que vivieras con él no tendría las mismas inclinaciones?

—*Creo* que él es diferente.

—Oh, Joy. Puede que tengas razón. ¿Pero cómo saberlo? ¿Cómo podría ninguna mujer saberlo, salvo la señora Moore, Dios bendiga su alma? Ella es la única que ha vivido con él.

—Puede que tengas razón —admití. Tomé un largo sorbo y sentí que el calor del jerez llenaba las frías fisuras de mi interior. Quería saber más sobre la señora Moore, cosas que no le preguntaría a Jack, pero me callé esas preguntas y le sonreí a Michal.

—Joy —dijo con voz suave—, dime qué es lo que te preocupa. Quiero ayudar si puedo.

—¿Tan transparente soy? —respondí levantando mi copa para saludar.

—Para mí, sí, lo eres.

—Es difícil de saber con exactitud, pero se trata de Bill. Algo parece realmente fuera de lugar. No me responde y no me envía dinero. Estoy atrapada. Sé que podría pedirle dinero a Jack, me lo ha ofrecido, pero prefiero cortarme una oreja —dije, y me envolví con más fuerza en mi abrigo—. Le pedí a Bill mis medicamentos para la tiroides, algo de comida y algunos libros, pero no me ha enviado nada.

—Lo siento. ¿Puedo hacer algo?

—No tienes que hacer nada. Solo estar aquí, ser mi amiga, con eso es suficiente. Le he dado a Bill muchas ideas en las que trabajar, tenemos proyectos a medio terminar en los que él podría ahondar —comenté, frotándome los dedos contra el pulgar—. Ahora mismo no tengo dinero ni para comprar un pasaje de vuelta a casa.

Vi cómo se le ponían vidriosos de lágrimas los ojos, ¡por mí! La empatía me resultaba tan reconfortante como el fuego de la chimenea en el otro extremo del bar.

—Sueno como si me estuviera quejando —dije—, ya lo sé. Pero voy a ponerme a escribir como una loca. Voy a terminar este proyecto y luego lo arreglaré todo en casa.

—¿Por dónde estás con tus Diez Mandamientos?

—Ya casi he terminado, solo me faltan cinco artículos más, y los he resumido. Además, he encontrado un título para el libro: *Smoke on the Mountain*.

—Así que tu trabajo avanza, pero no pareces la misma, Joy —dijo Michal, que me sorprendió mirando hacia la puerta principal.

—Creo que tengo un poco de nostalgia —le dije—. No quiero hablar de ello. ¿Qué más ha pasado en Londres durante mi convalecencia?

—Has oído hablar de Charlie Chaplin, ¿verdad? Vino en barco para su estreno de *Candilejas* y ha decidido quedarse.

Me reí y me sentí con el calor suficiente como para quitarme el abrigo y ponerlo en el respaldo de mi silla.

—Bien por él. Si todos los americanos vinieran aquí, creo que se quedarían. Y no creo que quieras eso.

—Bueno —dijo Michal tras hacer un gesto con la mano—. ¿Sabes qué es lo mejor? Ayer se terminó el racionamiento del té.

—¿Se terminó? Bueno, gracias a Dios —dije, fingiendo persignarme, y ella juntó sus manos en un simulacro de oración.

—Oh, qué sacrilegio —dijo—. Podrían azotarnos en cualquier momento.

Nuestra conversación fluía con facilidad. Nos pusimos al día con lo que habíamos estado leyendo y me dijo que su hijo Michael había encontrado trabajo. Le conté que yo había estado trabajando en OHEL y que Jack me había enviado páginas editadas del manuscrito de los Diez Mandamientos.

—Bueno, tú y yo vamos a divertirnos mucho en los días que te quedan, Joy. Debes venir a cenar, e iremos a un espectáculo de vodevil y, por supuesto, disfrutaremos de nuestros chicos del White Horse.

—Estoy encantada de que hayas entrado en mi vida —le dije, tomándola de la mano, justo cuando Jack y Warnie entraron en la sala. Jack nos vio saludarlo y se unieron a nosotras, despojándose de sus abrigos y sombreros.

Entre tal profusión de saludos, Jack se volvió hacia mí primero.

—Cuánto me alegro de verte. Tienes que contarnos todo sobre tus viajes. Te hemos extrañado.

—Sí, es verdad —dijo Warnie, que nos saludó a todos quitándose el sombrero.

Jack se sentó a mi lado y yo capté su cálido aroma: tabaco, franela mojada y lluvia.

—Te lo he contado todo por carta —le dije—, y la pobre Michal ha tenido que escucharme toda una hora.

Jack golpeó ligeramente la mesa con la mano.

—Entonces empezaré con esto: quiero proclamar aquí, delante de nuestros amigos más queridos, que has escrito una sextina divina.

—Me alegra que pienses eso —dije, mientras mi sonrisa se abría paso entre las palabras. Le encantaba mi sextina. Si no le encantaba, al menos le gustaba mucho.

—¿Qué han estado hablando y bebiendo, señoritas? —preguntó Jack señalando nuestros vasos medio vacíos.

—Ya sabes cómo es Joy —dijo Michal—. Hemos estado hablando de todo.

La vida fluía de vuelta a mí. Le sonreí a Michal con verdadera gratitud.

—Es Michal quien aporta el interés. Es como agua en el desierto.

Nos interrumpió la camarera, una joven con un delantal y una larga trenza a la espalda, al traer dos cervezas para los hermanos. Tomaron sus buenos tragos; Jack se daba palmaditas en el bolsillo del abrigo buscando su pipa, un hábito ahora familiar.

—Echamos de menos a tu marido —le dijo a Michal—. Ya sabes, fue en el Mitre de Oxford donde hicimos la celebración tras su primera conferencia allí.

—Ah, sí —asintió Michal—. ¿No fue en ese el mismo lugar donde conociste a T. S. Eliot? Los buenos viejos tiempos.

—Sí, por supuesto. Fue entonces cuando Eliot me dijo que parecía más viejo que en mis fotos.

—¿Qué? —dije yo—. No lo pareces. Solo querría provocarte, porque en la vida real estás más joven y animado que en ninguna fotografía.

Comencé a sentir rubor debajo de la clavícula y el calor subió desde de allí hasta la cara. ¿Por qué no lo pensé antes de hablar?

Jack sonrió, arrugando los ojos.

—Bueno, gracias, Joy. No hice caso de su insulto y trabajamos juntos en una revisión del *Libro de Oración Común* —dijo y luego su atención se volvió hacia Michal—. La ausencia de Charles en mi vida y entre los Inklings deja un intenso vacío. Lo extrañamos todos los días.

—Gracias, Jack.

—Ojalá lo hubieras conocido —me dijo Jack, que volvía a dirigirme su atención—. Charles era lo que yo llamaba «mi amigo entre los amigos».

—Aunque nunca lo conocí, existe un extraño vínculo entre nosotros —dije—. Mi esposo escribió el prefacio para el libro de Charles *The Great Trumps*.

—¿Sí? —exclamó Jack, que se detuvo a mitad del sorbo de su cerveza—. No lo sabía.

—¿Ves? —dije, y levanté mi vaso—. Estamos conectados por todas partes. Incluso antes de conocernos, todos estábamos vinculados por estos diminutos y curiosos hilos. Me encantan esas pequeñas pistas que insinúan que Dios une a las personas y les dice: «Aquí tienes. Esta es para ti» —dije, con una sonrisa para Jack—. Cada capítulo de la novela de Bill *El callejón de las almas perdidas* comenzaba con una carta de tarot. Así que el editor debió de pensar que sabía lo suficiente como para prologar la obra de Charles.

—Fascinante —dijo Jack. Se recostó en su silla, se cruzó de brazos y sacó su pipa.

Warnie se asomó y miró al lugar donde solía estar el desaparecido Charles.

—Su obra sigue viva.

—Eso es lo que esperamos, ¿verdad? —dije, y levanté mi jerez en un brindis—. Que nuestro trabajo perdure.

—Ciertamente —dijo Warnie.

—Ciertamente —repitió Jack, y todos alzamos nuestras copas a la salud de Charles Williams.

Pasamos la tarde disfrutando de una comida caliente y de una conversación aún más cálida. Estaba tan contenta de volver a tener cerca de la amistad de Jack que no sentí la necesidad de encontrarme en ningún otro lugar. Le había echado de menos y me había negado a mí misma ese sentimiento, como si, al fingir que uno no siente una emoción, esta se disipara.

Más tarde, y demasiado rápido para mi gusto, Jack y Warnie se despidieron, pues Jack tenía una conferencia con Dorothy Sayers esa tarde. Antes de marcharse, se inclinó sobre la mesa.

—Joy, la semana que viene daré una charla para niños en la biblioteca de Londres. Los niños me ponen nervioso. Por favor, acepta mi invitación. Sería genial que vinieras conmigo.

Le prometí que nos encontraríamos allí. Le habría prometido que me encontraría con él donde fuera.

Bill:

Querida Joy:

He releído *Weeping Bay* y es muy bueno, pero deprimente. Donde te equivocaste es en la estrategia de la escala de tono. Si quieres que la tragedia sea popular, debe tener esa cualidad de «ocaso de los dioses» de la que careces. Creo que cuando vuelvas a leerlo verás que tengo razón. Mientras tanto, he estado trabajando en algunos números de feria y, con la ayuda de Renée, me he sentido más lleno de energía y creatividad que en muchos años.

P.D. ¡Estoy muy impresionado con la sextina que me enviaste!

CAPÍTULO 20

Tu piedad y tu caridad; aunque,
Si fuera valiente, te pediría tu amor

«SOLLOZO DE UNA MENDIGA», JOY DAVIDMAN

La biblioteca pública londinense se asomaba sobre el paisaje como un castillo, como si Londres entendiera mejor que los estadounidenses la realeza de la historia. Con sus ventanas y frontones en arco, su fachada de piedra y su abundante madera en el interior, era un paraíso. Esa tarde, la sala de lectura estaba repleta de niños pequeños sentados con las piernas cruzadas sobre una gruesa alfombra marrón, nerviosos y aburridos mientras sus maestros les decían que se callaran y se quedaran quietos.

En la sala de conferencias de atrás, entre libros amontonados para colocarlos en las estanterías y sillas apiladas contra la pared, Jack y yo esperamos juntos a que llegara el momento de su discurso. Llevaba mis botas nuevas con adornos de lana y un vestido de *tweed* beis, con cuello festoneado, ceñido a la cintura, sintiéndome más bonita que en mucho tiempo. Había comenzado a tejer de nuevo y me puse una bufanda que había hecho con una fina lana azul de oveja.

—Joy, ¿debo enfrentarme al pelotón de fusilamiento? —preguntó mientras paseaba por la habitación.

—Escribes para ellos —dije con una sonrisa.

Se detuvo frente a mí y yo me acerqué para enderezarle la corbata; le di una palmadita en el pecho con una familiaridad que pareció sorprendernos a ambos.

153

—Ah, pero eso no es lo mismo que hablar con ellos —dijo, con las manos agarradas por detrás de la espalda.

—Les encantará. Se quedarán boquiabiertos —me burlé de él con un guiño.

Jack agitó la cabeza, con la papada atrapada en la constricción de su camisa blanca planchada y el nudo de su corbata.

—No me importa si les encanta o no, siempre y cuando no se rebelen y se burlen —dijo, con una sonrisa a pesar de todo: ese carisma irlandés, incluso en tal estado de nervios.

—Hoy es el décimo cumpleaños de Douglas. Cómo me gustaría que estuviera aquí con nosotros para escucharte, para estar conmigo.

Jack se acercó a mí y me tomó la mano.

—Voy a fingir que está entre el público.

Asentí justo cuando la bibliotecaria que organizaba el evento, Edith, se acercó a mi lado y me preguntó en voz baja.

—¿Están sus hijos aquí?

Este fue su vano intento de averiguar quién era exactamente yo en relación con C. S. Lewis.

—No, mis hijos están en Estados Unidos —le dije. Luego deseé no haberlo hecho. Un flujo de excusas surgió de mí—. Escribo y ayudo al señor Lewis. Estoy investigando...

Jack se acercó un paso más y se dirigió a Edith.

—La señora Gresham es una autora americana de renombre y está aquí para unas investigaciones. Ahora, ¿estamos listos para hablar con los niños?

—Listos —dijo, bamboleándose con su falda de lápiz y sus zapatos de tacón alto, su chaqueta de cintura apretada y su cabello tieso por una laca que olía a pintura húmeda.

Jack y yo entramos en la sala principal. Me senté en una silla al lado del atril mientras él se acercaba. Se hizo el silencio en la sala. Muchos de los niños tenían copias de *El león, la bruja y el ropero* en su regazo, y abrían y cerraban las páginas como si Aslan pudiera saltar y unirse a nosotros.

Ellos vestían gorras y trajes pequeños, con sus chaquetas abotona-das y sus pantalones planchados. Ellas llevaban vestidos y bien pulidas zapatillas Mary Janes con calcetines blancos apretados en los tobillos, y con trenzas y cintas en el pelo. Todos me parecían adultos en miniatura, listos para la tutoría.

—Buenas tardes —dijo Jack con su imponente voz, la que lo convirtió en el conferencista más popular de Oxford.

Algunos niños se asustaron, pero la mayoría lo miraron con asombro. Me miró y yo sonreí, le hice un gesto con la mano para que continuara.

—Estoy aquí hoy para hablarles de historias, y más particularmente de la que la mayoría de ustedes parecen tener en sus regazos, la que está llena de animales que hablan, niños de gran imaginación y un gran León.

Los niños estaban paralizados como estatuas del castillo de la Bruja Blanca, y Jack no mostraba ningún signo de nerviosismo, salvo las manos apretadas detrás de la espalda, con los pulgares luchando entre sí, un «tic» que nadie más conocería.

—La idea de Narnia la tuve mucho antes de escribir el primer libro —continuó—. Siendo muy pequeño, me imaginé a un fauno caminando por un bosque nevado con un paraguas. Guardé esa imagen en mi mente, sin saber qué hacer con ella. Luego, durante los horribles bombardeos de la Segunda Guerra Mundial, tres niños vinieron a quedarse conmigo en el campo, cerca de Oxford, donde vivo. Huían de Londres, este mismo lugar donde viven ustedes, que en otro tiempo era muy peligroso. No tengo hijos, así que hice lo único que sabía hacer para entretenerlos: contarles historias.

Se detuvo y ni un niño dijo ni pío; se aclaró la garganta y continuó.

—Una de esas historias hablaba de unos niños que fueron enviados a vivir con un profesor en una vieja y mohosa casa en el campo. Quería que llegaran a ser reyes y reinas, muy diferentes de los niños asustados que eran. Y *así* es como comenzó Narnia. Pero —dijo con un largo suspiro, como si recordara el tiempo desperdiciado— no me senté a escribirlo hasta años más tarde.

Miró a los niños silenciosos, con los ojos como platos, y siguió hablando, cautivándolos con sus cuentos. Por fin llegó al tema que la mayoría de ellos habían estado esperando.

—Aslan —les dijo— estaba destinado a aparecer. No lo había planeado en absoluto. Pero pasé muchas noches soñando con leones, y luego supe que tenía que incluirlo en la historia.

Una joven emitió una especie de graznido y dijo:

—¿Qué no había planeado Aslan?

Su dulce acento inglés convirtió el nombre de Aslan en toda una sinfonía.

Jack se rio con tanta alegría que los niños se sumaron. Luego habló sobre Edmund y Lucy, sobre el señor Castor y sobre el resto de sus libros de Narnia, que se publicarían en años consecutivos.

—Ahora estoy terminando el último.

Un niño pequeño con una gorra de *tweed* levantó la mano.

—¿Sí, hijo? —preguntó Jack.

—¿Cómo se hace un libro? Quiero hacer un libro.

—Primero trato de escribir la clase de libros que me gusta leer. Veo mis libros en imágenes. Los veo desplegarse y luego escribo sobre ello. Digo lo que veo y luego lleno los huecos.

—¿Quién se las enseña? ¿Quién le enseña las imágenes? —preguntó el niño en voz baja—. Quiero conocerlo.

Jack se inclinó adelante en el atril, con el particular brillo de sus ojos.

—El Gran Narrador, creo.

El niño miró fijamente a Jack durante algún tiempo y luego pareció desecharlo como si fuera un viejo calvo tonto.

—Cuando tenía tu edad —continuó Jack— empecé a crear historias con mi hermano Warren. Imaginamos un pequeño país lleno de animales que hablaban y caminaban. Llamamos al lugar Boxen. Muchas de esas criaturas, las mismas que imaginé cuando tenía la edad de todos ustedes, llegaron a Narnia. No hay límite ni edad para hacer historias. Comiencen cuando quieran y paren cuando quieran.

El encanto de Jack —una cualidad indescriptible que emanaba de él como la luz— sometió a los niños bajo su hechizo. Era la cadencia de su voz, la forma en que se inclinaba hacia delante como si les estuviera contando un secreto, el brillo de sus ojos y la insinuación de que podría echarse a reír en cualquier momento.

Cuando terminó y salimos de la biblioteca, Jack y yo nos encontramos con Warnie, que había estado pasando el rato en un viejo *pub*, a refugio en un reservado. Jack dejó salir un largo silbido.

—Bueno, qué desastre. Será mejor que me limite a escribir para los más pequeños, y no a hablar para ellos.

Miré a Jack con asombro. ¿Cómo podía este hombre, tan venerado, tener tan escaso orgullo?

—Jack, has tenido a esos niños totalmente comiendo en tu mano. Estaban sentados inmóviles, con la boca abierta, sin parpadear. Cuando los niños se aburren, se mueven como gusanos en un cubo. Los tenías atrapados en tu red de historias.

—¿Eso crees? —preguntó.

—Lo sé —respondí—. Eres *muy* bueno con los niños. Los has hechizado.

—En realidad siento bastante vergüenza delante de los niños —dijo Jack, con los ojos entrecerrados bajo la débil luz del *pub*—. Creo que olvidé decirte que le escribí a Davy. Me envió la más brillante de las cartas. Me contó todo sobre su nueva serpiente.

—¿Qué?

—¿No sabías lo de la serpiente? ¿Lo he metido en problemas?

Me reí y puse mi mano sobre su manga.

—Sé lo del señor Nichols. Lo que no sabía es que Davy te había escrito. Bill me dijo que quería hacerlo, pero... ¿Qué le escribiste tú?

—Le dije que estaba trabajando en la última aventura narniana y que esperaba que le gustara tanto como las otras.

Jack le escribió a mi hijo.

Una singular y cálida felicidad cayó sobre mí como si me acabara de despertar para descubrir que era primavera y que mi jardín, plantado en el desolado invierno, estaba en flor.

Warnie irrumpió en la conversación.

—¿Cómo están esos chicos de la ciencia ficción? ¿Todavía vas a Fleet Street?

—Es mi única vida social, al menos hasta que los veo a ustedes o me encuentro con Michal para ir a algún espectáculo. Pero, incluso entre los escritores, parece que no puedo escapar de los hermanos Lewis. Están bastante cautivados con *Perelandra*, y no pueden creer que yo sea amiga de ustedes dos.

Jack encendió un cigarrillo y se detuvo antes de su próxima calada.

—Ah, sé que hay algunos entre esa gente a los que no le gustan mis historias. He recibido sus cartas. Creo que seguramente habrá algunos a los que les gusten más las historias de tu marido.

—Conocí a una mujer la otra noche que casi se desmayó cuando se enteró de que yo estaba casada con el hombre que escribió *El callejón de las almas perdidas* —dije, y me quedé absorta un segundo—. Es extraño. A pesar de todo el dolor, cuando pienso en el hombre que escribió ese libro, le tengo mucho cariño.

—¿Pero ya no es el mismo hombre? —preguntó Warnie.

—No, no lo es —negué con la cabeza y cambié de tema.

Al final, como en todas las reuniones, nos despedimos. Me separé de ellos cuando tomaron un taxi a la estación. En una burbuja de satisfacción, pasé esa tarde en Regent Street, donde compré, por solo cinco guineas, un jersey de lana que me venía bien gracias al peso que perdí durante la gripe. En un gran ataque de añoranza por mis cachorritos, deambulé también por los pasillos de la enorme tienda de juguetes de dos pisos y con el último de mis chelines le compré a Douglas un globo terráqueo y a Davy una larga serpiente de plástico que reptaba al sacudirla.

La tarde dio paso a la noche y, para cuando Jack y Warnie llegaron a los Kilns, yo ya había regresado a la estación de autobuses para ir a la fría casa de Claire y comer chirivías hervidas.

El mes deprimente que dejaba atrás se desvaneció, ya que había más días por delante en compañía de Michal, de Londres, de mis chicos de White Horse y de Jack y Warnie. Aquellos tiempos parecían guardar recompensas secretas y todavía ocultas, esperando pacientemente mi llegada.

La felicidad era el mejor regalo de la espera.

Capítulo 21

Aquí estoy, ¿y qué he merecido?
Aquí estoy hambrienta, expectante, helada

«Soneto V», Joy Davidman

Una mañana me desperté despacio, con los huesos crujiéndome de frío, pero el corazón ansioso al saber que me dirigía a Oxford de nuevo. Ese día viajaría en tren para escuchar la conferencia de Jack sobre Richard Hooker. Era la primera del semestre y mi única oportunidad de verlo como es debido en su elemento.

Ya no vivía con Claire, con su dieta vegetariana y su casa fría. Mi nuevo hospedaje en el Hotel Nottingham era una sucia habitación en el cuarto piso, pero la había arreglado para evitar que mi ánimo se hundiera: flores rojas y doradas del mercado, un cubrecama barato de confección india, una olla esmaltada y desportillada y un mantel floral con una pequeña mancha en la esquina inferior. Colgué las tres pequeñas fotos que había comprado el primer mes en Hampstead Heath cuando pensaba que el dinero y el buen humor durarían. Aunque la habitación estaba muy destartalada, por lo menos la ubicación era buena, en el centro del West End, con tiendas preciosas y fácil acceso a pie.

Mientras tanto, trabajaba diligentemente en cualquier cosa que pudiera hacernos ganar más dinero: terminé *Smoke on the Mountain* y continué esbozando mi novela. En las pausas, leía y editaba el trabajo que Jack me encargó. Bill me enviaba unos dólares de vez en cuando y yo ahorraba todo lo que podía.

En cuanto a la vida social, la aprovechaba al máximo. Pocos días antes, había almorzado con Dorothy Heyward, que se hospedaba en el hotel más decadentemente hermoso, el Cavendish. Era una buena amiga de MacDowell, frágil y con un aparato ortopédico de acero por causa de un accidente automovilístico, pero aun así estaba encantada por cómo había ido el estreno en Londres de la ópera *Porgy and Bess* (basada en la novela de su marido y producida por los Gershwin).

Se inclinó hacia adelante con el típico movimiento de sus rizos y dijo:

—Nadie querrá contarte que fue idea mía, cómo ayudé a DuBose a adaptar el libro al teatro.

Evidentemente, pude identificarme con ella.

—¿Por qué tantas veces nos dejan al margen de su vida creativa?

Brindamos juntas por nuestra imaginación y nuestras propias creaciones.

Si las viejas ansiedades intentaban adueñarse de mi corazón, lo que a veces hacían, yo paseaba por Londres para absorber el valor medicinal de las rosas y los crisantemos, el lirio en plena floración, las plantas de jazmín de invierno con sus flores amarillas colgando de maceteros de hierro forjado a lo largo de las aceras.

Era hora de partir hacia Oxford. Regué las macetas e hice mi cama. Ordené las pilas de papeles que tenía junto a la máquina de escribir en la mesa de la cocina y cerré con llave al salir.

Con el bolso pegado al pecho, esperé en la estación de autobuses de Victoria, en Buckingham Palace Road, un nombre de aire majestuoso para un lugar que no era más que otra estación, sucia y llena de humo.

Sin embargo, por la alegría que me embargaba, mi estómago se agitaba alborozado. Las cartas de Bill todavía no llegaban como antes, e incluso cuando lo hacían nunca hablaba de nada de lo que yo le había escrito ni respondía a mis preguntas. ¿Había recibido el libro de Narnia para los chicos? ¿Podría enviar algunas copias de *Weeping Bay*? Su tono frío me asustó, pero ¿qué más podía esperar? Allí estaba yo, en Inglaterra, y allí estaba él, con cuatro niños y Renée, ambos haciendo lo que podían.

Pero pronto regresaría a casa: entre unos pocos dólares que Bill finalmente había enviado y un pequeño cheque por regalías, por fin había reunido suficiente dinero para ir a la agencia de viajes y reservar mi viaje de regreso a casa en el RMS *Franconia*: un viaje de seis días con salida el 3 de enero. El barco no tendría el encanto, la rapidez y el buen equipamiento del SS *United States*, pero me llevaría de vuelta a América.

Aun con la expectativa de escuchar la conferencia de Jack, no podía librarme del profundo temor que me causaba la ausencia de comunicación y el tono frío de Bill. El autobús se retrasó y encontré un banco de hierro donde sentarme y escarbar en mi bolso en busca de papeles. Con una oleada de emoción reprimida, comencé a escribir con trazos furiosos.

Joy:

Querido cachorro Bill:

Siempre has sabido cómo herirme por omisión, omitiendo lo importante para que yo tenga que adivinar tus sentimientos. Tal vez yo he hecho lo contrario, he sido demasiado franca con mis opiniones.

Llené seis páginas de una letra loca y desesperada. Necesitaba conectar con él, con mi familia, y para eso sentí que debía arrepentirme de mis propios pecados y no concentrarme en los suyos. Admití que había herido su ego al marcharme, y que entendía que debía de ser difícil perdonarme. No era culpa suya que yo hubiera tratado de ser Superwoman y que hubiera fallado estrepitosamente, para luego culparlo a él. Y extrañaba a mis hijos como si me hubieran amputado una parte de mi cuerpo. Cuanto más sana me encontraba, más los echaba de menos.

Joy:

Nunca volveré a estar sin mis hijos. Eso lo tengo claro. No hay poder en el cielo ni en la tierra que vuelva a alejarme de ellos.

En cuanto el vehículo rojo de dos pisos llegó a la acera, con su rastro de humo soporífero detrás, metí la carta en un sobre y le puse un sello. Necesitaba estos sentimientos para cruzar el océano con mi familia.

Como si las palabras me hubieran vaciado de energía, pasé el viaje en autobús dormida y no me desperté hasta que se detuvo. Con los ojos despejados, contemplé Oxford por la ventana con su paisaje ya familiar: los ciclistas, las calles de adoquines y farolas, los edificios de piedra caliza y los transeúntes bulliciosos. Vi a Victoria esperando en un banco, envuelta en su abrigo y su bufanda, con su largo pelo castaño guardado dentro de un gorro de lana azul. Llamé a la ventana, pero ella no miró.

Abrí la puerta del autobús y ella saltó del banco y me abrazó.

—¡Has vuelto!

—¿Aún no te has cansado de mí? —le pregunté.

—Todavía no —sonrió tímidamente—. Después de todo, me vas a llevar a escuchar al gran C. S. Lewis.

—Adelante—dije, cruzando mi brazo con el suyo.

El breve paseo por High Street me resultó tan familiar que me hizo sentir que casi pertenecía a ese lugar.

—¿Sabe el señor Lewis que vienes?

—Se lo dije —contesté, y le apreté el brazo más fuerte—. Ya veremos. Puede que esté demasiado ocupado como para darse cuenta.

—¿Cuánta gente podría venir a escuchar una conferencia sobre Hooker?

—Siendo Jack el orador, sospecho que mucha.

Caminamos por los senderos cubiertos de hojas hasta uno de los otros *colleges* de Oxford: Christ Church, cariñosamente llamado «La Casa». Solo tuvimos que preguntar a dos estudiantes dónde estaba la Sala Común Sénior para encontrarla: era una acogedora y oscura sala donde los profesores iban a fumar. Cuando llegamos nos dimos cuenta de que no podríamos ver a Jack. No había espacio ni para entrar. Me inundó una gran decepción.

Victoria se paró de puntillas para espiar y luego me dio un codazo a mí, que no podía ver nada ni a nadie.

—Supongo —dijo— que me equivoqué sobre cuánta gente quiere oír esto.

Fue entonces cuando la multitud, como una ola, comenzó a moverse hacia nosotros.

—Disculpen —dijo un calvo bajito con bata negra—. Nos trasladamos a la sala de conferencias.

Más animadas, Victoria y yo seguimos a la multitud hasta una sala más grande con un púlpito en la parte delantera. Me sentía como una estudiante, y lo cierto es que me gustaba. Encontramos asientos en la fila de atrás y nos acomodamos juntas. Los murmullos llenaron la sala, en un rumor de conversación que subía y bajaba, hasta que apareció Jack.

Era difícil verlo detrás del grupo de hombres grandes y barbudos que teníamos delante, pero la imagen de Jack me acompañaba, desde su sonrisa hasta el brillo de sus ojos, pasando por el golpeteo de su bastón y su chaqueta de codos desgastados.

Otro hombre en bata (todos empezaban a parecerse) se acercó al atril para presentar a C. S. Lewis y su tema: Hooker, el gran teólogo anglicano del siglo XVI que había roto con la teología de la predestinación.

Jack se puso de pie, como lo había visto hacer unas cuantas veces, con las manos detrás de la espalda, donde estaba segura de que se estaría entrechocando los pulgares. Sus brillantes ojos tras sus lentes sin montura se movían por el auditorio como si lo viese todo, una cara tras otra. Yo observaba con cariño, maravillada de su cálida familiaridad, de la pura maravilla de cómo nos habíamos hecho amigos. ¿A quién estaba buscando? Entonces, envuelta en una gran marea de alegría, supe a quién buscaba, porque, cuando su mirada se posó sobre mí, su sonrisa estalló en un rayo de sol tan real que sentí su calor. Lo saludé con la mano y asintió.

En ese momento, cualquier sentido de rechazo se desmoronó como una armadura antigua. Ciertas emociones pueden ocultarse, pero una sonrisa como esa no puede enmascarar un corazón: él estaba tan conectado a mí como yo a él, una amistad de primer orden.

Victoria se inclinó hacia mí y me susurró:

—Te estaba buscando, ¿no?

—Sí, creo que sí.

Ella hizo un suave ruido que sonó como un zumbido y apretó mi mano.

Jack subió al estrado y se aclaró la garganta. La conferencia fue pedagógica e ingeniosa, y no esperaba nada menos. Cuando Jack usó su voz de profesor de Oxford, casi pude olvidar que era un hombre de Belfast.

Pero luego entró en juego ese encanto suyo, y el irlandés que había en él resultaba inconfundible mientras conquistaba al público.

Cuando terminó, Victoria y yo nos quedamos sentadas, dejando que la gente pasara a nuestro lado. Al menguar la muchedumbre, Jack se dirigió lentamente a la parte trasera de la sala para saludarnos. Nuestra charla fue agradable, rápida e interrumpida por hombres que precisaban su atención. Pero no importaba lo que dijera; era su sonrisa lo que me llevaría conmigo el resto del día.

Una vez de vuelta a la bruma y el frío de noviembre en Oxford, Victoria y yo caminamos hasta la ciudad. Era siempre en los momentos más pequeños cuando entendía las verdades más grandes, si prestaba atención. Así, andando las dos al mismo paso, con la luz del sol que caía fina y directa por entre las ramas desnudas, me sumergí en este sentimiento de felicidad, preguntándome qué era.

Aceptación.

La palabra se abrió camino hacia mí. Me di cuenta de que podía vivir una vida mejor sin los sentimientos de rechazo tan arraigados que se colaban en mi interior, sin la consolidada idea de mi insuficiencia. Eran mentiras que yo me creía. Fue la sonrisa de Jack la que me liberó, aunque solo fuera por ese momento, y siempre me acompañaría ese recuerdo. Querría colgar ese fulgor en mi corazón como una insignia.

—Estás de muy buen humor —dijo Victoria mientras caminábamos por las aceras de High Street.

—Sí, lo estoy —me reí mientras le abría la puerta del Bird and Baby, donde bebimos *whisky*, hablamos y nos reímos hasta que tuve que tomar el autobús de regreso a Londres.

Todo iba a ir bien, creía. Como nos dijo la mística favorita de Jack, Juliana de Norwich: «Todo irá bien. Todas las cosas, de todo tipo, irán bien».

CAPÍTULO 22

Convertí mis palabras en siervas de mi lujuria.
Ahora déjame mirar sin parpadeos, como debo

«BIENAVENTURADAS LAS COSAS AMARGAS DE DIOS», JOY DAVIDMAN

Diciembre de 1952

Un crujido fuera de mi habitación de hotel en Nottingham me sobresaltó. Me levanté de la mesa de la cocina donde había estado trabajando en la edición de OHEL para ver que habían pasado un sobre blanco por debajo de la puerta. Me abroché mejor la bata y temblé. Lo único que me hacía estremecer en Inglaterra era ese aire helado que parecía penetrar en los huesos. Me incliné para ver el papel: *por fin*, una nueva carta de Bill. Sonreí ante la expectativa de una ingeniosa carta con noticias de casa y tal vez un poco de plata para comer algo más que papas hervidas y sopa enlatada.

Puse la tetera, coloqué un filtro de té en la taza de porcelana y abrí el sobre. Eché un vistazo al montón de cartas que había recibido desde que llegué a Inglaterra. Chad Walsh. Marian MacDowell. Belle Kauffman. Mi editor, Macmillan, y mi agencia, Brandt and Brandt. Mi Davy y mi Douglas. Una vida en cartas, un montón de ellas envueltas en hilo. Por supuesto, solo había una carta de mi madre. No esperaba nada más, pero la esperanza se resiste a morir. Junto a las cartas se encontraba la pila de mi trabajo —escritos míos y de Jack— como si toda mi vida estuviera hecha de palabras escritas en una página.

Me senté a leer.

Bill:

Querida Joy:

Admito la frialdad de mi tono.

Menos mal, no estaba loca.

Luego escribía sobre los problemas de dinero, de cuánto había estado trabajando para solucionarlos con la ayuda de Renée en la casa. Los niños me echaban de menos, pero se lo pasaban bien con las fiestas en el vecindario y actividades al aire libre.

Luego presentaba sus anuncios, uno tras otro, en rápida e implacable sucesión.

Debo contarte también la verdad sobre nuestras vidas aquí: Renée y yo vivimos un amor apasionado. Somos inmensamente felices y nos sentimos marido y mujer de una forma más real que en nuestros matrimonios. Sé que esto debe de dolerte y afectarte mucho, pero ambos sabemos que la fuerza de voluntad no puede hacer que me ames o que yo te ame. Ser compañeros de escritura y tener una amistad de colegas no hace que un matrimonio funcione.

Además, hay algo evidente, cachorrita: tú no quieres ser una esposa. Nunca serás más que una escritora. A Renée le importan las mismas cosas que a mí: formar un hogar, cuidar de todos los niños y de su hombre. Podrías prometer que te esforzarás más o intentarás ser más como Renée, pero ambos sabemos que eso te enloquecería.

Bill era franco y elocuente, como si escribiera un apéndice para su novela. Sus palabras eran como un gran martillo percutor.

Me sugería que buscara a alguien de quien enamorarme en Staatsburg, y así podríamos vivir cerca y criar a los niños juntos. Ah, fue incluso tan amable de sugerir que podía esperar para casarse con Renée hasta que yo también me enamorara, por supuesto, de alguien adecuado y cercano.

Yo no podía creer que no encontrara nada pecaminoso en «alcanzar el amor en su máxima expresión con Renée».

Bullía de náuseas. El frío helaba más, el suelo era más áspero. ¿Cómo había podido mantener yo esto a raya? Tal vez no lo había hecho. Tal vez las últimas semanas de ansiedad se debían a que había estado gestándose esta certeza en mi interior.

Terminaba diciéndome que no me sintiera «abandonada y sin amor, cachorrita». Pero ¿qué se suponía que debía sentir si no? Cuando era una adolescente con sobrepeso, mi mamá me prohibía ponerme el vestido que me hacía gorda. Cuando estuve enamorada de mi profesor, él se acostaba conmigo y regresaba a casa con su esposa. Nunca entré en el círculo de chicas bonitas de la universidad que sabían de risitas y coqueteos. Cuando leí una crítica malísima sobre mi novela, Jack me habló de mis atributos varoniles y bromeó sobre su preferencia por las rubias. Reviví todos esos momentos de un solo golpe, como manifestación del inmenso abandono que Bill me dijo que no sintiera. Cada recuerdo se elevaba para sumarse al sentimiento de ira y rechazo. ¿Y mi prima? ¿Mi linda y amiguísima prima?

Golpeé mi mano contra la mesa y cayeron al suelo varias páginas mecanografiadas de OHEL.

Bill terminó la carta con el anuncio de que no iba a traer a mis hijos al puerto para que me recibieran, pero que estaban emocionados de que regresara a casa. El final de la carta estaba lleno de cháchara banal, como si acabara de decirme que estaba enamorado de su nuevo auto o de un libro, no de mi prima.

Me dejé caer en la silla de la cocina y me pregunté qué podía ser el molesto pitido que se cernía sobre mí cuando me di cuenta de que era la tetera. Me levanté aturdida y, sin pensar, vertí el agua hirviendo sobre la bola de té, la subí y bajé varias veces, le puse dos terrones de azúcar y tomé un sorbo. Sujeté la taza y bebí, mientras unas lágrimas tan calientes como el té rodaban hasta la comisura de mis labios para hacerme saber que estaba llorando.

Si volvía a la cama, no me levantaría. Tenía que seguir moviéndome. Tal vez no debí haber salido a buscar nada diferente de lo que tenía en casa. ¿Estaba recibiendo mi castigo? ¿Creía en un Dios castigador?

Eché un vistazo a las páginas esparcidas en la mesita de la cocina: mis notas, trabajo e investigación. Todo parecía inútil. Lo intenté y trabajé, lo intenté y escribí, hice lo que creí que era mejor ¿y ahora mi prima se acostaba con mi marido? ¿Quería reclamar como suya a mi familia?

Perdí el control de mis emociones: me culpé a mí misma, culpé a Bill, culpé a Renée, y luego, por supuesto, culpé a Dios mismo. Bill era despreciable. Iba por la vida satisfaciendo sus necesidades ¿y luego le dio por mi prima? La ira me atravesaba el cuerpo y me quemaba.

Al final, me vestí y me recogí el pelo apresuradamente, me puse mi abrigo y salí a la calle para recuperar el aliento.

Caminé por las calles como la paloma del arca de Noé en busca de tierra seca, pero sin encontrar más que agua, kilómetros interminables de océano y ningún lugar seguro donde posarse. Por supuesto, la ruina en que me encontraba era toda culpa mía. ¿Qué me creía que iba a pasar si dejaba a Bill con la perfecta Renée? ¿Qué me creía que iba a pasar si cruzaba el océano en busca de paz y salud?

Yo había destruido mi propia arca.

Deambulé durante horas por Londres —la primera ciudad que había amado de verdad— pasando por callejones que no conocía, por plazas que terminaban donde yo empezaba, por parques de un verde intenso. Era por la tarde cuando me detuve en el puente de Westminster sobre el río Támesis. La luz del sol mostraba tonos rosa y oro, la luna pendía pletórica y magnífica en el cielo a mis espaldas, mientras la falsa luna del Big Ben se cernía sobre mí. Cuando la oscuridad comenzó a impregnarlo todo y la tarde se derramó hasta las orillas del río, caminé con determinación hacia la Abadía. Los ventanales arqueados de esa catedral de castillo de arena brillaban en el crepúsculo y sus vidrieras me hacían señas para que me asomara a la gloria de su interior. Al día siguiente estaría cerrada, por los preparativos para la coronación, y yo necesitaba encontrar refugio antes de que las puertas se me cerraran.

Entré a hurtadillas. Acababa de empezar el servicio. El santuario me envolvía como un bosque gótico, con sus contrafuertes que se elevaban sobre la multitud de más de quinientas personas. Hice inventario: monaguillos vestidos de blanco que portaban velas encendidas, sacerdotes de negro al frente del altar, y el piso de baldosas cuadradas negras que me conducían hacia un banco a la izquierda.

—El Señor esté con ustedes —dijo el sacerdote desde el frente de la iglesia, sus palabras resonaban con una fuerte reverberación.

—Y con tu espíritu —respondimos al unísono.

Me quedé, y el culto me pareció familiar y purificador, un ritual que no había cambiado en cientos de años, algo sagrado. Cuando se apagaron las luces para la homilía, la sola luz de las velas, algunas lámparas y el crepúsculo saturaron el santuario. Cuando terminó la Eucaristía, me quedé sentada más rato, sola en mi banco junto a unos pensamientos que no se acababan de asentar. Al final me levanté para volver a casa y dejarme caer en la cama, aplastada por un dolor pesado como el cemento. Lloré por toda la pérdida que nunca había reconocido, todo el dolor que no había dejado salir: por mi matrimonio, mis sueños, mi carrera y mi salud. Admitir su pérdida significaba hacer duelo por ellos, y no había estado preparada.

A la mañana siguiente empecé a deambular de nuevo, merodeando por la ciudad como un gato callejero. No quería regresar con Bill. Ahora no. ¡Por Dios, no! Pero la traición en mi propia casa me ponía más enferma que cualquiera de los males que me hubiera mandado a la cama.

Hacía un calor inusual, el cielo tenía un azul intenso sin nubes. Me doblé el abrigo sobre el brazo y me dispuse a poner un pie delante del otro. No podía escribir. No podía leer. Solo podía caminar y sentir.

Esta vez me encontré en la catedral de San Pablo, en Ludgate Hill, el punto más alto de Londres, donde podría estar más cerca de Dios, de mí misma o de cualquiera que fuese la inmensa pena instalada en mi interior. Era una iglesia anglicana, y había visto las viejas fotos en blanco y negro rodeadas de humo de los bombardeos de 1940. La gran cúpula de la catedral construida en el siglo XVII, un montículo redondo como tributo del hombre a Dios, había sobrevivido. Estuvieron despiertos toda la noche, pasándose cubos de agua y luchando para salvar lo que ahora era mi santuario. Ascendí a él temblando de miedo, entré por delante de los restos de desgarro que mi vida iba dejando a su paso.

Esta vez la iglesia estaba vacía; mis pasos resonaban bajo la inmensa cúpula al acercarme al altar. El estilo barroco inglés era muy distinto de las agujas góticas de la Abadía. Era demasiado para que mis ojos lo absorbie-ran: arcos dorados y alados, joyas y tallas adornadas, y vidrieras por todas partes que desplegaban ante mí escenas de la vida de Cristo. La luz del sol se vertía desde las ventanas de la cúpula y caía sobre mí, sobre el suelo, los bancos y las estatuas. Unos cordones me impedían acercarme al altar de oro y mármol, coronado con tres candeleros: Padre, Hijo y Espíritu Santo. A los lados estaban las columnas retorcidas de madera oscura, que dirigían mi vista hacia arriba, más allá del vitral arqueado de Cristo en la cruz, aún más alto que la cúpula, donde los ángeles de mármol miraban hacia el cielo como para recordarnos que había quien nos cuidaba y amaba.

Una vez oí a Jack decir, o lo leí, que a veces un alma gritaba a Dios: «Hágase tu voluntad», y otras veces, con furia, decía: «Bien, como quieras».

Me arrodillé en un banco acolchado y pronuncié esa segunda versión.

«¿Qué podría haber hecho de otra manera?», le rogué al Cristo tor-turado de las vidrieras.

Mis padres me habían advertido: «¿Por qué no eres más tierna, más cariñosa y amable? ¿Más bonita? ¿Más como Renée?». ¿Por qué no lo fui? ¿Era este mi castigo por esa obstinación?

No sé cuánto tiempo estuve allí, hasta que finalmente me impacienté. Me levanté y me dirigí a las escaleras que conducían a la Galería de los Susurros, desde donde podía subir a la vertiginosa cima de la cúpula, como si tal vez allí pudiera por fin llegar hasta Dios. Subí más y más, contando cada uno de los 257 escalones. La cúpula me recordaba a Davy y su gran interés por las constelaciones, y un poema surgió en mi mente.

—Haré magia para traerte pronto —murmuré en voz alta. Rescataría a mis hijos de la enfermiza relación de Bill y Renée. Construiría una nueva vida con ellos.

La Galería de los Susurros se llamaba así porque si te ponías de cara a una de sus paredes de dorados ornamentos y susurrabas contra ella, otra persona que estuviera de pie lejos, pero con el oído en la pared, podía escuchar lo que se decía. Aun en medio de mi gran confusión, algo en ella me recordó mi profunda conexión con Jack, y me preguntaba si, en caso de que yo murmurara algo aquí y ahora, en este espacio sagrado, contra estas paredes, él podría escucharme de alguna manera.

Pero fue al revés, fueron las palabras de Jack las que llegaron a mí, en un eco de una de nuestras cartas: «Dios no nos amó porque fuéramos dignos de ser amados, sino porque él es amor».

Me acerqué a una ventana y sentí en lo más profundo de mí que volvería a Inglaterra, pero con mis hijos a mi lado. ¿Estaba fantaseando? Yo no lo sabía. Tal vez. Pero en ese momento me parecía seguro. La ciudad abajo estaba envuelta en niebla, y desde allí pude ver los hoyos de tierra causados por las bombas lanzadas desde lo alto, las iglesias en ruinas, los restos de la Segunda Guerra Mundial y el horror que había enviado a aquellos niños a la casa de Jack.

Salí del pasillo y bajé por una escalera para entrar en una biblioteca y una sala de trofeos, donde encontré a un sacristán vestido con una túnica.

—Buenas tardes, señora —saludó, inclinando la cabeza hacia abajo y luego hacia arriba—. Bienvenida a la catedral de San Pablo.

—Es gloriosa —dije con la voz inundada por las lágrimas derramadas y sin derramar de los últimos dos días.

Suavizó el gesto, como si pudiera ver mi dolor brillar como una aureola sobre mí.

—Le recomiendo que suba al campanario para cuando toquen la una con las cien campanadas.

—Sí —asentí con la cabeza—. ¿Puede mostrarme el camino?

—Sígame, por favor.

Llegamos al punto más alto del campanario, donde había un grupo de personas expectantes, aguardando el gran sonido. Una joven con tres hijos aferrados a su vestido se inclinó hacia mí.

—Esas campanas pesan siete toneladas —dijo—. ¿No es asombroso?

—Realmente asombroso —sonreí.

—Dicen que son las campanadas más grandes del mundo —señaló. Eché el cuello hacia atrás para ver las campanas y las ruedas que estaban por encima de mí, y me sentí mareada.

—Un toque de doce campanas —dijo el religioso.

Hacía calor en el lugar: un espacio circular con paredes de yeso amarillo pálido y fotos de la gran catedral enmarcadas y colgadas. Doce hombres entraron en la sala para subirse en tarimas de unos treinta centímetros de altura. Sus músculos se hincharon en sus apretadas camisas como si fueran a estallar al agarrar las cuerdas que colgaban del techo de yeso; de repente, todos a una, comenzaron a jalar.

Un resonante tañido tras otro llenaron la torre. En una gran coreografía fija, los hombres tiraban y gruñían, se balanceaban y se movían, mientras las campanas sonaban. De las diez personas que había allí, la mayoría salieron corriendo de la torre, pero otras solo se taparon los oídos. Yo no hice ninguna de las dos cosas. Me quedé quieta y dejé que la reverberación del aire se me tragara entera.

Me quedé y sentí vibrar a través de mi cuerpo el colosal sonido. Me atravesaban escalofríos y temblaba ante los tañidos incesantes, que me limpiaban, corriendo por mis venas, por mi mente y por mi espíritu. La tenor y la quinta sonaban juntas, no sincronizadas ni en armonía, sino en un sonido perfecto y sublime. Mis confines se disolvían; me envolvía la trascendencia. Dios estaba conmigo, siempre lo había estado. Estaba en la tierra y en el viento, en el zumbido y en el silencio, en la pena y en la gloria de mi vida.

Las campanas sonaron cinco minutos, que fueron una eternidad en mi alma.

Las costras de mi ego se desprendieron en fragmentos grandes de aceptación: «Bill no me ama».

Cuando terminaron, me quedé de pie en el aire que aún resonaba, sentía empatía y alivio, calma y limpieza. Estaba tan pura como si hubiera participado en el sagrado acto de la Comunión de rodillas.

Uno por uno, los integrantes de la multitud se fueron y pronto desaparecieron también los campaneros. Me quedé sola en esa torre, con las manos sobre el corazón y las mejillas empapadas. Dios quizá no arreglaría todas mis cosas, pero estaría conmigo en todo lo que me esperaba, eso estaba claro. No sabía nada del futuro, excepto que en dos días estaría con Warnie y Jack para pasar la Navidad en los Kilns.

Para el nuevo año volvería a casa con una familia que ya no era la misma.

Capítulo 23

Traje mi obediencia de amor; ahuequé mi mano
Y le ofrecí la sumisión a su boca sedienta
«Soneto VIII», Joy Davidman

15 de diciembre de 1952

Oxford reposaba bajo una capa helada, pero el clima no me preocupaba en absoluto, ya que el taxi se desplazaba sobre el hielo hacia Kilns Lane. Solo me importaba pasar dos semanas con Jack y Warnie. De vuelta en Londres, la espesa niebla cargada del humo de los gases producidos por la combustión de carbón había consumido la ciudad, matando a miles de personas (en cifras provisionales) y colocando al Parlamento en una situación de gran nerviosismo hasta que Winston Churchill anunció que aplicaría nuevas leyes para proteger a sus ciudadanos del humo nocivo. Yo lo había pasado refugiada en mi habitación con un paño en la cara, y estaba encantada de alejarme de todo aquello.

Me paré al final de Kilns Lane y el taxi se alejó con parte de mis últimos chelines. Había dejado la mayoría de mis pertenencias en Londres, ya que regresaría allí unos días antes de abordar el barco para volver a casa.

Los abedules de plata componían una extensa vereda hasta la casa de los hermanos. La pista era estrecha y fangosa, con escarcha y hielo en las orillas.

—Los Kilns —les dije al aire, a los pájaros y a los árboles desnudos, encantada por todo lo que se avecinaba. Levanté la maleta y di unos pasos hasta la bifurcación del camino, donde se alzaba un edificio destartalado, posiblemente un garaje que colapsó, con un letrero que señalaba el camino. «The Kilns», decía en letras torcidas con una flecha.

Dos gruesos setos verdes flanqueaban el camino a la casa por la parte de atrás. Me adelanté con cuidado, con los ojos fijos en el suelo para no resbalar. Cuando llegué al final de la calle, levanté la mirada para contemplar la casa de campo, con el humo que salía de una chimenea en el techo, y entonces me atravesó una ráfaga de esperanza.

La casa se extendía como si se estirara. Era una construcción de ladrillo rojo intenso y estuco color crema, las ventanas abohardilladas sobresalían como ojos de insectos desde el techo de color rojizo, cuyas tres chimeneas se alzaban como guardas de los jardines y la propiedad. Pasé por debajo de un arco de ladrillo y crucé una pequeña puerta de hierro que crujía oxidada al abrirla. En pocos pasos, llegué a la puerta verde de la casa. El timbre blanco de porcelana estaba inserto en el marco de la puerta y me indicaba su función con un pequeño letrero blanco. Llamé.

Muchos otros habían visitado este lugar. Oí decir a Michal que Jack solía dar cobijo a criaturas desamparadas, tanto humanas como animales. Tal vez yo era una de ellas, desde luego cumplía los requisitos.

Todo estaba tranquilo, entonces llegaron los ladridos de un perro y la voz de una mujer, y la puerta se abrió de golpe.

La señora, carente de pelo, llevaba un delantal manchado, y tuve que bajar la mirada para observar su cara.

—Vaya, vaya, usted debe de ser la señora Gresham.

—Sí señora —dije.

—Bueno, no se quede ahí fuera en el frío, querida. ¡Entre, entre, entre! —me invitó, haciéndose a un lado, y yo entré en el oscuro pasillo de entrada para dejar mi maleta en el piso de ladrillo. Junto a mí había un banco largo que se extendía por la pared. Puse allí mi bolso.

—Yo soy la señora Miller —me dijo la mujer.

—Yo soy Joy —dije, con una sonrisa tan amplia que pude sentir que me llegó a los ojos y arrugó sus bordes. Con su fuerte acento inglés y el mío neoyorquino parecía que hablábamos idiomas completamente distintos. Ya sentía que apreciábamos cierta camaradería entre nosotras: mujeres en una casa de hombres.

—Los hermanos están en el salón. Sígame.

Dimos solo unos pasos por el pasillo de lamas oscuras antes de doblar a la izquierda y salir a una sala tan repleta de libros que pensé que ellos sostenían el techo. Lo observé todo con atención: papeles esparcidos, una partida de Scrabble a medio terminar sobre la mesa, sillas cómodas y el aroma de una mezcla suave de fuego, cigarrillo y pipa. Las paredes estaban pintadas de un horrible amarillo mostaza, y la decoración de las ventanas consistía en sobrantes de la guerra: tenía cortinas hechas con mantas del ejército. Una niebla parecía llenar la habitación, me quité las gafas y me limpié los vidrios con el borde de mi camisa de algodón.

Jack se levantó de su silla y se le cayó un libro del regazo.

—¡Buenas tardes, Joy! —saludó con su estruendosa voz—. Vaya, vaya, vaya. Debes de haberte colado en la casa como un gato —dijo, y le sacudió el hombro a Warnie—. Mira quién está aquí por fin.

Ambos se acercaron a mí y me dieron la mano con fuerza.

—Es inútil que te limpies las gafas —dijo Warnie con su humor afable—. Aquí el aire está así de cargado. Esperamos a que se ponga insoportable y luego salimos a tomar aire fresco.

Me hizo reír.

—Estoy muy contenta de estar aquí —le dije—. No me importa cómo esté el aire.

—Parece que ya conociste a nuestra ama de llaves, la señora Miller. Vamos a mostrarte la casa y a instalarte —dijo Jack—. Te hemos dado la mejor habitación, pero tendrás que compartir el baño con dos viejos solteros.

—No me preocupa compartir nada —dije.

Se instaló sobre nosotros cierta incomodidad y yo quería espantarla. Haría falta un poco de tiempo para acostumbrarse a compartir un hogar.

—Por aquí —dijo Warnie y movió la mano hacia el pasillo. Seguí, con Jack detrás, hasta que llegamos a dos puertas.

—Añadimos estas habitaciones tan pronto como compramos el lugar —anunció Warnie y abrió la puerta de la habitación—. Este era mi cuarto, pero me mudé arriba cuando Maureen se fue. Será el tuyo estas semanas —dijo, e hizo un gesto con la mano a la puerta contigua en el pasillo—. Este es mi estudio. Pero trataré de no molestar.

Me asomé a su caótico estudio: libros, papeles y un pequeño Buda de bronce sentado serenamente en la postura del loto sobre su manto, contemplando el desorden. Mi habitación era pequeña, con una cama individual en la esquina, un tocador bien ajustado a la pared y un lavabo. La cama tenía algo que antaño debió de ser una colcha blanca, ahora gris y descolorida. En las paredes había cuadros torcidos de trenes y barcos de vapor, enmarcados en madera oscura. Sin pensarlo, me acerqué y enderecé uno, y luego me volví hacia los hombres.

—¿Sus trenes favoritos? —pregunté.

—Bueno, ya sabes que el primer juguete de Jack fue un tren —dijo Warnie con autoridad y risa.

—¿Su primer juguete? No. Eso no lo sabía —les sonreí a los dos—. Qué nostalgia. Es un honor compartir habitación con ellos.

—No es exactamente de lujo, pero es cómoda —dijo Jack, dejó mi maleta en el cuarto y señaló al final del pasillo—. El baño por ahí.

—Ahora vayamos afuera y te mostraremos el terreno —dijo Warnie.

—Bueno, Warnie, démosle un poco de tiempo para que se instale.

—No, no hace falta —sonreí—. Quiero ir afuera. Salgamos a verlo todo.

La casa estaba situada en las afueras de Headington Quarry, asentada en una llanura ondulada. Al sur había un lago y una zona boscosa que se elevaba con suavidad hasta Shotover Hill. Nos pusimos en camino cuando Warnie comenzó su discurso de guía.

—La casa se construyó en 1922 —dijo mientras el viento frío azotaba nuestras caras—. Nos enamoramos de ella la primera vez que la vimos en 1930 —contó, se detuvo a unos metros de nuestro camino y señaló dos chimeneas de horno de forma cónica que salían de una estructura de ladrillo como embudos gigantescos—. Aquí es donde en su día se fabricaban todos los ladrillos para la ciudad. De ahí....

—El nombre de la casa —terminé la frase.

Nos separamos un poco y pude ver la extensión de la propiedad: necesitaría horas para explorarla por mi cuenta, para sumergirme en sus hectáreas de belleza, aunque la mayoría estaba escondida bajo la falda del invierno. Pasamos entre los castaños, los fresnos de montaña y los robles. Pasé mi mano por la corteza de un abeto inclinado, cuyas ramas arqueadas y agujas constituían todo el verde del paisaje.

—Es como Narnia —le dije—. Casi puedo ver los árboles caminar, no como nosotros, sino como lo describiste, vadeando el suelo del bosque.

Entre temblores de frío, llegamos por fin al estanque y nos paramos en su orilla junto a una barquita roja con hielo en el centro y formando costra en los bordes.

—Deberíamos haber elegido un día más cálido para mostrarte el lugar —dijo Jack señalando al estanque congelado—. Es una sucia charca, una fosa de arcilla inundada de donde antiguamente sacaban la materia prima para hacer ladrillos en los hornos, pero, aunque parezca mentira, sales bastante limpio cuando nadas en ella.

—¿Hay peces? —pregunté, mirando por encima de sus hombros.

—Perca y lucio. Pero mis dos cisnes se los comen a los pobres.

—¿Cisnes? —dije, y giré el cuello, miré más allá de Jack y en los juncos.

—Los verás, seguro —dijo Warnie—. Querrán saber quién eres y por qué estás aquí.

—Soy Joy Davidman —grité al estanque, usando mi apellido de soltera, mi nombre de escritora, mi *verdadero* nombre—, y estoy aquí para celebrar la Navidad con dos viejos solterones.

Una gran carcajada cruzó el agua y Warnie sacudió la cabeza.

—Bueno, puede que los hayas asustado para siempre —dijo. Luego se puso callado y reflexivo, con una expresión seria—. Este lugar es más de lo que Jack y yo merecemos. En primavera florecen las onagras y los jardines. En otoño tenemos días soleados sin viento... es un verdadero Edén.

Sonreí ante la dulzura de Warnie, su admiración casi infantil. Nos dimos más prisa por el resto de la excursión hasta que pasamos junto a un refugio, una casita.

—¿Y esto? —pregunté.

—Un refugio antiaéreo —dijo Jack—. Paxford lo construyó durante la guerra.

—¿Quién es Paxford?

—Ah, lo conocerás muy pronto. Es nuestro guarda y jardinero.

—La guerra —dije, señalando al refugio antiaéreo—. ¿Cómo puede parecer que todo ha pasado tan lejos en el tiempo cuando acaba de pasar? Tal vez porque las bombas nunca llegaron a mi orilla.

Pasé la mano por las paredes de hormigón, en cuyos bordes había crecido bastante el musgo.

Continuamos hasta que me detuve en un huerto abandonado.

—Oh, Jack. ¡Tienes espacio para cultivar tanto! Casi puedo ver las verduras y las flores.

—Ese es el territorio de Paxford —dijo Jack cuando un perro llegó al jardín. Me arrodillé para saludar a aquel león oscuro, un manojo de pelo.

—¿Quién es este? —pregunté, enterré mi cara en su cuello y vinieron a mí recuerdos con el dolor de la nostalgia de aquellas horas de medianoche con esos animales: el león de la Metro, el león del zoológico del Bronx de mi infancia, Aslan, y este animal.

—Ese es Bruce III.

—Es magnífico —le dije.

—Te gustan los perros —dijo Warnie—. Eso es bueno.

—Tengo dos en casa. Cuatro gatos. Todo un elenco de animales.

Me levanté y Bruce III me siguió; caminamos un rato en silencio hasta que llegamos a un grupo de árboles encorvados y helados.

—¡Jack, Warnie! —se oyó una voz impregnada de un acento de Cotswold tan cerrado que sus nombres apenas sonaban reconocibles.

Entonces se levantó un hombre grande como un árbol, con las arrugas de su ropa cubiertas de tierra. Se sacudió las manos una contra otra para desempolvarlas y nos sonrió. Tenía los dientes amarillentos y torcidos, los labios agrietados y la cara arrugada como una sábana mojada.

—Paxford —dijo Jack—, te presento a nuestra amiga americana, la señora Gresham.

Era un tipo contundente. Su barbilla... tenía sitio para tres. Su panza era tan prominente que se podía colocar un vaso encima. Tenía un cigarrillo bien adherido al extremo de su boca y llevaba el pelo blanco liso hacia atrás. Su nariz resultaba incongruente en aquella cara, era tan grande que parecía un implante.

—Sabía que vendría; es un placer conocerla —me saludó.

—Ha hecho cosas maravillosas en esta propiedad —dije—. Estoy deseando ver cómo florece su jardín.

—¿Es que estará aquí en primavera? —dijo Paxford, con los ojos como platos. Se subió las mangas de la camisa para mostrar sus antebrazos, peludos y gruesos.

Se hizo un silencio que casi llega a ser incómodo, hasta que un pájaro liberó el torrente de su canto.

—No —dije—. No estaré, por desgracia.

—Bueno —dijo Warnie, el especialista en suavizar momentos incómodos—, vayamos adentro para calentarnos. Ya tendrás tiempo para explorar la zona.

Después de colgar nuestros abrigos en el perchero del pasillo de atrás, entramos en el salón y Jack nos sirvió un jerez mientras nos acomodábamos en nuestras sillas.

—Cortinas opacas —dije, señalando las ventanas—. ¿Sigues preocupado por la invasión alemana?

Los hermanos se rieron.

—Somos dos solteros perezosos —dijo Warnie—. Puede que sea el maldito momento de quitarlas.

El fuego crepitaba, menguando. Jack se volvió hacia su hermano como habría hecho un millón de veces en sus treinta años de convivencia y dijo:

—Te toca a ti.

Warnie se levantó y Jack inició la conversación, cigarrillo en mano.

—Joy, es difícil creer que tu viaje casi ha terminado. Tenías tantos proyectos de escritura. ¿Encontraste el tiempo que necesitabas?

—Sí. Como sabes, en la escritura ningún tiempo es suficiente, pero —dije, inclinándome hacia adelante— tus observaciones sobre *Smoke* han sido de un valor incalculable.

—Al igual que tus notas sobre OHEL, creo que he encontrado un tesoro en ti.

Warnie regresó a la habitación con una carga de leña y la dejó caer en la chimenea, la avivó con un atizador y saltó ante una bandada de chispas que cayó sobre la alfombra. Ni Jack ni Warnie se levantaron para apagarlas. Lo hice yo.

—Oh, no te molestes —dijo Warnie—. No se puede hacer mucho por esta alfombra. Es un desastre.

Tenía razón: estaba sucia y llena de agujeros, con cenizas esparcidas aquí y allá.

—No me habría dado cuenta —dije.

—La esposa de Tollers ya no le permite visitarnos, dice que vuelve a casa desaliñado y manchado de barro —dijo Warnie encogiéndose de hombros—. Me pregunto si estaría dispuesta a venir ella a limpiarla.

—Bueno, la limpieza no es uno de mis mejores atributos. Basta con preguntarle a Bill.

—Ah, tu marido —dijo Warnie y se sentó de nuevo, en una postura relajada y cómoda.

—Si se le puede llamar así en este momento —confesé, y el reciente dolor resurgió en mi vientre.

—¿Y por qué no lo íbamos a llamar así? —preguntó Warnie, entre dubitativo y cauteloso.

—Acabo de recibir una carta —contesté, mirando al espacio entre ellos dos—. Está enamorado de mi prima y quiere casarse con ella.

Jack y Warnie intercambiaron una mirada, ambos parecían estremecidos, como si yo hubiera agarrado con las manos el atizador al rojo vivo que Warnie acababa de poner junto al fuego.

Jack se inclinó hacia adelante, con las manos sobre sus rodillas.

—Tal vez malinterpretes su significado. Las cartas a veces pueden ser confusas y engañosas. De eso sé bastante. A veces recibo argumentos en contra de algo que he escrito, cuando realmente no he escrito eso.

Me puse de pie lentamente, con las rodillas y las caderas doloridas por el viaje y el paseo por la finca. Me acerqué cojeando a mi bolso en la mesa auxiliar y saqué la carta.

—Aquí está —dije—. Dime si hay algo que malinterpretar.

Jack estuvo callado mientras la leía, y Warnie sentado en silencio en su sitio. Las llamas de la chimenea se elevaron salvajemente, el humo soplando hacia arriba, el fuego lamiendo las negras paredes.

—¿«Nunca serás más que una escritora»? —repitió Jack las palabras de Bill en voz alta y me miró—. Qué cosa tan cruel.

—Eso es lo de menos —le dije—. Continúa.

Los ojos de Jack se posaron en la página hasta que finalmente habló.

—«Nunca he tenido la determinación y la fuerza de voluntad para hacer que el matrimonio funcione» —citó y luego preguntó—. ¿Y tú vuelves a casa a esto?

—Ya tengo el pasaje reservado. Mis hijos están allí. Ellos son mi familia —dije, me incliné hacia adelante y me presioné con los dedos la comisura de los párpados.

—Bill no te ha dado otra opción, Joy. No debes quedarte allí.

Levanté la vista, dispuesto a recibir cualquier consejo.

—Pero ¿cómo voy a abandonarlos?

—Esto no lo has hecho tú. Son sus decisiones —dijo, y me miró fijamente—. ¿Qué le respondiste?

—Le dije que discutiríamos el asunto cuando volviera a casa —sonreí y me encogí de hombros—. ¿Qué otra cosa podía decir? Estaré en casa en dos semanas, ¿y de qué serviría otra carta? Tantas cartas. Tantas palabras. ¿Para qué?

—Sí, ¿para qué? —murmuró Warnie.

—Me esfuerzo mucho por creer en el buen propósito de Dios en esto. Es un hábito recién adquirido del que a veces me olvido —confesé, y me reí para aliviar la oscuridad que había traído a la estancia.

Jack me miró con dulzura.

—Quizás no dudas que Dios tiene lo mejor para ti, pero te preguntas cuán doloroso puede ser «lo mejor».

—Tiene usted toda la razón, caballero —le dije.

—Pero volver al abuso no es algo que Dios te exija, ni a ti ni a nadie. Sus mandamientos no son para eso. Tú lo sabes mejor que nadie —dijo, se detuvo y la chimenea soltó una chispa—. Lo que has soportado en casa no tiene que ver con ser una buena esposa ni con obedecer a Dios. No lo dudes.

Me puse en pie y caminé hacia el fuego, mirando las llamas. Me froté las manos ante su calor.

—Lo sé, pero lo olvido. Cuando estoy en medio de todo el caos y las discusiones, me siento como una fracasada, totalmente degradada, y luego me culpo por no poder ser otra persona, alguien mejor.

—¿Te culpas por no ser quien Bill quiere que seas? —intervino Warnie, soltando la pregunta con voz de disgusto.

Me di la vuelta para mirarlos a ambos de nuevo.

—Sí —admití. Parecía evidente que era absurdo, un hecho del que no me había dado cuenta—. Tal como lo dices es muy fácil de ver. Tomas una verdad y la reduces a su esencia.

—Es más cuando no lo vives en persona —dijo Jack, que se había puesto en pie—. Yo no tengo el corazón herido y destrozado por su abuso. Ese es tu privilegio, al parecer.

Caminé hacia él entonces, deseosa de atravesar el espacio que nos separaba, tocarlo, abrazarlo, dejar que mi cabeza descansara sobre su hombro de la misma manera que mi corazón descansaba sobre sus palabras.

—¿Cómo podré agradecerte esta entrañable amistad? Gracias a ella no me derrumbo.

Asintió y las cenizas de su cigarrillo cayeron a la alfombra.

Exhalé y barrí el aire con las manos.

—Pero estoy aquí para celebrar las fiestas, no para traer pesimismo y tristeza. Juguemos al Scrabble y olvidemos este asunto por ahora —dije y señalé una partida a medio terminar que había en la mesa, a unos metros de distancia.

—Sí —accedió.

—¿Podemos usar palabras latinas y griegas también? —pregunté.

Él se rio con su típico ruido sordo.

—De cualquier idioma. Si ha aparecido en un libro, está permitido.

—¿Alemán? ¿Francés?

—Lo que sea —dijo.

—La mejor manera de jugar —respondí—. ¿Warnie? ¿Te apuntas?

—Esta noche no —dijo y se levantó, aunque me dirigió una sonrisa.

Jack y yo nos acercamos a la mesa y nos sentamos, inclinando la cabeza sobre el juego. Seguramente había empezado aquella partida con Warnie. Examiné mi fila de letras en su bandeja y escogí cinco para poner «verti» contra su «article», y me apunté un triple. Jack se inclinó hacia atrás en su silla y exclamó lo suficientemente fuerte como para hacer que Warnie volviera a asomarse.

—Ya tengo rival.

Capítulo 24

Cómo el viento
Nos saca de la cabeza toda nuestra charla y nuestras risas,
Y el tiempo, mucho más que el Támesis, puede sumergirlas

«Soneto VII», Joy Davidman

Me desperté poco a poco en aquella fría habitación de la casa de Jack y me subí las sábanas hasta la barbilla. Del interior de las paredes llegó un golpeteo, como de alguien que intentaba escapar de una mazmorra de piedra. Eran las viejas cañerías, que gemían como una de las estatuas congeladas de los cuentos de Jack cobrando vida.

La casa era un bullicio a mi alrededor, se abrían y se cerraban puertas, se oía cómo Warnie llamaba a la señora Miller. Sonaba la voz grave de un hombre, seguramente Paxford, y luego la respuesta de Jack, con su reconocible estruendo.

Me estiré y me di la vuelta para mirar el reloj. Ya eran las nueve. Pensarían que soy una perezosa, pero no me importaba. En casa, esta idea —«perezosa»— me habría puesto nerviosa, se habría apoderado de mí la ansiedad pensando que Bill estaría enojado porque me había despertado tarde.

Después de vestirme y terminar mi rutina matutina, entré al salón para encontrar a Jack leyendo la Biblia; en latín esa mañana.

—Buenos días —dije en voz baja.

Tenía la pipa colgando de la comisura de los labios y, con el sobresalto de mi saludo, se le cayó sobre el regazo. Sacudió las cenizas sobre la alfombra como si fueran migajas del desayuno y me sonrió.

—Buenos días, Joy.

No se movió para ponerse de pie, tenía el dedo puesto en un punto del libro de los Salmos.

—La señora Miller tiene algo para desayunar en la cocina, si quieres. La vecina nos ha regalado unos cuantos huevos extra.

La guerra había terminado, pero el racionamiento de huevos, no, y Jack siempre se las arreglaba para conseguir algunos más.

—Gracias —dije, un poco tímida de repente. Ya no estábamos en un *pub*, de paseo ni en sus dependencias de Oxford. Esta era su casa, y él tenía su rutina.

Pasé algún tiempo en la cocina soleada y cálida con la señora Miller, contenta con el té y unas galletas, cuando Jack se nos unió.

—Mi lectura de la correspondencia ha terminado por hoy, y Warnie se ha ido a trabajar en su Rey Sol. ¿Qué tal un paseo, lo justo para hacer circular la sangre para el trabajo del día?

Le respondí con una sonrisa.

Una vez que nos abrigamos y salimos de la casa, nos llegó el viento con fuertes ráfagas, como si el cielo aguantara la respiración y luego soplara. Me ajusté mejor la bufanda al cuello y me acerqué todo lo posible a Jack. Nos dirigíamos a la iglesia de la Santísima Trinidad de Headington Quarry, una caminata de casi un kilómetro por las aceras y luego por una pista de barro helado. Una tapia alta de piedra coronada con trozos de botellas rotas flanqueaba el estrecho sendero hacia la iglesia. Jack caminaba delante de mí, solo había espacio para ir de uno en uno, y yo lo seguía en silencio. Cuando nos acercamos al camposanto, abrió una puerta de hierro forjado para entrar en el bosque de lápidas de aquel cementerio.

Me aparté de la evidencia irrefutable de la muerte y me concentré en la iglesia. Parecía tan antigua como el terreno en el que se asentaba, era un edificio de piedra caliza con un campanario de dos campanas en su extremo oeste. Su techo de pizarra se inclinaba hacia el suelo y parecía detenerse de golpe en el borde del edificio. Blanca y sólida, la iglesia se extendía de este a oeste, con la entrada oculta bajo un pórtico de piedra en el que había colocada una cruz, y otra grabada en un círculo encima de la puerta.

—Anglicana —dije.

—Sí —asintió Jack, que contemplaba la iglesia con una postura orgullosa—. ¿Tú eres anglicana?

—Si tuviera que definirme, sería como anglicana, pero me resulta difícil encajar en una categoría.

—No creo que necesites una categoría —dijo, y sonó muy parecido a un cumplido.

—Tiene un aspecto muy medieval —añadí con un escalofrío, apretándome más el abrigo—, como algo sacado de una de las historias de MacDonald.

—Estoy seguro de que es lo que buscaba el diseñador; se sentiría halagado de saber que piensas eso —dijo, y apagó su cigarrillo en un charco—. Veamos si hace más calor dentro.

Abrió la puerta de la iglesia y se hizo a un lado para dejarme entrar.

Los bancos, de madera oscura que brillaba bajo la tenue luz, estaban alineados de cara a un altar y a la vidriera de Cristo con sus manos extendidas. La sencillez de esta iglesia, comparada con las grandes catedrales de Londres, me hizo sentir humilde. Nos rodeaban paredes de yeso blanco. A la izquierda colgaba una cortina blanca que separaba el santuario de la sala trasera. A los extremos de las bancas se alzaban los candeleros, y unos pálidos rayos de sol bañaban los vitrales de matices multicolores, como una aureola sobre los ángeles y los santos, las bancas y el piso.

—Qué belleza —dije, señalando al ventanal sobre el altar—. Es tan hermosa que desearía tener una palabra mejor para describirla.

—Palabras —dijo Jack en voz baja—. La alegría y el arte de las palabras. Cuando expresan exactamente lo que quieres decir.

Reflexioné un momento, mirando fijamente y luego cerrando los ojos.

—Sublime —susurré.

—¡Sí! Eso es —dijo, y se detuvo—. Ese ventanal se instaló el año pasado en memoria de los que murieron en la Segunda Guerra Mundial.

—A veces me pregunto cómo fueron esos días para ti. Para todos ustedes.

Jack pasó su mano por la parte de atrás de un banco, y su mirada parecía muy lejana, como si aquellos días de la guerra danzaran sobre el altar.

—Hubo un tiempo en que creía que nos invadirían y que estaríamos bajo su dominio —dijo—. Arrojé mi pistola al río en Magdalen Bridge porque se rumoreaba que las SS me buscarían por todas las conferencias que impartí para la Royal Air Force, y que un arma sería mi perdición —contó, sacudiendo la cabeza ante el recuerdo.

—En Estados Unidos sentimos el miedo —dije—, pero nada parecido. No se si yo habría podido vivir con temor a una invasión.

—Uno soporta lo que haga falta cuando eso se convierte en tu realidad.

Jack señaló un banco en el lado izquierdo a mitad de camino de vuelta y caminó en esa dirección; yo lo seguí.

—Este es nuestro banco, de Warnie y mío —dijo, se sentó y lo acompañé—. No es exactamente nuestro, pero es donde más nos gusta sentarnos. Empezamos a frecuentarlo, en el trayecto de regreso a casa... no sé, en 1930 o algo así. Me gusta el servicio de las ocho de la mañana. La música del órgano en los otros servicios me pone los nervios de punta —comentó, bajando la voz como si el órgano pudiera oír su ofensa.

—A mí no me importa mucho el órgano —dije, inclinándome hacia él—, pero los sermones interminables no los soporto.

Jack se rio y señaló la mesa de la Comunión.

—Fue aquí, durante la Eucaristía, en los días de la Segunda Guerra Mundial, donde ideé a Orugario y su historia.

—Oh, Jack —dije—, cuéntame. Me encanta oír dónde comienzan las historias.

Se giró un poco en el banco para mirarme.

—Había oído un discurso de Hitler por la radio, y me convenció fácilmente, aunque solo fuera por un momento. Empecé a pensar en lo que haría falta para convencer a alguien del mal, igual que el sermón de esa mañana trataba de convencer a alguien del bien —dijo, con una voz más baja de lo normal. No quería que dejara de hablar; quería que descargara su corazón en el mío.

—Mientras el predicador hablaba sobre la tentación, mi mente divagaba. ¿Cómo instruiría un diablo a sus subordinados en estas cosas? ¿Lo haría de la misma manera pero al revés que este predicador? —recordó. Se detuvo y me sonrió—. Tenía casi todo el libro en mi cabeza antes de regresar a casa. Luego creo que lo escribí completo durante la Batalla de Gran Bretaña, con los aviones sobrevolándonos. Enviaron a los pequeños a vivir aquí. Hitler salía por la radio con su voz furibunda. En medio de todo eso, mi mente se agitaba con aquella idea.

—Qué envidia. Decides escribir un libro y lo haces —dije. La iglesia se estaba caldeando, o era yo. Me quité el abrigo y lo puse despacio en mi regazo—. Has sacado provecho de algo que los demás no han sabido aprovechar.

—No me admires de esa manera, Joy. Escribo historias como tú, una tras otra. La gente cree que pasé años estudiando sobre Escrutopo y Orugario, pero la idea y las palabras salieron de la maldad de mi propio corazón.

Se levantó del banco e hizo un gesto para que nos fuéramos. Yo me quedé sentada un poco más.

—Tal vez son el tipo de historias en las que pensamos durante la guerra: el diablo y sus obras. *El paraíso perdido* se escribió durante la sublevación inglesa.

Me levanté y lo seguí. Abrió la puerta hacia afuera y se ajustó el abrigo con más fuerza.

—Lo leí cuando tenía nueve años y me consideraba un auténtico crítico —dijo, e hizo una pausa—. ¿Cómo te enteras de esos datos, Joy?

Me puse el abrigo y entrecerré los ojos ante la luz del sol.

—Porque estoy escribiendo sobre el rey Carlos II. Fue su padre a quien ejecutaron en esa época. Me quedo con los datos más imprevistos, Jack. No me acuerdo de pagar las cuentas, de comprar un botón nuevo para mi chaqueta o de responder a una carta, pero puedo recordar una partitura de piano después de verla una vez y datos anecdóticos como que Milton escribió *El paraíso perdido* durante esa terrible guerra. Esas cuestiones obtusas se meten en mi cerebro, pero si me pides que llegue al tren a tiempo...

Se rio.

—Nadie te conoce de veras, ¿no es así, Joy?

—Yo no diría que nadie.

Tras unos pocos tímidos pasos de vuelta al patio, Jack contestó:

—Eso es lo que Tollers dice de mí también. Pero no creo que lo diga con mucho afecto, solo con fastidio.

Me reí.

—Cuéntame más sobre Tollers. ¿Cómo se hicieron tan buenos amigos?

—Nos conocimos en 1926 en una reunión de la Facultad de Inglés de Merton College —comenzó a contar, se sentó en un banco en el patio y yo me uní a él—. Me pareció un pálido hombrecillo, pero pronto me di cuenta de que teníamos la misma opinión sobre muchas cosas, desde la poesía a la literatura inglesa. Ambos nos hemos tenido el uno al otro como primeros lectores de nuestros escritos, y no siempre nos ha gustado lo que hemos leído —confesó, y se detuvo un instante antes de decirme—: No es un gran fan de las historias de Narnia.

—¿Qué sabrá él? —dije, remarcando mi horror por ello.

—Oh, en realidad, él sabe mucho. Como sucede con cualquier buen amigo, tenemos muchos de esos momentos en los que uno se vuelve hacia el otro y dice: «¿Tú también?».

—¿Por ejemplo?

—No nos gusta la política. Ninguno de nosotros se ha molestado en aprender a conducir un auto. Dante. La teología.

Asentí, pero también sentí envidia.

—Sin embargo, también tenemos nuestras diferencias. Lo suyo es el idioma y la lingüística. No es un fanático de la literatura como yo. Sin embargo, lo que atrae a dos personas hacia la amistad es lo que nos atrajo a ti y a mí: ver la misma verdad y compartirla. Por ejemplo, hubo un momento en una reunión de los Inklings en el que ambos acordamos lo siguiente: si nadie escribe aquello que nos gustaría leer, lo haremos nosotros mismos —dijo Jack, e hizo una pausa—. En estos momentos está trabajando en una secuela de *El hobbit*. Me maravilla su gran capacidad para crear otros mundos.

—Tú has hecho lo mismo.

—Lo intento, al menos.

—Pues hagámoslo siempre.

—Por supuesto —asintió con esa sonrisa suya, y nos incorporamos para seguir nuestro camino.

Una vez en casa, Jack se retiró a su habitación para «entrar en la cuarta dimensión», y yo llevé sus papeles de OHEL al salón y me puse a leerlos con un lápiz en la mano. Durante muchas páginas tuve que fingir que no estaba escribiendo mis notas en su obra, me figuraba que escribía marcas en un papel viejo cualquiera, pues de lo contrario me dejaría llevar por la admiración y no sería del todo sincera.

«Un nuevo giro, pero bastante bueno», escribí en el margen y seguí.

El fuego se apagó y la señora Miller entró para avivarlo. Se giró para sonreírme y yo le di las gracias.

—Es maravilloso tener una buena mujer en casa —dijo mientras colgaba el atizador del gancho.

—¿No ha habido ninguna «medio buena» aquí antes que yo? —le pregunté alegremente, sin esperar una respuesta.

—Oh, «medio buena» es una forma amable de describirla.

Y, con esas, la señora Miller se fue a la cocina, sin dar lugar a más preguntas.

Cerré los ojos mientras el fuego se encendía de nuevo y una inundación de gratitud y gracia caía sobre mí. Qué bendición estar allí leyendo la obra de Jack, calentándome junto al fuego después de pasar una mañana en su iglesia. Pero ¿cuántas mujeres había visto la señora Miller entrar y salir de esta casa?

No estaba segura de querer saberlo.

Capítulo 25

Puedes llamarlo idolatría
Sin mentir, porque te he visto brillar

«Soneto X», Joy Davidman

Jack se despertaba temprano cada mañana, una cualidad que no estaba en mi abanico de virtudes, y se ponía a responder a su amplia gama de contactos epistolares, algunos fantásticos y otros, aburridos. Se me ocurrió que tal vez su labor matutina con las cartas servía para engrasar los engranajes para sus historias. Pasaba horas dedicado a esto, agachado sobre su escritorio, con su cigarrillo generando un largo cilindro de ceniza seca que acababa en la alfombra o en el cenicero, con sus anteojos caídos y su frente arrugada por el pensamiento. Leía la Biblia todos los días, no con un plan lineal, sino donde cayera. A veces la leía en el original griego y a veces en latín.

Trabajaba en su despacho del piso de arriba, un espacio que yo adoraba: abarrotado de libros de un rincón a otro, apilados y alineados en el suelo, las mesas y las estanterías. Había dos sillas tapizadas, una en la que muchas veces me pidió que me sentara cuando estábamos trabajando en escritos separados. El escritorio, de madera grande y oscura, había pertenecido a su padre y estaba colocado de modo que Jack mirara por las ventanas delanteras hacia el jardín y más allá. A la izquierda de su escritorio estaba la puerta de su dormitorio, siempre cerrada con cerrojo. Ni siquiera lo abría para pasar por el despacho y bajar las escaleras interiores para usar el baño de abajo, sino que abría la puerta de su dormitorio que daba a la escalera de metal que descendía a la puerta lateral de la cocina.

Entonces entraba en la cocina y usaba el único baño de la casa. Quería preguntarle por qué tenía este extraño hábito, pero los comportamientos en el baño no parecían ser lo más adecuado para una conversación.

En su oficina, Jack no se limitaba a leer, sino que se adentraba en la obra en la que se hundía los ojos, desarmando las frases y los temas. A menudo, si estaba cerca, me llamaba por mi nombre.

—Joy —decía— ¿qué te parece...?

De ahí nos metíamos en una discusión teológica o temática. A veces temía despertarme y estar de vuelta en mi casa de Staatsburg, con Bill tambaleándose borracho por el pasillo, con su peste a sexo y *whisky*, y descubrir que mi tiempo con Jack había sido solo un sueño. Pero no, estaba sentada en el sillón de su despacho del piso superior, conversando sobre el significado oculto en los relatos.

Una mañana en que la lluvia fustigaba las ventanas de su oficina, levanté la vista de mis páginas.

—Tienes la suerte de haber echado raíces profundas en un lugar: fuiste estudiante en Oxford y ahora eres tutor allí. Es tu hogar, puedo verlo. Me pregunto si en Oxford tienen idea de lo afortunados que son de tenerte.

—No me tratan con la reverencia que tú crees —dijo, sin levantar la vista de sus papeles, con los dedos apretados para sostener su pluma estilográfica.

—No me lo creo —respondí, me levanté y di unos pasos hacia la ventana, desde donde vislumbraba la finca bajo el aguacero.

—Hace poco me rechazaron para una cátedra de poesía en Oxford —dijo, apartado de su habitual jovialidad—. Una horda de profesores de inglés no quería que yo ocupara el puesto —explicó; me volví hacia él y puso su pluma en el tintero—. Fue una cuestión política, pero aun así decepcionante.

—Lo lamento, Jack —dije apoyada en el alféizar de la ventana.

Se rio y sacudió la cabeza.

—Mi querida Joy, ¿por qué lo lamentas? Todo viene con la vida académica.

—Pero tu poesía es brillante —contesté—. ¿Cómo pudieron no...?

—Sí, eso crees *tú*, pero la mayor parte está publicada bajo mi seudónimo, Clive Hamilton, así que algunos ni la conocían. No era lo suficientemente chic.

—No lo entiendo —dije y sentí su pesar como si hubiera sido yo la rechazada.

—No es mi primera decepción con Oxford —dijo—, ni la última.

—¿No es la primera?

—Hace solo dos años, cuando quedó vacante la Cátedra Merton de Literatura Inglesa Moderna, Tollers creyó que yo sería el mejor para el puesto. Reunió los apoyos y sugirió que podríamos compartirlo. Pero parece que yo no estaba a la altura. Para los electores, no tenía suficientes trabajos académicos publicados —me sonrió, pero percibí su tristeza.

—Por el amor de Dios, ¿cuántas publicaciones necesitaban?

—No era el número, era el tipo. Al parecer, mis obras más populares eran mis novelas, y no era eso lo que querían.

—¿Tollers ocupó el puesto? —le pregunté.

—Sí, y fue mi viejo tutor, Wilson, quien recibió el lugar que yo debía tener. Se dijo que yo habría desacreditado la gran reputación de la cátedra.

—Eso es absurdo.

—Bueno, ojalá *hubieras* estado tú en el comité —bromeó y volvió a mojar la pluma en el tintero.

—No sé si decir esto te sirve, pero creo que el mundo preferiría tener tus historias antes que tus títulos —dije, y él asintió.

—Bueno, basta de temas académicos. Volvamos a nuestro trabajo.

A menudo, cuando Jack creía que yo también trabajaba, en realidad lo observaba escribir.

Lo hacía con pluma, que sumergía lentamente en el tintero para luego llevarla de vuelta al papel. Decía que eso «permitía que tomara forma un pensamiento entre el tintero y el papel». Me imaginaba cómo se desplegaban historias y fantasías en la pausada danza de la pluma a la tinta, de vuelta al papel y de nuevo a la tinta. Cuando me ofrecí a escribir a máquina esas palabras, aceptó de inmediato.

Pero ese día no estaba escribiendo, estaba marcando correcciones en mi manuscrito sobre los Diez Mandamientos. Un aleteo nervioso se elevó en mi garganta hasta que levantó la vista, percibiendo mi mirada.

—Si quieres que escriba el prefacio, lo haré —añadió—. Cuando llegue el momento de la edición británica, házmelo saber.

—¿Quieres escribir el prefacio? Bueno, por todos los santos, claro que sí —dije—. Muchas gracias.

Entonces ambos inclinamos la cabeza para volver a la página.

Por las mañanas, trabajábamos; por las tardes, caminábamos, bebíamos, comíamos y leíamos.

Una tarde, después de la siesta, abrí el cajón de abajo del vestidor de mi habitación buscando mi suéter verde favorito, el que había tejido antes de venir aquí, que parecía estar desaparecido en combate. En su lugar, encontré un montón de dibujos, dibujos infantiles. Los saqué y vi lo que eran: dibujos de la infancia de Jack y Warnie sobre un país llamado Boxen. Dibujos a lápiz de criaturas antropomorfas: había un gato con esmoquin y sombrero de copa, fumando un cigarrillo y tomándose unas copas con los hombres; una rana con traje y un pájaro con ropa formal. Sonreí y me sentí un poco como si estuviera en un sueño y hubiera despertado en el ático de Little Lea, su casa de la infancia, donde sabía que los habían imaginado y esbozado.

Me llevé los dibujos, solo dos gavillas, a la sala donde Jack y Warnie leían sentados junto a la chimenea. Ambos levantaron la vista con una sonrisa cuando entré en la habitación.

—¿Qué tienes ahí? —preguntó Warnie.

Yo estaba allí de pie, descalza, sin mis zapatillas de estar por casa. Me caían los cabellos sobre los hombros y me pasé la mano libre por ellos, atacada de repente por cierta timidez.

—Encontré esto. Me tiene hechizada.

Jack se levantó y caminó hacia mí.

—¿Eres sonámbula, Joy? —bromeó y me quitó los papeles de la mano antes soltar una carcajada—. Oh, Warnie, es el vizconde Puddiphat.

Warnie se acercó también, con su bebida en una mano y la otra mesándose el bigote

—Desde luego, es él. Míralo, visitándonos desde Little Lea. Creo que no lo había vuelto a ver desde que lo guardamos en ese vestidor. No importaba el tiempo que pasáramos encerrados en la habitación del ático, teníamos papel, lápices y estuches de colores.

—Y su imaginación —les dije.

—Sí —contestó Jack—. Siempre la hemos tenido. ¿Cómo si no podríamos haber sobrevivido? Creamos todo un mundo, ¿verdad, Warnie?

—Creo que aún lo hacemos —dijo.

Me aparté el pelo de los hombros.

—El mundo debería ver esto. No debería estar escondido en un cajón —dije, mirando atrás y adelante entre ellos—. Es como si se hubieran imaginado Narnia ya entonces. Como si siempre hubieran sabido lo que les esperaba.

—¿Cómo íbamos a saber lo que nos esperaba? —dijo Jack con una sonrisa—. ¿Quién iba a saber que *estarías* aquí con nosotros? —añadió, me quitó los papeles y se fue a su oficina sin decir nada más.

Era en momentos como estos en los que Jack nos dejaba a Warnie y a mí conocernos mejor. Hablábamos de historia y de ideas para libros.

—Joy —me dijo mientras Jack desaparecía con el vizconde Puddiphat—, ¿qué te parecería una colaboración conmigo?

—¿Una colaboración? Cielos, Warnie —dije, sentada en la silla al lado de él e inclinada hacia adelante—, lo que sea. ¿Cuál es tu idea?

—Madame de Maintenon, la esposa de Luis XIV. Nunca se ha escrito sobre ella, y es un personaje más fascinante que ningún otro de esa corte.

—Era de las Indias Occidentales, ¿verdad? —pregunté—. ¿Y no estuvo casada con otra persona primero?

—Sí, por supuesto. Es una Cenicienta moderna —dijo—. Y sé que puedes hacerle justicia. Ella era la institutriz que el rey les puso a sus hijos ilegítimos y luego se enamoró de ella.

—Más —exclamé—. Cuéntamelo todo.

Así que Warnie y yo nos pusimos con la Reina Cenicienta, como yo la llamaba, y empezamos a lanzarnos ideas como si lleváramos años escribiendo en equipo. Warnie ya había escrito un bosquejo y había hecho la mayor parte de la investigación; yo escribiría la historia. Un equipo caído del cielo: los Lewis y yo.

O eso creía yo.

Por la noche regresé a mis sonetos. Si en un futuro lejano llegara un día en que alguien los leyera y los contrastara con mis cartas a casa, ¿se notaría lo dispares y divididas que estaban las distintas partes de mi ser?

Lo que la carta de Bill había desatado en mí, lo que yo había evitado reconocer conscientemente, lo que mis sonetos habían estado insinuando todo el tiempo, era ya innegable. No solo me encantaba estar con Jack, sino que me estaba *enamorando* de él.

CAPÍTULO 26

No eres Dios, y tampoco eres mío

«SONETO X», JOY DAVIDMAN

Me desperté el día de Navidad y me quedé un buen rato en la cama pensando en casa, en mis hijos despertándose con Renée y con Bill. Me imaginé el árbol de Navidad y me pregunté si lo habían puesto en el balde de zinc de siempre. Me imaginé a Topsy rompiendo el papel de regalo y casi pude oler la sidra burbujeante en la estufa. Prácticamente le había entregado mi familia en bandeja a Renée, y aquí estaba yo, descansando en un cuarto vacío en Oxford.

La niebla se había retirado hacía días, y teníamos hielo y nieve acompañados de terribles vendavales. Sin embargo, todos los días, estos hombres se abrigaban y, llevándome con ellos, caminaban kilómetros hasta Oxford, hasta las librerías Bird and Baby o Blackwell, hasta Shotover Hill o hasta los parques de Magdalen. Caminábamos, y no veas cuánto hablábamos. Nos reíamos con tal intensidad y profusión que, si hubiera tenido que durarme toda la vida, podría haberla alargado.

Dos noches antes habíamos ido a una pantomima navideña, donde Jack había cantado a todo pulmón y yo había disfrutado como una niña con aquel juego infantil.

Todavía en la cama, podía oír a los hombres recogiendo leña para el fuego, murmurándose entre ellos, un sonido ahora familiar.

Me levanté y me vestí, dedicando tiempo a mi aspecto para la mañana de Navidad. Saqué de mi maleta los dos regalos que había comprado y envuelto para ellos —libros— y entré en el salón, ya caliente y lleno de humo. Los dos hombres estaban en sus butacas, Jack leyendo un libro que no pude ver y Warnie descansando con los ojos cerrados.

Habíamos decorado la semana pasada, cuando los insté a talar el abeto más pequeño de la finca. Paxford lo cortó y lo trajo a la sala, lo dejó en un cubo y transformó por un tiempo el olor a humo en olor a verde. Lo decoramos con flores y piñas, mientras cantábamos villancicos de lo más ridículos.

—Feliz Navidad —dije en voz alta e incliné la cabeza para poner mis regalos bajo el árbol.

Ambos se asustaron, y Jack se levantó y se desperezó.

—¡Feliz Navidad, Joy!

Se dirigió directamente al árbol y tomó un paquete envuelto en papel marrón con una cinta de cordel roja.

—Para ti.

—Espera —dije—. Yo también tengo algo para ti.

—Abre el tuyo primero —dijo Warnie y se levantó para avivar el fuego.

Me quedé de pie un momento, mirando la habitación y a aquellos dos Lewis a los que había llegado a querer con tanta intensidad. Pronto se acabaría. Quería retener este momento, guardarlo en mi corazón, porque lo necesitaría cuando volviera a casa.

Tomé el paquete de Jack, me senté en la destartalada silla que había llegado a considerar mía y lo abrí lentamente. Era una copia de *El gran divorcio*. Abrí la tapa para encontrar una cita escrita con la ya conocida letra cursiva apretada de Jack, con la tinta de la pluma estilográfica que goteaba en el papel de algodón.

«Hay tres imágenes en mi mente que continuamente debo desechar y reemplazar por otras mejores: la falsa imagen de Dios, la falsa imagen de mis vecinos y la falsa imagen de mí mismo». Luego su firma: «C. S. Lewis».

Me puse el libro en el pecho.

—No sé cómo expresar cuánto significa esto para mí —dije—. ¿De dónde es esa cita?

—De un capítulo que no incluí —dijo asintiendo con la cabeza.

—Hay más —anunció Warnie.

—Espera, ahora me toca a mí regalar —dije y puse mi libro nuevo en una mesita auxiliar.

Saqué de debajo del árbol mis regalos para ellos. Para Jack, *El hombre ilustrado* de Ray Bradbury. Dentro había escrito un verso de *La balada del caballo blanco* de G. K. Chesterton, pero ligeramente alterado por mí: «Y los hombres se cansan del vino verde y se cansan de los mares carmesí».

Para Warnie, un nuevo libro de historia francesa de la librería Blackwell: «Para Warnie, con mucho amor, Joy».

No hay dos hombres que pudieran alegrarse más con tales regalos.

Al momento se pusieron a examinar los libros y me los agradecieron como si les hubiera regalado una segunda casa en Oxford.

Unos instantes después, Jack me entregó otro regalo. Esta vez no era una obra suya, sino el *Diary of an Old Soul*, de George MacDonald, el autor al que ambos habíamos idolatrado en la infancia. Miré la portada roja con su título en letras caligráficas y se me saltaron las lágrimas. Me metí el dedo bajo los anteojos para limpiármelas antes de abrir la tapa y ver que tenía la firma de George MacDonald con fecha de 27 de abril de 1885. Debajo del autógrafo, Jack había escrito: «Más adelante: de C. S. Lewis a Joy Davidman. Navidad de 1952».

Me había regalado su ejemplar firmado por MacDonald y me lo había dedicado como Davidman, no como Gresham.

Me atravesó un torrente de gratitud que se instaló en las grietas de mi dolor. Quizá estaba leyendo señales donde no las había, como los antiguos griegos que creían que las nueve musas escondidas detrás de la nube dorada influenciaban su escritura y su creación. Pero yo las señales las leía.

Aproveché una oportunidad que aún no me había permitido, me acerqué a Jack y lo abracé con fuerza. Mi abrazo fue más largo que el suyo y luego retrocedí un paso para mirarlo, con mis manos sobre sus hombros. Tenía los ojos húmedos, sin derramar una lágrima, y me parecían clavados justo dentro mi alma.

—Jack, no sé cómo agradecértelo.

—De nada, Joy.

Dejé caer los brazos, pero mantuve mis ojos fijos en los suyos.

—Eres muy valioso para mí. *Tú* sí que eres un regalo.

Sonrió y me tocó el brazo un instante.

—Y tú para mí.

Me volví para mirar a Warnie.

—Y tú también, Warnie. Quisiera no separarme nunca de ustedes ni de este lugar.

—No pienses en eso ahora —dijo Warnie—. Es Navidad. Hay mucho que celebrar.

Jack se sacudió la ceniza de las piernas del pantalón y se atusó la chaqueta.

—Recojamos nuestras cosas y emprendamos camino a la iglesia de la Trinidad —dijo—. La Eucaristía de Navidad comienza en treinta minutos.

Me apreté el libro de MacDonald contra el pecho y elevé una oración por mi familia en casa. Sentí que ascendía a los cielos. Entonces abrí los ojos a Jack, a Warnie y a todo lo que el día pudiese traer.

Cuando regresamos de la iglesia, Jack me detuvo en el pasillo.

—Joy, debo decirte lo mucho que tus ediciones y tu trabajo en OHEL han significado para mí. Voy a dedicarte el libro a ti.

—¿A mí?

Asintió y sonrió como si acabara de ofrecer el regalo de Navidad más hermoso: incienso o mirra. Y así era: un regalo de valor incalculable.

Cuando los hombres se fueron a dormir la siesta, me encontré sola en el salón. Deambulé por él, recogiendo fotos enmarcadas en un esfuerzo por vislumbrar al Jack del pasado: el niño, el adolescente, el soldado, el ateo, el hombre. Él ya había cumplido diecisiete años antes de que yo entrara al sucio mundo del «gueto judío» de la ciudad de Nueva York.

Allí estaba, un niño con bombachos y calcetines negros hasta la rodilla, una camisa de vestir con cuello blanco de pico, un cordón de silbato blanco enrollado en su bolsillo superior izquierdo. Tomé la foto, pasé mi dedo por el granulado blanco y negro del niño con una madre que lo amaba y que aún no había caído enferma. Luego vi otra: un niño, de unos ocho años, de pie junto a su hermano en la campiña irlandesa, ambos de traje y corbata, agarrados a sus bicicletas, con la mirada casi perdida dirigida a la cámara. Luego estaba la del soldado con una pipa en la boca, una sonrisa pícara en la cara, como si supiera que iba a sobrevivir y que Dios le pisaba los talones. Me entusiasmó la foto de un hombre de unos veinte años, sentado, con su traje de tres piezas y un libro en el regazo. Dios mío, tenía una pose realmente atractiva, embellecida con su mirada directa a la cámara, con su sonrisa de siempre, traviesa y lista para los problemas. Amaba a ese joven al que nunca conocí. Sentí un anhelo profundo que retrocedía en el tiempo, a un mundo en el que ya existía Jack cuando yo era todavía una joven y estaba a un océano de distancia. Lloré por el tiempo perdido, por algo y alguien que ni siquiera entonces podría haber tenido.

Dejé el pasado y entré en la cocina. Me ofrecí a cocinar la cena de Navidad y esperaba que los hombres se retiraran al salón o a sus despachos mientras yo estaba ocupada en la cocina. En vez de eso, se plantaron en la mesa de madera de la cocina, entreteniéndome con historias mientras cosía el pavo y cocinaba a fuego lento los arándanos, mientras encendía el horno y picaba las papas.

En la pausa de otra historia sobre Warnie y su infancia feliz en Little Lea, hablé.

—Un día creí que era el cristianismo lo que finalmente me haría feliz.

—Ah —comentó Jack sonriendo—, la historia del ser humano que busca algo que lo haga feliz.

—Bueno, no sé si alguna vez he sido más feliz de lo que he sido hoy, incluso con la melancolía de no tener aquí a mis hijos.

—Si buscas una religión para que te haga feliz, no sería el cristianismo —replicó Jack riendo—. Una botella de oporto puede ponernos contentos, pero el cristianismo no está aquí para hacernos felices o que estemos cómodos.

—Brindo por eso —dije y levanté mi vaso—. Cuéntenme otra historia de su infancia —pedí, vertí un vaso de borgoña de la bodega de Magdalen en la salsa y removí.

—¡Espera! —dijo Warnie poniéndose en pie—. ¿Viertes vino en la salsa?

—¿Nunca has visto algo así? —contesté, tras suspender la mezcla.

—Nunca —dijo Jack.

—Bueno, estoy aquí para enseñarte una cocina mejor.

Warnie se mofó con una carcajada.

—Que no te oiga la señora Miller hablar de una cocina mejor que la suya.

—Intentaré que no me oiga, pero sabe Dios que mi cocina es mejor.

Por unos instantes se estableció el silencio. Entonces fue Warnie quien me contestó primero.

—Mis momentos favoritos eran cuando nuestra familia iba a la orilla del mar. Allí me enamoré del océano, con sus barcos y sus marineros.

—Cuando vivía mamá —añadió Jack, con una voz tan tierna que hacía falta un gran dominio propio para no dejar la batidora y sentarme ante él, poner su rostro suave y hermoso ante el mío y besar cada rincón de su cara.

—No hablemos de esto el día de Navidad —dijo con firmeza Warnie—. Mira ese enorme pavo. No sé dónde encontraste uno de ese tamaño, pero, mientras esperamos, bebamos algo ya.

—Lo que necesitamos —dije— es un poco de champán.

—Oh no —dijo Jack, puso su vaso de burdeos sobre la mesa y levantó las manos en señal de rendición—, cualquier cosa menos champán.

—¿A quién no le gusta el champán? Casi me parece imposible.

Frunció el ceño entre sus gafas y su mirada se distanció para dibujar el aspecto que yo ya podía identificar: quería decir que tenía la mente puesta en el pasado.

—Fue la batalla de Arras, en 1915 —dijo, pero luego se quedó en silencio.

Era la primera vez que lo oía hablar de su tiempo en la Primera Guerra Mundial. Sabía por sus escritos que había sido oficial en la Infantería Ligera de Somerset y que había llegado a la primera línea de batalla en Francia en su decimonoveno cumpleaños. Apenas podía imaginar su miedo, pero ni una sola vez me había hablado de él. Ese mes de mayo resultó herido en la batalla de Arras; esos eran los hechos, pero no sabía nada más. Puse mi copa de vino sobre la encimera como muestra silenciosa de mi deseo de que continuara.

—Fue durante un bombardeo de artillería; puse a mis hombres en una situación de peligro extremo —dijo, sacudiendo la cabeza—. Una debacle. Mi sargento murió en mi lugar.

Parpadeó lentamente, como si después de tantos años siguiera teniéndolo profundamente metido en su psique. Lo que el público veía era una máscara, como las que yo usaba. Detrás de él había un hombre que todavía temblaba de dolor y tristeza: la muerte de su madre, la dura educación en el internado que lo había torturado de niño, dos guerras, sus fracasos en Oxford.

La crueldad de la humanidad en toda su dimensión.

—Me entró metralla en el cuerpo y me llevaron al hospital. Me movían detrás de las líneas mientras los gritos de los demás resonaban en mis oídos. El único licor disponible era el champán, y tragué ríos de él. No he podido soportar su sabor desde entonces.

Me aproximé a él.

—Lo siento —dije—. Olvidémonos del champán entonces. ¡Vamos a sacar más vino!

—Todo pertenece al pasado —dijo Warnie.

—Excepto cuando no es así —contestó Jack, e intercambiaron una mirada, de esas que solo pueden leer quienes conocen lo más íntimo del espíritu.

—Ojalá pudiera limpiar los malos momentos del pasado de los dos —dije, y me detuve un instante—. De todos nosotros.

Estuvimos en silencio un rato más hasta que serví la comida, Warnie encendió las velas y todos comenzamos a cantar el estribillo de la pantomima navideña a la que habíamos ido unas noches antes.

Jack comenzaba:

—«¿Voy a ser un chico malo? No. No. No».

Warnie seguía:

—«¿Voy a ser malísimo? No. No. No».

Y finalmente se unía mi voz sorda:

—«Prometo no vaciar la salsera sobre el crío».

Y en esas vertí la salsa borgoña de Magdalen sobre el pavo y nos sentamos a comer.

Oramos por la comida y brindamos por la Navidad. Antes de dar su primer bocado, Jack se acercó y me tomó de la mano.

—Feliz Navidad, Joy —dijo, y pasó su pulgar por el dorso de mi mano con un movimiento tan inocente e íntimo que se me debilitaron las piernas y se me fue el aliento.

—Feliz Navidad para ti también, Jack.

Capítulo 27

Una cosa para causar risa o aversión;
Aun así, puede que tengas mi amor por lo que vale

«Soneto XII», Joy Davidman

La mañana de mi partida me paré en el pasillo de los Kilns, y su amabilidad me envolvió por última vez. Mi bolso y mi maleta estaban empacados esperando junto a la puerta, y los miré con desprecio, con odio por lo que representaban.

Jack y Warnie andaban por la parte de atrás de la casa; escuché sus pasos y el agua que corría ferozmente por las cañerías.

La cocina estaba vacía. Las ollas de cobre colgaban limpias de los ganchos donde las había puesto la señora Miller, pero no quedaban reminiscencias de nuestras conversaciones frívolas ni profundas. Con mi partida, la casa retomaría sus ritmos naturales.

En la cocina había llegado a sentirme en casa. Agarré una sartén del gancho, que sonó con estrépito al chocar con el hornillo: plancha contra plancha. Los huevos del mercado negro se amontonaban en un cuenco en la encimera. Tomé uno y lo abrí contra un bol de porcelana blanca. La yema seguía entera y flotaba entre pompas de clara. Levanté un tenedor y perforé esa cúpula amarilla, observando cómo se esparcía y manchaba antes de removerla. En algún lugar de la parte de atrás de la casa, Warnie pronunció el nombre de Jack, luego escuché risas, una puerta que se cerraba y unos pasos arrastrados.

Dejé caer una pizca de mantequilla en la sartén caliente e inhalé el reconfortante aroma mientras esta se extendía y derretía, deslizándose hacia los bordes del recipiente. El nudo de miedo por el regreso a casa se instaló debajo de mi garganta. Vertí los huevos en la sartén caliente y comencé a removerlos mientras se cocinaban. Terminé añadiendo un poco de sal y batiéndolos.

—Buenos días, Joy —me asustó la voz de Jack, y la espátula resonó en el suelo al caer.

—Jack —dije, me volví y forcé la sonrisa, recogí el utensilio del suelo y lo limpié con un trapo.

—Hoy nos dejas —dijo, y se pasó la mano por sus mejillas sin afeitar, mirando por las amplias ventanas que daban al jardín exterior.

—Sí, hoy —confirmé. Puse los huevos revueltos en un plato y me senté en la mesa de la cocina. Jack se unió a mí—. Tengo una historia que quiero contarte.

—¡Por favor! —pidió, poniéndose cómodo con su ropa de estar por casa y sus pantuflas.

—Cuando era niña —dije en voz baja—, mi hermano Howie y yo salíamos a hurtadillas por la noche para ir al zoológico. Nos escabullíamos por las oscuras calles del Bronx, agarrándonos de las manos con tanta fuerza que nos dolían. Nos colábamos por un agujero en la valla, y lo primero que hacíamos era correr hacia las jaulas de los leones.

—Tú de niña —sonrió Jack tiernamente—. Me hubiera encantado conocer a esa chiquilla.

—Ah, ya la conoces —dije y me reí—. Ella también está aquí.

Jack se cruzó de brazos y levantó las cejas con curiosidad.

—Adelante.

—Los llamábamos por sus nombres, Sultán y Boudin Maid. Eran leones de Berbería, y al llamarlos venían a mí. A *mí*. A veces les daba pequeños bocados de carne y siempre metía, aunque fuera un instante, mis manos en sus melenas. Esos ojos dorados, no sé cómo describirlos. Era como caer más y más hondo en un mundo distinto donde cualquier cosa era posible. El tiempo se detenía. Era eterno y corto a la vez. Cuando ese animal se estaba quieto y me dejaba tocarlo, eso lo era todo para mí.

—Ah, esas bestias majestuosas —dijo—. ¿No tenías miedo?

—Sí, lo tenía.

—Pero los tocabas de todos modos.

—Tenía que hacerlo. No parecía haber otra opción.

—Qué maravilla —dijo, moviendo la cabeza.

Continué porque sabía adónde quería llevar a Jack, qué necesitaba que viera y sintiera en la fría mañana de mi partida. Quería entender en qué nos estábamos convirtiendo; quería escuchar su corazón.

—Fue una maravilla, Jack. Años más tarde, abrí *El león, la bruja y el ropero* y de nuevo metí mis manos en la melena de un gran león. Sentí que Sultán me había seguido toda mi vida, que había ido a visitarte y luego había regresado a mí.

Los tiernos ojos de Jack estaban húmedos, y su ceño, fruncido en uve. Se inclinó para acercarse más a mí.

—Es una analogía encantadora, una forma elegante de ver el pasado.

—No es una analogía, Jack. ¿No te das cuenta? Es la gracia, la que nos persigue y no nos deja ir. Nos unió. La gracia que mantiene a los planetas en órbita y hace que los lirios abran sus rostros al sol —dije, y me atreví a buscar sus ojos con mi mirada—. Es el amor.

Dobló las manos en su regazo.

—*Filia*, sí. Así debemos amar. No crece una vez, sino una y otra y otra vez. Valoro la nuestra más allá de toda medida.

—Verdadera *filia* —dije, con los huevos ahora fríos y coagulados en el plato. Sí, eso es lo que él pensaba de lo nuestro; esta conexión y este cariño tan vibrantes no eran más que una profunda amistad. Entonces ¿por qué yo sentía más que esa palabra? ¿Por qué estaba confundida?

Respiró ásperamente y continuó.

—Es difícil para Warnie y para mí pensar en tu regreso a tu casa y a ese desastre. Nos duele por ti. Desearía que hubiera alguna manera de ayudarte, algo más que encaminarte con nuestras oraciones. Si decides volver, estaremos aquí. Siempre estaremos aquí para ti.

Pero, como el león detrás de unas rejas, no podía liberarme para ofrecer lo que no estaba en posición de dar: no era libre para estar con él.

—Estos han sido de los días más felices de mi vida —dije.

—También han sido días felices para nosotros, Joy.

—Gracias por acogerme y permitirme pasar la Navidad con ustedes. Gracias por los regalos y por las noches cálidas, los juegos, los largos paseos y la conversación.

Debajo de todo esto hervía a fuego lento un mar de palabras no dichas, de emoción no expresada. ¿Cómo iba a dejarlos?

Warnie entró en la cocina, tosiéndose en la palma de su mano para sacudirse el frío de la mañana. Tenía los ojos rojos y las mejillas con barba de tres días.

—Bueno, buenos días —dijo al vernos.

—Debes ir al médico, Warnie —le dije—, antes de que eso se te agarre más en el pecho.

—Lo haré —dijo—. He llamado al doctor Harvard y me ha dado cita.

Fue en ese momento cuando el claxon de un taxi nos asustó a todos. Jack y yo nos pusimos de pie.

—Tengo que irme —dije—. Regreso a Londres, luego al puerto y...

—Te extrañaremos, Joy —dijo, bajando la cabeza, sin dejarme adivinar su estado de ánimo. No podía distinguirlo: ¿estaba triste o frustrado? ¿Enfadado?

—Por favor, escríbenos.

—Los voy a echar muchísimo de menos.

Warnie se me acercó y también me abrazó.

—Joy, nosotros no vamos a ninguna parte. Cuando regreses, estaremos aquí.

Las lágrimas se me agolparon en el pecho y luego llegaron hasta mis ojos, derramándose antes de que pudiera detenerlas.

—No sé cómo voy a hacerlo, pero, si puedo, volveré.

Ellos asintieron y yo me alejé, salí por la puerta verde de los Kilns y entré en el taxi que esperaba afuera.

Había entregado mi corazón y ahora pagaría el precio; como siempre.

PARTE III

AMÉRICA

Enero de 1953 a noviembre de 1953

—Valor, querido corazón —dijo Aslan.

LA TRAVESÍA DEL VIAJERO DEL ALBA, C. S. LEWIS

Capítulo 28

Diciendo que no debo amarlo más;
Mas ahora por fin aprendo a desobedecer

«Soneto de los malentendidos», Joy Davidman

9 de enero de 1953

Resplandecía la granja; el hielo y la nieve la cubrían como un velo. Me paré en el porche delantero como quien entra en una prisión. Había acatado la sentencia y encontraría la fuerza de voluntad para enfrentarme al problema. Reclamaría mi lugar. Cuidaría de mis hijos y escribiría frenéticamente y hasta mi límite. Iba a ser valiente..

Entré en la casa y una extraña quietud me rodeó, un silencio de espera semejante al que se instala justo antes de que comenzar una batalla. Los niños estaban en la escuela. El pasillo rebosaba de zapatos y abrigos, libros de texto y guantes, en pilas organizadas o colgados de perchas. La vida familiar, la que siempre quise y necesité, me parecía un espejismo. Renée había ocupado *mi* lugar, pero este era mi lugar. Mi corazón seguía en los Kilns, y mi cuerpo estaba aquí, y nada en el mundo tenía sentido.

Bill bajó las escaleras y, como no me había oído entrar, se sorprendió al verme de pie en el pasillo con mi abrigo y mi sombrero, mi maleta y mi baúl a mis pies. Llevaba unos vaqueros planchados y un suéter negro que nunca había visto, pero su mueca me resultaba familiar.

—Joy —dijo sin más—. Ya has vuelto.

Lo odié; tan repentina como absolutamente. Todos los buenos propósitos y promesas de ser la chica más agradable se desvanecieron como si una inundación hubiera atravesado el pasillo y me hubiera arrastrado.

—Así es, Bill, he vuelto. Ya he vuelto a tu pequeño nido de amor.

Pura virulencia. Era el pecado que había puesto ante Dios más veces que ningún otro: mi enojo y mi lengua ácida. Pero era la verdad, y mi ánimo estaba en carne viva. Era así como sangraba.

Bajó los últimos escalones y me agarró de los hombros, con el rostro retorcido de ira.

—No te presentes ahora para arruinar la paz y el amor que Renée y yo hemos construido.

—¿Renée y tú? —alcé la voz hasta convertirla en un grito agudo de dolor—. Eres un ser horrendo, Bill Gresham. Eres un sociópata, y ella no tiene idea de quién eres y de lo que eres capaz. La has seducido para tener la vida que siempre has querido, una en que te adoren mientras escribes tus lamentables historias solo en tu habitación.

En un instante, como el ataque de una serpiente, sus manos me rodearon la garganta. Me quedé totalmente quieta, con mi mirada convertida en un desafío. Morir estrangulada en el vestíbulo de mi casa era un mejor final que vivir con él. Sus dedos me atenazaban por encima de la clavícula; su furia se transmitía como un calambrazo por sus manos. Quedé sepultada en la desesperación, negra como una tumba.

—Eres repugnante —dijo, y me arrojó de sí como quien escupe. Caí hacia atrás y me golpeé la cabeza contra la pared. Recuperé el equilibrio y el paso antes de acercarme a él.

—No te tengo miedo. Menudo mentiroso y tramposo estás hecho. No me has engañado ni un momento.

—Tú no sabes nada —dijo—. Si alguna vez te amé, y dudo que lo hiciera, no fue ni de lejos lo que siento por Renée.

De la parte superior de las escaleras llegó un pequeño maullido, y busqué con la mirada a mi gato, pero fue a Renée a quien vi, de pie con una cesta de ropa en sus brazos, con lágrimas que caían sin freno por su preciosa cara.

—Basta —dijo, se le cayó la canasta y un estallido de ropa se precipitó por las escaleras: calcetines y ropa interior, camisetas y pantalones para niños—. ¡Paren los dos! Aquí no. Ahora no.

Levanté una de mis maletas y aparté de un empujón a Bill para subir las escaleras, echando a un lado la ropa con los pies a cada paso. No pude mirar la habitación que Bill y yo habíamos compartido. En vez de entrar en ella, irrumpí en el cuarto que una vez compartí con Renée. Sus pertenencias personales estaban esparcidas por la habitación. Su cepillo de pelo estaba boca arriba en la cómoda, con largas hebras de pelo negro atrapadas en las cerdas; tenía sus perfumes y maquillajes organizados en línea recta; la ropa la tenía bien doblada en la banqueta al pie de la cama. Tenía su cama hecha y las almohadas estaban mullidas y bien puestas.

Agarré sus pertenencias, una por una, para, lenta y deliberadamente, arrojarlas al pasillo. Su ropa. Su maquillaje. Sus zapatos y, por último, su almohada. Solo entonces, cuando la habitación volvió a ser la de siempre, salvo por su empalagoso perfume, cerré la puerta y me derrumbé en la cama individual, en la que me había acostado solo unos meses antes para confiarle a mi cojín la crueldad y la traición de mi marido.

Comenzaron a brotar lágrimas calientes; su liberación me sacudió. Ojalá pudiera creer que Dios iba a bajar para arreglarlo todo. Ojalá pudiera expulsar el dolor con las lágrimas. Ojalá supiera qué hacer o cómo actuar. Ojalá pudiera correr hacia Jack, derrumbarme ante él y empezar una nueva vida.

Pero, en vez de eso, me acurruqué, agotada, en mi cama, me agarré a mi almohada y cerré los ojos. En algún lugar de la casa, un fonógrafo reproducía canciones de amor de Nat King Cole. Mis hijos iban a regresar a casa de la escuela en unas pocas horas y yo tenía que recomponerme, por ellos y por mí.

Bill quería un hogar sureño. Quería fingir que era un Rhett Butler moderno. Bueno, yo podría fingir ser una Scarlett O'Hara moderna. Ya pensaría en qué hacer... mañana... Mañana sería otro día.

Me di la vuelta, tomé las *Cartas del diablo a su sobrino*, que todavía estaban en mi mesita de noche, y abrí una página al azar: «La sospecha a menudo crea lo que sospecha».

Cerré de golpe el libro. Las palabras no iban a ayudar como antes; no iban a curarme. Un libro no iba a salvarme, ni tampoco su autor.

Necesitaba salvarme.

Sí, Dios salvó mi alma, me estaba alejando poco a poco de mi visión egocéntrica del mundo, pero solo yo podía empacar mis cosas e irme, solo yo podía proteger mi corazón y a mis hijos.

Me levanté para colocar mis cosas en su sitio como si nunca me hubiera ido. Colgué mis vestidos y pensé en cada lugar donde los había lucido con Jack. Puse mis libros, uno por uno, en el tocador donde hacía solo un momento estaban las cremas de belleza de Renée.

Pronto sonó un portazo de la puerta principal y la voz dulce y familiar de mi hijo pequeño resonó por toda la casa.

—¿Mami?

Salí corriendo de la habitación, bajé las escaleras y respondí a esa llamada, la que no había podido atender en meses, la llamada de ser madre.

Davy y Douglas estaban en el pasillo, con los libros en los brazos. Davy se enderezó las gafas como si me imitara y luego dejó caer los libros con un *plom* contundente. Su cuerpecito se estrelló contra mí, haciéndome perder el equilibrio. Douglas estaba justo detrás y yo me puse a reír, de rodillas, tomándolos a ambos en mis brazos con un grito de puro deleite. Estreché sus cuerpos contra el mío, inhalándolos. El aroma de la nieve y la tierra de su camino a casa, su cabello húmedo con olor a jabón, y sus mejillas agrietadas esperando mis besos llenaron mis sentidos.

—Mis cachorritos —dije, echándome atrás para poder ver sus caras—. Quiero que me lo enseñen todo ahora mismo. Quiero conocer a la culebra, al señor Nichols, y ver tus tareas de la escuela y todos tus regalos de Navidad.

—Mami —dijo Davy y me tocó la cara como para asegurarse de que era real.

—¿Sí, mi amor?

—¿Te quedas?

—Nunca volveré a dejarte. Te he extrañado con todo mi corazón.

—Yo también —dijo Davy.

Me puse de pie.

—Ahora déjame mirarte más de cerca —le pedí, dando un paso atrás—. Douglas, has crecido treinta metros. Y tú, Davy, pareces ya todo un hombre a punto de ir a su trabajo en la ciudad —dije, tirando de broma de su abrigo de botones.

—Renée arregló toda mi ropa.

—Bueno, bien por ella —dije, y sonreí pese a todo—. Vamos a dar un paseo por el terreno. He echado de menos mis jardines, nuestro arroyo y mis huertos.

—Pero ahora no está creciendo nada, mamá —dijo Davy con su voz madura y preocupada de hijo mayor.

—No me importa lo que esté creciendo o no. Está todo escondido ahí abajo esperando a salir —dije, levantando las dos manos—. Vamos a ver.

Me puse el abrigo y la bufanda, me ajusté los guantes e ignoré a Renée, que había entrado al vestíbulo con un paño de cocina en las manos. Con precisión, mis hijos me agarraron de las manos y caminamos hacia el brillante sol de invierno.

Allí mismo, empecé a reclamar mi vida.

No podía saber lo que pasaría después, pero podía dar un paso detrás de otro con mi trabajo y mis hijos a mi lado.

CAPÍTULO 29

Lo mejor de mí es solo un tópico,
Y estoy cansada, y me hago vieja

«Soneto XII», Joy Davidman

El tren a Manhattan olía a fruta podrida, un hedor que se apoderó del vagón. Me levanté trastabillando y cambié de vagón mientras el tren se dirigía a Nueva York. Encontré un asiento, cerré los ojos e imaginé que estaba sentada con Phyl en un tren completamente diferente de la estación de Paddington rumbo a Oxford. Pero no sirvió.

Era febrero y el invierno nos tenía en sus garras. La casa estaba sumergida en la miseria. Renée se escondía y lloraba en el cuarto de huéspedes al que se había mudado. Los niños estaban confundidos y angustiados y andaban de puntillas por la casa. Rosemary y Bobby se comportaban como ratones, como con miedo a que los pisáramos.

A veces sentía como si mis angustiosas oraciones de incertidumbre fueran recibidas en las manos del gran Amor, y otras veces sentía que chocaban con el techo y caían en mi regazo, polvorientas, marchitas e inútiles. Empecé a ver que la fe era algo parecido a entender que no importaba tanto cómo me *sentía*, sino que estaba más cerca de qué era lo que creía.

Mientras tanto, Bill y yo luchábamos como si nuestras vidas dependieran del siguiente improperio. Si contrastaba en mi mente esta situación con la de Oxford, con la paz ahumada del salón de los Kilns o con las piedras cubiertas de hiedra de Headington o con la calle escoltada por abedules de plata de camino a casa de Jack, me invadía un abatimiento que parecía absoluto e irreversible.

Joy:

Querido Jack:

Esto es pura desgracia. Renée y Bill se escapan para estar juntos, mientras Bill trata de convencerme de que me quede y críe una familia, pero también de que los deje ser felices en su amor. ¿Cuán repugnante puede ser un hombre? Tengo que divorciarme. ¿Puede ser la voluntad de Dios? No entiendo cómo puede ser su voluntad que me quede, pero... Y están los niños. No sé cómo saber lo que Dios quiere de mí, ¿cómo se puede saber de verdad?

Jack:

Romper algo que debía ser «uno» es desgarrador, pero a veces es necesario. Estoy con ustedes, Joy, y los tengo en oración todo el tiempo. Aquí, Warnie vuelve a beber demasiado y creo que tendría que ir a tratamiento. Me rompe el corazón. Míranos, amiga mía, ambos devastados por la bebida de nuestros seres queridos.

Oh, querida Joy, ¿cómo sabemos lo que Dios quiere de nosotros? Imagínate que ustedes son una casa y que él ha venido a reconstruirlos; sí, algunas cosas hay que derribarlas y desecharlas. Fe, paciencia y valentía, más de lo que nunca has podido imaginar.

Cuando en enero llegó una invitación para una reunión de la Colonia MacDowell en Nueva York, me aferré a ella como un hambriento agarra la comida. Lo primero que hice fue llamar a Belle.

—Voy a ir a verte —le dije. Como mi mejor amiga, compañera de cuarto en Hunter y confidente a lo largo de los años, Belle, tan bella entonces, había sido amable con su compañera de cuarto de Nueva York, aquella de tez pálida y enfermiza que iba con un sombrero rojo y trataba de reinventarse a sí misma todos aquellos años. Me moría por verla.

Cuando llegó el tren, Belle estaba esperándome en la majestuosidad de los arcos de Grand Central Station. Las constelaciones de su bóveda se imponían sobre su ondulado cabello negro, recogido en un precioso peinado *victory rolls* que yo jamás habría logrado. Lucía una amplia sonrisa en su generoso rostro. Cuando la conocí en la universidad, su belleza me resultaba apabullante. Cualquier comparación hundía mi autoestima. Pero su amistad había deshecho mis resistencias. Ahora estaba allí de pie con su traje impecable, bien abotonado y ceñido a su estrecha cintura. Con permiso de sus tacones altos, corrió hacia mí y me abrazó.

La abracé más tiempo del que ella esperaba, di un paso atrás para asimilar cómo estaba después de tanto tiempo.

—Te he echado mucho de menos.

—Solo estábamos a un viaje en tren —dijo con su lirismo ruso, un rasgo que mantenía pese a que se había mudado a Estados Unidos de niña. Mientras mis padres me pagaban la universidad, ella tenía que vender libros de saldo. Me conocía de mis días ebrios de exploración sexual y narcisismo adolescente. Me conocía de mi matrimonio y mi maternidad. Me conocía de mi experiencia de encontrar a Dios, o, más bien, de ser encontrada por él. No había mucho que *no* supiera, y tener aún a alguien como ella en lo que parecía un mundo del revés suponía un ancla para mantenerme firme.

Juntas habíamos garabateado, en otros tiempos, nuestras notas y poemas, derramando nuestros corazones sobre el papel. Ella había publicado su primer poema más o menos al mismo tiempo que yo; había escrito sobre su infancia de hambre y atrocidades en Rusia. Cuando se publicó mi novela *Anya*, yo deseaba su aprobación más que ninguna otra. Más tarde, ambas obtuvimos nuestros títulos en Columbia, convencidas de que nuestra vida rebosaría de honores literarios, fiestas y publicaciones.

Allí, en Grand Central, nos agarramos del brazo y nos dirigimos a la ciudad para almorzar, charlando sin parar hasta que nos sentamos en torno un mantel blanco de primera en un salón repleto de hombres de negocios elegantes que bebían martinis y miraban a Belle. Pedí un jerez y el camarero me miró y arqueó las cejas. Belle pidió una copa de vino blanco.

—¿Jerez? —dijo ella riendo—. ¿Ya eres toda una anglófila?

—Creo que sí —respondí—. Lo cual no se aviene con ser ama de casa en el norte del estado de Nueva York.

—Nunca has sido ama de casa —replicó con una sonora risa—. No lo fuiste ni siquiera cuando lo eras.

—Por desgracia, es posible que tengas razón —dije con un pequeño suspiro.

—Oh, Joy, dime cómo te ha ido desde que volviste a casa. Me encantaron tus cartas de Inglaterra. Estaban llenas de felicidad, aventuras y gente interesante.

—Voy a volver —dije.

—¿Qué? —reaccionó. Se quitó el abrigo para revelar un hermoso vestido de lana negra y cuello en V que le presionaba los senos. Los hombres que pasaban junto a nuestra mesa miraban; y luego volvían a mirar.

El camarero llegó con mi jerez en una bella copa de cristal tallado y lo olí con los ojos cerrados antes de tomar un trago largo. El aroma me llevó al Eastgate, a mi primer encuentro con Jack, al comedor de Magdalen, al salón de los Kilns y a la dulce y suave sensación del otoño y su aire dorado.

Abrí los ojos y miré a Belle.

—No lo supe hasta que lo dije en voz alta. Pero es verdad. *Voy a regresar*. Me llevo a mis hijos conmigo y comienzo una nueva vida.

—No puedes.

—Sí puedo.

—¿Quién eres, Joy? ¿Qué te está pasando?

Derramé ante ella todo mi interior, como vino que salía de odres rotos y se vertía sobre la mesa. Le hablé de Bill y Renée y de la desgraciada calamidad de casa.

—Es una pesadilla —dijo—. ¿Por qué no se va a vivir con ella? ¿Por qué no te divorcias?

—Estamos atrapados, Belle. Atrapados. No tenemos dinero para divorciarnos. No tienen dinero para vivir en otro lugar. Estoy esperando a vender algo, lo que sea, y luego salir de allí. Mis pobres niños...

—¿Puedes quitárselos? ¿Lo permitirá?

—Ahora mismo no me importa mucho lo que permita o no permita, Belle —sentencié y ella asintió—. Sé que suena cruel, pero me da asco. Te lo juro, ahora está tratando de convertirse en mago. Escribió un libro de no ficción sobre la vida en la feria, *Monster Midway*, y ahora intenta ser un feriante. Es como vivir con un adolescente insoportable que quiere comer fuego para su número de feria. El odio me está consumiendo.

—¿Qué puedo hacer?

—No lo sé. ¿Sentarte aquí y beber conmigo? —le sonreí—. Bill me preguntó, sí, *me lo preguntó*, si estaría dispuesta a formar un trío con Renée. ¡Un trío!

—Oh, qué desagradable —se estremeció Belle—. Mientras tanto, tú te has enamorado de Inglaterra.

—Sí, pero no solo del país, también de los amigos, del paisaje y de los hermanos Lewis.

—Recuerda que te he visto enamorada muchas veces, Joy —dijo, se calló un momento y se inclinó hacia mí como si hubiera alguien escuchándonos a escondidas— ¿Estás *enamorada* de C. S.?

—No —respondí y tomé otro sorbo de jerez—. Estoy confusa. Los extraño a los dos como si los conociera de toda la vida, pero es más que eso... En cuanto a Jack, no sé. Esta vez no se trata de una necesidad física. Por el amor de Dios, el tipo se fuma sesenta cigarrillos al día y, cuando no, fuma en pipa. Tiene diecisiete años más que yo. Pero sigue teniendo un gran gusto por la vida, por la cerveza y los debates, por caminar y por cultivar amistades. Desde luego, el cristianismo no lo ha convertido en alguien menos interesante. Esto no es una fantasía alimentada por la lujuria. Se trata de conexión entre nosotros. El diálogo. La empatía. Las trayectorias similares. Esto no es una obsesión por conseguir algo, Belle. Es la sensación de volver a casa por fin. Es, en el mejor de los casos, algo confuso.

Belle se recostó en su silla, se acarició el carmín con una servilleta antes de tomar un sorbo de su vino.

—No quiero que cometas un gran error que destruya a tu familia para siempre.

—¿Destruir a mi familia? ¡Como si no estuviera ya bastante destruida? —salté, sintiendo cómo se me ruborizaban las mejillas de ardorosa determinación—. Soy consciente de mis errores del pasado, Belle. Incluso en mi matrimonio veo mis errores. No es una cuestión de culpa. Y no me acuesto con Jack. Lo amo a él, y a su hermano también, pero de diferentes maneras. Nos sentimos como una familia. Es un hecho tan ineludible como el aire que respiro.

—A eso me refiero. No estoy siendo cruel. Sabes que te quiero. Pero te enamoras con pasión y luego no atiendes a razones.

—¿El amor tiene razones? —pregunté. Las lágrimas salían con facilidad y casi añoraba los días en que solo lloraba por rabia.

—No, no las tiene. Pero *tú* sí. ¿Por qué iba alguien a querer irse de Nueva York?

—Belle —dije, inclinándome hacia adelante con la urgencia de hacerla entender—, mi marido se acuesta con mi prima. Está «enamorado». Dice que está «más casado» con ella de lo que lo estuvo conmigo. Durante mucho tiempo he tenido que renunciar a lo que soy para ser lo que los hombres quieren o necesitan que sea, pero en Inglaterra, con esos amigos, no ha sido así en absoluto.

—Ojalá hubiera podido estar ahí para apoyarte —dijo Belle, y sus ojos se llenaron de lágrimas

—Siempre has estado ahí para mí. Siempre. ¿Recuerdas la noche en que gané el premio Russell Loines, cuando mil dólares parecían un millón? Fue un gran triunfo, y yo estaba orgullosa porque Robert Frost había ganado el mismo premio unos años antes. Te llevé a la ceremonia de entrega de premios y bebí tanto que apenas podía hablar por el micrófono. Tú cuidaste de mí.

—Lo recuerdo —se rio Belle—, claro que sí.

—Y estuviste ahí para ayudarme a celebrar mi regreso a casa del infierno y la peste de Hollywood. Seguiste siendo mi amiga durante mis días de comunismo, invitándome a tus fiestas y a tu casa. ¿Recuerdas cuando me enzarcé en una pelea a gritos con tu amigo Kazin? Tú has visto lo peor de mí, Belle, y estoy tratando de decirte que soy lo *mejor* de mí cuando estoy con Jack.

Llegó una camarera con el pelo rojo brillante y, después de que ambas pidiéramos el salmón, Belle se frotó las manos y luego las plegó como en una oración.

—Quiero que encuentres la paz sin huir.

Me llené de entereza. Miré alrededor del comedor y le contesté en voz baja.

—No huyo. Corro hacia *allá*. Es una vida tranquila e intelectualmente estimulante que quiero vivir allí. Sé que parezco irracional, pero hay una vida para mí en Inglaterra, en Londres, y quiero esa vida.

—¿Y tus hijos?

—Estarán mejor así —contesté, y volví a intentarlo—. Belle, por alguna razón he creído que tenía que soportar las infidelidades y los ataques de ira, que era mi labor y mi deber como esposa, pero eso no es verdad. Tengo mis defectos, de eso no hay duda, pero tener mis defectos no significa que deba quedarme y soportar los suyos.

—Esa es la verdad más consistente que te he oído decir —dijo, y sus rizos rebotaron al asentir.

Dejé el tema y dirigí mi atención a su vida.

—¿Cómo van tus escritos? —pregunté—. ¿Y cómo están Jonathan y Thea?

—Oh, igual que a ti, los niños me quitan mucho tiempo. Pero sigo escribiendo artículos para *Esquire* y trabajando en una novela sobre un profesor de inglés en Nueva York. La titulé *Up the Down Staircase*. Suena emocionante, ¿verdad? —dijo, puso en blanco esos preciosos ojos y mostró su encantadora risa—. Probablemente nunca verá la luz más allá de mi estudio.

—Todo lo que escribes es fascinante. Todavía recuerdo cómo me carcomía la envidia cuando leía tus poemas en nuestro dormitorio.

Ella sonrió y cruzó la mesa para agarrarme la mano.

—Me parece que no soy yo la que ganó el premio Yale a los poetas jóvenes ni la que vio su primer libro de poesía publicado con veintidós años. Creo que tu envidia está mal dirigida, amiga mía.

—Nada de eso parece importar ahora —dije—. Esas cosas que pensé que traerían la felicidad eterna son ahora como un sabor raro en mi boca.

Miré hacia el otro lado para ver si la camarera se acercaba y luego volví a dirigir mi atención a Belle.

—¿Cómo va tu matrimonio, Belle? Dime que es maravilloso, para que pueda creer en el amor verdadero.

—*Es* un buen matrimonio.

Tomó el tenedor y comenzamos nuestro almuerzo, llenando el resto con chismes literarios que todavía le llegaban en Nueva York. *Las brujas de Salem*, de Arthur Miller, se había estrenado en Broadway; Saul Bellow y Ray Bradbury tenían libros nuevos que llegarían en los próximos meses, y se decía que eran los mejores que habían escrito.

Además, Belle se había enamorado de *Siete años en el Tíbet*, de Halley, lo había leído ya dos veces.

Cuando dimos debida cuenta del postre, una *crème brûlée* que compartimos, caminamos por las calles de Manhattan, mirando escaparates y fingiendo que podíamos tener cualquier cosa en la que pusiéramos el ojo.

—Me acuerdo de cuando creía que sería lo suficientemente rica para comprar lo que quisiera —dije al pasar por Bonwit Teller—, que nuestro éxito literario haría ponerse de pie al mundo entero.

—Sinceramente, Joy, a mí ni siquiera me gusta escribir tanto como a ti.

Me detuve y la miré fijamente, ajustándome el abrigo.

—Yo no podría vivir sin la escritura.

—Yo tampoco creo que pudiera, pero no me fascina tanto como a ti. Vivo para ese momento único en que me sale bien. Es como un éxtasis que busco una y otra vez, y que rara vez encuentro.

—Mejor que el tipo de éxtasis que busca mi marido.

—Siempre cubres tu dolor con bromas —dijo Belle apretándome el brazo.

—Lo sé —contesté—, pero es mejor que arrastrarte a la miseria conmigo.

En la esquina de la Cincuenta y dos con Park nos sentamos en un banco. El viento helado nos traía el aroma a castañas asadas y los taxis que atravesaban Park Avenue no dejaban de tocar el claxon.

—¿El señor Lewis ha estado enamorado alguna vez? —preguntó Belle en voz baja, como si la pregunta en sí misma pudiera herirme.

—No lo sé —respondí. Me giré para mirarla a mi lado en el banco, levantando la mano para proteger mis ojos del viento—. No se lo he preguntado. Nunca ha estado casado. Además, he leído sus puntos de vista sobre el sexo, y *no* son los de un mojigato. No se trata de un hombre que haya sido célibe toda su vida —reprimí una sonrisa—. Y no siempre ha sido cristiano ni tan entregado a sus virtudes.

—¿Por qué nunca se ha casado?

En voz baja, le conté a Belle todo lo de la señora Moore y Maureen.

—¿Crees que...? —preguntó ella, dejando la frase sin terminar.

—No lo sé. Yo también me lo pregunto —admití. Me senté e intenté *no* imaginar lo que Belle estaba intuyendo—. ¿Recuerdas aquellos años en los que estábamos obsesionadas con la obra de Freud y creíamos que todo tenía que ver con nuestra madre, con nuestro padre o con el sexo?

—¡Sí!

—Bueno, pues, si tuviera que adivinar, la señora Moore sería un sustituto de la figura materna para él, a la vez que una promesa que tenía que cumplir. No le he preguntado... —dije, y me encogí de hombros al pensar en ello.

—¡Tienes que preguntarle! —dijo ella riendo, y luego se levantó de un salto—. Hay un taxi libre —señaló, levantó el brazo, hizo un ademán con la mano y silbó. El taxi amarillo chirrió hasta la acera. Era hora de ir al Club Columbia para la fiesta de la Colonia MacDowell.

La abracé, la apreté con fuerza y le dije:

—Te quiero mucho, Belle.

—Yo también, Joy. Cuídate.

Me subí al mugriento asiento trasero y me despedí de mi mejor amiga. No sabía cuándo volvería a verla, pero ni siquiera sus palabras me mantendrían junto a Bill o en Nueva York por mucho más tiempo.

CAPÍTULO 30

Corríjame con su vara, señor.
Lo he amado más que a mi Dios

«SONETO X», JOY DAVIDMAN

En los meses siguientes, en Nueva York, escribí como si las frases fueran sangre, como si me fueran a salvar. Publiqué artículos y relatos breves, lo que fuera con tal de conseguir dinero para marcharme. Sin embargo, ninguno de mis trabajos se vendió. Vertí las horas de mi vida para nada.

En privado, sacaba sonetos de mi corazón, en añoranza de Inglaterra, de Oxford y, sí, de Jack. A veces le escribía estos poemas a Dios, otras veces a mí misma y otras, al amor perdido. La vieja Underwood tecleaba tanto tiempo y tan fuerte que la escuchaba en mis sueños, como si hasta mi yo dormido escribiera en vano.

Si hubiera sabido toda mi vida que existían un lugar como los Kilns y hombres como Warnie y Jack, habría podido soportar las cargas con más facilidad. Rodeada por la irregular calidez de los viejos muebles de cuero, las alfombras manchadas y las paredes de libros, parecía vivir en un país de cuentos. No podía evitar creer que debería haber estado allí todo el tiempo, que estaba destinada a ello.

Hice acopio de los recuerdos como si fueran lana para mantenerme caliente: caminar por Shotover con Jack y Warnie; escuchar las historias de su infancia; despertando con la campiña inglesa tras mi ventana, con la exuberante luz del sol incluso en el frío helador del invierno; las diminutas olas en el lago cuando hacía viento, y los austeros jardines de invierno en los Kilns.

Los *pubs*. Eastgate, donde nos conocimos y donde solíamos quedar a tomar una pinta y unas perdices. Ampleforth y Headington. El Bird and Baby. Las noches tranquilas y las mañanas con el canto de los pájaros. La sala de estar llena de humo y el rumor de las voces graves de los hombres por los pasillos de la desvencijada casa.

En las primeras semanas después de llegar a casa revisaba el buzón incluso cuando sabía que el cartero aún no había pasado, temerosa de que Jack no me volviera a escribir nunca más, de que yo hubiera asestado el golpe definitivo a nuestra amistad con la miserable necesidad de mi partida. Entonces llegó una carta, y con ella se disipó lentamente el dolor de nuestro malentendido cuando me fui.

Joy:

Querido Jack:

Tal vez este dolor sea un castigo por las cosas que he hecho en mi vida.

Jack:

Es peligroso asumir que el dolor es punitivo. Creo que todo dolor es contrario a la voluntad de Dios. Debes dejar a Bill, Joy. No hay razón para que te quedes en una situación tan desgraciada.

Warnie:

Por aquí hemos sufrido la gripe, pero ambos estamos trabajando muy duro en nuestros nuevos libros. ¿Cómo va tu trabajo en nuestro pequeño proyecto? ¿Está cobrando vida nuestra Reina Cenicienta?

Una noche me paré frente al espejo e intenté ver lo que Jack debía de ver: mi cabello castaño (¡no rubio!) estaba empezando a ponerse gris; las líneas de mi cara estaban cada día más acentuadas. Me acerqué más y observé cómo mis labios se estaban torneando hacia abajo, las finas arrugas resistían a todas las cremas hidratantes, el pliegue extra en mis párpados, las patas de gallo que parecían crecer de la noche a la mañana. No había nada que hacer con todo esto que el tiempo ya se había llevado, y la desesperación volvió a agarrar mi esperanza para exprimirla y dejarla sin una gota de vida.

Me hundí en mi escritorio y, con la letra apretada de un corazón roto, vertí mi dolor en otro soneto.

Tienes muchas razones para no amarme.

Llamaron a mi puerta, cerré los ojos, ciñendo mi corazón para hacer frente a otro golpe de las palabras martilladas de Bill. Pero fue Renée quien entró.

—Joy —dijo—. Ya no puedo vivir así —continuó, dando un indeciso paso adelante—. Se me está rompiendo el corazón, y el daño a nuestra amistad me ha destrozado.

—¿Podemos ponerle fin a esto entonces? —pregunté—. Quiero el divorcio tanto como tú, Renée. ¿Podemos ponernos de acuerdo para acabar con este infierno? ¿En nombre de la familia y de la paz?

—Sí —respondió. Tenía los ojos hinchados por el dolor, y su lindo rostro estaba desfigurado—. De todas formas, tú no amas a Bill. Amas a otra persona, estoy segura. ¿Cómo puedes sentirte herida?

Me levanté de mi escritorio y el bolígrafo golpeó contra el suelo como un signo de exclamación.

—¿Cómo? Mi querida *cookie*, ¿cómo no voy a sentirme herida? Primero mi madre te amó más a ti y me señaló todos los sentidos en que eres más encantadora y más dulce y más bella y más delgada y más buena. ¿Y luego vienes a mi casa para que mi marido me diga las mismas cosas en una especie de pesadilla recurrente, para oír lo que ya sabía?

—No es así, Joy.

—Sí, lo es. No voy a engañarme a mí misma para tener unas migajas de seguridad y ser objeto de un amor de segunda. Mamá te quería más que a nadie. Bill te ama más —dije, y me atraganté con la verdad, sentí su ardor en mi garganta—. Puedes quedártelo, Renée. Pero no entiendo por qué lo amas.

—¿Por qué te duele? Si te parece bien y puedes ayudarme, no lo entiendo.

—Mi vida se desmorona, Renée. ¿No es triste? ¿Hay reglas sobre por qué puedo y por qué no puedo estar triste? —exclamé, me quité los anteojos y me pasé las manos por la cara—. ¿Sabes lo que me dijo Bill?

Se quedó callada. Se mordió el labio inferior, expectante.

—Además de todas las palabras hirientes que viste en sus cartas y de los ataques verbales a mi persona, ahora me ha dado un sermón y me ha dicho que, si yo fuera realmente cristiana, si fuera auténtica en eso, que, por mi caridad y gracia, estaría feliz por ustedes dos. Me dijo que les impedía disfrutar de este nuevo y maravilloso amor.

—Lo siento, Joy. Siento que te haya dicho esas cosas terribles, pero tú también le has dicho cosas horribles.

—Tú lo defiendes —dije, recolocándome las gafas—, por supuesto que sí. Estás enamorada. ¿Y si me pide que forme parte de un trío contigo? ¿Que viva aquí en esta situación grotesca para poder quedarse con su dinero? ¿Qué te parece eso?

Un pinchazo de sangre apareció en su labio, en un punto donde se mordió demasiado fuerte.

—Creo que es por Jack por quien lloras, no por esta vida.

—Es más que eso —respondí y me acerqué a ella—. Mírame, Renée. No soy Helena de Troya. Solo soy Helen Joy Gresham. Nunca me han celebrado por mi belleza. Si soy bonita, es una belleza ordinaria, y ahora la edad me acecha, me quita lo poco que me queda. ¿Qué me queda que un hombre pueda querer o amar? Si es que alguna vez tuve algo.

—Basta de tonterías, Joy. *Eres* bella, inteligente, y en tus mejores momentos amable, generosa y divertida. Bebes de la copa de la vida con palabras y risas más intensas que las de nadie que yo conozca. ¿Recuerdas cuando me arrastrabas al zoológico y se te acercó el león? El león... ¡Él fue hasta ti! Así eres tú. La vida viene a ti, rápida y rugiente, y tú te haces con ella. Yo no soy así, Joy. Yo tengo que tomar lo poco que pueda encontrar y aprovecharlo al máximo.

—No se trata de encontrar a otro hombre, Renée. Únicamente se trata de salvar a mis hijos y a mí misma. Durante las largas horas que pasé sola en Londres vi la verdad —dije y me incliné hacia ella—. Bill usa su autoridad para aliviar su ansiedad; descarga su dolor para sentirse mejor.

Yo lo aceptaba todo porque quería con todas mis fuerzas ser una buena esposa y luego, en los últimos años, una buena cristiana —confesé, y me reí, pero no sonó a risa—, como si entendiera lo que eso significa, pero ahora sé lo que no significa: no significa someterme al abuso.

—No entiendo —dijo; su cara era una pizarra en blanco.

—Transfiere su dolor para no tener que sentirlo ni lidiar con él. Así es como actúa, Renée. Ten cuidado —advertí. Me hundí de nuevo en mi silla y eché un vistazo a su belleza—. Encontraré la forma de divorciarme y ambos tendrán la vida que piden. Pero *me* llevo a mis hijos. No volveré a dejarlos con ustedes.

—¿Adónde vas a ir?

—Regresaré a Inglaterra —dije.

—No puedes llevarte a los hijos de Bill... —replicó, pero su voz se apagó, consciente de que eso ya no era así. Podía quitárselos y se los iba a quitar.

—Sí puedo.

Jack:

Querida Joy:

Te extrañamos por acá. Si hubieras podido ver a Warnie llevarle la contraria a Tollers en nuestra reunión de ayer, habrías soltado carcajadas de aprobación. Tienes que ver el jardín donde aconsejaste a Paxford que plantase flores: es todo un espectáculo. Lamento tus problemas en casa. Espero que puedas encontrar un poco de paz pronto. Por favor, infórmanos si planeas regresar, nos gustaría mucho. Oro por ti y espero que tú también por nosotros.

Joy:

Sueño con largos paseos por el páramo, con el calor de la chimenea del salón y con unas buenas cervezas en el *pub*. Recuerdo el aire dorado y los largos paseos, el ascenso a Shotover Hill y su vista de Oxfordshire. Aquí, la primavera ha traído vida a la laboriosa tierra y resulta muy gratificante. Han vuelto a brotar los perales, los manzanos,

las hortalizas y las flores. He hecho mermelada y enlatado los frijoles.
Echo de menos todo lo de allá, incluidos Warnie y tú.

Con todo mi amor,

Joy

Una madrugada de primavera, a finales de marzo, me dirigí al jardín para fijarme en los brotes de narcisos que empezaban a asomar sus tímidos rostros desde dentro de la tierra. Si ellos habían sobrevivido al invierno, yo también podía, incluso *florecería* de la misma manera que su dorada belleza.

—Joy —me llamó la voz de Renée cuando llegué al extremo del jardín.

Me volví hacia ella. Habíamos encontrado cómo evitar vernos en la casa, pero ahora ella me llamaba. Me quedé quieta, esperando a que ella me alcanzara.

—He venido a decirte que me voy —anunció, sus ojos y labios estaban marcados por la determinación—. Una amiga me ha ofrecido un lugar para vivir en Miami. Bill pondrá a Rosemary y a Bobby en un internado cerca de aquí y cuando me instale me enviará a los niños —dijo, luego respiró hondo—. Le he dicho a Bill que quiero que venga a vivir conmigo.

—De acuerdo, Renée —asentí.

Se quedó esperando, pero yo no sabía qué. No tenía nada más que decirle a ella ni a Bill. Guardé mis mejores palabras para mi trabajo, para mis hijos, para Jack y Warnie, y para mis oraciones.

Capítulo 31

Mi espejo dice: Una mujer se destruye
En nimios detalles, con los lentos y fugaces años

«Soneto XII», Joy Davidman

—¡Joy! —la voz de Bill gritó desde lo alto de las escaleras solo dos semanas después de que Renée se mudara. Salí de la cocina, limpiándome las manos con un trapo, y levanté la vista. Allí estaba, parado con un ridículo atuendo de feriante: unos pantalones de campana y una camisa con llamas de pintura roja que saltaban de su cintura.

Me estremecí. Renée se había ido y ahora él me necesitaba. Pero a esto es a lo que había llegado: a la repulsión.

Bajó las escaleras y se paró ante mí con una gran sonrisa.

—Cachorrita, he tenido una revelación —dijo, e hizo una pausa para mayor efecto—. Podemos arreglar esto. Podemos intentarlo, empezar de nuevo, ahora que estamos los cuatro solos otra vez. He encontrado un pequeño trabajo y tú estás escribiendo. Vamos a intentarlo.

Extendió los brazos hacia mí.

Di un paso atrás a tal velocidad que tropecé con una canasta, enderezándome y mirándolo confusa.

—No.

—Podemos hacerlo. Sé que podemos.

Me hizo un gesto con la cabeza para que lo siguiera hasta la sala de estar, en cuyo desgastado sofá nos sentamos uno frente al otro. Topsy vio la oportunidad de unirse a nosotros y calentarse; se colocó entre los dos. Enterré mi mano en su sucio pelaje, prefería el hedor a zorrillo en mis manos al tacto de Bill.

—Por favor, Joy. No puedo soportar que te vayas y te lleves a nuestros hijos. Haré lo que quieras siempre que te quedes aquí y no me los quites.

—«El amor no se puede tener ni sentir a fuerza de voluntad». ¿No te acuerdas de lo que me escribiste? —le recordé meneando la cabeza, sintiendo el dolor leve que llevaba dos semanas instalado en mis sienes—. Si tuviéramos dinero, ya te habrías ido a Miami con tu amante. Estoy segura. Y, de todos modos, los niños están aterrorizados por tus ataques de ira. No, Bill. No me quedaré.

—No tienen miedo de mí —dijo, su rostro palideció y, por un momento, me sentí triste por él.

—Sí, lo tienen, Bill. Tal vez al llevármelos solo se queden con los buenos recuerdos de ti.

—Escúchame, cachorrita. Le he escrito a Renée. Le he dicho que quiero intentarlo contigo. Tenemos una familia. Todavía hay suficiente amor entre nosotros para que funcione. Yo lo creo.

—¿Amor? —respondí sarcástica—. No, Bill. No queda nada de amor entre nosotros. ¿Y qué hay de Renée? Le hiciste una promesa. ¿Vas a romperla también?

—Las cosas cambian —dijo, encogiéndose de hombros—. Eso fue cuando yo estaba neurótico y tú te habías ido. ¿Cómo puedes esperar que una personalidad dinámica como la mía no cambie de opinión de vez en cuando?

Intentó una mirada coqueta, un guiño.

Me estremecí de asco.

—Pobre Renée.

La ira se agitó bajo sus músculos cuando me levanté para irme.

—No te alejes de mí —advirtió.

Ya había habido suficiente daño, no me permití escuchar ni una palabra más de reproche. Ya bastaba.

Sin embargo, cuando salí de la sala de estar y abrí la puerta principal para escapar al huerto, pude reconocer una cosa: Bill era el padre de mis hijos. No había lugar para la reconciliación hoy, quizás no durante muchos días, pero la vieja tendencia al apaciguamiento se resistía a morir. El coraje era lo único que me hacía avanzar ahora.

Renée:

Querida Joy:

Estoy destrozada por la decisión de Bill de quedarse allí contigo. No sé qué hacer.

Joy:

Querida Renée:

No estés triste, pastelito. Ambas hemos sido engañadas. Hice todo lo que pude para que se fuera contigo. Ahora no me queda más remedio que consolarte con el hecho de que yo también he sido su víctima. Recuerda, la mayoría de los hombres no son tan malos como él. Tengo que pedirte un favor. ¿Podrías firmar un papel y admitir una aventura para que yo pueda solicitar el divorcio con causa?

Los días se arrastraban mientras yo luchaba para no creer las amenazas e insultos de Bill. Para entonces ya sabía que no tenía que quedarme y tolerar el abuso. Tenía una opción; había otras maneras de vivir. Yo iba a tomar esas decisiones, por muy duras y terribles que fueran. Quizás, según las leyes y ordenanzas de Levítico, me estaba ahogando en el pecado, pero, de la misma manera que Dios estuvo conmigo aquella noche en el cuarto de mis hijos, estaba conmigo en la agonía, no solucionándola, pero sí siempre cerca.

En abril fui a ver al abogado y pedí una separación legal. De camino a casa me detuve para un chequeo con nuestro médico de familia, Fritz Cohen.

Le hablé de nuestros problemas.

—Creo que es un psicópata, Joy —fue lo que me dijo el médico que nos conocía desde hacía años.

—Yo creo, doctor Cohen, que es un pobre desgraciado. Pero no importa, solo quiero mi libertad.

El chequeo decía que estaba más saludable que cuando me fui, pero aún con hipotiroidismo y dolores que el doctor dijo que eran propios de la mediana edad.

—¿Mediana edad con treinta y ocho años? —pregunté con una sonrisa triste.

Me dio una palmadita en la pierna.

—Por favor, cuídate, Joy. Lo más probable es que tu situación contribuya a tu mala salud.

El tiempo pasó a cámara lenta y ahorré dinero. Bill finalmente aceptó un trabajo que lo mantenía fuera de la ciudad la mayor parte de la semana: viajaba como agente de prensa con una empresa de relaciones públicas. Cuando estaba en casa soportaba los días con somníferos y berrinches. Sus ataques terminaban en llanto, y a menudo me parecía estar cuidando a un adolescente que intentaba decidir qué quería ser de mayor.

Mis dos artículos de *Presbyterian Life* salieron consecutivos en mayo y junio, y Chad Walsh me aconsejó sobre qué editor podría ser el mejor para publicar toda la serie de artículos en forma de libro. Me faltaba poco para tener el dinero suficiente con que comprar los pasajes para cruzar el océano.

Aunque extrañaba a Jack y tenía ganas de encontrarme con él, la decisión no tenía que ver con eso. No me iba a marchar *por* él, porque no había forma de ir hacia él. Me marchaba por causa de mi alma y de las almas de mis hijos.

Joy:

Querido Jack:

He pedido la separación. Ha sido un infierno y hay momentos en que creo que he arruinado nuestras vidas. Pero ahora me llevará adelante mi coraje.

Jack:

Lo superarás, Joy, porque eres fuerte. No puedes seguir amando a alguien a quien no respetas. No pienses en ti misma, sino en los niños. No creas que has arruinado tu vida. No eres más que una jovencita de solo treinta y tres años. Tienes toda una vida por delante.

Pero, bueno, yo tenía treinta y ocho años. No lo corregí.

—Toda una vida por delante —les dije a Davy y Douglas cuando les hablé de nuestra inminente mudanza a Inglaterra.

«Toda una vida por delante», me dije.

«Toda una vida por delante», musitaba en mi mente mientras Bill gritaba rojo de ira y dando portazos.

En julio, Bill comenzó a ir de gira con una feria. Sin él en la casa, mis nervios se calmaron y empecé a pensar con claridad. Lentamente, pasé del terror a la compasión. Aunque se había llevado el auto y yo tenía que hacer autostop hasta Poughkeepsie para hacer los recados, la paz que encontramos sin él en la casa compensaba de sobra el quedarnos aislados.

En esos días, mantuve a Douglas y Davy junto a mí, les leía por la noche, sobre todo las tres crónicas de Narnia ya publicadas, *El mago de Oz* y *La telaraña de Charlotte*. Intentaba llevarlos a la fantasía que podría sostenerlos hasta que diera comienzo nuestra nueva vida.

Cuando Bill regresaba a casa los fines de semana, yo me esfumaba.

Una tarde de agosto, mientras él no estaba, los niños y yo pusimos el letrero de SE VENDE, clavando la pancarta en blanco y negro en un poste.

—Ya está —dije, tomando sus manos en las mías. Estábamos en fila mirando ese cartel como si hubiera brotado de la tierra.

—¿Crees que alguien la comprará? —preguntó Davy.

—Por supuesto que sí —dijo Douglas, como si fuera el mayor y más sabio—. Es la mejor casa que hay.

—Si es la mejor, ¿por qué la dejamos? —dijo Davy, se soltó de mí y empujó a su hermano.

Me agaché y sujeté su cara entre mis manos.

—Porque vamos a pasar una gran aventura en Inglaterra. Una nueva vida.

—A mí me gusta *esta* vida —dijo Davy.

Me quedé sin promesas ni garantías, así que lo tomé en mis brazos y lo abracé tan fuerte como pude durante todo el tiempo que me dejó.

En las semanas siguientes vimos a parejas y familias deambular por lo que una vez había sido mi sueño. La granja se vendió rápidamente, y los muebles con ella. Debíamos tanto en impuestos atrasados y pagos de la hipoteca que la mayor parte del dinero se fue directo al Departamento del Tesoro.

Fue una pareja encantadora la que compró la casa, Sara y Wade. Nunca pude recordar su apellido. Dieron un paseo por la propiedad con sus dos pequeñas y se enamoraron de todo de lo que una vez me enamoró a mí: Crum Elbow Creek, el huerto y las flores silvestres, la parcela del jardín y el porche delantero que parecía brindar tardes ociosas con una limonada fría en la mano mientras la familia perfecta corría alegre entre las flores. Para mí había sido real, incluso cuando se había convertido en una mera ilusión. Perder aquello dolía como la muerte de un ser querido.

Cuando los de la mudanza vinieron a desmontar mi vida pieza a pieza, sentí que me estaba desmoronando junto con la madera podrida del porche. Pero fue el piano el que me hizo llorar. Hacía años que no lo tocaba y, sin embargo, cuando fueron a cargarlo, me senté en el taburete ante mi Steinway y empecé a tocar la sonata *Claro de luna* de Beethoven. Mis dedos recordaban la partitura y revoloteaban sobre las teclas, el dolor golpeaba el marfil y el ébano dando vida a la música. Mis hijos miraban apretando los puños, como si quisieran pelear con alguien para conservar el instrumento.

Los de la mudanza, dos hombres grandes que sudaban con el calor de finales de agosto, también se quedaron observándome y no se movieron.

—Señora —dijo uno—, ¿quiere que dejemos esto?

—No puede venir en el barco —respondí—. Hay que dejarlo.

—¿Mami? —dijo Davy, vino a sentarse a mi lado en la banqueta del piano y me limpió la cara mojada con su manita—. No llores. ¿Recuerdas la historia que nos contaste? ¿La del hombre que espera en el bosque? Piensa en eso mejor.

Oh, la sabiduría de los niños.

Una noche triste después de la venta de la casa, les conté la historia de dos niños perdidos en el bosque que tropezaron con la casa de un pastor, una cabaña cubierta de hiedra que se parecía mucho a los Kilns, un estanque que recordaba mucho a su lago y un anciano que se asemejaba mucho a Jack. Había sido mi manera de decirles a mis hijos que sí, que estábamos perdidos y asustados, pero que encontraríamos el camino.

Ahora era mi hijo quien me consolaba con la misma historia.

Como Jack me había escrito: «El mundo tiene una larga y sórdida historia de hombres que buscan la felicidad en todo menos en Dios».

Yo ya no iba a hacer eso, o al menos esa era mi intención, una intención que volvería a olvidar una y otra y otra vez, y a recordar una y otra y otra vez. Cerré despacio la tapa del piano y me puse de pie. Me di la vuelta para no ver a los hombres llevarse mi Steinway, y nos dirigimos al arroyo. Los chicos pescaron carpas y yo recogí manzanas del huerto por última vez.

Joy:

Queridos Jack y Warnie:

Ya lo he hecho. La casa está vendida y estaremos en Londres en noviembre.

Jack:

Son buenas noticias, las mejores que he oído en semanas. Entre la sinusitis, los exámenes y las exigencias de los estudiantes, he estado hasta el cuello. Nos vemos pronto. Y, ya sabes, si necesitas algún tipo de ayuda, aquí nos tienes a Warnie y a mí.

En octubre, mis hijos y yo nos mudamos a una casa de huéspedes en la bahía de New Rochelle, Nueva York, donde compartíamos cocina con otras mujeres. Allí aguardamos el día de nuestra partida, el 13 de noviembre.

Yo oraba con fervor, en voz alta o en silencio, todo el día. Cualquier tipo de oración que hubiera, yo la decía. De súplica. De arrepentimiento. Siempre oraciones para llevarnos hacia una nueva vida. Mientras mis hijos jugaban en la playa, buscando moluscos y descubriendo despojos de vida marina como si fueran tesoros, yo me preparaba para el viaje. Bill había dejado por fin de luchar contra nuestra partida, agotado como yo, y me prometió que en casa de Phyl habría dinero esperándonos.

Parecía imposible, pero mis pertenencias de toda la vida se habían reducido a cuatro baúles, tres maletas y los pasajes a Inglaterra en el SS *Britannic* para un viaje de ocho días rumbo a Londres.

PARTE IV

INGLATERRA

Noviembre de 1953 a julio de 1960

ASLAN

—¿Peligroso? —dijo el Castor—. ¿No oyeron
lo que les dijo la señora Castora? ¿Quién
ha dicho algo sobre peligro? ¡Por supuesto
que es peligroso! Pero es bueno.

EL LEÓN, LA BRUJA Y EL ROPERO, C. S. LEWIS

CAPÍTULO 32

Ojalá tú fueras la mujer, yo el hombre;
Te haría superar tus dulces escalofríos

«Soneto XXXVII», Joy Davidman

Noviembre de 1953

Inglaterra nos acogió con sus brazos de frío y niebla. Douglas había cumplido sus ocho años en el *Britannic* en medio de un vendaval feroz y salvaje. Se aferró a mí y me preguntó con aire dramático si llegaríamos vivos a puerto. Bueno, llegamos. Vivos, en un estado lamentable y bastante nerviosos.

Toda una vida por delante.

Todos los sueños o fantasías que había formulado sobre nuestra romántica llegada a Inglaterra se esfumaron en la densa humedad del aire al escuchar a Davy, que, parado en el muelle, declaró:

—No me gusta estar aquí. Es feo y frío.

Había arreglado que nos quedáramos en el Avoca House Hotel, cerca de Phyl y su hijo, Robyn, en un barrio de Londres que ya conocía. Cuando llegamos, Davy se agarraba a mí con miedo y Douglas andaba boquiabierto entre vacilante y maravillado. En nuestra primera mañana, los niños se escondieron detrás de mí cuando entramos en la pensión, en busca de té y galletas.

—Mami, quiero ir a casa —pidió Davy, con la voz quebrada. Se sentía agotado y desplazado.

—Davy —dije, poniendo mis manos en su barbilla cuando el empleado vino a registrarnos y a darnos la llave—. Esta es nuestra casa.

—No —protestó—. A nuestra casa *de verdad*.

—Cariño, a veces añoramos lo que ya conocemos aunque haya algo mejor para nosotros. Tú dale una oportunidad a Londres.

—¿Y qué pasa con la escuela, con los amigos y con Crum Elbow Creek?

Sus ojos se llenaron de lágrimas y yo empecé a llorar también. ¿Nunca se acabaría la angustia?

—Encontraremos una nueva escuela y nuevos amigos. Y espera a ver el estanque detrás de la casa del señor Lewis. ¿Sabes lo que me dijo una vez? Que a veces queremos quedarnos para hacer el tonto en un pozo de barro cuando Dios tiene toda una inmensa playa para que juguemos. Inglaterra es nuestra nueva playa.

Puse los Kilns como cebo para mis pececitos, pero yo también estaba muerta de miedo y me preguntaba qué había hecho.

Toda una vida por delante.

Esa primera semana nos afectó mucho a todos. Fuimos en seguida directos del hotel a casa de Phyl para descubrir que Bill no había enviado el dinero que había prometido. Debido al Reglamento de Extranjería de 1920, tenía que registrarme como extranjera, lo que significaba que no podía buscar trabajo hasta que el gobierno me lo dijera. Calculé y recalculé en mi mente la plata que tenía y cuánto me duraría: la respuesta fue «no mucho». ¿Me había precipitado? ¿Había dejado Estados Unidos demasiado pronto?

Me saqué el miedo de la cabeza, estiré la comida todo lo que pude y no dejé ver que estaba más aterrorizada que nunca. ¿Estaba tan loca como Bill decía? No. Era cambiar o morir, y había decidido que había mucho por lo que vivir.

Cuando vi a Jack al mes siguiente, pude pedirle dinero, pero me resistí a hacerlo. Era mucho lo que quería de él, pero nada de ello era material.

Llené nuestro tiempo, el de los niños y el mío, con visitas turísticas y una alegría forzada para tratar de ayudarlos a adaptarse. Pasamos por la Abadía de Westminster, y recordé la horrible tarde en la que caí allí de rodillas, arrepintiéndome de mis pecados y deseosa de volver a casa y arreglar lo que me quedaba. De eso solo hacía un año. Llevando a los niños conmigo, fijé los ojos en la vidriera desde donde Jesús me miraba. Sin abrir la boca, le pregunté: «¿He hecho lo correcto para todos?».

No hubo respuesta.

El Palacio de Buckingham, con sus estatuas y jardines, fascinó a los niños, que miraban a la Guardia de la Reina, soldados vestidos de rojo con sus sombreros negros peludos, inmóviles como estatuas.

—Son como las estatuas del castillo de la Bruja Blanca —susurró Douglas.

—Pero no están congelados —repliqué, y tiré de su sombrero de orejera para bajárselo.

—A mí me parecen congelados.

—Pero no lo están —le dije—. Cuando acaba su turno, se van como tú o como yo a sus casas, con sus familias y a tomarse su cerveza —concluí riendo, observé a un soldado y juraría que vi la comisura de su boca moverse un poquito para dibujar una sonrisa.

En Trafalgar Square, una paloma se posó sobre el hombro de Douglas y él gritó. Nos caíamos de la risa y nos sentamos en la acera. La fuente del centro de la plaza, más grande que la mayoría de las piscinas que había visto, surtía agua, y Douglas preguntó si alguien se había metido dentro.

—Inténtalo —le dije.

—Tú primero —respondió.

Davy se fijó en los grandes leones esculpidos, cuatro, en la Columna de Nelson.

—Oh, mira —dijo, señalando a uno—. Aslan.

—No. Este es otro león. Pero puedo contarte un secreto que sé de este —le dije—. Los nazis se lo pensaban llevar si ganaban la guerra. Hasta ese punto son queridos los leones.

—La guerra —dijo Douglas en voz baja—. Ocurrió aquí de verdad.

—Sí, de verdad —respondí—. No fue solo algo para leer en los libros.

Más tarde ese mismo día, Davy preguntó por lo que le inquietaba.

—¿Qué haremos con la escuela? ¿No tenemos que ir? No hacemos más que jugar. No es que me importe mucho…

Tenía razón: habíamos ido al zoológico y a los museos, al acuario y a los parques.

—He estado pensando mucho en eso, cariño, y creo que la escuela es lo mejor para los dos. Aquí lo llaman escuela pública.

—No, mamá —dijo Davy—. No quiero dejarte otra vez.

Se puso los puños en la cintura y parecía todo un hombre con su chaqueta abotonada y su sombrero de piel.

Le moví el gorro en la cabeza.

—No me vas a dejar en absoluto. Vendrás a casa para todas las fiestas y todo el verano. Cualquier escuela que elija estará a solo un corto viaje en tren. Mañana almorzaremos con una mujer cuyo hijo fue a una de las escuelas que estoy considerando. La señora Travers —dije. Pasé mi mano por su pelo y le enderecé las gafas—. Ella escribió *Mary Poppins* y tiene un hijo de tu edad, de nueve años. Apuesto a que puede decirte lo maravilloso que es todo esto.

Dejó de moverse y me miró fijamente.

—No creo que sea maravilloso.

Le besé la cabeza, que últimamente parecía ser mi única respuesta.

Cuando regresamos a casa esa noche, cansados y hambrientos, el responsable del Avoca House entró en la cocina. La señora Bagley tenía el pelo envuelto en un pañuelo de color rojo brillante y la bata abrochada con un cinturón atado con un nudo que parecía demasiado tenso para mantenerse.

—Buenas tardes, señora Gresham —dijo con su sonrisa arrugada que ya nos era familiar y nos sabía a hogar.

—Buenas tardes —respondí. Me quité el abrigo y el sombrero para sonreírle mientras los niños y yo nos sentábamos en la pequeña mesa de roble para el té con galletas de la tarde.

La señora Bagley se sentó con nosotros. Su papada se movía hacia arriba y hacia abajo con su sonrisa y sus gestos de asentimiento. Sus cálidos ojos marrones, hundidos en los pliegues de sus párpados, parecían ver a través de mí.

—Deben de estar muy cansados, queridos, de todos los viajes y arreglos.

—No sabría ni cómo empezar a contárselo —dije, y exhalé relajada—. Pero hay mucho que hacer y, sinceramente, señora Bagley, no creo que pueda permitirme quedarme aquí en la pensión por mucho más tiempo.

—Dígame, querida, ¿cuál es su situación?

La vergüenza me detuvo, pero luego le ofrecí la verdad a sus amables ojos.

—Estoy pasando por un divorcio terrible y aún no puedo buscar trabajo legalmente. Ahora mismo soy una madre soltera sin suficiente dinero —confesé. Miré a Douglas y Davy y no quise dar más detalles.

La señora Bagley bajó la mirada llena de comprensión.

—He estado en tu lugar —dijo, y se frotó la cara como si le picara la memoria—. Hace casi treinta años estaba sola con una hija y un hijo pequeños. Les confieso que fue horrible, pero resurgimos de aquellas cenizas y nos fue mejor —prosiguió, acotando sus comentarios con otro gesto firme de asentimiento—. Escuche, señora Gresham, tengo una vivienda anexa por doce guineas al mes. ¿Les gustaría ver si les resulta satisfactoria? —dijo, sonriendo a Davy y a Douglas, que se acercaron a mi lado.

Lo calculé en mi mente: treinta y seis dólares. Era menos de lo que pagaba ahora y un poco más de lo que podía pagar. Pero podría encontrar un trabajo. Bill finalmente había enviado sesenta dólares, y si me esforzaba podía hacer que funcionara.

—Sí —dije—. Por favor. He buscado algo así, pero nadie quiere una inquilina con dos niños.

—Lo sé —respondió—. Lo sé.

La breve caminata hasta el anexo fue fría y lluviosa, un presagio del que hice caso omiso. Pero, cuando la señora Bagley abrió la puerta de las habitaciones, me sentí inundada de alivio. Recordé, con remordimiento y melancolía, la primera vez que Bill y yo entramos en nuestra casa de Staatsburg, desbordantes de sueños con nuestros bebés, nuestro dinero y nuestro optimismo. Pero, cuando entré por la puerta principal del anexo del Avoca House, mis sueños se habían reducido a lo más simple: paz, seguridad y descanso en Dios. Entré por la puerta principal y pasé a la sala de estar cuadrada y de techo alto con molduras de escayola, una estancia del mismo tamaño que nuestra sala de estar de Staatsburg. ¡Y estaba amueblado! De pie en el otro extremo de la sala había una mujer bajita y envuelta en un abrigo, con un sombrero calado bajo sobre un rostro cansado y una amplia sonrisa. Me asusté y di un respingo antes de reírme a carcajadas. La señalé con el dedo y dije:

—Pensé que era alguien de la casa.

Un espejo empotrado del suelo al techo y rodeado de adornos me devolvía mi imagen señalándolo.

La señora Bagley también se rio.

—Sí, no es la primera vez que pasa.

—Es un adosado precioso —exhalé aliviada.

—Bueno, voy a mostrarles el sitio.

Caminamos hasta el otro lado de la sala y mi atención cambió de foco mientras me llevaba la mano a la boca para reprimir el llanto.

—Un piano de cola.

—Sí —dijo la señora Bagley—. Podemos hacer que se lo lleven si quiere.

No contesté, pero fui directamente a él, levanté la tapa y toqué una escala rápida que hizo que el instrumento desafinado se asomara a la vida bajo mis manos.

—No —dije—. Por favor, déjelo aquí.

—Tendremos música —le dijo Davy a Douglas, serio y seguro.

La señora Bagley sonrió. Mientras caminábamos por el pasillo nos explicó:

—La calefacción es de gas. Nada de palear carbón.

—Qué alivio —dije en voz baja.

—Hay servicio de limpieza diaria del hotel con sábanas y ropa de cama. El desayuno y el almuerzo están al otro lado de la calle, y tienen una pequeña cocina, compartida con los otros residentes —informó, señalando a una puerta—. Ahí abajo, ahí es donde están los baños compartidos también.

En un lado de la sala de estar había una mesita y un mostrador con un fogón de gas por si no quería ir a la cocina. Había dos dormitorios, uno para los niños en la parte delantera de la casa y el mío en la parte trasera. Davy entró el primero en su cuarto, corriendo a su cama, que era muy alta, y volviéndose hacia mí con risas.

—¿Cómo se mete un niño en esta cama?

—Vaya, creo que tiene que saltar —respondí, amagando con agacharme.

Con una risa, Davy saltó a una de las camas individuales de madera, con sus cuatro postes, su colcha color crema y su almohada individual.

En un abrir y cerrar de ojos, imaginé nuestra vida en esa casa. Vi la ropa y los libros de los niños esparcidos por el dormitorio de su techo alto y ventanas a la calle. Oí la música del piano y las risas. Nos vi acurrucados juntos, leyendo y hablando.

—Por aquí se va a su habitación —dijo la señora Bagley.

Davy saltó de la cama y Douglas lo siguió por el pasillo pintado de blanco y con molduras detallistas. Entré en un dormitorio dominado por una cama matrimonial que tenía en su centro. Colgaba del techo una lámpara de araña de cobre, con un medallón de adorno y una sola bombilla encendida; las otras cuatro estaban apagadas. Había una cómoda de madera oscura con seis cajones y un espejo roto sobre ella. Imaginé fotos enmarcadas de nuestra nueva familia, de Londres y Oxford, y yo sentada allí con mi cepillo para el pelo y mis cosméticos. Ya estaba viviendo en el dormitorio al que aún no me había mudado.

De vuelta a la habitación principal, vi las puertas francesas que se abrían al patio trasero, o lo que podría pasar por un patio trasero, aunque no era más que un espacio con plantas secas y marchitas. Pero eso no importaba. Sabía cómo plantar un jardín; sabía hacerlo, y más de lo que aparentaba. Con lágrimas en los ojos, me giré para mirar a la señora Bagley. Quise secármelas y tiré mis gafas de carey de la cara al suelo. Davy las recogió y me las dio.

—No sé cómo agradecérselo —le dije—. Esto es un hogar. Y nosotros tres necesitamos desesperadamente un hogar.

Ella tomó mis dos manos y las sostuvo entre las suyas.

—De nada —respondió—. En otro tiempo yo necesité lo mismo, y debemos ayudarnos unos a otros.

Los chicos y yo nos mudamos a la mañana siguiente. Desempacamos nuestras cosas y luego nos instalamos en nuestras habitaciones para dormir la siesta. Todos caímos en un sueño tan profundo y tranquilo que parecía que lo hubiéramos estado esperando. Cuando me desperté, los chicos todavía estaban boca abajo y vestidos, pese a las bocinas y el rugir del tráfico de Londres tras las ventanas.

Los dejé y me senté en la mesita de la cocina, donde empecé a escribirle una carta a Bill. Había aceptado alquilar este anexo, pero también conocía la realidad: no tenía suficiente para la renta si él no enviaba dinero o yo no lo ganaba. Habíamos llegado hasta aquí: vendimos la casa, el divorcio seguía adelante, atravesé el océano con mis hijos y ahora tenía un lugar para vivir. Un paso, luego otro y luego otro.

Tendría el valor suficiente; debía tenerlo.

Querido Bill:

No puedes hacerle esto a tus hijos. No debes privarlos de tu dinero para castigarme. He decidido que deben ir a la escuela pública aquí...

Levanté la pluma al oír un crujido que salía de la habitación de enfrente.

—¿Mami? —gritó la voz de Davy.

Mientras saltaba, una punzada de dolor de mi cadera izquierda me hizo chocar con la mesa. Se me pasó y corrí hacia su voz.

—¿Sí, cariño? —pregunté mientras entraba. La luz del atardecer se precipitaba en aquel cuarto en la ciudad de la niebla, enmudecida en su franela gris.

—¿Dónde estoy? —dijo, sentado en su cama, frotándose la cara.

Douglas, en la cama de al lado, también se movió y se sentó, mirando a su alrededor.

—Estamos en nuestra nueva habitación en Londres.

—Sí —dijo Davy, y volvió a dejarse caer sobre la almohada—. Es que lo había olvidado.

Me eché en la cama de Davy. Se acurrucó en la suavidad que le ofrecía. ¿Cómo pude dejarlos ni siquiera un momento? La amarga preocupación y ansiedad que había sufrido el año pasado no había sido por la ausencia de Bill. Era por mis hijos.

Douglas se bajó de la cama y se dirigió a la ventana, corriendo la cortina de damasco para contemplar el paisaje de la calle.

—¿Hay niebla todo el tiempo?

La decepción de su voz me encogió el corazón.

—No, cariño. De hecho, la última vez que estuve aquí solo la vi una vez. Cuando se despeje y llegue la primavera, pensarás que estás en un país de hadas. Es el país más hermoso del mundo.

—No puedes saberlo —dijo Douglas y se volvió hacia mí, bajando la cortina para tapar la ventana.

—Ah, sí puedo —repliqué, me reí y salté de la cama para abrazarlo fuerte—. Solo tienes que esperar y ver.

—La casa del señor Lewis también será así —dijo Davy.

—Sí, será así —asentí.

Douglas caminó hacia nosotros y se frotó el estómago.

—Tengo hambre.

—Bueno, pues tengo algo de sopa al curry. Podemos calentarla en nuestro nuevo hornillo de gas.

—No me gusta esto —dijo Davy con voz desafiante—. Te oí decirle a la señora Bagley que no tenemos dinero y que aún no puedes encontrar trabajo. ¿Tenemos suficiente para estas cosas?

—El dinero llegará, Davy. *Encontraremos* la manera. Siempre encontramos la manera. Dios está con nosotros, lo sé.

—¿Cómo puedes saberlo? —dijo con el rostro tenso.

Cerré los ojos; busqué en mi interior ese espacio de calma y equilibrio, dejando a un lado mi ego, eludiendo mi acuciante necesidad y temor, y luego abrí los ojos para mirar directamente a mi hijo.

—No puedo *saberlo*, no de esa manera. Pero confío.

CAPÍTULO 33

Diciendo que no debo amarlo más;
Mas ahora por fin aprendo a desobedecer

«Soneto VIII» (antes titulado «Soneto
de los malentendidos»), Joy Davidman

17 de diciembre de 1953

El pequeño patio del Avoca House no era más que un sustituto reducido
y sucio de los jardines y el terreno de nuestra casa de Staatsburg, pero era
mejor que el hormigón. Esa mañana de diciembre, mis hijos se entretenían con un juego de su propia invención al otro lado de la puerta abierta
mientras yo hacía las maletas para nuestra primera visita a Jack. Puse
bocadillos en una cesta, un termo de té caliente y mantas.

Hacía un año que no veía a Jack y a Warnie; la ilusión se abalanzaba
sobre mi pecho y descendía hasta abajo para remontar de nuevo el vuelo.
Hacía un año que, de regreso a Estados Unidos en el RMS *Franconia*,
escribí el «Soneto del malentendido»: hablaba de dejar a Jack y lo que él
debía de creer acerca de mis sentimientos, y de cómo parecía despedirme
con un mandato indirecto de no amarlo de ninguna manera que no fuera
con amor *filia*.

—Chicos —dije hacia el patio—, me estoy vistiendo, y para tomar
el tren tenemos que salir en una hora. Por favor, no se destrocen los
trajes.

—Está bien, mami —dijo Davy sin mirar siquiera hacia mí, pero continuó en su invisible lucha de espadas con Douglas.

Tenía el corazón pletórico. Estaba en Londres con mis hijos. Me recordé a mí misma que comenzar una nueva vida no era fácil. Habría baches a lo largo del camino.

Me había decidido por inscribir a los niños en la escuela de Dane Court, a solo media hora en tren, lo cual permitía a los padres visitarlos siempre que era posible. Tan pronto como los chicos se establecieron allí, en enero, encontré trabajo y empecé a escribir de nuevo. Podía construir una vida, e iba a hacerlo.

Ahora no podía flaquear en mi ánimo.

—Es extraño —le dije a Michal la noche anterior tomando unas copas—. Cualquiera creería que ser cristiana me haría conservar mi matrimonio, pero fue la confianza en Dios la que me permitió comenzar una nueva vida.

Se rio y sacudió sus suaves rizos.

—Ser cristiano no es lo que la mayoría cree: todo reglas y ordenanzas —sentenció y chocó su vaso manchado de carmín contra el mío—. Se trata de confianza, entrega y transformación, en su mejor versión.

En mi dormitorio había tres trajes esparcidos en la cama. El vestido de *tweed* de cintura ceñida que resaltaba mis mejores cualidades; el pantalón de franela con chaqueta de lana y cuello blanco; y una falda de lana gris con una chaqueta a juego. Me estremecí de frío y tomé el vestido, empacando los dos trajes restantes en la maleta.

Me puse la faja y aplasté las partes de mí que desearía poder esconder bajo la gruesa tela. Me abroché el sostén, me coloqué el vestido, dejando que cayera sobre mi cuerpo, y luego me volví hacia el espejo. Añadí una bufanda de gasa azul que me había permitido comprar en mi último viaje a Inglaterra. ¿Qué mujer iba a ver Jack?

Cerramos las puertas con llave y llegamos pronto a la estación de Paddington, cada uno con nuestra maleta y yo portando además una caja alargada con un regalo de Navidad para Jack. Aunque no nos quedaríamos el día de Navidad, quería dejarlo bajo su árbol.

Llevaba agarrados de las manos a mis hijos bajo la bóveda de acero, manchada de hollín y vidrio, que se alzaba sobre nosotros. Douglas inclinó la cabeza hacia atrás para mirar al techo.

—Qué sucio —dijo.

—Si entrecierras los ojos y borras el humo —repliqué, señalando hacia arriba con mi mano enguantada—, verás que es hermoso. Mira qué volutas y qué arcos de ventanas tan elaborados.

El sol se filtraba a través de los ornamentos victorianos y refulgía contra las estructuras metálicas proyectando haces de luz con forma de copos de nieve sobre el suelo de hormigón. Hombres y mujeres, con niños y bebés llorando en brazos, hacinados como peces en un estanque cerrado, se movían en círculos y competían por su lugar.

Douglas enderezó la cabeza y me miró fijamente, pero no me contestó; y, si lo hubiera hecho, la voz aguda de los altavoces que anunciaban la llegada del tren habría sofocado sus palabras. Los carros portaequipajes pasaban con sus viajeros frenéticos mientras los demás pasajeros estaban sentados y leían o charlaban en los bancos en forma de S como si tuvieran todo el tiempo del mundo. Los policías, con sus sombreros de color rojo brillante, rondaban entre la multitud, mirando a todo el mundo con sospecha. Este era mi nuevo mundo.

—El 144 a Reading y Oxford va a salir en el andén 6 —bramó una voz de los altavoces y, juntos, como un racimo de tres uvas, corrimos por el hormigón hasta el andén de doble sentido.

Con nuestros pasaje y dos medios pasajes en la mano, guie a los niños por el tren.

—Soy media persona —bromeó Davy mientras colocaba nuestras maletas en la malla de cuero. No parecía tener la fuerza suficiente para poder con ellas.

Ocupé un asiento y los niños se pusieron uno a cada lado de mí. Douglas me agarró la mano.

—¿Mami? —preguntó en voz más baja que de costumbre.

—¿Sí? —respondí, apartándole el pelo de la frente.

—¿Y si no les caemos bien? —dijo—. No tienen niños pequeños, y son tan famosos. ¿Y si no quieren hablar de Lucy y Peter conmigo y se enojan porque estamos allí?

El recuerdo de Bill me subió como bilis en ese momento, como un fantasma furioso. Mi hijo había vivido años de ira y esperaba más de lo mismo.

—Los hermanos Lewis no son así, Douglas —le aseguré—. Son hombres amables. Incluso si no les gustáramos, lo que no es posible porque sois los niños más adorables del mundo, ellos jamás se enojarían ni se pondrían de mal humor. Ya lo verás. Ahora todo es diferente.

Se acercó más a mí y metió su mano en la mía, con nuestros dedos entrelazados, mientras Davy hacía pequeños círculos en la ventana con la palma de la mano, como si pudiera limpiar la niebla exterior. Al cabo de un momento, Douglas dormía profundamente, como solo los niños pueden, de una manera total e instantánea. Davy escarbó en su mochila hasta que recuperó su andrajosa copia de *El príncipe Caspian* y la abrió en una página al azar.

—¿En qué parte estás? —pregunté mientras el tren se movía, primero vacilante y luego tomando velocidad a medida que avanzábamos hacia Oxford.

—Peter acaba de desafiar a Miraz a pelear —dijo Davy, puso su dedo meñique en la página y me miró—. ¿Crees que el señor Lewis se los imaginó de la nada o conocía a alguien como ellos?

—¿Por qué no se lo preguntas a él? Él te lo dirá. Es muy amable.

Me moví para permitir que la cabeza de Douglas cayera sobre mi hombro y observé el paisaje que pasaba volando. Los paisajes industriales dieron paso a campos de brezo con iglesias de piedra que tocaban el cielo nebuloso y pueblos acurrucados bajo el humo de las chimeneas. Cuando paramos en Reading, señalé la fábrica de galletas Huntley and Palmer al otro lado de nuestra ventana y les expliqué que pronto sabrían exactamente qué galletas eran esas y que durante toda su vida tendrían para hartarse de ellas. Los niños asintieron perezosos y se volvieron a dormir.

Cuando estaba llegando a Oxford, el tren se detuvo con un ruidoso zarandeo y ambos se despertaron.

—¿Dónde estamos? —preguntó Douglas mientras se frotaba los ojos y señalaba a un cementerio por la ventana.

—El tren siempre se detiene en este cementerio unos diez minutos. No sé por qué —dije—. Nadie parece saber por qué.

—A lo mejor es que está ahí la mamá del maquinista —dijo Davy muy serio.

—Puede ser —asentí, y lo besé en su dulce cabecita.

Una vez en Oxford, bajamos al andén y nos cegó la luz del sol. Era una simple estación de tren rural comparada con Paddington, pero me gustaba mucho más. Les ajusté las corbatas, les alisé los pantalones y atusé sus gorros de lana hasta dejarlos rectos. Subimos al autobús y se dirigió hacia la rotonda de Green Road, por High Street, y luego hacia Headington.

Ya descansados, los niños estaban inquietos, se movían y cambiaban de asiento, por lo que recibían las miradas molestas de los demás pasajeros. Finalmente nos desviamos por Green Road para ir hasta Netherwoods Road y luego Kilns Lane; era un trayecto que tenía bien grabado en mi memoria y en mis sueños. Los abedules blancos y las ramas desnudas cantaban sobre el invierno, pero, cuando frente a nosotros los Kilns aparecieron, nos hablaban de una vida renovada. Se presentaba calladamente ante nosotros aquel cuento que les había contado sobre niños que deambulan por el bosque, que se pierden y encuentran una acogedora cabaña de pastor.

—Miren —dije, besándolos en las mejillas y limpiándoles luego las marcas de carmín—. Ya hemos llegado.

Capítulo 34

Mi amor, que no me ama pero es amable,
Se disculpó últimamente por su falta de amor

«Soneto XX», Joy Davidman

Allí estábamos parados, un trío desaliñado, frente a los Kilns, cuyo tejado nos ofrecía una bienvenida de color rojizo a juego con nuestro regreso. El humo salía en rizos por la chimenea, como si imitara la pipa de Jack. La hiedra, incluso en invierno, crecía a lo largo de las paredes de ladrillo, y la puerta principal, verde y alegre, se nos presentaba cerrada. Pero por dentro sabía lo que me esperaba.

—Tengo hambre, mamá —dijo Davy. Habíamos comido unos bocadillos en el tren.

—La señora Miller nos cocinará algo caliente y estupendo —aseguré.

—¿Entonces por qué estamos parados aquí fuera? —dijo Douglas, siempre pragmático. Me tiró del dobladillo de la manga y seguimos adelante, bajo el cenador y por el camino de grava que crujía bajo nuestros pies. Cuando llegamos a la puerta, los niños se quedaron detrás de mí, tímidos de repente.

Toqué el timbre, el que veía en mis sueños, puse aquella sonrisa y esperé. La señora Miller abrió la puerta. Su figura rígida cubierta con su bata de trabajo y su delantal la hacía parecer precisamente lo que era: la guardiana de la casa.

—Pero bueno, miren quién ha regresado por fin.

Nos hizo entrar. Los chicos la miraron y luego me dirigieron expresiones que parecían preguntar si habíamos llegado a la casa equivocada.

La entrada resultaba acogedora y familiar, con su banco de filigrana de madera oscura y sus perchas en la pared. La señora Miller tomó nuestros abrigos, los colgó y nos informó que iba a apurarse para preparar el almuerzo.

—¡Ya están aquí! —sonó la voz de Jack desde la parte de atrás de la casa y en un momento se plantó ante nosotros.

Su acento, pronto olvidado en las cartas, volvía a mi corazón. Olía a humo de pipa y libros polvorientos al saludarme con un abrazo. Luego se inclinó para presentarse a Davy y Douglas, sin esperar a que yo hiciera los honores.

—Bueno, ¿qué tenemos aquí? Dos chicos americanos en Inglaterra. Bienvenidos —dijo.

Davy extendió la mano y estrechó la de Jack, pero Douglas lo miró con la boca abierta, estupefacto.

—No puedes ser el señor C. S. Lewis —dijo en voz baja.

—Hijo —contestó Jack, que estaba erguido y con las manos en la cintura—. Esperabas a Aslan, probablemente, así que debo disculparme. Solo soy un hombre bajito, calvo y andrajoso.

Miré a Jack con los ojos de Douglas y me reí: era un hombre con pantalón de franela gris agujereado por las rodillas, con una camisa de cuello arrugado que antes era blanca, ahora casi gris, y pantuflas con el talón doblado por la pereza de no calzárselas del todo. Tenía unas pequeñas manchas de tabaco en el cuello, y llevaba las gafas torcidas. Para mí, era un hombre de gran calidez y carisma, luz y ternura... pero, para Douglas, este no podía ser el hombre que escribiera sobre Aslan, Edmund y la Bruja Blanca. Era un tipo calvo, con los dientes amarillos y voz grave.

Douglas se movió detrás de mí y se envolvió en mi falda como si fuera su abrigo. Habló desde su escondite:

—Aslan no, señor, pero tal vez... No sé...

—Oh, Jack —me disculpé.

—Me pasa todo el tiempo —dijo con aire divertido—. Escribo una historia para darles una fantasía y luego lo arruino todo con la realidad. Vamos —cambió de tema inclinándose de nuevo hacia mi hijo

Douglas—, comamos algo y luego exploremos el bosque. Quién sabe lo que encontraremos allí.

—¿Al señor Castor? —preguntó Douglas con una tímida sonrisa.

—Bien dicho, hijo —dijo Jack, y le dio una palmadita en la cabeza como si hubiera tenido diez hijos y conociera el lenguaje y el afecto necesarios. Y yo lo amé aún más.

La señora Miller se movía a nuestro alrededor, se arreglaba la falda, hablaba de comida y quería mostrarnos nuestros cuartos.

—Miren —les dijo Jack a mis niños—. La han metido en un buen lío.

Nos reímos, pero los nervios resurgían desde el fondo de mi estómago en una deliciosa pero devastadora mezcla de amor y anhelo.

———

Después de enseñarles la casa a los niños, Jack anunció:

—Tengo que recoger unos papeles en la escuela. ¿Les apetece una primera visita a Magdalen?

—Pero quiero ver el estanque y el bosque —dijo Douglas con tanta petulancia que me produjo rubor.

—Oh, ya tendrán estanque y bosque de sobra. Tenemos cuatro días por delante —dijo Jack—. Pero lo primero es lo primero.

—Porque —dije con voz grave y un terrible acento británico de imitación— no se pueden obtener las cosas secundarias poniéndolas primero.

Jack sonrió. Había citado una línea de una de sus cartas. Fue un momento de lucidez entre los dos: estábamos bien. Todo estaba bien. La cercanía y la intimidad volvieron como si mi partida de esa casa hubiera sido la noche anterior.

—Entonces vámonos —dijo Davy con tirones a mi abrigo.

Warnie se unió a nosotros y me saludó, estrechándome ambas manos.

—Es como si hubiera regresado mi hermana.

En seguida ya estábamos los cinco caminando por los caminos y aceras que llevaban a Oxford. Jack con sus pantalones y su abrigo de franela, y con su viejo sombrero de pescador calado hasta la frente. Warnie igual. A cada paso golpeaban el suelo con sus bastones y luego, de repente, cada cuatro o cinco pasos, balanceaban el bastón hacia arriba y hacia atrás antes de dejarlo golpear de nuevo contra el suelo. Me preguntaba si se sabían su ritmo.

Oí la voz de Douglas en el aire.

—Mamá dijo que podía preguntarle algo.

—¿Qué es, hijo? —dijo Jack. El bastón sonó contra una piedra y se detuvo para mirar de frente a Douglas, tal como imaginé que miraría a un graduado para hablar de su tesis.

—¿Es cierto que su jardinero es Charcosombrío?

Jack soltó una carcajada que asustó a Douglas y le hizo dar un respingo.

—Es cierto que hice a Charcosombrío muy parecido a Paxford. Pero Paxford es solo Paxford. Maravilloso a su manera.

Warnie y yo nos quedamos atrás y hablamos de su libro sobre el Rey Sol, de la ayuda que le había dado con el apéndice y de lo mucho que nos quedaba por hacer.

—Debe de ser por el viaje y por lo de instalarnos en una nueva vida, pero estoy agotada —le dije—. Míralos, casi van corriendo.

—Has pasado por mucho, Joy. Tranquila.

Le sonreí y continuamos en un agradable silencio como si nunca me hubiera ido, como si fuera un día más de muchos que habíamos pasado juntos. En mi mente, Londres y Oxford eran puro contraste: la capital estaba llena de restos de la guerra todavía sin reparar, mientras que la naturaleza y las colinas de Oxford brillaban en su mezcla invernal. Nos dirigíamos al campus de Magdalen y el corazón se me estremecía en el pecho.

Davy y Douglas, con la cara roja y sin parar de reír, corrieron hasta donde yo estaba.

—Mami —dijo Douglas, y señaló al cielo y a la torre Magdalen cuando nos acercábamos al campus—. El señor Lewis dice que podríamos subir hasta lo más alto de la torre. Tienes que venir con nosotros.

—¿Tengo que hacerlo?

—Sí, tienes que hacerlo —dijo Jack.

Warnie se quedó abajo y el resto de nosotros subimos por una estrecha escalera con peldaños de mármol lisos como la seda. Íbamos en fila india, y aun así casi tocábamos las paredes de piedra. Jack se me adelantó. Me habría bastado con estirar la mano para tocar sus cabellos en la nuca y saber cómo era el tacto de su piel en las yemas de mis dedos. No podía parar el primer pensamiento, pero sí podía parar el segundo, o los que vinieran después. Y lo hice.

Llegamos hasta arriba, sin aliento, solo para encontrar otra escalerita que también había que subir. Con cuidado, paso a paso, ascendimos hasta llegar a lo más alto, desde donde se veía todo Oxford. Warnie nos miraba con una sonrisa desde abajo en el césped.

—Hola allá abajo —saludó Davy.

Warnie no podía oír, pero saludó como si quisiera volar. Los muchachos señalaron entonces hacia la extensión de pasto que bajaba hacia el río.

—¿Qué es eso? —preguntó Douglas.

—El parque de los ciervos —le dije.

—¿El parque de los ciervos? ¿Es que hay ciervos que viven en un parque? —exclamó Davy, con la manita sobre las cejas para entrecerrar los ojos contra el sol de invierno.

—Sí —dijo Jack—. Son ciervos muy amables y se acercan a ti.

Douglas casi saltó para ponerse un paso más cerca de Jack.

—¿Vienen hasta *mí*?

—Sí.

—¡Vamos! —urgió Douglas, que ya estaba bajando hacia la escalera.

—Quedémonos aquí un momento y contemplemos el paisaje —le contesté—. Que valga la pena el ascenso.

—Oh, mami —dijo Douglas, como si el niño fuera yo—. Ya podremos subir en otra ocasión.

Jack me miró y nos reímos los dos.

—Sí, Douglas, podremos subir en otra ocasión —asintió Jack.

Se pusieron a correr, mis hijos, por la torre para ver el campus desde todos los ángulos: el río en su giro que te daba la ilusión de estar entre dos ríos, Addison Walk y las puertas con sus filigranas de forja. Los profesores que corrían por los jardines con su típico atuendo exhalaban bocanadas de aliento frío como humo de cigarrillos invisibles. Mis hijos estiraban el cuello para espiar cada gárgola de piedra y cada ángel que reforzaba los grandes edificios. Los otros *colleges* se presentaban como países en miniatura, cada uno con su castillo y su torre. En la distancia se alzaban las colinas de Headington, dibujando ondulaciones como las del mar que acabábamos de cruzar.

Jack y yo estábamos solos por primera vez.

—Tus cartas —le dije—. Me dieron sustento y ánimo.

—También a mí las tuyas, Joy.

—Desde el principio, desde la primera.

Bajó la mirada. Una emoción tan pura siempre es algo de lo que se aparta la mirada.

—¿Estás escribiendo? —preguntó Jack cuando los chicos nos pasaron por delante por quinta vez.

—Entre la mudanza, el cuidado de los niños y la búsqueda de un lugar decente para vivir en Londres, no he tenido mucho tiempo para escribir —dije—. Estaba hablando con Warnie para ayudarlo con el índice de su Rey Sol. Pero primero debo llevar a los niños a la escuela.

—Dane Court, ¿ya lo decidiste? —preguntó Jack.

—Sí. Cuando regrese a Londres en unos días espero que Bill me haya mandado dinero. Gracias por tus sugerencias. Elegí esa escuela en parte porque es la única que no los matará del disgusto. Y no es que no los haya disgustado yo misma varias veces —dije, con una sonrisa que mostraba algo de arrepentimiento.

Jack se rio mientras los chicos pasaban a toda velocidad una vez más, esta vez agarrándose a mi abrigo para empujarme hacia la escalera.

—¡El ciervo! —dijo Davy—. Vamos a ver al ciervo.

—No puedo imaginarme cómo alguien podría exasperarse tanto como para disgustar a estos chicos. Están llenos de energía.

—Agotadores, ¿no?

Su sonrisa y la punta del sombrero fueron su única respuesta.

Bajamos juntos por la escalera de caracol y, en vez de recuperar aliento, esta vez los escalones me destrozaban las rodillas, pero nuestras voces continuaron su conversación.

—Joy, tengo un fondo para niños que no pueden pagar la escuela pública: el Fondo Ágape. Si estás en apuros, aquí me tienes para ayudarte —resonó su voz en la pared de piedra, bajando por la escalera.

Me detuve a mitad de camino y me giré para mirarlo de frente.

—Eso es muy generoso y amable, pero no estoy aquí para llevarme tu dinero.

—Joy, lo he reservado para la educación de los niños, ya está ahí. No estás llevándote nada que no haya entregado ya. Se usará para el mismo propósito, lo usen tus hijos o no.

—Gracias, Jack —contesté, con las manos en el corazón—. Si Bill no cumple, eso me da una tremenda tranquilidad. Pero quiero que sepas que no lo usaré a menos que sea necesario.

Seguí bajando por la escalera, agarrándome con fuerza a la barandilla.

Llegamos al final y luego fuimos al parque de los ciervos. Jack abrió la puerta para dejarnos entrar a todos. Warnie se nos unió de nuevo.

—¿Extrañas tu casa? —preguntó en voz baja mientras observábamos a los niños acercarse a un cervatillo con Jack.

—No lo sé —respondí, me bajé el sombrero y me ceñí más el abrigo—. No. No extraño Nueva York para nada.

—Estamos contentos de tenerte aquí —dijo Warnie—. Y a tus hijos. Traerán vida a la casa.

—Los Kilns —admití— hacen que me sienta más en casa que nada de lo que tengo en Nueva York, desde hace mucho tiempo.

—Bueno, Joy, lo nuestro es para compartirlo con ustedes.

—Espero que se adapten bien —dije, y me quedé mirando, viéndolos corretear—. Corrí un riesgo al traerlos aquí, puede que no funcione. Pero era un riesgo que tuve que asumir. Tenía que intentarlo.

—Es lo mejor que podemos hacer todos: intentarlo —sentenció Warnie.

CAPÍTULO 35

Ser rechazada, oh, esta es la peor de las heridas.
No por el amor a Dios, ¡sino por el amor a las rubias!

«Soneto XX», Joy Davidman

El amanecer apenas había iluminado los árboles cuando los niños se habían llenado con las salchichas y huevos de la señora Miller y se habían abrigado, con la hebilla de sus gorras orejeras de piel bien apretada debajo de la barbilla. Salimos a ver el día, interrumpiendo la lenta mañana normal de lectura bíblica y correspondencia de Jack. Pero su capacidad de resistencia ocultaba cualquier molestia, si es que la sentía.

Una vez en lo profundo del bosque, con el hielo tintineando en los árboles y crujiendo bajo nuestros pies, Jack se agachó como si estuviera mirando detrás de un roble, su chaqueta ondeaba con el viento y un tenue olor a tabaco vino hacia mí.

—Atentos al señor Tumnus —le dijo a Douglas.

—No está *aquí* —medio susurró Douglas.

Davy siguió adelante, no parecía querer participar en la fantasía; todavía sopesaba los pros y los contras de Inglaterra a su manera de niño de nueve años.

—Pero ¿cómo saber que no están aquí? —le preguntó Jack a Douglas, con las manos apoyadas sobre su bastón.

—No podemos saberlo con seguridad —dijo Douglas sin dejar de mirar al suelo.

—¿Y qué hay de los gigantes? —preguntó Jack en voz baja.

Douglas se detuvo y miró hacia arriba como si esperara ver a uno tan real y firme como el abedul, con su corteza plateada que brillaba en la helada invernal.

—Pero los gigantes no pueden esconderse —dijo Douglas, y sus palabras resonaron en la tranquilidad del invierno.

Jack se bajó el sombrero de pescador y dijo con autoridad:

—Oh, Douglas, hijo mío. ¿Cómo ibas a saberlo? Solo verías su pie y creerías que es un árbol. Si no prestas atención, podrías perdértelo.

Soltaron sus carcajadas y se fueron los dos a la caza de criaturas mágicas.

Contemplé el bosque y el estanque, la casa de huéspedes y los jardines, con los ojos de mis hijos, y luego con los de Jack, el narrador. Sí, bien podría ir una Bruja Blanca en su trineo por el camino que lleva al estanque. Tumnus podría pavonearse bajo este bosque cubierto de nieve con su paraguas. El estanque, acolchado en sus orillas con hierbas altas, bien podría cubrir a un castor parlante. Y, por supuesto, Aslan podía presentarse de súbito en este bosque, abriéndose camino hacia los niños o llevándoselos sobre su lomo a un lugar seguro.

Este hombre, con la mente más aguda que había conocido, podía llegar a ser tan infantil como mis hijos, imaginar un mundo tan intenso y lleno de color y leyenda que se hacía más real que la realidad.

Cuando llegamos al estanque, Douglas le preguntó a Jack cómo cruzarlo con la vieja batea, que se mecía contra el desvencijado muelle.

—¿Ves ese viejo tronco que sobresale en el medio? —preguntó Jack.

Douglas entrecerró los ojos contra el sol, dio dos pasos más hasta el borde del estanque, donde el hielo fino se agrietó al recibir una pequeña onda.

—¡Sí! Lo veo —dijo.

—Cuando hace calor, ato ahí la barca y me zambullo. Nado todo lo que me apetece —dijo Jack y sonrió como si ya pudiera ver el siguiente día de sol, con las hojas reposando sobre el agua turbia, y se zambullera en sus frías profundidades.

—Vamos —dijo Douglas dando otro paso adelante.

—Ahora no —le dije—. Hace mucho frío y, si te caes, no seré yo quien te salve. Tendré que dejar que ambos se hundan hasta el fondo de ese lodo.

—Tengo mucho frío —dijo Davy y se acercó a mí—. Quiero volver a la casa y jugar al ajedrez con Warnie.

—¡No! —gritó Douglas, y yo me llevé el dedo a los labios.

—Shhh —dije—. Asustarás al señor Tumnus.

Al oírme, Jack y Douglas se rieron a carcajadas.

Yo agarré de la mano a Davy.

—Miren. Yo llevaré a Davy de vuelta, y ustedes dos vengan cuando estén listos.

Davy y yo comenzamos a caminar de regreso, bordeando las ramas caídas y los charcos de hielo. A lo lejos se oyó un fuerte estruendo. Davy miró hacia el cielo.

—Aquí no hay gigantes, ¿verdad?

—Solo si quieres que los haya —le dije.

—No quiero —dijo, acto seguido se acercó y hundió su cabeza en mi costado—. ¿Mami?

—¿Sí, cariño?

—Hay un ruido horrible en la pared donde dormimos Douglas y yo. ¿Y si el gigante está *ahí* dentro en vez de aquí fuera?

—El gigante, si lo hay, no está en las paredes.

—Bueno, sonaba un golpeteo terrible.

—A lo mejor el sol hace ruidos antes de despertarse —traté de bromear con mi hijo, para aligerar su humor sombrío.

—No, mami. No puede ser eso, lo habría oído antes.

—Estoy bromeando, cariño —dije, apretándole la mano—. Yo oía lo mismo cuando dormía en ese cuarto. Es el agua de las tuberías. Es una casa vieja y no han hecho muchos arreglos en ella.

—Y hace mucho frío —dijo Davy—, excepto junto a la chimenea.

—¿No te gusta estar aquí? —le pregunté.

—Me *gusta* —contestó. Entonces se detuvo ante la puerta verde y levantó el pulgar para tocar donde ponía TIMBRE.

—Podemos entrar —dije y abrí la puerta.

La señora Miller debió de oír cómo nos acercamos porque allí estaba ella, moviéndose sin parar a nuestro alrededor, colgando nuestros abrigos y cepillando el hielo de la gorra de Davy.

—Tengo té para ustedes —dijo.

—Muchas gracias, señora Miller. Sé que tres invitados extra justo antes de las vacaciones no es algo que se espere. Y dos niños pequeños, por si fuera poco.

—Me encanta —dijo con su fuerte acento—. Es una auténtica alegría. La casa parece despertar cuando usted llega, señora Gresham.

Me guardé esta afirmación y dejé que calentara todas las frías dudas sobre mi lugar en este nuevo mundo.

———

Esa noche, cuando Warnie le enseñó a Davy a jugar al ajedrez, como se lo había prometido, y Jack y yo leíamos junto al fuego, Douglas entró por la puerta con un brazo cargado de madera.

—Mira todo lo que corté con Paxford —gritó y lo arrojó a la chimenea—. Mami, hay hornos de verdad. Por eso esta casa se llama así. Incluso hay un refugio antiaéreo junto al estanque.

—Los he visto, Douglas. ¿A que es maravilloso? Salvo si hubieras tenido que ir allí durante la guerra, claro.

—Claro —dijo y se dejó caer, cubierto de virutas de madera, en una butaca. Solo unos momentos después, se quedó dormido, por toda la energía que había gastado, con la boca caída. Estaba tan agotado como nosotros. Me imaginé que Jack y Warnie no habían tenido tanta actividad desde la guerra.

—Chicos —dije—, es hora de irse a la cama.

—Pero estoy a punto de ganar —gimió Davy.

—Desde luego —dijo Warnie—. Me has salvado del desastre de perder contra un niño de nueve años que juega por primera vez. Así que llévatelo a la cama.

Sacudí suavemente a Douglas.

—Hay que irse a dormir, hijo.

Se levantó y ambos se fueron tambaleándose hasta el dormitorio trasero, donde dormirían con sus cabecitas coronadas por barcos de vapor enmarcados. Se instalaron en su pequeño cuarto del otro lado de la cocina, con botellas de agua caliente metidas en las camas para evitar el frío y montañas de frazadas sobre sus cuerpecitos mientras yo los arropaba.

—Aquí nada es igual que en casa —dijo Davy mientras le besaba la mejilla—. No me gusta tanto como pensé que me gustaría.

—Estoy aquí, y también tu hermano. Todo irá bien. Lleva su tiempo, mi amor.

—A mí me gusta —dijo Douglas desde la cama de al lado—. Pero ojalá pudiéramos quedarnos aquí en los Kilns con el estanque, el bosque y la cabaña llena de pequeñas criaturas, y el jardín y Paxford...

Me arrodillé al lado de la cama para las oraciones nocturnas, cerré los ojos y dije la verdad.

—A mí también, hijo. A mí también.

Pasaron los cuatro días demasiado rápido. Paxford y la señora Miller trataban a los chicos como si los conocieran de siempre. Warnie tocaba un gong para almorzar (solo él tenía permitido tocar el pequeño tesoro de su tiempo en Hong Kong en la Primera Guerra Mundial), y la señora Miller cocinaba para nosotros. Paxford les mostraba a los niños toda la propiedad, les encargaba trabajos y les enseñaba cosas sobre el lugar. Mientras Davy miraba a las estrellas y quería conocer todas las constelaciones, Douglas tocaba cada planta que veía y quería saber su nombre. A su manera, ambos trataban de encontrar su lugar en el mundo.

La última noche me acerqué a Jack en el salón.

—Tengo un regalo para ti —le dije.

—Oh, ¿de veras? ¿Es un jamón?

—¡El jamón! Lo envié hace años —dije riéndome y me vino un ataque de tos: el resfriado se asentaba en mi pecho. Negué con la cabeza—. No, no es un jamón —advertí, y levanté el dedo—. Espera aquí, está en mi habitación.

Regresé rápidamente con la caja alargada que había traído de Londres.

—Puedes guardarlo para Navidad bajo el árbol o...

—Abrirlo ahora —interrumpió y arrancó la tapa de la caja.

Ahí estaba, una espada persa antigua que había encontrado en un mercadillo en Londres la semana anterior. La sacó de su vaina, brillaba a la luz del fuego.

—Me recordó tus historias, la magia que hay en ellas —dije.

—Joy. Un alfanje, una espada mágica de todos los cuentos de hadas. Es un regalo exquisito. Lo colgaré justo encima de la chimenea, para que me recuerde a ti, a nuestra amistad, y a tus hijos luchando con sus espadas invisibles.

Pasó su mano por la parte superior de la hoja de la espada, y luego deslizó levemente el dedo. Una delgada línea de sangre apareció en su dedo índice al retirar la mano.

—Oh, Jack —exclamé, le tomé la mano y me incliné para besar la herida; una reacción rápida y natural. La retiró con tal rapidez y seguridad que mis labios solo aterrizaron en el aire. Se puso el dedo contra la lana de su abrigo y se rio.

—Qué torpe soy. No me extraña que nunca me dejen practicar deportes.

Se me inundó el pecho de rubor. Se giró para colocar la espada encima de la chimenea, y la estructura de su barbilla y las líneas de su sonrisa se encendieron a la luz del fuego. Me vino un verso a la mente: «la accidental belleza de su rostro».

Estaba peligrosamente cerca de permitir que este amor se convirtiera en el tipo de amor que no debía ser.

Puso la espada sobre la repisa de la chimenea.

—Gracias, Joy. Mírala, qué majestuosa.

Nos sentamos y miramos fijamente al fuego. El silencio se iba convirtiendo en somnolencia hasta que me moví en mi asiento.

—Quería hablarte de un libro que acabo de terminar. Esta *tiene* que ser tu siguiente lectura.

—Cuéntame.

—Creo que te he hablado de Arthur Clarke. Es uno de los chicos de Londres que escriben ciencia ficción. Ha escrito un libro titulado *El fin de la infancia*. Ha vendido tantas copias que le ha tocado la lotería.

—La lotería no es siempre lo mejor, pero será mi próxima lectura para que podamos comentarlo —dijo, y se inclinó hacia delante; sus ojos reflejaban las sombras del fuego—. Es desde luego una de mis cosas favoritas: comentar relatos contigo.

—Y a mí contigo —dije y eché un vistazo a la sala—. ¿Adónde se ha ido Warnie?

—Se quedó dormido en su butaca cuando llevaste a los niños a la cama. Lo ayudé a subir.

La voz de Jack contenía la angustia y el dolor que yo conocía bien: los propios de amar a alguien que se está destruyendo con el alcohol.

—Lo siento, Jack. Sé cómo te sientes.

—Justo cuando creo que lo ha vencido, resulta que no. Es la guerra. Sigue vivo en su interior y trata de callarlo. Preferiría no hablar de ello, pero gracias por tu compasión. Es un verdadero tormento.

Entonces estiré el brazo hasta él, salvando el espacio entre nosotros. Toqué su piel, el pequeño espacio entre la manga de su camisa y la muñeca. Pasé mi dedo por sus nudillos, un leve toque, y luego le apreté la mano para expresar mi identificación con él. Esta vez no la retiró.

—Amas a Warnie con tanta devoción. Ojalá en este mundo todos tuvieran ese amor.

—Es mi hermano —dijo Jack, como si eso respondiera a toda duda—. Cuando murió nuestra madre, yo también me habría muerto de no haber sido por él.

Retiré mi mano de su muñeca y me senté en la silla.

—Jack, ¿has estado enamorado alguna vez?

Se rio, y a su manera sacudió la pregunta por la estancia como la ceniza de sus cigarrillos.

—Si alguna vez encuentro a la linda rubia que he estado buscando toda mi vida, te lo haré saber.

Su chiste, al igual que su manera de eludir la pregunta, no me dolió menos que si hubiera descolgado la espada de encima de la chimenea y me la hubiera clavado en el corazón. Pero traté de reírme.

—Estaré atenta por si te la encuentro —respondí con una sonrisa.

—Por supuesto, sabes que te estoy tomando el pelo, Joy.

—Jack, usas tu humor para esconder tu corazón, es una armadura para que nada lo toque. Lo sé porque yo hago lo mismo.

Se quedó en silencio durante un largo instante y me pregunté si me había pasado de la raya. Cuando habló lo hizo con la cara mirando al fuego.

—¿Conoces la palabra alemana *Sehnsucht?* —preguntó.

—Sí —respondí—. El concepto de un anhelo insaciable de algo que no entendemos. Tú crees que es anhelo de Dios. O del cielo. Y que podemos confundirlo con el anhelo de alguna otra persona o cosa.

Se inclinó hacia adelante y por un momento pensé que podría tocarme, pero no.

—Esta profunda y duradera amistad significa para mí más de lo que puedo expresar.

—Sí —asentí—. Significa más de lo que podemos expresar.

———

Vino la mañana, brillante y despejada, sin niebla por primera vez desde que llegamos. Cuando fui a la cocina después de una noche de sueño agitado, los niños ya se habían terminado el desayuno y se habían ido al bosque para despedirse del estanque, de los hornos y del bosque mismo. Dejé caer nuestras maletas junto a la entrada. Jack se sentó en la mesa de madera de la cocina, aún con su ropa de estar por casa y ya con un cigarrillo encendido.

—Debes comer antes de irte —dijo.

—No tengo hambre —respondí, a la vez que pasaba la mano por las maletas—. Ya comeré cuando estemos en el Avoca, para que no me siente mal en el viaje.

Los niños volvieron a la cocina, el ciclón de mis hijos.

—Bueno, muchachos —dijo Jack—, tengo algo aquí que les gustará.

Se quedaron quietos como estatuas, envueltos en sus abrigos, y lo miraron.

—¿Qué es? —preguntó Douglas con entusiasmo.

Davy se ajustó sus gafas torcidas y dio un salto adelante.

Jack sacó de la mesa del costado unas páginas escritas a máquina.

—Este es el nuevo libro de Narnia, que saldrá este año. Se lo he dedicado a los dos. Se titula *El caballo y el muchacho.*

Davy se quitó los guantes, tomó las páginas de las manos de Jack y se las apretó contra el pecho.

—¿Nadie lo ha leído todavía? —preguntó con los ojos muy abiertos.

—Solo mi editor y tu madre, que mecanografió algunas de las páginas. Te contaré un par de secretos al respecto, si quieres.

—¡Sí! —exclamó Douglas. Su entusiasmo no podía contenerse. Igual que su madre, no sabía ocultar lo que le bullía bajo el corazón.

Jack bajó la voz y se puso una mano a cada lado de la boca como si estuviera contando un gran secreto.

—Lo escribí antes de que se publicara *El león, la bruja y el ropero.* Los hechos que se cuentan suceden antes de *La silla de plata.*

—¿De qué trata? —preguntó Davy, mirando el tesoro que tenía en sus manos.

Jack se sentó y retomó su voz normal.

—Después del último capítulo de *El ropero,* hay una batalla en Narnia.

—¿Y qué sucede? —bajó Davy la voz.

—No te contaré lo que sucede, pero te *diré* cuál es mi parte favorita.

—¿Cuál es? —preguntó Davy.

—El grito de guerra —contestó Jack e hizo una pausa para darle más efecto hasta que los chicos lo presionaron—. ¡Por Narnia y el Norte! —dijo con gran entusiasmo y levantó la mano hacia el cielo—. ¡Por Narnia y el Norte!

—Donde está el hogar —dije en voz baja—. En el Norte.

—Sí, el *verdadero* hogar —asintió. Sus amables ojos me miraron de una manera que yo hubiera creído que era amor si no fuera porque ya me había dicho lo contrario de todos los modos posibles.

—¿El hogar? —preguntó Davy como cayendo en que no teníamos uno—. ¿Dónde pasaremos la Navidad si no tenemos un hogar? ¿Qué pasa con... Santa Claus?

—Oh, Davy —puse mi mejor voz—, tenemos un hogar. En el Avoca. Pondremos un arbolito y cocinaré pavo. La señora Bagley y algunos otros amigos vendrán a comer con nosotros. Jack —dije, volviéndome hacia él—, eres muy amable al dedicarles el libro.

—No se me ocurren dos chicos que se lo merezcan más —dijo sonriéndoles.

—Feliz Navidad —saludó Warnie al entrar en la cocina.

Lo abracé y respiré el *whisky* rancio y el sudor, un olor que me abrió un agujero en el tiempo: pensé en Bill cuando llegaba tarde a casa, con ese mismo olor que se extendía por la casa como algo maligno. Solté a Warnie y me quedé mirándolo, anclándome en el presente, en Inglaterra, en Oxford, en los Kilns.

Tras profusos adioses y promesas de regreso, mis hijos y yo caminamos con el nuevo manuscrito en la dirección opuesta a los Kilns.

De alguna manera sentí que éramos una nueva clase de familia. ¿Quién iba a decir que solo había una manera de amar a alguien? Sabía que nos amaba, que no hacía falta pronunciar esas palabras. Por ahora, con esto bastaría.

CAPÍTULO 36

Y, sin embargo, el horror sigue siendo mujer;
Se duele porque no puede acariciar tu cabello

«SONETO XXI», JOY DAVIDMAN

Abril de 1954

Mi primera primavera en Inglaterra fue como el primer día de mi vida en el mundo, el primer acorde de Beethoven para una mujer sorda. Narcisos, tulipanes y prímulas del color del cielo llenaban Londres en estallidos descontrolados. Las anémonas, las campanillas y las margaritas con su cara de estrella abrumaban con su intensa belleza. Como su diosa griega, Perséfone, la primavera llegó con una lenta seducción. Primero los cerezos esparcen por el aire la nieve de sus pétalos de color blanco rosado, luego los arbustos de grosellas encienden la llama de sus flores. Los jardines estallan con el deseo de la tierra de crear un torrente de color y aromas.

Ya era abril, los niños estaban en casa, por las vacaciones de la escuela, y pronto viajaríamos a los Kilns. Volvería a ver a Jack, su sonrisa que se inclinaba en los extremos, sus ojos que se arrugaban bajo las gafas, la ceniza de cigarrillo que se le caía sobre el regazo.

Dejé que los niños durmieran un poco más antes de despertarlos para nuestro viaje a Oxford.

Fue a finales de enero cuando dejé a Davy y Douglas en la estación de Waterloo con un hombre alto, como un Adonis, al que llamaban director. Otros niños de uniforme, limpios y bien abotonados, estaban reunidos como una manada de corderitos alrededor del hombre, que, con su corbata y chaqueta, atrajo a mis hijos hacia él como si los conociera de siempre. Esta, pensé, había sido la decisión correcta. Aunque los niños me habían dicho que no querían ir, pude ver el lado positivo. Los iba a extrañar y, sin embargo, me sentí aliviada. Iban a recibir una buena educación y cuidados, y yo podría trabajar de nuevo para mantenernos.

Enero trajo un invierno tan feroz y helador que le puse un nombre: *Fimbulwinter*, conforme a los grandes inviernos nórdicos que venían justo antes del fin del mundo. Escribí como si la muerte estuviera llamando a mi puerta y mi trabajo pudiera convencer a su oscuro espectro para que se marchara. No es la mejor manera de escribir —con pánico a la pobreza—, pero era toda la inspiración que conseguí. En cuatro meses terminé una novela titulada *Britannia* y escribí al menos veintidós relatos breves, que envié a mi agente de Brandt and Brandt.

No se vendió nada.

También había quitado de *Smoke on the Mountain* todo lo que sonara a «americano» y se lo envié a la editorial inglesa, que lo quería porque Jack había aceptado escribir el prólogo. En él decía: «Porque la ferocidad judía, presente aquí también en su expresión moderna y femenina, puede ser muy sutil; parecería una patita aterciopelada, hasta que sentimos el rasguño de la garra».

«¿Se refiere a mi obra o a mí?», me preguntaba yo, pero no se lo dije.

Incluso saqué mis menciones de Ingrid Bergman y Ginger Rogers, ya que el editor temía que me demandaran por usarlas como ejemplos de violación de los Diez Mandamientos.

Trabajé en el Rey Carlos e hice algunos apuntes para *Queen Cinderella*. Desde lejos, mi vida podría parecer más dura que miserable; alguien podría creer que mi decisión de dejar Estados Unidos no había funcionado muy bien. ¡Pero no! No importaba el sucio y húmedo trabajo en el sótano de European Press, donde tenía que recurrir al Dexedrine para mantenerme despierta, ni la pobreza ni la privación de sueño, sentía de alguna manera que me estaba convirtiendo en quien realmente era yo. Como le dije a uno de mis amigos de la ciencia ficción: «Durante mucho tiempo había una brecha entre la mujer que quiero ser y la mujer que soy, y ahora esa brecha se está cerrando, poco a poco. Ese proceso no es demasiado agradable».

Mientras tanto, había aceptado la oferta de Jack de pagar la educación de los niños a través de su Fondo Ágape. Odiaba aceptar su dinero, y había estado prescindiendo de los almuerzos para estirar los recursos al máximo, con la intención de devolverle la plata. Estaba convencida de que mis escritos generarían ingresos. También le rogué, reproché y supliqué a Bill para que me enviara más dinero, pero no se podía exprimir una piedra. Estaba otra vez sin trabajo y me parece que había vuelto con Renée, aunque me escribió para decirme que eran solo amigos. Pero este era el mismo hombre que se había casado conmigo días después de cerrar su primer divorcio, y el nuestro aún no estaba certificado. Iba más lento que un caracol en el barro.

El mes anterior me había despertado una mañana con la cara de un hombre en la almohada junto a la mía: Harry Williams, del grupo de ciencia ficción. Su suave ronquido me decía que aún estaba dormido. Habíamos coqueteado durante unas semanas y una noche, cuando el *whisky* y la cerveza habían logrado su efecto embriagador, reconocimos que ambos necesitábamos algo de amor, y no del permanente ni del que promete cuidar del otro, solo esa clase de amor que nos calienta en el último escalofrío invernal de nuestros cuerpos.

Esta breve y tibia aventura no duró mucho tiempo, pero fue suficiente para saciar el creciente apetito de tacto y piel. Solo quería estar cerca de Jack, pero fue Harry con su alegre acento londinense de barrio, su arraigada creencia en los extraterrestres y sus grandes y suaves manos quien durmió a mi lado esa mañana y algunas más.

Esto era pecado. No era tonta; conocía los mandamientos de mi religión. Escribí sobre ellos. Aun así, caía. Y me arrepentía. Y caía de nuevo. Tal vez siempre lo haría, pero de alguna manera la gracia parecía lo suficientemente grande, lo suficientemente fuerte como para volver a levantarme, decidida a hacerlo mejor. Entretanto, escribía mis sonetos. Aliviaba el dolor y la soledad elaborando fajos de poesía que nadie leería jamás.

Mi amistad con Jack y Warnie crecía: nos escribíamos y respondíamos cartas como siempre, nuestras conversaciones se detenían y se retomaban, haciendo planes para vernos en Londres o en Oxford. En raras ocasiones charlábamos por el chirriante teléfono del pasillo.

Mis horas más placenteras eran las que pasaba con los escritores los jueves por la noche o mecanografiando la biografía de Jack, a la que añadía mis críticas y correcciones, como él me había pedido. *Cautivado por la alegría* se titulaba. Había llegado a apoyarse en mí para su trabajo, pero, ¡ay de mí, el título no tenía nada que ver conmigo! Pasaba lentamente mis ojos por su letra, capaz de descifrar incluso frases que él no podía leer después de haberlas escrito de su puño y letra.

Durante estas horas de escribir *Cautivado por la alegría*, mis emociones pendulaban descontroladamente. Sus palabras, el medio que me había llevado a amarlo, me hablaban ahora de su infancia y de su vida, y eso me hizo amarlo aún más. Leí buena parte de cosas que ya me había contado: el dolor de perder a su madre cuando tenía diez años; el horrible internado; la guerra y sus horrores. También espié partes de nuestra relación en el relato de su historia, ¿o solo vi lo que deseaba? Podía ser la descripción de su conversión que me sonaba similar a la mía, o la frase de un pensamiento que expresó en nuestros largos paseos por el páramo, o las ortigas que nos irritaban los tobillos y las risas que nos acompañaban subiendo al monte.

En cuanto a mis hijos, los domingos asistía a la iglesia anglicana de San Pedro, donde un día fui limpiada por las campanas de la una, y luego tomaba el tren para visitarlos en Surrey. Esas visitas eran la fuente de energía que necesitaba para empezar otra semana.

Cuando llegó la primavera y los árboles se cubrían de una bruma lechosa en su transición hacia el verde, caminaba kilómetros y kilómetros por Londres. Me sentaba con cuaderno y lápiz en Primrose Park, con vistas a Hampstead y Belsize. Extendía sobre la tupida grama una frazada barata de color naranja que había encontrado en el mercado, para escribir y disfrutar del renacer de la tierra: los árboles de mayo, las rosas omnipresentes, el rododendro y los saúcos competían en un concurso de belleza. Fue allí donde elaboré el esquema de *Queen Cinderella* con el bosquejo de Warnie como guía. Sentí que podía ser una verdadera máquina de ganar dinero, algo que me liberara de pedirle a Bill o de depender de Jack para la educación de los niños.

También planté un pequeño huerto en la parte trasera de nuestro departamento del Avoca House, y para abril las verduras estaban empezando a brotar. A veces me imaginaba que salían unas judías verdes o unos tomates y me llevaban de vuelta a mi huerto en Staatsburg. Pero para entonces allí vivía otra familia, otros niños corrían por sus tierras y chapoteaban en su arroyo. Esperaba que fueran más felices que nosotros.

«¿Lo extrañas?», preguntaba Jack en una carta unas semanas antes.

Me esforcé por encontrar la respuesta en mi interior. «No —le había escrito— Lloro lo que pudo haber sido. Siento tristeza por lo que pudo haber sido y no fue. Tal vez extraño la idea de lo que quería para todos nosotros. Pero no, no extraño lo que era».

Nunca un hombre había formado parte tan integral de mi vida hasta tal punto, sin estar también en mi cama. Me estaba costando un poco acostumbrarme, y traía consigo una cierta angustia además.

Pero, en esta mañana de abril, en lugar de escribir más de la biografía de Jack o de componer otro soneto (ya tenía más de treinta), me tomé el tiempo necesario para arreglar la ropa desgastada de mis hijos y coser etiquetas con sus nombres en sus camisas y pantalones nuevos. Mi gatito de calicó, Leo, se enroscó en mi regazo y me puse a trabajar en compañía de su suave y ronroneante cuerpo.

Los niños se levantaron sin que yo los despertara y pronto salieron corriendo al pasillo, con la ropa de viaje abotonada y lista. Leo voló desde mi regazo y Davy tropezó con él, cayendo de espaldas. Douglas soltó una carcajada y pudo mantenerse en pie con una ágil maniobra.

—Gato estúpido —gritó Davy, y Leo se escondió bajo el sofá.

—Estoy listo, mami —dijo Douglas, y su voz delató un levísimo acento inglés, la «mami» sonaba un poco a «momi».

—Douglas, cachorrito, estás empezando a hablar como un auténtico inglés —le dije.

—Estoy practicando —dijo—. El acento americano puede hacer que te lleves una paliza. A los otros chicos se les va la olla cuando lo oyen.

—¿Se les va la olla? —repetí, con una risa contenida en mi voz.

—Quiere decir que se vuelven locos.

—Sé lo que significa, Douglas. Suena muy bien dicho por ti. Me gusta —dije, puse mi dedo índice en su barbilla e incliné su cara hacia la mía—. ¿Te pegan?

—No, mami —contestó, y lanzó una mirada iracunda a Davy—. Y a Davy tampoco.

Davy estaba quieto, de pie, con una expresión de enojo.

—¿Estás seguro?

—Sí —dijo Douglas, estirándose.

—Entonces, ¿están listos para ir a los Kilns? —pregunté.

—Totalmente —dijo Douglas—. Ojalá pudiéramos vivir allí y que el señor Lewis fuera nuestro maestro en vez de volver a esa escuela.

Davy le pegó a Douglas en el brazo con el puño cerrado.

—No está tan mal —dijo, mirándolo con enfado.

Douglas se veía ya allí.

—Voy a ayudar a Paxford a plantar unos abetos y nuevas plantas de judías verdes.

—Pues será mejor que vayamos a la estación de Paddington —dije.

Llegamos a la acogedora puerta verde y pulsamos el mismo timbre para ser saludados por la misma señora Miller. Se oyeron las mismas voces masculinas cuando Jack y Warnie llegaron al pasillo trasero.

Sin la necesidad de abrigos y paquetes, salimos a disfrutar de la primavera de los Kilns antes de deshacer las maletas. Los niños corrieron hacia el bosque y los perdimos de vista. Me dejaron allí parada en el huerto lleno de brotes nuevos con Jack y Warnie. Toqué la punta de una planta de tomate, su diminuta hojita apenas asomaba del suelo.

—La tierra está despertando.

Warnie se rio y clavó su pie más hondo en la tierra húmeda como si estuviera plantando él mismo.

—Creo que Paxford está tratando de presumir ante ti. En tu última visita le diste un consejo y ahora quiere demostrar que su jardín está a la altura.

—¿A la altura? Desde luego que sí. Esta tierra podría germinar sin nadie que la cuidara. Qué suelo tan rico —dije, me agaché, agarré un puñado, abrí la palma de la mano y dejé que la tierra corriera entre mis dedos. Abordé con cuidado el siguiente tema.

—Jack, cuando en tu biografía describes el gozo, me doy cuenta de que algunas veces no puedo sentir esa emoción, como si me hubiera dejado para siempre. Pero, ahora mismo, con el jardín a punto de florecer y las risas de los niños en el bosque, cuando los oigo y sé que están aquí, creo que lo siento de nuevo.

Warnie emitió un sonido muy cercano a un suspiro.

—La primera alegría de Jack fue en un pequeño jardín.

Jack asintió. También él se agachó y recogió un puñado de tierra, puso su otra mano encima y la sacudió antes de soltarla en el suelo.

—Sí —dijo—. ¿Ya llegaste a esa parte? Cuando estaba enfermo de niño y no podía levantarme de la cama, Warnie salió y me hizo una cajita, un pequeño jardín de hadas por así decirlo. Dentro de una lata de galletas colocó ramitas y musgo, florecitas y hierba, incluso guijarros. Era un verdadero mundo tan pequeño como una mano. Y la sentí, la alegría más sencilla. Era una cualidad mística, y he pasado la mayor parte de mi vida buscándola desde entonces —confesó con una sonrisa—. Es un sentimiento que te salta en las entrañas.

—Y aquí lo tienes: soy Joy, la alegría —dije, señalando hacia mí misma en broma, con una gran sonrisa que ocupaba toda mi cara.

—Sí, por supuesto que sí —asintió Jack, soltando esa risa que me encantaba.

—Pero, te soy sincera —dije—, tal como lo describes se puede palpar. Es una palabra prácticamente imposible de definir, pero encuentras la manera de hacerlo, describiéndolo con un recordatorio.

—¿Y no resulta extraño —preguntó Warnie, golpeando con su bastón en el suelo— cómo afirma que el sentimiento de desgracia se parece mucho al de alegría en sus primeras sensaciones?

Asentí.

—Bastante —fue todo lo que dijo Jack. Parecía avergonzarle que habláramos de su trabajo con él presente. Se quedó en silencio y anduvo unos metros delante de nosotros, moviendo su bastón. Caminamos por el camino encharcado hacia el estanque, donde resonaban los gritos de los niños. El aire olía a lluvia reciente y a tierra compostada, a verde y a nacimiento. Respiré hondo.

Cuando me acerqué a Jack, miró desde el suelo hasta mis ojos.

—¿Y qué te ha parecido hasta ahora?

Toqué la manga de su abrigo y le sonreí.

—Cuando escribo tus palabras y leo tu trabajo, de una cosa estoy segura: nuestra experiencia es parecida, desde la sorprendente cualidad mística de la naturaleza a abrir nuestros corazones a una conversión renuente. ¿Cómo voy a opinar nada que no sean maravillas?

Asintió.

—Y creo que tienes razón sobre la desgracia —dije—. Existe un cierto placer en la punzada de esa agonía, en el corazón atravesado. No es lo mismo que la alegría, ¿pero no ocurre algo parecido? —pregunté, e hice una pausa—. Como escribiste, la alegría es diferente de la felicidad o el placer y nunca está en nuestras manos.

—Cautivado por la alegría, impaciente como el viento —dijo, citando a Wordsworth, del poema del que tomó su título.

Le contesté de la misma manera:

—Me volví para compartir la emoción. ¡Oh! Con quién sino contigo.

—Desde luego —dijo en voz baja y me miró fijamente—. Contigo nada es nunca en vano, ¿verdad? Creo que no conozco a nadie que experimente como tú el hechizo de este mundo y sus sentimientos.

No podía responder a este cumplido, a la visión que él tenía de la mujer que yo era y siempre había sido. ¿Alguna vez alguien me había conocido tan bien? Dejé que la intimidad se asentara entre nosotros por un momento antes de respirar y seguí adelante.

—Si la gente espera que reveles los secretos de tu vida en esta biografía, se va a decepcionar.

—Se supone que es una historia de mi conversión, no de toda mi vida —dijo.

—Por supuesto. No eres de los que lo cuentan todo —dije, y me quité mi sombrero imaginario con una sonrisa—. Para mí es como la historia de una conversión en constante desarrollo, como si pudieras escribir este libro toda tu vida. Pero quiero preguntarte una cosa —dije en voz baja, para que Warnie no me escuchara.

—¿Sí?

—Veo partes de *nosotros* en tu trabajo, partes de nuestra relación y nuestras discusiones —dije y tragué saliva—. ¿Tengo razón?

—Por supuesto. ¿Cómo no ibas a formar parte? Pero, si en algo me he extralimitado, debes señalarlo, porque no se hará ni se dirá nada sin tu permiso, o si ves plagio.

—¡No, Jack! No es nada de eso. Pero, cuando describes tu conversión, por ejemplo, cómo llegó sigilosamente hasta ti, la conversión «reacia», es como si fuera mi ensayo.

Sacudió la cabeza.

—Tu descripción sonaba como la mía.

No sentía que me estuviera robando las palabras, y no quería que pensara eso; había empezado este libro mucho antes de conocerme. Quería que viera que habíamos arribado a la misma orilla después de dos naufragios dispares, que nuestro amor no era meramente intelectual, sino también espiritual. Yo apuntaba al carácter inexorable de nuestra experiencia.

Llegamos al borde del estanque y Douglas corrió hacia Jack.

—Señor Lewis, ¿podemos montar en la canoa? —pidió, señalando la batea roja varada en la tierra nueva y blanda de la primavera—. ¡Por favor! La última vez hacía demasiado frío.

—Claro que pueden, hijo, pero no asusten a mis dos patos. No están acostumbrados a tanta exaltación, solo a dos viejos sosos de paseo.

—¿Viejos? —dije—. ¡Ja!

Jack se inclinó para ayudar a mis hijos y sacaron la batea del lodo con un gran ruido de succión. Con esfuerzo y entre risas, la botaron desde el muelle con un remo. El bote se balanceó, se tambaleó y luego se asentó en el lago, irradiando ondas, círculos en el agua que llegaban hasta la orilla para bailar con la hierba crecida.

Nos quedamos mirando hasta que Jack rugió a los chicos:

—¡Por Narnia y el Norte!

—¡Por Narnia y el Norte! —gritaron al unísono, levantando los puños mientras remaban hasta el borde del estanque.

Jack se volvió hacia mí con una expresión tan seria que de inmediato pensé que algo andaba mal.

—Me gustaría hablar contigo de algo, Joy.

—De lo que sea. ¿Qué es?

—Warnie —le dijo a su hermano—. ¿Te importaría asegurarte de que esos jóvenes no se ahoguen mientras yo regreso a casa con Joy? Me gustaría pedirle su opinión sobre Cambridge.

—Creo que es una tarea para la que soy apto —respondió Warnie, y sonrió.

Sentado en el salón frente a la mesa del Scrabble, Jack se tomó su adorado tiempo para prensar el tabaco en su pipa y encenderla con un fósforo. Entonces me miró; el humo subía enroscado desde sus labios, el dulce aroma del buen tabaco colmaba mis sentidos.

—Joy, me han ofrecido un trabajo en Cambridge y lo he rechazado, pero ahora tengo mis dudas. He hablado con Tollers y me preguntaba si tú también quisieras ahondar en el problema conmigo.

—¿Problema? —le pregunté—. ¿No te sientes honrado?

—Por supuesto. Es Cambridge —afirmó, y dio una calada a su pipa—. Y han creado un puesto solo para mí. Cátedra de Estudios Medievales y Renacentistas.

—Oh, Jack. Eso es maravilloso —dije, apoyé los codos en la mesa, evitando las fichas, y le dije—: cuando lo visité por primera vez el año pasado, le escribí a Bill y le dije lo mucho que me gustaba, es más compacto y armonioso que Oxford, más del Viejo Mundo, aunque la arquitectura de Oxford me gusta más. Es una ciudad gloriosa, Jack.

Se quedó en silencio mientras ponía una palabra en el tablero de Scrabble que nos separaba, como si eso le ayudara a pensar. Me estaba ganando. Entonces puse mis cuatro fichas, la z en un sitio de tres puntos: «zeal».

—Parece que la partida no está tan terminada como pensaba —dije. La risa le hizo chisporrotear humo.

—¿Te refieres a mi carrera o a la partida de Scrabble?

—A ambas —dije—. Cuéntamelo todo. Esta oferta debe de parecerte como una redención después de la negativa de Oxford.

—Sí, pero lo que me preocupa es cómo podría irme de aquí, Joy —dijo, extendiendo las manos para abarcar toda la sala—. Llevo treinta y cinco años en Oxford.

—Sí —asentí—, es mucho tiempo. Casi tantos años como mi edad. Pero tal vez sea bueno cambiar, y Cambridge está a solo un par de horas, no es otro país.

—También es en el Magdalene College. Solo hay una letra de diferencia.

—Qué interesante. ¿Te quedarías aquí? ¿Te mudarías? ¿Qué implica?

—No podría dejar a Warnie. Ni esta casa.

Tomé cuatro fichas más del montón, las puse en mi casillero, pero no las miró.

—Debe de haber una manera —dije—. Si te quieren tanto como para crear un puesto solo para ti, te ayudarán a encontrar la manera de vivir aquí y trabajar allí.

—Sí, la encontrarán —admitió, tomó una bocanada de su pipa y cerró los ojos—. Pero quizás sea demasiado viejo para cambiar.

En esta declaración escuché su reticencia a todo lo nuevo, a todo lo que pudiera perturbar su paz y tranquilidad. Había construido una vida segura, y cualquier cosa que la hiciese ondularse como la batea acababa de hacer con su estanque había que evitarla.

—Jack, perdóname por mi insolencia, por ofenderte con mi análisis de esto, pero sabes que te aprecio. Yo veo aspectos de tu corazón que otros no ven, que a veces tú tampoco ves. Tu miedo al cambio es evidente. Escondes dentro de ti toda la confusión y el dolor de tu vida pasada: la pérdida de tu madre, lo que pasó en la guerra, los internados. Y Paddy y la señora Moore. Y ahora aquí estás, tranquilo en tu jardín del Edén con tu hermano y tu terreno y tus estudiantes y tus Inklings y tus amigos y tu pintoresca ciudad. Todas estas cosas te inspiran y te protegen. Pero podría venirte bien un cambio. No uno que te trastorne, sino que te haga crecer —dije y entonces hice una pausa—. Deja que te toquen el alma cosas nuevas.

Me miró fijamente durante un instante demasiado largo, tanto que creí que me había pasado de la raya. Pero parpadeó una vez y dijo:

—Tienes razón. Tollers dijo lo mismo, que me vendría bien un cambio de aires. Cree que Oxford no me ha tratado bien. Y el nuevo puesto tiene tres veces más salario con la mitad del trabajo. Pero el problema es que ya lo he rechazado dos veces con cartas muy elocuentes —dijo, y sacudió la cabeza—, o que yo creía elocuentes. ¿No parecería absurdo que les dijera que ahora quiero reconsiderarlo?

—¡Jack, ellos crearon el puesto para ti! ¿Por qué iba a ser absurdo cambiar de opinión? A veces tenemos que reflexionar sobre las cosas, orar por ellas, hablar de ellas, y entonces se nos abren los ojos al camino mejor.

—Y tal vez me permitan vivir allí solo cuatro días a la semana, así que puedo estar aquí el mayor tiempo posible.

—Tú sabes trabajar y dormir en los trenes. Este trabajo está hecho a tu medida.

—¿Sabes qué me dice que debería ir? —dijo, se detuvo y sonrió—. En mi mente ya he empezado a dictar conferencias.

—Entonces pasemos de la imaginación a la realidad —concluí.

—Sí, creo que tienes razón —asintió—. Le escribiré hoy al vicerrector y le diré que me gustaría aceptar el trabajo, si no es demasiado tarde.

Entonces colocó sus fichas y compuso la palabra «travesura».

Sacudí la cabeza.

—¿Cómo voy a volverte a ganar?

Jack dejó su pipa en el borde de la mesa y se inclinó hacia adelante.

—Gracias, Joy. Siempre me siento más lúcido y revitalizado después de hablar contigo.

La *alegría*, ese concepto elusivo que Jack codiciaba, lo suficiente como para convertirlo en el título de su biografía, me inundó durante un bendito instante. Fue como lo que él había escrito en su primer capítulo: «No es la felicidad habitual, sino la alegría de un momento dado, la que glorifica el pasado».

Si alguna vez tuviera que ensalzar la gloria de este día, y sabía que tendría que hacerlo, sería recordando ese momento en que me pidió que me sentara con él para ayudarle a saber qué hacer con su vida.

CAPÍTULO 37

Los gigantescos glaciares de tu inocencia
Son más de lo que puedo escalar

«Soneto XXXVI», Joy Davidman

Junto con la sentencia de divorcio que había enviado el abogado de Bill desde el otro lado del charco, el verano trajo lluvias tan continuas que Londres anunció el de 1954 como el estío más húmedo en casi cincuenta años. La tierra estaba empapada y blanda, las flores eran un escándalo de esplendor, con las gotas de lluvia posándose sobre la copa de sus rostros que miraban al cielo. Además, hizo frío. Todavía llevaba puestos mis calcetines de lana y mi suéter cuando Jack vino a visitarme al Avoca House aquella tarde de junio.

Venía siendo así desde hacía meses, desde nuestra última visita, cuando hablamos de Cambridge. Jack venía ahora a Londres sin más razón que la de verme. Seguramente se inventaba otras razones, pero solo eran excusas. Revisábamos las páginas de su biografía y esparcíamos los folios por mi pequeño escritorio, los rediseñábamos y los reorganizábamos. Caminábamos hasta el *pub* para tomar algo o entrábamos en la librería Blackwell para deambular por ella satisfechos y sin rumbo. Cada segundo esperaba que me tocara y se me acercara, pero nunca sucedió, me dejaba siempre expectante, llena de anhelo y, sobre todo, confundida.

Lo que nos estaba pasando nos estaba sucediendo a los dos: cuando nos separábamos, nos extrañábamos. Cada vez más, deseaba, y a veces necesitaba, enseñarle o contarle mis percepciones o logros de ese momento o de ese día. Yo quería, como él, compartir cada momento y cada pensamiento. ¿Describía esto el amor? Y, si era así, ¿qué tipo de amor?

—¿Crees que el amor encaja bien en tus categorías? —le pregunté durante una terrible tormenta eléctrica mientras nos acurrucábamos en la cocina compartida y preparaba sopa de cordero con verduras.

—¿Encajar bien? —dijo, agitó la cabeza y se apoyó con aire informal contra la encimera, quitándose la chaqueta para dejarla sobre una silla de cocina—. No creo que nada encaje perfectamente en nada, pero al menos debemos intentarlo, ¿o para qué sirve el lenguaje si no?

Era verdad, teníamos que intentarlo, pero yo sabía muy bien que nuestro amor era una bruma o un viento que se podía sentir más que ver, que entraba y salía por las grietas de las categorías de palabras griegas de Jack. No había nada que lo paralizara, y, si yo lo obligaba a definirlo, o a nosotros, temía perder la magia por completo. Me regodeaba en su despliegue, y, hasta donde pude, me mantuve en guardia en torno a mi propio corazón, vigilando con atención que no entraran los intrusos de la fantasía, ni aquellos ladrones llamados obsesión y posesión.

Esa tarde, el tiempo había mejorado y nos sentamos en mi pequeño jardín, frente a los tulipanes que había plantado meses antes, ahora encorvados y sumisos por la lluvia matinal. Había limpiado las dos sillas metálicas de jardín con una toalla de cocina y nos sentamos a tomar el té.

—Poder estar afuera de nuevo —le dije— podría ser la cura para todos los males.

—Muy posiblemente —contestó Jack, y señaló a un rectángulo de papel doblado en mi mano.

—¿Es para mí?

—Bueno, no es *para* ti, pero quiero que lo leas.

—Ah, pensé que eran más correcciones a mi trabajo. No sé si podré soportar muchas más.

—Por todos los santos, Jack, no los corrijo, los mejoro. Una parte de mí está preocupada por ser tu Max Perkins en vez de una escritora.

—Tonterías —dijo y extendió su mano—. ¿Un poema?

Me quitó el papel doblado.

La visión fugaz de lo que significaba ofrecerle mis sonetos me hizo retroceder; se me quedó el aliento atrapado en el pecho.

—No —dije—. Está lejos de ser un poema, tal vez una gran obra de ficción.

Jack abrió el papel doblado, que había llegado días antes desde Miami —adonde Bill se había mudado para estar con Renée— a Belsize Park, Londres. Una cosa es la notificación de un divorcio —un acuerdo de custodia total para mí y visitas para él, junto con sesenta dólares a la semana en concepto de pensión alimenticia y manutención de los hijos— y otra muy distinta es ver una hoja de papel en la que se lee que el *vinculo matrimonii* está disuelto. Bill y yo nos habíamos escrito, estábamos de acuerdo en los términos, pero las acusaciones que contenía la sentencia eran repugnantes y desgarradoras. No me las esperaba, y la mayor parte eran como puñetazos en el estómago.

Jack lo leyó despacio, ajustándose las gafas, y de vez en cuando arqueaba las cejas por encima de los lentes. Cada línea o dos había una frase que lo exasperaba.

—«El demandante alega que la demandada ha permanecido volcada en sus esfuerzos literarios y tiene el deseo de ser escritora y se mueve por una abrumadora ambición y deseo de progresar en este campo»—parecía escupir las palabras, las de Bill, en el aire—. ¿Está escribiendo una demanda o vomitando envidia? Menuda tontería.

Siguió leyendo; entonces levantó la cabeza con los ojos húmedos.

—Joy, esto es asqueroso —dijo y volvió a bajar la vista para leer en voz alta—: «Continuamente se permite supuestas muestras de temperamento nervioso e ingobernable y parece vivir en un mundo de ensueño artístico».

—Sí —dije y sorbí mi té—, es obvio que vivo en un mundo de ensueño artístico mientras a la vez crío a nuestros hijos, escribo y trabajo —ironicé, y señalé al papel—. Va a peor, aunque no te lo creas.

—No es posible.

Volvió la mirada al documento. Mientras Jack leía mi sentencia de divorcio, vi cómo dos petirrojos se posaban en mi comedero de pájaros y picoteaban el alpiste.

—Y encima esto —exclamó Jack y golpeó con su mano libre el borde de la silla—. «La demandada siente que su carrera artística es mucho más importante que su carrera doméstica, su vida y su deber hacia su marido y su familia».

Tenía el documento agarrado con tanta fuerza que comenzó a arrugarse bajo sus dedos.

—¿Cómo viviste con esto? Es degradante.

—Sí, lo es y lo fue. Pero ahora estoy aquí, Jack. Justo aquí.

El rojo de sus mejillas se acentuó y apretó más los labios.

—Joy. Aquí dice que te rogó que vivieras feliz con él y los niños, pero que te negaste.

—Bueno, ahí lo tienes —dije, levantando mi taza de té—. ¿Quién es ahora el que vive en un mundo de ensueño?

—Estupideces de un tipo falso y manipulador. Palabras sucias y huecas.

Me incliné hacia adelante, con las manos sobre las rodillas.

—Debería haber presentado mi denuncia, así podría haber dejado constancia de *mis* quejas. Pero sé que echa de menos a sus hijos, y estoy segura de que esto son solo ataques verbales contra mí —dije, exhalé y sentí la tensión retorcerse bajo mi vientre—. No creo que pueda contar con la manutención ni la pensión alimenticia a menos que contrate a mi propio abogado para asegurarme de que cumpla con ellas.

—Entonces debes contratarlo —aseguró Jack, y levantó su té, una delicada taza con flores pintadas que había encontrado en el mercadillo de segunda mano, pero no tomó ni un sorbo antes de volver a ponerla en su sitio. Una golondrina revoloteó en torno a él como si curioseara y luego se fue.

—Estas acusaciones... —dije—. Todo es porque una vez fui una esposa sumisa y condescendiente. —Toqué con el dedo la sentencia de divorcio—. Él no cree que yo sea capaz de luchar, o se le ha olvidado. Pero no me doblegaré ante su retórica. Demasiado tiempo lo he hecho. Me siento como si hubiera entrado en una máquina del tiempo y estuviera de vuelta allí, con Bill borracho y los chicos pasando miedo. Me siento marchita y asustada, nerviosa y sin esperanza. No quiero volver a sentirme así.

—No volverás a sentirte así —dijo y casi, Dios mío, casi me toma de la mano. Pero no lo hizo. Se inclinó hacia atrás y encendió su cigarrillo, con un movimiento muy familiar—. Tienes la fuerza suficiente, Joy. Siempre la has tenido. No conozco a nadie tan fuerte —me animó con palabras tan vigorosas que lo creí. Dobló la sentencia de divorcio y me la devolvió—. Como dije: basura.

—Sí —respondí—, pero libertad... una bendita liberación.

—Libertad —repitió y me dirigió una mirada como si acabáramos de decidir saltar al estanque el primer día de primavera, una mirada traviesa—. Piensa en tu nueva vida, Joy. Tu coraje te ha traído a un nuevo lugar.

—A mis hijos y a mí.

—Hablando de tus hijos, cuéntame de Davy y Douglas. ¿Cómo fue tu visita a Surrey ayer?

Una nueva energía se apoderó de mí.

—Sencillamente maravillosa —contesté—. Los vi jugar al críquet y conocí a algunos de sus profesores. Davy está recibiendo tutoría personal en Matemáticas. Sinceramente, es más de lo que podría haber esperado. Algún día te lo devolveré.

Jack se puso de pie y extendió su mano para ayudarme a ponerme de pie.

—Vamos a dar un paseo. ¿Una caminata tranquila hasta el parque? Por fin está subiendo la temperatura.

Le permití que me ayudara a levantarme y luego soltó mi mano. Un dolor en la cadera izquierda me hizo volver a sentarme rápidamente. Caminar con él, pasear tranquilamente por los jardines, era una de mis actividades favoritas, pero no podía.

—Jack, lo siento mucho. La cadera me está molestando otra vez. No tengo ni idea de por qué. Dicen que es reúma. Espero que cese cuando nos deje esta lluvia interminable.

—No tienes por qué disculparte —dijo con una sonrisa—. Es agradable estar sentados un rato.

—Haré más té y sacaré los relatos que empezamos a leer ayer.

—Hoy no necesitamos relatos, Joy. Si queremos leer buena ficción, podemos releer la sentencia de divorcio —bromeó, se rio con esa risa cordial suya y se dio palmaditas en el pecho antes de soltar la pipa.

Me reí tanto que ambos nos doblamos hacia adelante para apoyarnos en las rodillas, inclinándonos el uno hacia el otro, cara a cara. En ese punto nos detuvimos, cerca, a solo unos centímetros. Solo hacía falta que uno de nosotros salvara la distancia y por fin se tocarían nuestros labios. Pero, por ahora, fueron solo nuestras sonrisas las que se encontraron en los escasos centímetros que nos separaban.

«¿Cómo hace una para *no* enamorarse —me preguntaba—, para no destruir la *filia* más sublime?».

Como de costumbre, no tenía la respuesta.

CAPÍTULO 38

No te enojes porque soy mujer
Y tengo labios que desean tu beso

«SONETO XXXIX», JOY DAVIDMAN

Agosto de 1954

—Warnie agarró una borrachera horrible —dijo Jack con una mueca de dolor en su voz—. Se ha ido a recibir tratamiento, y eso significa que estaré contigo y con los chicos un par de semanas. Tendrás que tolerar mi compañía.

Jack y yo estábamos sentados juntos en el Bird and Baby, tan sofocante en su interior como el clima de agosto que afuera cocía a Oxford. Por fin llegaron las vacaciones de verano y fuimos —mis hijos y yo— a pasar un mes en los Kilns. ¡Un mes!

—¿Tolerar? —dije, riéndome y negando con la cabeza—. Esa no es la palabra correcta. Siento lo de Warnie. Sabes cuánto lo aprecio, y desearía poder ayudar. Pero Dios sabe lo feliz que me hace que estés aquí con nosotros.

Levantó su cerveza en señal de saludo.

—¿Ya está? —preguntó Jack en voz baja—. ¿Están legalmente divorciados?

—Sí, por supuesto. Ya soy soltera —anuncié, y permití que la simple declaración brillara entre nosotros, observé con atención el cambio que esas dos palabras pudieran provocar, pero solo encontré la misma sonrisa amable—. ¿Sabes lo que hizo Bill? Se casó al día siguiente. Se casó con

Renée al día siguiente —sacudí la cabeza—. No sé cómo pude esperar que hiciera otra cosa. Donde empezamos es donde terminamos, o eso parece.

—¿Qué quieres decir?

Me encogí de hombros y, con un aire malhumorado, le dije lo que nunca le había contado.

—Bill estuvo casado antes que yo. No tenía hijos, y no vivía un matrimonio muy real, o eso es lo que me dijo en ese momento. Se casó conmigo solo unos días después de que el divorcio fuera definitivo. ¿Cómo iba un tigre a cambiar sus rayas?

—Bueno, ya está —dijo Jack y levantó su sidra casera, que estaba aún sin tocar—. Por el perdón de los pecados.

Sonreí y levanté mi propia sidra.

—Y por Bill y toda la satisfacción que pueda encontrar.

Chocamos los vasos, nuestros ojos se encontraron y mantuvimos la mirada. No había creído ni una palabra de lo que ponía en esa sentencia rebosante de mentiras. Conocía mi corazón y mi mente; comprendía lo duro y lo cruel, lo tierno y lo vulnerable de mí.

—¿Cómo le va a Warnie en el hospital? —pregunté cuando dejamos los vasos.

—No muy bien, Joy. Estoy preocupadísimo. Esta borrachera fue la peor hasta ahora. Los médicos creyeron que no lo lograría, pero se está recuperando.

—Conozco el dolor de ver a alguien que amas destruirse con la bebida. Parece que tiene que haber algo que debas hacer, pero luego se van y se emborrachan de nuevo y te rompen el corazón. Y se rompen su propio corazón. Sabes que he pasado por esto, Jack. Si quieres puedo contarte algunos de los pasos y teorías de Alcohólicos Anónimos. Funcionan de verdad. *Son* muy espirituales, todo trata sobre rendirse a Dios.

—Gracias —dijo Jack, y levantó su vaso de sidra—. Evidentemente, beber no es un pecado. Lo es el exceso. Es una cuestión de templanza, de recorrer la longitud correcta y no ir más allá.

—*Mero cristianismo* —dije—. En ese libro lo dices.

—¿Sí? Qué tonto, repitiéndome en un bar. No me hagas caso. Estoy destrozado.

Hablamos un poco más de Warnie y de cómo ayudarlo. Le sugerí el jengibre amargo al final de la noche, que sabía a licor pero no lo era.

—¿Qué haría yo sin ti ahora? —preguntó cuando nos levantábamos para salir y dirigirnos a Shotover con Davy y Douglas, como les habíamos prometido.

—Espero que nunca tengas que saberlo —respondí, dándole un empujoncito cuando atravesábamos la puerta.

———

Shotover Hill había llegado a resultarme tan familiar como la curva del cuello de Jack. Mi primera caminata larga con él había sido en esta colina, con su sendero salpicado por parches de hierba que lo cubrían como mechones en la cabeza de un calvo. En cada estación en que paseé por allí, las flores y los árboles me habían mostrado caras distintas. En otoño, las hojas caían una a una hasta que los árboles dejaban sus esqueletos al desnudo, con las bellotas por el suelo como huellas. En invierno mis pasos crujían sobre la hierba helada y podía contemplar el paisaje blanco de árboles sin fruto cristalizados por el hielo. En la siguiente estación pateaba las ortigas y aprendía de memoria los nombres de las flores del bosque, con su variado colorido y sus rostros mirando hacia el sol de la primavera. Ahora, en verano, el calor y la brisa se mezclaban en un aroma embriagador de hierba nueva y tierra húmeda.

Las flores de bolas blancas de la verberiana bordeaban el sendero, subiendo la colina para unirse al helecho en un matrimonio natural. La flor de la hierba callera, con su cabeza de color borgoña, se alzaba enhiesta y orgullosa. La corteza nudosa del arce te hechizaba, y la lluvia de pétalos blancos y rosados de los cerezos cubría el suelo.

Mi gratitud se desbordaba en forma de calor y parloteo.

—¿Te acuerdas de *Fantastes*, de cómo cada flor tenía su propia hada? —le pregunté a Jack mientras Davy y Douglas coronaban el alto para contemplar Oxfordshire. Se me agotó el aliento en la garganta, un abatimiento insoportable me empujaba hacia abajo cuando quería enderezarme. Me incliné, apoyando las manos en las rodillas, y luego arranqué una margarita de cara redonda. Me puse en pie y se la di a Jack.

—Mi favorita era el hada de las margaritas. Me gustaba cómo la describía MacDonald asemejándola a un niño gordo, a un querubín.

—A mí me asustaba el fresno de ese libro —dijo, señalando uno a metro y medio de nosotros, con su corteza estriada que recordaba el curso de pequeños ríos—. Me pasé años mirando por la ventana por si alguien venía a buscarme con su ensangrentada mano retorcida y nudosa.

—Hay que ver qué cosas recordamos de las historias —respondí riendo—. Si tuvieras que elegir entre la flor o el árbol, ¿con cuál te quedarías?

—Con el árbol —contestó—. Es el que se mantiene firme.

—Yo también —dije—. Pienso en esas raíces que serpentean bajo la tierra, extendiéndose más y más sin ver nunca la luz.

—Como los seres humanos —dijo con una sonrisa—. Una vida oculta.

—Todos tenemos una, ¿no? Pero con los amigos tal vez podamos mostrar un poco de ella, que vea la luz. Los árboles, sin embargo, no tienen otra opción.

—No con *todos* los amigos, pero con alguien como tú, Joy, sí es posible. Tan solo en amistades como esta he podido discutir sobre las cuestiones más profundas, indagar sobre la vida oculta.

«Con alguien como tú». Tomé esas palabras y las puse en el altar de mi memoria. Luego me incliné para tomar otro respiro.

—¿Estás bien? —preguntó Jack.

—Solo un poco cansada, supongo —dije, y me puse de pie para mirarlo de frente—. Bueno, en realidad es más que eso. Fui a ver a los médicos en Londres.

—¿Y? —se interesó. Miró a mis hijos y luego a mí, con semblante preocupado.

—Primero fui al dentista, y me dijo que mi último dentista de Londres, ese que yo creía que me había dado un trato tan fantástico, había hecho un trabajo desastroso. Tenía que sacarme seis dientes más.

Luego visité a los doctores; ocho, Jack. Menudo fiasco. ¿Quién necesita ocho médicos? Pinchazos, extracciones, agujas y radiografías, todo para decirme lo de siempre: tengo la tiroides baja otra vez.

—¿Pueden ayudarte? —preguntó, con ternura e inquietud en su voz.

—Me aumentaron la medicación —le dije—. De niña me pusieron un collarín de radio, y eso les preocupó bastante. Me dijeron que ya no lo usan porque causa quemaduras, cánceres y todo tipo de barbaridades. Les dije que era demasiado tarde para preocuparse por todas esas tonterías. Lo único que podemos hacer es partir de donde estamos.

—Suena horrible —dijo. Se apoyó en su bastón, con ambas manos abrazadas al mango—. ¿Crees que la medicación te ayudará?

—Sí, creo que sí. Pero hubo un momento brillante en ese largo día —dije—. Me pasé una hora hablando con el doctor Greene, el hermano de Graham Greene. Le dije que acababa de leer *El ocaso de un amor*, y nos pusimos a dar un repaso al mundo literario de Londres y sus chismes. Nuestra charla me quitó de la cabeza la enfermedad. Hablamos de Dostoievski hasta que me clavaron otra aguja y trajeron a otro médico que me examinó como a un raro espécimen.

Sacudió la cabeza, y con ella también su papada.

—Dostoievski en la consulta del doctor. Eso solo te pasa a ti.

Lo que no le mencioné a Jack fue el infierno de extraerme todos esos dientes. Me habían extirpado tantos y con un dolor tan fuerte que solo la codeína me había aliviado. No me atreví a sacar el tema para no revivirlo. Tampoco le hablé del bulto que tenía en el pecho, que una vez más descartaron como un simple quiste.

—Quédate aquí un momento, descansa —dijo Jack, dio unos pasos hacia los niños y me miró por encima de su hombro, levantando su bastón hacia mí—. Yo los alcanzaré. Te exiges demasiado.

—Muy bien, adelante —le dije.

Observé a Jack con mis hijos en la cima de Shotover. Habían subido con una cometa y ahora la habían desplegado. Sus brillantes rayas rojas y azules se estremecieron con el viento, sin alzar el vuelo, y chocó contra el suelo duro y tortuoso. Davy corrió hacia ella, la recogió, la sacudió y la alzó en su mano.

—Voy corriendo —le gritó a Douglas contra el viento—. Mantenla en alto.

Davy corrió hacia adelante, levantando al aire sus manos de niño de diez años con una ofrenda de cometa al viento.

Jack trotó a su lado para levantar la cometa hasta que la tela atrapó el viento y aleteó como un pájaro, con un sonido de bofetadas en el cielo.

Era simple: el vuelo de una cometa. También era un milagro, una gracia.

—¡Arriba! —gritó Jack, y la escena me llenó el corazón.

Una luz dorada caía sobre él, y todos se reían de algo que yo no podía oír. Jack estaba fuera del alcance de mis manos codiciosas y nece-sitadas, en la cima de esa colina, y aun así podía estar agradecida por todo lo que él era para mí y para mis hijos.

Antes de que yo pudiera subir hasta donde estaban ellos, los tres se unieron a mí y volvimos a los Kilns. Los muchachos charlaban sin parar sobre los planes para el huerto con Paxford, sobre la limpieza de la canoa, sobre la visita al parque de los ciervos y sobre navegar por el Cherwell.

—Señor Lewis —preguntó Davy mientras lanzaba una piedra sobre la parcheada extensión de pasto—, ¿cuándo sale nuestro libro?

—¿Nuestro libro?

—¿*El caballo y el muchacho*? ¿El que nos dedicó?

—Ah, ese —dijo Jack y levantó su bastón antes de posarlo con su respuesta—. Este otoño.

—¿Cuál va después? —preguntó Douglas.

—Acabo de enviar a la editorial *El sobrino del mago*, donde vemos a Aslan crear el mundo y averiguamos de dónde salió la Bruja Blanca, y donde descubrimos —susurró Jack— que el profesor lo había visto y lo sabía todo desde el principio.

Douglas se puso de puntillas como si fuera a alcanzar el cielo.

—Quiero leerlo *ya*.

Jack se rio.

—Entonces lo leerás.

Davy y Douglas se esfumaron en un instante y Jack se detuvo ante un gran tronco de árbol, redondo como una mesa, destripado en su centro y situado a la sombra de un grupo de helechos.

—Esto —dijo con un susurro de conspirador— es una máquina de ponerse en remojo.

—¿Una qué? —pregunté, alcé las cejas y me moví las gafas como si tratara de ver una máquina en algún lugar del espeso verde del bosque.

—Es el nombre que le doy a un lugar tan privado que me permite la libertad de estar solo y sentarme sin nada que hacer, o pensar en un problema, o escribir con un cuaderno y un lápiz. Un lugar para estar libre al aire libre y protegido. Eso, Joy, es una «máquina de ponerse en remojo».

—Bueno, brindo por toda una vida buscando máquinas de ponerse en remojo —dije, y retrocedí un paso o dos—. De hecho, busquemos otra ahora mismo.

Pronto llegamos a la puerta trasera de los Kilns. Lejos, la voz de Douglas resonaba con el nombre de Paxford, y Jack miró hacia atrás por encima de su hombro como si uno de mis hijos fuera a arrollarlo.

—Son agotadores, ¿verdad?

—Me alegro de que estén todos aquí. Esto sería muy triste sin Warnie en el calor del verano.

Abrió la puerta trasera y entramos en la casa. La señora Miller llegó con su delantal arremolinado y haciendo preguntas sobre cómo lo habíamos pasado y cómo estábamos.

—Mañana —dijo Jack mientras se dirigía a su habitación para descansar —iremos a patinar a Cherwell con unos amigos. Los chicos lo disfrutarán.

—Jack, tus amigos no parecen estar interesados en mí. Tal vez te gustaría ir sin nosotros.

—Tonterías —dijo y bajó los dos escalones que ya había subido. Se puso frente a mí.

—¿Qué te dijeron Moira y George de mí? —le pregunté—. No había visto a George desde nuestra primera reunión en Eastgate, y, cuando tomamos el té el mes pasado, estaba frío y callado. Su esposa me miraba como si estuviera desnuda en la mesa.

—Moira es muy amante del protocolo. Tal vez no le gustó que hablaran en corrillos. O que tomaras *whisky* mientras ella bebía té. Yo les sugerí *El fin de la infancia* basándome en tu sugerencia, y a ambos les encantó.

—No quiero que tus amigos me eviten, tengo muchos amigos propios.

—Nadie te está evitando. Y, aunque así lo *hicieran*, desde luego yo no te evito.

Jack me sonrió y luego subió por las escaleras a su habitación, y me dejó mirándolo fijamente con un impulso casi irrefrenable de seguirlo sin ser invitada.

Mientras Jack dormía la siesta, yo salí al jardín, donde Paxford había plantado los tomates y los frijoles que le sugerí. Cerré los ojos, dejé que el sol dorado de Oxford ciñera suavemente mi cabeza y mi cuerpo. Había celebrado mi divorcio con una pinta de sidra y una caminata con Jack y mis hijos. No podía imaginar algo así cuando aquella primera carta llegó a mi buzón de Staatsburg más de cuatro años atrás.

Aunque apartaba su cuerpo del mío, Jack tenía su corazón y su mente tan pegados a mí como la piel a los huesos. «No —pensé—, el amor nunca ha cedido a mi percepción del momento oportuno».

CAPÍTULO 39

Sí, lo sé: los ángeles desaprueban
La forma en que te miro

«Soneto XXXVIII», Joy Davidman

Metí a Douglas y Davy en la cama en la acogedora habitación del otro lado de la cocina, les subí la sábana hasta la barbilla y los besé a los dos antes de leerles un capítulo de la crónica narniana inédita. Todavía no lo había mecanografiado, así que la historia se nos presentaba con la letra cursiva del puño y letra de Jack.

—¿Cómo se llamará este? —preguntó Douglas, con los párpados ya a media asta.

—No está decidido. Tal vez *El último rey de Narnia*. El otro título que le gusta es *La noche cae sobre Narnia*. Warnie y yo sugerimos *Los páramos salvajes*.

—Léela, mami —dijo Davy, tirando de las sábanas hasta la barbilla.

Comencé en voz baja.

—Existe una clase de felicidad y asombro que hace que uno se sienta serio...

Mis hijos descansaban en la cama mientras yo leía, pero sabía que su imaginación estaba en otra parte, en un país del otro lado de un ropero, donde reinaba un ficticio Aslan.

—Sigue, mami —dijo Davy—. Un capítulo más.

Siempre un capítulo más.

Les di un beso de buenas noches antes de reunirme con Jack en el salón, con las palabras listas para contarle lo cautivados que se habían quedado los niños con la nueva historia, pero al salir del cuarto me detuve junto a una foto con deslustrado marco de plata puesta en la mesa del pasillo. Había pasado muchas veces a su lado y había apartado la mirada: una mujer mayor con el pelo blanco y mirada de desprecio por encima de sus labios apretados. Junto a ella se sentaba una chica más joven de exuberante cabello oscuro. Bruce II, el predecesor de Bruce III, estaba sentado en lo que parecía ser el patio trasero de los Kilns. Janie y Maureen Moore. No sé qué me hizo detenerme esa noche, o por qué me pareció que era hora de excavar en el pasado cuando había dejado que el polvo de esa etapa de su vida reposara el tiempo suficiente.

Después de la intimidad de los últimos días, por primera vez intenté imaginarme a la señora Moore y a su hija Maureen. Pero mi mente me fallaba; no tenía ninguna referencia para ver a otras dos mujeres en la casa. Jack y Warnie, tan expuestos conmigo como un pasillo de puertas siempre abiertas, nunca habían hablado de las dos mujeres que vivieron unos veinte años en los Kilns.

Dos veces su nombre había surgido en una conversación casual y dos veces Jack había cambiado de tema; y una nube, una nube oscura, había pasado sobre la cara de Warnie. Era experta en ignorar cosas, lo había hecho durante la mayor parte de mi matrimonio. Sabía cómo: si era demasiado o resultaba demasiado difícil mirarlo, simplemente te dabas la vuelta, forzabas una sonrisa y seguías tu día.

Pero Jack y yo habíamos llegado demasiado lejos. Tenía que preguntar. Entré en el salón para verlo. Tenía las gafas apoyadas en el extremo de la nariz, ya que se había inclinado la cabeza hacia abajo mientras leía. No estaba dormido, pero tampoco estaba despierto. Lo intentaría. Solo un intento.

—Jack —susurré su nombre. Si abría los ojos, le preguntaría. Si no, no volvería a intentarlo.

—¿Sí? —respondió, y levantó la cabeza despacio, empujándose con el dedo índice los anteojos hacia arriba.

—¿Estoy durmiendo en la habitación de la señora Moore?

Se pasó ambas manos por la cara y suspiró.

—Algún día teníamos que hablar de esto, ¿no?

—Sí, supongo que sí —dije, me senté ante él y me incliné hacia adelante, con las manos en las rodillas para poder estar más cerca, mirar más de cerca. Lo que más me preocupaba era que esa relación quizás lo hubiera escarmentado en cuanto al amor verdadero, a los placeres sensuales de un cuerpo contra el suyo, juzgándolo como algo malo o que al final hay que pagar con un trabajo arduo y gravoso.

¿Janie me lo había echado a perder? ¿Para los dos? ¿O sería que yo buscaba siempre una razón que explicara por qué solo éramos amigos?

Jack se levantó y fue a atizar el fuego agonizante.

—Joy. Cumplí una promesa, y todas las emociones o restos de sentimientos sobre todo aquello... —comenzó a decir, y se volvió hacia mí, con las manos agarradas a la espalda como le había visto ponerlas cuando estaba nervioso—. No creo que la situación de la señora Moore tenga mucho que ver con nosotros.

—Pero lo tiene.

—Tomé una decisión. Yo era joven y mi amigo Paddy había muerto en la guerra. Yo logré salir vivo. Que fuese un acto necio, prudente o sensato, ahora importa poco. Le prometí a Paddy que cuidaría de su madre y su hermana.

Se acercó a mí, bajó la mirada a la luz del fuego que desde detrás de él creaba un halo alrededor de su cuerpo.

Luego se movió, solo medio paso, y desapareció su semblante angelical; lo que quedaba era un hombre luchando contra las palabras que tenía que decir o callar sobre la naturaleza de su relación con una mujer que había muerto años antes: una mujer que podía o no haber sido su amante, pero que definitivamente había sido su obligación.

—Por favor, Jack.

Se aclaró la garganta.

—Ahora es solo una cuestión histórica; yo cumplí con mi responsabilidad y, Joy, ella ya no está. Las decisiones que tomé siendo joven, hedonista y convencido de que mis acciones eran correctas y verdaderas basándome en mis sentimientos de entonces ahora me resultan lamentables.

Era todo lo que iba a decir, pude verlo, pero desde luego que quería más. ¿La amó? ¿Era una sustituta de la figura materna? ¿Era una amante?

En el fondo sabía la respuesta, por supuesto, ella fue *todas* esas cosas. No había separación entre esos aspectos, no eran autoexcluyentes; nada era verdaderamente blanco o negro.

Jack respiró y dijo:

—Cuando me sometí a la voluntad de Dios, cambié, pero mi obligación se mantenía. Por eso vivía aquí. Es Warnie el que se ha aferrado a la ira. Dice que casi nunca vivió en paz su vida privada con «esa inconsciente en casa» —Jack imitó el acento irlandés ligeramente más fuerte de su hermano—. Warnie la tenía por un demonio. Está convencido de que podría haber escrito mucho más sin ella aquí. Y creo que tiene razón. Pero ya nos hemos resarcido; no hay necesidad de aferrarse a la ira como lo hace él.

—¿Qué significa eso de resarcirse?

—Se acabó —dijo, abriendo las palmas hasta el techo—. Mira lo que se nos ha dado, Joy. ¿Ves la felicidad de nuestra vida ahora?

La veía, pero la parte vengativa de mí quería buscar a Janie Moore en el pasado y estrangularla por el daño que le había hecho al hombre a quien yo amaba. De nuevo vi en Warnie a un camarada, otro que sentía lo mismo que yo.

Me desbordó la frustración y me salieron las palabras de lo más hondo de mí.

—Mantienes tu corazón a muy buen recaudo. Cierras esa puerta y te aseguras de que nadie la abra, ni siquiera un resquicio, para ver qué hay dentro.

—No creo que yo haga eso, pero sí es muy posible que no tenga acceso a los sentimientos con la misma facilidad que tú. Tú sientes con mucha intensidad y profundidad.

—Sí, pero eso no lo cambiaría. Hay mucho de mí que cambiaría, pero no eso.

Se aclaró la garganta y dijo simplemente:

—No quiero que cambies nada.

Con esas, levantó un libro para leer y la conversación terminó. Me hundí de nuevo en la silla: Jack me había contado la mayor parte de lo que necesitaba saber, si no todo. Era algo que mantendría en privado para siempre. Janie Moore fue una aventura amorosa de la que se arrepentía, que se terminó y que además había pagado con creces.

Cuánto deseaba redimir su idea del amor, su idea de lo que puede costar el deseo verdadero.

¿Pero quién era yo para redimir nada?

CAPÍTULO 40

Puedes estar seguro de que no te matará [el amor],
Pero tampoco te dejará dormir por la noche

«Soneto III», Joy Davidman

Vi la carta de otra mujer en su escritorio, y todo mi sentido de educación y ética me decía que no la leyera, pero no podía apartar los ojos. No sé cómo pude no leerla, pero habían sido dos semanas maravillosas en Oxford con Jack y mis hijos, y no tenía por qué arruinarlo todo.

Los cuatro formábamos una especie de familia. Viajamos por Oxfordshire y tomamos un tren a Studley Priory, una finca que había sido a la vez un convento y un sanatorio, ¡qué combinación! Comimos cuajada y galletas mientras los niños retozaban con los animales, desde los cachorros dálmatas hasta los hámsteres.

Durante esas semanas de verano, la casa se convirtió en un taller de escritura: Jack y yo nos esforzábamos en todos nuestros proyectos. Mi trabajo seguía siendo tan importante para mí como siempre y lo encajé en los momentos libres de nuestros días.

Nos preocupábamos por Warnie, y Jack llamaba todos los días a su centro para ver cómo estaba, esperando la noticia de que se encontraba sobrio y en buenas condiciones para viajar. Mientras tanto, los niños convirtieron el terreno de los Kilns en su patio de recreo personal: jugaban al críquet en la hierba, recogían frutas, construían fuertes y pescaban en el estanque. Shotover Hill se convirtió en sus tierras de conquista. Por la noche había ajedrez, y muros y montones de libros que examinar.

Era una tarde lluviosa cuando encontré a Davy leyendo una traducción francesa de *El príncipe Caspian*, musitando en voz alta y lentamente palabras francesas con acento en parte americano y en parte inglés.

—Estoy orgullosa de ti, Davy. Griego, francés y latín, todo en tu cerebro; eres brillante —dije, y lo abracé tan fuerte que tuvo que apartarme.

El tiempo pasó de esta manera tan agradable hasta que a mediados de mes llegó la noticia de que Warnie salía del hospital y estaba lo suficientemente saludable como para viajar. Jack iba a partir hacia Irlanda al día siguiente. Dormí más tarde de lo habitual esa mañana y subí a buscarlo a su oficina. Nunca entenderé por qué me pareció que debía arruinar esta apacible dicha con mi curiosidad.

No estaba en la habitación, pero sí todas sus cosas: los papeles, cartas, notas y páginas manuscritas con su cursiva apretada, la alfombra salpicada de tabaco de pipa y cenizas. Fui al escritorio a buscar folios para mecanografiar. Las cartas que había contestado esa mañana estaban apiladas a la izquierda. Las cartas cerradas, sus respuestas, estaban selladas y apiladas a la derecha.

Se deshacía de las cartas después de contestarlas. Lo sabía porque, cuando le pregunté si conservaba la primera mía, me dijo:

—No. Si me pasara algo, no quisiera que un tipo codicioso viniera aquí y recogiera mi correspondencia personal. La gente me escribe de los asuntos más personales.

—Como yo lo hice —dije.

—Sí, como tú.

Levanté el montón de correspondencia matutina, procedente de una amplia gama de personas y que trataba sobre diversos temas: noticias relacionadas con Oxford, peticiones de citas para cenar, notas del editor, una carta de Dorothy Sayers, otra del Comité Socrático del que acababa de dimitir. Había autores que pedían consejo, niños que preguntaban si Aslan existía o si podrían conocer a Lucy en Londres. Cada mañana, Jack se levantaba y leía esta pila y respondía a casi todas las cartas.

Miré hacia la derecha y vi la única con su letra que estaba sin terminar: era para Ruth Pitter. Esta no la había acabado ni sellado todavía.

Yo sabía quién era, por supuesto, una poetisa de renombre y amiga suya. A veces visitaba su jardín; me lo había dicho. ¿Estuvo mal que mirara? Le había escrito a Ruth con el papel que yo le había regalado como agradecimiento después de la última visita: folios gruesos de algodón con su nombre y la dirección de Oxford en la esquina superior derecha, con la insignia de Magdalen College estampada en la parte superior central en filigrana de oro. Había pasado una hora escogiéndolo, preparando el diseño en la tienda de artículos personalizados de Londres con mis últimos chelines del mes.

Mi querida Ruth:

Ni «Srta. Pitter» ni ningún otro nombre formal. ¿«Mi»?

Te escribo en este elegante papel que me ha regalado la americana.

¿«La americana»? Maldita sea…

Tu colección de poesía es más brillante cuantas más veces la leo: ebrio o sobrio, siempre es una delicia.

Quería apartar la mirada, desviar mi atención de aquella carta privada, pero no pude. La amargura se apoderó de mis ojos y los hizo bajar por la página.

Seguro que algún día vendrás a Oxford, ya sea por los libros o por las compras. Si es así, almorcemos juntos.

Eché un vistazo al final de la página.

Tuyo, C. S. Lewis

Era exactamente igual que como me escribía a mí, sin ninguna diferencia. No había un trato mejor. Tampoco peor, pero aun así me dolió. ¿Qué su poesía es una delicia? ¿Brillante?

Se me hizo un nudo en la garganta; el estómago se me hundió y se cerró. Esto eran celos, yo conocía bien su sabor y su vértigo. Me alejé de la carta y busqué unas hojas de su poesía. No pude evitarlo. Pero, por mucho que quisiera leer el resto de la correspondencia, la bondad de Jack impregnaba el despacho. Si hubieran sido los papeles de Bill, los habría rasgado, habría leído cada palabra para encontrar alguna infidelidad, alguna traición. Invadir la privacidad de un hombre bueno y decente parecía mucho peor, aunque lógicamente sabía que era lo mismo.

En la mesa de la pared, junto a la silla, había hojas con su poesía. Solo eché un vistazo a tres: «Early Rising», «If You Came» y «As When the Faithful Return».

> Y yo estaba triste, mi amor verdadero, por el amor que quedó sin decir.

Se trataba claramente de una poetisa brillante y de mente clara, lúcida y empapada de anhelo, que expresaba su amor, que era sutil y exigía una labor de descubrimiento. Este era *su* tipo de mujer: calmada y distante. No como yo: abierta y franca. En mi caso nada quedaba sin decir.

Tenía razón, su poesía era una delicia. Una luz brillante. Y un *reconocimiento*. Ella lo amaba; no tenía ninguna duda. ¿Pero la amaba él?

Ella estaba abierta a la insinuación, mientras que yo estaba demasiado ansiosa por llamar las cosas por su nombre.

Ella esperaba; yo alargaba la mano.

Ella era tímida; yo preguntaba abiertamente.

Mareada de envidia, me aparté por fin de los poemas de Ruth. Las lágrimas colgaban del borde de mis párpados, nublando mi visión.

¿Y si pongo uno de mis sonetos encima de la poesía de Pitter? ¿Y si Jack viera mi creciente necesidad de su contacto? Si bajase la mirada esperando su «luz brillante» y en cambio veía mis palabras: «Te tomo para mi placer», o incluso «Por siempre el hormigueo y el destello de mi cuerpo abrazándote». ¿Y si leyera *mi* poesía sobre la unión de los cuerpos, sobre sus éxtasis, sobre las formas en que yo había amado a otros hombres? ¿Querría leer sobre eso?

Me estremecí.

¿Y si la razón de que no me amara mientras mi amor por él crecía era que amaba a otra?

———

—Todo tuyo durante dos semanas —dijo Jack extendiendo sus brazos por sus dependencias en Magdalen—. Quiero que te sientas como en casa. Escribe todo lo que quieras mientras estoy fuera.

—No sé qué decir —le agradecí. Caminé hacia la ventana abierta que daba al parque de los ciervos. Un largo relincho, que parecía más de caballo que de ciervo, resonó entre la hierba. Me volví hacia Jack y me quité las gafas, me limpié los ojos—. Primero nos pagas Dane Court. Luego nos hospedas en vacaciones. ¿Y ahora esto?

—El placer es mío —dijo, e hizo una pausa—. Llevo todo el día tratando de encontrar el momento adecuado para contarles esta noticia: me han dado el trabajo en Cambridge. Según parece, después de que lo rechacé dos veces, se lo ofrecieron a otro, así que hubo días en los que pensé que debía olvidarlo. Pero la otra persona no aceptó el trabajo, y ahora es mío. Empiezo en año nuevo.

Extendí mis brazos para abrazarlo, con sorpresa de ambos.

—Eso es maravilloso —dije, y me aparté.

—Sí, creo que sí.

Le sonreí y le empujé en el brazo.

—Caramba, un trabajo nuevo.

—Sí —dijo—. Hasta este viejo puede comenzar de nuevo.

—Estoy segura de que puedes —dije, y me atreví a darle otro toque en el brazo. Jack dio dos pasos hacia mí, pero nada más.

¿Debería contarle lo que había visto en su escritorio? ¿Preguntarle si estaba enamorado de Ruth Pitter? Las preguntas temblaban en el fondo de mi garganta, deseosas de salir.

Habló él primero, casi como si pudiera leer mi mente.

—Anoche leí otro de tus poemas, «One Last Spring». ¿No te lo he dicho? No sé si lo hice, pero quería decírtelo.

—No, no me lo dijiste —contesté, y un cálido rubor inundó mi rostro.

—«De mi corazón la sanguinaria» —citó mis palabras con las manos agarradas tras la espalda—. No es de extrañar que dejase la poesía, no tengo ni oído ni mano para ella como tú.

—Gracias —dije, me apoyé en el alféizar de la ventana y me empapé de la belleza de su voz mientras recitaba mi poesía—. No sabes cuánto significa para mí que mis palabras reciban elogios, sobre todo desde que Macmillan rechazó mi propuesta de *Queen Cinderella*. Tendré que escribirla toda de nuevo para venderla.

—Entonces lo harás.

—¿Nunca has pensado en escribir una crónica más de Narnia, solo una más, porque sabes que se venderá?

—Creo que es mejor ponerle fin cuando los lectores piden más que cuando están cansados de algo interminable. Se habrán publicado siete en siete años. A veces hay que saber cuándo es suficiente.

Esa verdad cayó sobre mí con todo su peso: «Hay que saber cuándo es suficiente». *No* le preguntaría por Ruth Pitter ni por sus sentimientos hacia ella ni hacia nadie más. Debía saber cuándo es *suficiente*. Debía confiar en Dios: una y otra vez estaba aprendiendo y volviendo a aprender a confiar en la Verdad que aquel día se presentó en el cuarto de mis hijos. El herrumbroso y decrépito hábito de confiar solo en mí misma, solo en mi propia capacidad para hacer que las cosas sucedan, se moría lentamente y con dificultad.

Levanté la vista para mirar tras la ventana del otro lado, donde grupos de gente andaban sin prisa hacia el parque de los ciervos y los jardines mostraban el alboroto de sus flores nuevas.

—Turistas —dije, señalando por la ventana a una familia con cuatro niños que corría tras ellos—. Yo era una de ellos, y ahora aquí estoy en tus dependencias de Magdalen. Parece un milagro, Jack.

—Llamarán a la puerta, ya verás —vaticinó, se puso a mi lado y juntos miramos hacia abajo, al parque—. Esperan al rey Caspian o a un hombre con largas túnicas negras con las llaves del reino de Dios, y todo lo que encuentran es un viejo calvo con anteojos.

Se rio y la familia de abajo miró hacia arriba. Él hizo un gesto con la mano y se alejaron.

Apoyé mi cabeza en su hombro, solo por un momento.

—Gracias, Jack. Muchísimas gracias.

Él se iba por la mañana, y los chicos y yo quedaríamos al mando de la casa y los huertos, y yo de sus dependencias en la universidad.

Era un terreno peligroso en los dominios del amor: él aún no se había ido y yo ya lo extrañaba.

CAPÍTULO 41

Eres todo el oro de todas las piedras
Preciosa en mis dedos; las cosas más brillantes

«Soneto XLII», Joy Davidman

Octubre de 1954

Abrí la puerta principal del Avoca House y vi a mi madre y a mi padre allí parados en aquel brusco día de octubre. Mamá lucía su decoro y elegancia con su sombrero y sus perlas, su abrigo abotonado y su pelo lacado. Papá vestía un traje de tres piezas y la brillantina mantenía su bigote erguido, como en guardia. Ambos parecían venir de una fiesta y no de un largo viaje a través del océano.

—Mamá. Papá —saludé y los abracé a los dos—. Bienvenidos a Londres.

Las maletas descansaban en la acera, junto al taxista que, trajeado y con su sombrero de hongo, esperaba el permiso para retirarse. Le hice un gesto para que trajera sus maletas.

—Me alegro de que estén aquí —dije, y los invité a entrar.

—Oh, cariño, este barrio es encantador —comentó. La voz de mi madre me rechinó en los oídos por un momento hasta que me di cuenta de que me había acostumbrado tanto a la melodía del acento británico que hasta mi propio acento me sonaba tosco.

Después de pagarle al taxista y cerrar la puerta, mi padre dio unos pasos en silencio por la casa.

—Este es un buen lugar. Mucho mejor de lo que esperaba, dada tu situación financiera.

—Sí, ha sido duro, padre. Tienes razón, pero la gente aquí es generosa: la casera me ha puesto un precio fantástico —dije, y les pedí que me siguieran—. Aquí está el baño de los niños.

—¿Cómo has podido sobrevivir? —preguntó mi madre—. Con ese horrible exmarido tuyo sin enviarte dinero y tú en otro país... Me has tenido muy preocupada.

«¿Preocupada?». Casi me reí, pero me contuve. Si hubiera estado tan preocupada, tal vez hubiera sabido más de ella que alguna carta muy de vez en cuando. La única razón por la que estaban aquí era para ver Londres de camino a una gira por Europa e Israel; y, por supuesto, querían conocer a mi famoso amigo, C. S. Lewis.

Me aclaré la garganta.

—¿Vamos a hablar de dinero y miseria antes de tomarte el té y descansar las piernas? —dije tratando de sonreír—. ¿Por qué no te lavas y nos vemos en la sala de estar para tomar una taza de té?

Mientras cerraban la puerta del cuarto de mis hijos, herví agua en el pequeño fogón y puse galletas en un plato floreado. Oía el murmullo de sus voces, pero no las palabras. Me preguntaba qué estarían diciendo, cómo juzgaban este cambio en mi vida. Habíamos mantenido correspondencia, pero rara vez les había confiado mis verdaderos sentimientos. ¿Qué sentido tendría? ¿Acaso lo habrían entendido? No les había hablado de mis problemas de salud. No les había dicho cómo extrañaba a mis hijos, pero sentía que el internado era lo mejor. No les había contado que, aunque el trabajo en el húmedo sótano de la imprenta era miserable, el negocio había cerrado y eso me dejaba en una situación aún más difícil en cuanto a los ingresos; ni cómo había participado en un concurso de escritura y había perdido, así que me había fallado otra posible fuente de ingresos.

Solo habían pasado dos meses desde que dejé el enclave estival de las dependencias de Jack, la pureza de esas horas sagradas trabajando sola mientras mis hijos corrían por el bosque y subían a un kayak que Jack les había pagado en el estanque y correteaban por el zoológico de Whipsnade. Habíamos cocinado juntos y recogido ciruelas, manzanas y frijoles. Cuando nos fuimos, ellos expresaron lo que yo sentía: «¿Por qué no podemos quedarnos aquí?». Pero ahora yo estaba de vuelta en Londres y ellos, en Dane Court.

—¿Cariño? —sonó la voz de mamá.

—Aquí dentro —respondí.

Ella sonrió cuando entró en la habitación y se dirigió directamente a la ventana para mirar hacia mi pequeño jardín.

—No son las hectáreas de huerto que tenías en la granja, pero lo has hecho tú —dijo, se volvió hacia mí y por un momento pensé que podría haber lágrimas en sus ojos—. Con tu jardín de aquí afuera y las alegras telas y cuadros de dentro, se ve que te has hecho todo un hogar.

Me reí.

—¿Pensabas que vivía en una cueva miserable?

—No lo sabía, cariño. Simplemente no lo sabía —contestó mirándome de reojo—. Te veo un poco anglófila ahora, con tu manera de decir «taza de té» y «cueva miserable». Seguro que dentro de nada hablarás con su acento.

—A lo mejor es que trato de encajar —dije—, pero sí, estas cosas se te pegan muy rápido. Hasta donde sé, soy la única estadounidense por aquí.

La tos de mi padre hizo que ambas nos volviéramos hacia él.

—Si fuera por la ayuda que has recibido del cafre de tu exmarido, sí que estarías viviendo en una cueva.

—Oh, no es tan malo, padre. Hace lo que puede; es solo que no puede hacer mucho. Me llevé a sus hijos al otro lado del océano y él los extraña. También perdió su casa, y parece que no puede durar en ningún trabajo. No es como si él viviera a lo grande y me engañara al respecto.

Los dos me miraron con tanta sorpresa que me hizo reír.

Los grandes ojos marrones de mi madre, como los míos, no parpadeaban.

—Qué sorpresa oírme defenderlo, ¿verdad? Creo que yo misma me sorprendo —dije—. Pero tienes razón, he fracasado estrepitosamente en cuanto a mis finanzas. Esperaba más de mis escritos, y más de los de Bill.

—Podemos ayudarte, Joy. No sé por qué no nos pides ayuda —dijo mi padre, puso su sombrero sobre la mesa de la cocina y se enderezó el bigote, que no necesitaba enderezo alguno.

—Bueno, Jack me paga por mecanografiar y Bill se está poniendo al día con las pagas. Estoy escribiendo tan rápida y frenéticamente como puedo. Tengo algunas cosas publicadas, y espero más de mis novelas pronto. Si aceptara algo de ti, sería por los niños.

—¿Qué necesitan? —dijo mi madre, mientras jugueteaba con sus perlas—. Tenemos un dinero guardado, ya lo sabes.

—No, no lo sabía, pero ¿podemos hablar de esto más tarde? Quiero que disfruten de su primer día sin preocupaciones.

Con mis padres siempre había dos conversaciones: la de arriba y la de abajo. Esta era la de abajo. No les iba a contar que apenas dos días antes me había arrastrado al banco, donde, mientras trataba de solucionar el desastre de una cuenta vacía, lloré ante un hombre con un traje de tres piezas y pajarita que se apiadó de mí y me concedió la gracia de más tiempo para ingresar algo en la cuenta.

Se sentaron a la mesa y yo les serví el té, que sostenían en sus manos mientras su mirada crítica revoloteaba desde la ventana con su cortina de tela roja a cuadros hacia las paredes en las que había colgado los dibujos de los niños, y luego de nuevo hacia la ventana.

—¿Qué les gustaría hacer hoy? —pregunté—. Es su primer día, y sé lo cansados que deben de estar. ¿Quizás un paseo por Trafalgar Square? ¿Una visita a la Abadía de Westminster y luego una cena tranquila?

—Eso suena bien —dijo mamá.

Estuvimos un buen rato sentados en torno a la mesa mientras me daban noticias de casa.

—Howie está bien —fue todo lo que me dijeron de mi hermano.

—Y mis nietos —preguntó mi padre—, ¿cómo están?

—Oh, genial, papá. Pasamos tres semanas aquí en Londres después de un mes en Oxford. Han hecho amigos. Los verás cuando visitemos su escuela en unos días.

—¿Y se sienten como en casa? —preguntó mi madre.

—Este es su hogar. Saben cómo desenvolverse y aquí son libres. Aunque Douglas me dio un buen susto la semana pasada antes de irse a la escuela. Fuimos al parque, vio unas cometas (está obsesionado con las cometas después de haber volado una en Shotover Hill), las siguió y se juntó con grupo de expertos en volarlas. Se pasó tanto tiempo hablando con ellos que Davy y yo creímos que se había perdido. Yo estaba angustiadísima. Volvimos a casa y llamé a la policía. Horas más tarde, se presentó en casa, avergonzado y arrepentido, diciendo que había perdido la noción del tiempo. Yo creía que lo habían secuestrado o algo peor. Así que sí, este es su hogar.

—Y es bueno que hayas entablado amistad con gente famosa —dijo mi padre, irguiéndose en su asiento con esa proclama.

Lo ignoré y me levanté.

—Vamos a tomar un poco de aire fresco y les mostraré el vecindario —dije, sonriéndoles a los dos, con optimismo—. El otoño aquí es dorado, todo está dorado.

—Querida —dijo mi madre poniéndose en pie—, me encanta tu corte de pelo. Te sienta muy bien y vas muy bien conjuntada, y además llevas maquillaje. ¿Estás enamorada? —dijo, y se rio como una niña. Yo me encogí de hombros.

—Una mujer puede cuidar su aspecto para ella misma —dije, acariciándome el cabello.

—Bueno, es que nunca lo habías hecho.

Miré su cara impasible durante un momento.

—Vamos, mamá, voy a enseñarte mi nueva ciudad.

—¿Cuándo conoceré al señor Lewis? —preguntó, y se frotó los labios con el dedo meñique.

—Mañana —dije—. Lo conocerás mañana.

———

Al día siguiente, entramos en el restaurante Piccadilly, que refulgía con sus lámparas de araña de cristal y sus limpísimos mostradores, sus copas de cristal tallado y su cubertería pulida a conciencia. Mi madre se paró

a mi lado en el vestíbulo. Tenía perlas en los pendientes y en el braza-
lete que rodeaba su muñeca. Llevaba un traje negro con lentejuelas de
diamantes de imitación. ¡Lentejuelas! Bajo su chaqueta se asomaba una
camisa de encaje rosa.

—¿Viste cómo me miraba ese hombre? —nos susurró a papá y a
mí—. Ni siquiera en Inglaterra los hombres tienen la educación suficiente como para no quedarse mirando a una mujer hermosa—. Se
enderezó el sombrero rosa y parpadeó con recato.

Mi padre, a su otro lado, con un traje tan bien planchado que parecía
de cartón, la tomó del brazo.

—No te lo tomes mal —dijo—. Les gusta admirar. No tiene nada
de malo.

Yo estaba inusualmente callada. Después de todos estos años, mi
madre seguía inmersa en su ilusoria nebulosa de belleza en la que todos
los hombres se prendaban de ella, y mi padre estaba allí para protegerla
de los que sexualizaban su inocente glamur.

—Espero que le guste al señor Lewis —dijo.

—¿Has leído alguno de sus libros, madre? —pregunté, echando un
vistazo a la sala para ver si había alguna señal de él.

—No, pero he leído los artículos escritos *sobre* él.

Quería reírme de lo absurda que era la situación de esta tarde: mis
padres conociendo a C. S. Lewis. En cambio, me sentía como si alguien
hubiera sacudido un enjambre de abejas en mi estómago.

—Muy bien, pero recuerda que no podemos monopolizar su tiempo,
madre. Está en la ciudad para participar en un debate con Dorothy
Sayers. Solo puede acompañarnos a tomar el té.

—Lo entendemos, querida —dijo ella.

—Ahí está —dije, y sentí que se me calmaban los nervios. Señalé a
Jack mientras entraba al comedor, sus ojos me buscaron, me encontraron
y luego su sonrisa se abrió de par en par como aquel día en el discurso
sobre Hooker en Oxford, hacía ya varios años.

Se acercó a nosotros con paso largo y espaciado e inmediatamente le
tendió la mano a mi padre y se presentó; después a mi madre.

—Gracias por invitarme —dijo, y nos sentamos.

¿Por invitarlo? Uf. Casi se lo supliqué: «Por favor, ven a satisfacer la curiosidad de mis padres o no me dejarán en paz. No tendrás que volver a verlos».

Estaba aquí por una sola razón: porque le preocupaba lo suficiente nuestra amistad como para satisfacer mi petición. La charla y el té fueron tranquilos, aunque también un poco incómodos, hasta que mi padre habló de la Ley Seca y de cuán ardientemente había creído en su conveniencia todos aquellos años.

—Está lo correcto y lo incorrecto —decía siempre, para luego reiterar—: nada de gris. Nada de puntos medios, ¿no es verdad, señor Lewis? —le dirigió su pregunta desde el otro lado de la mesita llena de tazas de té y galletas en platos floreados.

—Padre —lo interrumpí, irritada por su áspera arrogancia—. Creías en la Ley Seca para todos menos para ti. ¿No te acuerdas de cuando vacié tu licor de albaricoque por el desagüe porque pensé que con ello ayudaba, porque no quería que fueses en contra de tus propias creencias?

Mi padre intentó reírse y miró a Jack.

—Qué impetuosa la niña. Prefería tirar el licor de su padre y ganarse una bofetada antes que mirar para otro lado.

—¿Ves? —dije—. Eso es lo que pasa. Yo pensaba que tenía razón cuando todo el tiempo estaba equivocada. Y encima ganándome una bofetada.

La broma, si es que era una broma, no tuvo gracia. La mesa se quedó en silencio.

—Dejaré de intentar ser graciosa —dije—. Siempre creo que puedo hacer gracia y nunca lo consigo.

—Querida, eres muy graciosa cuando no eres grosera —dijo mamá.

Jack se inclinó hacia mí, susurró tan cerca de mi oído que sentí su aliento.

—Me estoy esforzando…

Por debajo de la mesa, lo empujé con el pie y contuve una carcajada.

—Señor Lewis —bajó la voz mi padre como si estuviera a punto de dar una conferencia—. Nuestra hija nos ha dicho que traslada usted su actividad a Cambridge y deja Oxford.

—Así es. Empezaré allí en año nuevo —dijo Jack y me miró—. Es a Douglas a quien le molesta que renuncie a la nobleza de un hombre de Oxford. Parece que conseguí convencerlo de que era algo de suprema categoría. He superado mis expectativas.

—Pero no es ese el caso, ¿no? —dijo mi padre, mirando desde su larga nariz a Jack.

—¡Padre! —escupí su nombre—. Este nuevo trabajo es un honor. Han creado un puesto justo para la experiencia de Jack.

—Como tú digas —respondió, tomó su taza de té y se recostó en su silla como si estuviera posando.

Después de eso, dejamos a mi padre que hablara todo lo que quisiera, sin molestarnos en añadir o intervenir. Estaba deseosa de extender el brazo debajo de la mesa y tomar de la mano a Jack, que él fuera mi punto de equilibrio en este mundo tambaleante.

Cuando terminamos, Jack se levantó el primero.

—No puedo llegar tarde a mi debate. La señora Sayers y yo debatiremos sobre Kathleen Nott, y debo prepararme. Su verborrea puede ponérmelo difícil. Fue un placer conocerlos a los dos. ¿Les gustaría almorzar conmigo en Magdalen un día de la semana que viene?

—Jack, no, no... —empecé a decir, pero mi madre me interrumpió.

—Nos sentiríamos muy honrados. Sí, eso suena encantador. Mejor que todas las visitas turísticas que mi hija ha estado tratando de planear. Prefiero ir de compras y ver Oxford que ir a una catedral o a un museo.

Mientras le decía adiós a Jack, le susurré:

—Caramba, ¿aspiras a ganarte la aureola de santo?

En respuesta, solo sonrió.

Mientras se alejaba, dirigí a mis padres una mirada ligeramente alterada. De repente, su aprobación ya no importaba tanto. No necesitaba que entendieran mi vida ni por qué la había elegido así. No los necesitaba para calmarme o apaciguarme, algo que de todos modos nunca habrían podido hacer.

—Estoy cansada —dije—. Podría volver a la casa y descansar mientras ustedes dos van de compras a Regent Square. Mañana visitaremos a los niños en Dane Court.

—Ve, Joy —dijo mamá con los labios cerrados—. Tu padre y yo estaremos bien, y nos reuniremos contigo pronto.

Me levanté, y mi padre también lo hizo para ponerse frente a mí.

—Ese señor Lewis es todo un amigo para ti, ¿verdad?

Por fin podíamos coincidir en algo.

—Sí —dije—. Lo es.

El resto de la visita de mis padres fue tan apresurada como frenética. Mamá necesitaba ir a Woolworths cada dos días y por alguna razón tuvo que hacer al menos seis viajes a la lavandería. Salíamos a ver las tiendas del vecindario, e incluso por la noche teníamos que caminar por las calles para ver cómo se veían los comercios en la oscuridad. Dios mío, qué decir de los paseos por toda Regent Street. Mi madre tuvo que ir al peluquero y al médico (por males imaginarios). Tenía que ir a la tintorería, a la farmacia y a la tienda de verduras. Me esforcé hasta el límite para que pudieran hacer recorridos turísticos, pero, por desgracia, no tuve mucho éxito.

Cuando visitamos Dane Court, mi insufrible padre miraba a todo el mundo con un ojo escrutador rayano en el insulto. De inmediato pensé en las muchas insultantes cartas al director que solía enviar al periódico local, y cómo se enfurecía cuando no las publicaban, porque, desde luego, él sabía cómo arreglarlo todo. Si todo el mundo lo escuchara, todo iría bien y sería bueno y verdadero. Pensé en cómo mi madre a menudo me recordaba que mi parto fue tan difícil que tuvo que ir a recuperarse al rancho de unos amigos por varios meses. Tal vez ya fue ahí donde nos equivocamos: todo comenzó con problemas.

También celebramos cenas, intercambiamos regalos y me contaron que el matrimonio de Renée y Bill había causado una gran división en la familia en Estados Unidos: todos habían tomado partido. Les dije que mi partido estaba aquí en Londres y que nadie tenía que elegir bando.

Cuando se fueron, me ofrecieron suficiente dinero para pasar unos meses sin preocupaciones. Me regalaron un abrigo de invierno, y a los niños, ropa nueva y bicicletas. Los abracé con lágrimas en los ojos. No estaba segura de si eran lágrimas de felicidad o de vergüenza.

—Nunca quise tener que aceptar su dinero o sus regalos —les dije—. Pero estoy muy agradecida.

Me apreté el pesado abrigo y enterré mis dedos en su gruesa lana.

Mi madre me abrazó con fuerza, más de lo que lo había hecho desde mi más tierna infancia.

—Te irá bien, Joy. Pararemos aquí y te veremos de regreso a los Estados Unidos.

Mi padre, que no dio ningún abrazo, se despidió con rapidez.

Tan pronto como se fueron, caí deshecha en mi cama. Pero, en vez de pasarme esa tarde de otoño durmiendo como lo había planeado, estuve mirando el techo de yeso agrietado. Qué torbellino. Toda esa energía en mi tranquila casa, todas esas brasas de recuerdos de la infancia encendidas por un comentario o una mirada.

No hubiera podido pasar esas semanas con tanta paz si no hubiera sido por Jack. Mis padres lo visitaron en dos ocasiones. En cierto momento, mi padre dijo una idiotez que molestó a Jack, y yo vi su dolor por mí en un tic o un movimiento de ojos tan sutil que nadie más, hombre o mujer, lo hubiera notado. Cuando mis padres se marchaban por una hora o más, lo llamaba por el desvencijado teléfono solo para oír su voz. Pero la mayoría de las veces nos escribíamos sobre lo que hacíamos durante el día, y sobre cómo, por qué y en qué nos hacía pensar eso.

La Underwood estaba en mi escritorio con una hoja de papel en blanco en su rodillo. Puse mis dedos en las teclas, con la intención de escribir un soneto sobre estos últimos días, sobre mi gratitud por él, pero no llegó nada. Estaba llena de alegría, pero vacía de la necesidad de escribir otro verso lleno de dolor. Algo inalterable se había movido dentro de mí durante la visita de mis padres. Habíamos formado un equipo, Jack y yo, y este lujo era más de lo que habría podido soñar cuando años atrás envié aquella carta de seis páginas a Oxford, Inglaterra.

Me senté en la silla y giré el cuello para mirar por la ventana los árboles que se presentaban como dibujos al carboncillo contra un cielo azul, y comprendí, tan claro como aquel cielo, que no arrancaría de mi alma ningún otro soneto hambriento de amor.

Los había terminado.

CAPÍTULO 42

Se aleja de mis ojos la sombra del dolor
Y veo cuán dorado eres

«Soneto XLII», Joy Davidman

Nochevieja de 1954

Las celebraciones de Nochevieja habían comenzado en todo Cambridge.
Hombres y mujeres caminaban por las calles engalanados, la iluminación
de las fiestas parpadeaba en las farolas.

—Qué manera tan terrible de morir —habíamos dicho al unísono.

En Estados Unidos, el puerto para inmigrantes de Ellis Island había
cerrado, y el Temor Rojo y la Guerra Fría continuaban. Pero estábamos
allí, en las nuevas dependencias de Jack en Cambridge, envueltos en su
calidez y seguridad mientras giraba este loco mundo.

—Cambridge es tan pintoresco —dije entre las cajas que teníamos
a nuestro alrededor.

—Lo es —contestó y miró distraídamente el caos que yo había ido a
ayudar a organizar. No le gustaba el caos, ni otro desorden que no fuera
el que él mismo hubiera creado.

—Es un *college* pequeño y perfecto —dijo mirándome—, muy diferente al escéptico Magdalen, pero eso *no* te hace sentir como en casa.

—Lo hará.

—Oh, Joy, ¿qué he hecho? Tenía un trabajo que me encantaba, y
unas dependencias totalmente a mi gusto, y ahora voy y lo pongo todo
patas arriba —dijo, arrugando la frente al hablar, intentando quitarle

hierro, pero yo escuché la angustia que se extendía como la hiedra de las paredes de piedra afuera.

—Oh, Jack, cómo no, has arruinado tu vida. ¿Por qué te haces esto? El triple de salario por la mitad del trabajo. Y puedes volver a Oxford de viernes a martes —dije, sacudiendo la cabeza—. Horrible. Absolutamente espantoso.

Su risa llenó la habitación, resonando en las paredes. Se sentó en una caja que tenía escrito «Libros».

—Qué manera tan agotadora y emocionante de terminar 1954. Comenzar aquí al comenzar el año nuevo —dijo.

Me senté en una caja frente a él.

—Desempaquemos algunas de estas cajas para poder ir a ver qué tenemos que comprar para tus dependencias.

—¿Te das cuenta de que solo dan un vaso de oporto en la cena? ¡Uno! —dijo moviendo la cabeza.

—¿Cuántos te daban en Oxford?

—Tres —dijo.

—¡Oh, qué desgracia!

Se aflojó la corbata antes de dirigir una rápida mirada hacia mí.

—Espera, ¿te he dado las gracias por venir a mi discurso inaugural, Joy? ¿O he sido tan canalla y tan mal amigo que no lo he expresado en voz alta?

—¿Aunque no me hubieran invitado?

Se sonrojó, sus mejillas se pusieron como la grana.

—Oh, estoy bromeando, Jack. No te pongas así. Fue estupendo. Deberías haber oído a todo el mundo hablar del discurso al salir de la sala. Te aseguro que siempre citarán tu frase sobre los medievalistas: «Usen sus especímenes mientras puedan: no habrá muchos más dinosaurios». Había tantas túnicas y sombreros en la sala que apenas podía verte, pero te escuchaba.

—Sabía que estabas allí, y eso me tranquilizó. Estaba bastante nervioso. Mi primera conferencia, y estaba todo ese equipo de grabación. Me sentí como si estuviera dentro de una campana de vidrio tratando de causar una impresión que iba a durar toda mi vida.

—Es una conferencia de la que se hablará durante años. Pero debo discrepar contigo en un punto.

Levantó las cejas.

—Dímelo.

—Argumentaste que la ruptura entre las culturas vino con la caída de Roma o el Renacimiento, pero yo creo que fue con el auge de la ciencia como algo propio de la razón.

Su boca estalló en una gran sonrisa.

—Ah, ¿eso crees?

—Sí. ¿Estás seguro de que no sacrificaste la precisión en nombre del entretenimiento?

—No, en absoluto. ¿Ahora tengo que repensar toda mi conferencia inaugural? —dijo, y se dio un manotazo en la rodilla.

—Tú no estabas de acuerdo con todo lo que escribí en *Smoke* —dije para suavizar el golpe, si es que fue un golpe.

—No siempre tenemos que estar de acuerdo —comentó—. A veces ahí está lo interesante —dijo, se puso de pie, abrió una caja y sacó un montón de libros.

Yo hice lo mismo, ambos estábamos de muy buen humor. Las estanterías vacías de madera oscura comenzaron a llenarse a medida que desempacábamos. De un montón lleno de polvo, saqué una copia de la *Divina Comedia* de Dante.

—«¡Oh vosotros los que entráis, abandonad toda esperanza!» —dije con gran dramatismo.

Soltó su típica carcajada y luego frunció el ceño por encima de sus gafas.

—El diablo no es tan negro como lo pintan.

Estábamos en racha: al desempacar, elegíamos un libro y luego citamos una frase de memoria. Si dudábamos de la veracidad de la cita, lo abríamos y lo comprobábamos. Cuando saqué de la caja *The Greater Trumps* de Charles Williams, el libro para el que mi marido había escrito un prólogo, me equivoqué en la cita «Nada era seguro, pero todo estaba seguro: eso era parte del misterio del amor». En vez de eso, dije: «Todo está seguro, ese es el misterio del amor».

—¡Ajá! —gritó Jack—. No eres perfecta.

—¿Perfecta? Nada más lejos de la realidad, Jack. Como bien sabes.

Sin embargo, el no falló ni una cita. Ni una. Pronto competimos para citar la frase más absurda o picante, una que pudiese ruborizar al otro. En cualquier otra estancia con cualquier otro hombre, esto podría considerarse flirteo, pero no con Jack. Fue muy divertido. ¿No?

Saqué un libro de una caja y sacudí el polvo de la portada. Era *Fantastes*. Sonreí y se lo mostré a Jack sin decir palabra, sabíamos lo que significaba para ambos.

—Las lágrimas del pasado son la fuerza del presente —citó Jack y extendió la mano hacia el libro.

—¡Oh, sí! Qué gran verdad —dije y apreté el volumen contra mi pecho.

Se acercó, me lo quitó de las manos y lo alzó.

—Este libro no es tanto un libro, sino un trueno —dijo, pasando su mano por encima de la portada—. ¿Crees que alguien más podría jugar a esto con nosotros? ¿Alguien con la misma memoria fotográfica?

—Si existe alguien así, no lo conozco.

—Yo tampoco —dijo sacudiendo la cabeza.

Este juego, que él ganó, aunque casi estuve a su altura, continuó hasta bien entrada la noche.

Al final me levanté y pasé mis manos por los lomos de los libros recién colocados en las estanterías.

—Jack, es casi medianoche. Dejémoslo por hoy.

—¿Casi medianoche?

—«Llegado ya el momento de la separación…» —canturreé y me sacudí la camisa, que estaba cubierta de polvo de los libros. Estaba cansada y aun así no quería prescindir de cinco minutos con él si todavía me quería cerca.

La víspera de Año Nuevo, ¿sería éste el momento en que cerraría ese espacio entre nosotros con un beso? ¿Vería y sentiría él la realidad que titilaba en sus nuevas dependencias? Mientras la torre de afuera tocaba a medianoche con el sonar y repicar de las campanas, se desplomó sobre la silla de su escritorio y luego se giró hacia mí.

—Un nuevo año. No se me ocurre mejor manera de empezar que contigo.

—Sí —le contesté—. Un año nuevo para estrenar.

———

De regreso en Londres, el regalo de enero fue nieve alta con gruesos copos y un frío extremo, que me trajo la gripe. Guardé cama por una semana, tenía mucho en qué pensar con mi nuevo libro sobre la Reina Cenicienta. Warnie había enviado valiosos libros e investigaciones. Aunque no podía hacer que mi cerebro funcionara lo suficientemente bien como para escribir, podía leer.

Una parte fracturada de lo más profundo de mi interior quería renunciar a la escritura. Las bajas ventas de *Smoke* en Estados Unidos parecían ser la última decepción que podía tolerar. Sí, buenas críticas y todo eso, pero un fracaso por lo demás. Pronto saldría a la venta en Inglaterra y yo albergaba la esperanza de que el prólogo de Jack y su gran nombre en la portada me ayudaran. El dinero era una preocupación siempre presente.

Jack se instaló sin problemas en Cambridge y ambos nos preguntamos en voz alta cómo pudo haber pensado en rechazarlo la primera vez, y mucho menos la segunda. Pasamos tanto tiempo juntos como pudimos, ya fuera editando su libro o ayudándole a elegir una alfombra para su habitación. Le entregaba las páginas en mano con la excusa de que las necesitaba de inmediato, pero era solo para estar cerca de él. Él también hacía alguna parada en Londres sin otra razón que estar a mi lado. Conoció a más amigos míos e incluso me acompañó a la Globe Tavern para que le presentara a los chicos de la ciencia ficción, donde lo recibieron con reverencia y se quedaron mirándolo con curiosidad.

Aunque tenía una vida social intensa y estaba empezando a encontrar mi sitio entre la multitud de Londres, extrañaba a Jack cuando no estaba; me sentía en paz cuando lo tenía cerca. ¿Qué categoría de sus cuatro amores podría corresponder a esta definición?

Hacía frío aquella noche, él y yo en mi patio trasero, con nuestros abrigos y bufandas puestos: él fumaba un cigarrillo y hablábamos de una reunión que había tenido en Cambridge. La luz del atardecer caía sobre su cara y la encendía como lumbre.

Volví las palmas hacia arriba para que la mancha de luz tuviera sobre mis guantes unos momentos de reposo antes de desaparecer.

—Mira —dije.

—Retazos de la luz de Dios.

Jack tocó mi mano enguantada como si él también pudiera sostener el crepúsculo.

Nos quedamos quietos, ambos parecíamos contener la respiración. Pasó sus dedos por los míos y se me acercó, dejando caer su cigarrillo al suelo. Estábamos cara a cara, a solo unos centímetros. Ninguno de los dos habló.

Tenía miedo de moverme, de hablar, de romper el hechizo crepuscular que nos tenía a ambos sujetos en su luz de Dios. Con la otra mano me tocó la mejilla, la pelusa de su guante me hacía cosquillas. Me apoyé en su palma como Sultán se apoyaba en la mía en otro tiempo, y él accedió a ese momento de ternura antes de bajar las manos y dar un paso atrás.

Se me cortó la respiración, el temblor del deseo me quemaba bajo el estómago.

—¿Por qué te detienes, Jack? —le pregunté, con voz grave y callada.

—¿Detenerme?

—Necesito entender por qué te detienes y no me besas, justo cuando creo que lo vas a hacer.

—Oh, Joy —dijo, titubeante—. No quiero llegar a *eros* y destruir el amor que tenemos. No puedo perderte a ti ni a esta profunda y duradera amistad. Y la Iglesia prohíbe nuestra unión. A sus ojos, técnicamente sigues casada. Además, yo soy un viejo, demasiado viejo para empezar de nuevo o para cambiar.

Le tomé la mano de nuevo, la apreté contra mi corazón.

—He visto lo que le está pasando a la pobre princesa Margarita. Veo la opinión que la Iglesia de Inglaterra tiene del divorcio; seguí en la distancia la crisis de abdicación del rey Eduardo, cómo su amor por Wallis le hizo elegir entre la corona y el amor. Eligió el amor. A veces eso es lo que sucede; se prefiere el amor, pero normalmente, no. Normalmente se elige la corona o el dios o la familia o el deber. Lo entiendo, por supuesto. Se alteran las vidas. El amor puede alterar vidas completamente establecidas, vidas adorables. ¿Y quién quiere un cambio? Prácticamente nadie —dije, con frustración en la voz—. Pero no entiendo por qué me ocultas los rincones más vulnerables de tu corazón. ¿Por qué te acercas y luego retrocedes? Porque puedo *sentir* tu amor.

—Joy —exhaló mi nombre y dio un paso no para acercarse, sino para apartarse, como si lo hubiera empujado, y tal vez lo había hecho. Le solté la mano—. He invertido toda mi vida en un intento de *encontrar* la Verdad y el bien moral, para luego *vivirlos*. No puedo dejar a un lado mis hábitos morales por sentimientos, que son solo eso, sentimientos.

—Las virtudes —dije. Él había escrito mucho sobre ellas, y entendí que estaban tan arraigadas en él como las arrugas que ahora salían de la comisura de sus labios y de sus ojos caídos.

—Las virtudes son mis asideros para la bondad moral. La moralidad consiste en elegir.

—¿Crees que Dios te juzga por amarnos, o porque estoy divorciada?

—Dios no juzga por los trastornos internos, sino por las decisiones morales. Debemos proteger nuestros corazones.

Se presentó la ira, mi vieja y familiar compañera.

—Estás soltando teología y palabras vacías. Leí lo que escribiste sobre el sexo: o en el matrimonio o abstinencia. Pero a veces el amor cambia las cosas. O el amor *debería* cambiar las cosas.

Extendió el brazo para alcanzar su pipa y luego dejó caer la mano como si exigiera un acopio de energía excesivo.

—No podemos rendirnos a cada uno de nuestros deseos: el hombre debe tener sus principios y vivir de acuerdo con ellos en todas las circunstancias. Debemos controlar nuestra naturaleza si no queremos que nos arruine la vida.

—Pero ¿cómo? —dije, y sonaba como Davy cuando me hacía sus diez millones de preguntas de niño, nunca satisfecho con la primera ni la segunda respuesta.

—Si procuro la virtud, trae luz a mi vida. Si cedo a mis deseos, invito a la turbidez y a la confusión.

—Oh, Jack, esa lógica no tiene en cuenta el corazón. ¿Cómo puedes decirle a un corazón qué hacer? Yo soy incapaz.

Me aparté de él, el fuego del deseo se estaba transformando en ira.

—Lo intento —contestó—. Porque es lo que debo.

—Creo que es hora de que te vayas —dije. Di un paso hacia la puerta de atrás. No quería que viera el dolor que hacía temblar mi rostro y la frustración que sacudía mi cuerpo. Su lógica no me apaciguaba ni me convencía.

—Joy —dijo con voz suave, pero no me volví hacia él.

—Tu lógica —dije mientras abría la puerta de la casa— no ofrece reposo para el corazón.

Estaba a un milímetro de mí, con sus manos sobre mis hombros para girarme y mirarlo de frente.

—No te alejes de mí —dijo—. *No* podría soportarlo. Si no podemos permitirnos el amor *eros*, seguro que podemos disfrutar de toda la belleza que tiene el amor *filia*.

Me atrajo hacia sí para envolverme con sus brazos. El atardecer había dado paso a la noche, mi cabeza descansaba sobre su hombro y la palma de su mano estaba sobre mi cuello, acariciando mi piel con dulzura como si consolara a una niña pequeña después de una terrible tormenta.

Pero aquello que él intentaba calmar no era miedo, era deseo. Su mente podía enroscarse con fuerza en la lógica, pero su cuerpo revelaba la verdad.

Fue él quien me soltó. Me tocó con ternura la mejilla antes de dejarme sola, temblando y sin palabras.

CAPÍTULO 43

Bienaventuradas las cosas amargas de Dios,
No sea según mis deseos, sino según mi necesidad

«Bienaventuradas las cosas amargas
de Dios», Joy Davidman

Primavera de 1955

Pasaron tres meses hasta que pude regresar a los Kilns para el inicio de la primavera. El contacto entre Jack y yo era más fácil ahora, una mano en la rodilla o en la muñeca, un abrazo en un saludo o una despedida... Pero, aun así, Jack era casto como él sabía serlo, manteniendo esa última pulgada abierta.

—¿Sabes? —dije, pasándole a Jack un montón de cartas que había respondido por él esa mañana—. Cuando llegó tu primera carta, tuve miedo de abrirla, creía que Warnie podría haber escrito por ti —comenté, tocando las cartas, que ya estaban en sus manos—. Ahora siento pena por el pobre que recibe mi respuesta en vez de la tuya.

Jack sacudió la cabeza.

—Para algunas de estas preguntas, tus respuestas son mejores que las mías. El destinatario debe sentirse privilegiado de que haya pasado por tus manos.

Su voz era más suave y tranquila que de costumbre, y me lo tomé como señal de un trabajo apacible. Me senté yo también, me puse frente a él. Con las páginas de *Queen Cinderella* en las manos, empecé mi labor de edición, pero mi mente divagaba.

Estábamos en las vacaciones de primavera en los Kilns. Marzo de 1955 había llegado no como el león que se presagiaba, sino más bien como una proclamación de bondad y luz. Mis hijos correteaban por los Kilns y por Oxford como si hubieran vivido allí toda su vida. *Cartas del diablo a su sobrino* se había publicado en rústica y yo estaba editando la biografía de Jack e indexando el libro de historia de Warnie. Nuestros días juntos eran relajados, largos y cómodos.

Qué diferencia:

Le escribí a Belle la noche anterior.

En otro tiempo compartía cama con Bill, era parte de su escritura y de su vida, y sin embargo me sentía muy desdeñada. Aquí comparto el amor, la estima y la necesidad, pero *no* la cama. Me estoy teniendo que adaptar, pero no voy a renunciar. No mientras él me quiera aquí.

Cuando levanté la vista desde mis páginas, Jack me estaba mirando fijamente, con ese entrañable rostro suyo, con sus ojos soñolientos y caídos.

—¿Qué pasa? —pregunté, conocedora del velo que caía sobre sus ojos oscuros cuando algo le molestaba. No podía esconderse de mí más que yo de él.

—Ahora que me he instalado en Cambridge y tengo más tiempo libre, me siento seco como un palo. Ya no tengo ideas, Joy. ¿Y si ya se acabó? —dijo, se recostó en su silla y cruzó una pierna sobre la otra—. ¿Y si ya se acabó del todo?

—¿De qué estás hablando?

Jack se levantó y caminó por la habitación, con la mano extendida como si echara de menos su bastón. Se paró frente a la ventana, apartó la cortina opaca y presionó la palma de su mano contra la ventana.

—Tal vez se acabó para mí. Lo de escribir, quiero decir.

Me levanté para dar unos pasos hacia él.

—Aunque así fuera, y lo dudo mucho, tu obra ya es muy significativa.

—Esa no es la cuestión y lo sabes. Si no me queda nada, ¿qué tengo para que Dios pueda obrar con ello? Siempre tiene que haber más hasta que ya no hay nada.

—Hagamos una tormenta de ideas. Vamos a lanzar las ideas que más te gustan. Sé que no te has quedado seco —propuse, y me acomodé en mi silla—. ¿Hay algo que hayas comenzado y tengas guardado?

—Claro que sí, pero si lo guardé es porque no servía.

—A veces las cosas necesitan tiempo para crecer en el suelo de la imaginación, para filtrarse en el subconsciente, para desplegarse libres de nuestras sucias manos.

—Sí —contestó con una sonrisa. Luego se dirigió a la mesa auxiliar en cuyo estante inferior guardaba los licores. Eligió una botella de *whisky*, sirvió dos vasos e hizo un gesto para que me sentara frente a él en la mesa de juego.

¿Había notado mi nuevo corte de pelo, mis nuevos pendientes de perlas o cómo me esforzaba para que me viera como una mujer? No. En vez de eso, me miraba con una intensidad que me decía que tan solo quería resolver su período de sequía, y que yo era su posible fuente de agua.

Me senté frente a él.

—¿Hay algo que hayas abandonado que quieras retomar?

—Uno de mis primeros relatos breves está incompleto. «Luz», lo había titulado.

—Bueno, pues, ¿qué hay de ese?

—Creo que aún no tengo ánimo para ello.

—Entonces vamos a otra cosa: ¿qué es lo que más te fascinaba en tu infancia? —pregunté, conocedora de la respuesta y con la intención de guiarlo a aguas profundas.

El viento de marzo aullaba afuera. Se acercaba una tormenta, pero ninguno de los dos lo mencionó.

—El mito —contestó—. Podría escribir otra alegoría como *Cartas* o *Peregrino*, u otro libro para niños, pero parece que esos cartuchos ya están quemados.

—¿En qué mito es en el que más piensas cuando piensas en el concepto de mito? —pregunté.

—En el de Cupido y Psique —contestó sin dudarlo.

—Bien, entonces...

—Ya lo he intentado —dijo, se sentó en una postura de derrota y encendió un cigarrillo como dando la conversación por terminada.

—¿Tan fácil te rindes, muchacho?

No se rio, pero una sonrisa desapareció lentamente del rabillo de sus labios.

—Escribí una obra sobre este mito, también probé la prosa, una balada, coplas. Me he acercado a él desde todos los ángulos, pero aun así pienso en él a menudo —dijo, se sirvió otro *whisky* y tomó un sorbo—. Incluso he soñado con las hermanas.

Cupido y Psique: era un mito sobre la más bella de tres hermanas, Psique, que fue sacrificada a los dioses, con la complicidad de sus hermanas mayores, fue rescatada por los vientos y luego descubierta por Cupido: una historia de amor en su máxima expresión. Pero, cuando Psique desobedeció a Cupido y lo miró directamente en la noche, fue expulsada al bosque, y luego Venus la envió a realizar unas tareas imposibles. Cuando Psique terminó las tareas con la ayuda del dios del río y las hormigas mágicas, se reunió con su verdadero amor. Conocía bien el mito: era uno de mis favoritos de la infancia, complicado y lleno de dioses envidiosos, celos, amor verdadero y ríos místicos.

—Lo primero que leí de las hermanas —dije— fue en la *Metamorfosis*. Estaba tan celosa de la bella Psique como la hermana mayor de la historia. Me sentí como si yo hubiera enviado a Psique al bosque para ser sacrificada. Pero no podría haberlo hecho; nunca le habría robado su felicidad a propósito, como hicieron sus hermanas.

—¿Ni siquiera para salvarla? —preguntó—. Tal vez sus hermanas se la quitaron porque creían que la estaban salvando.

—Ya está, Jack. Ahí lo tienes —dije, golpeando la mesa con la mano—. Escribe sobre *eso*.

Cerró los ojos y exhaló una larga columna de humo.

—Las hermanas no le estaban arrebatando su felicidad, trataban de confirmar la realidad.

—Sí, *salvarla*, no destruirla. Eso es. Ahí escondida está tu historia.

—En esta versión... —dijo, mirando fijamente más allá de mí a la musa que le estuviera hablando—. En mi versión, Psique no tiene madre, así que la cría su hermana mayor.

—La bella hermana mayor que no es tan bella, pero...

—No —clamó en tono amistoso y se puso en pie con su *whisky* en la mano para mirarme a los ojos—. Esta vez es fea. Ella es lo opuesto a Psique. Y ama a Psique con tal obsesión que... —dijo, palmeando de alegría contra la mesa—. Sí.

—Más...

—*Ese* amor —prosiguió, y se inclinó para mirarme a los ojos— será el destructor. Cuando el amor se convierte en un dios, se convierte en un demonio, y la hermana mayor fea convertirá su amor por Psique en un dios.

—Jack, ponte a escribir. No lo dejes.

—Gracias, Joy —dijo y, tras pronunciar estas palabras, en un gran estallido de felicidad, me besó en la parte superior de la cabeza. Se apresuró a comenzar la escritura esa misma noche.

Toqué la parte superior de mis cálidos cabellos, su beso seguía allí mientras sus palabras resonaban en mi conciencia: «Cuando el amor se convierte en un dios, se convierte en un demonio».

A mitad del día siguiente, Jack me trajo el capítulo uno, escrito en su apretada letra de tinta fresca.

Me senté en el escritorio de mi cuarto, donde había organizado los múltiples proyectos en los que estaba inmersa. No había entrado en esa habitación mientras yo estaba allí, pues siempre me concedía mi privacidad. Pero ese día irrumpió mientras yo estaba hojeando el libro de historia de Warnie, indexándolo con un dolor de cabeza cada vez mayor.

—¡Joy!

Me asusté y me puse en pie. Su mera presencia en mi habitación trajo un cálido rubor a mis muslos y mi vientre.

—¿Qué? —dije, entonces me reí y me di cuenta del aspecto que tenía: llevaba un delicado vestido sin mangas de corte en A que me había comprado en Londres. Todavía no me había cepillado el pelo, que me caía por encima de los hombros. Estaba descalza.

Pero él no se percató de nada de esto. Alargó la mano con una gavilla de páginas escritas a mano.

—¿Puedes pasar esto a máquina? Dime si crees que tengo algo.

Se sentó en el borde de mi cama, ignorando cualquier cosa aparte de nuestra colaboración creativa. Dirigí mi atención a las páginas.

—¿Quieres que lo escriba ahora?

—Primero... lee.

Me senté y comencé a hacer exactamente eso. Orual, el nombre que le había dado a la hermana mayor fea de Psique, hablaba desde su vejez, desde el conocimiento de su inminente muerte. «Soy vieja ya y la ira de los dioses no me inquieta demasiado».

A partir de ahí se desarrollaban la prosa y la historia, desconcertante y cautivadora como un mito original, como si llevara meses escrito.

Orual era la hija mayor del rey de Gloma. Ella hablaba de su castillo, donde residían ella y su hermana Psique; su nodriza, y el Zorro, su amado tutor. Pero Orual le contaba al lector especialmente sobre Psique y su belleza, y sobre el gran amor de Orual: su amor cegador. Se describía con detalle la fealdad de Orual, y el lector descubría que en su vejez llevaba un velo que le tapaba el rostro. Cuando llegué al final del capítulo, miré a Jack, que no había mirado para otro lado.

—Qué envidia me da que puedas escribir esto en una noche y medio día, y que contenga ya toda una historia en sus indicios y presagios.

—No estoy aquí para escuchar elogios, Joy. Háblame de las carencias.

—Déjame pasarlo a máquina y anotar algunas cosas, no quiero hablar sin pensar.

—¿Por qué no hablas un poco sin pensar? —propuso, con una sonrisa; él ya sabía, como yo, que nunca me alejaría de esa sonrisa.

—De acuerdo. Así, a primera vista, necesito entender *por qué* el Zorro ama tanto la poesía, y quiero un indicio de qué llegará a significar para Orual. Parece íntegro e interesante. Tiene que dar pistas de lo que vendrá.

—Sí.

Jack me quitó los papeles y un lápiz de mi escritorio, y dejó una marca con una letra garabateada. Lo miré.

—Jack, quiero decirte algo.

—¿Que es una idea terrible seguir esta línea, escribir este libro?

—No. En absoluto. Quiero hablarte del día en que recibí tu primera carta. Una tarde de invierno en enero de 1950. Hace ya cinco años —dije, él asintió y dejó los papeles a un lado, cruzó las piernas y se apoyó en su codo.

—¿Sí?

—Me preguntaste por mi historia y no supe por dónde empezar. Pasé horas pensando en ello y me di cuenta de que mi vida estaba hecha de máscaras, de muchas máscaras. Esa tarde decidí que no me pondría ninguna contigo. Decidí que me mostraría ante ti totalmente como soy. Que iría a cara descubierta. Y aquí, en tu historia, Orual se cubre la cara con un velo.

Me miró durante un instante tan largo que casi deseé el velo de Orual. Luego habló.

—Nunca me ocultes tu rostro. Me es precioso y querido.

—A veces desearía hacerlo —dije sonriendo—, pero no puedo.

—*A cara descubierta*, ese debería ser el título —dijo, se puso de pie y levantó las páginas—. Hacía mucho que no estaba tan entusiasmado con mi trabajo. ¿Cómo puedo agradecértelo?

—Sal de aquí y termínalo.

O tómame en tus brazos, acuéstame en esa cama y hazme el amor.

El pensamiento prohibido pasó volando y sin pronunciarse. Jack salió corriendo de la habitación para volver a su verdadero amor: la página.

Durante semanas, entretejimos nuestros temas e historias en esta novela, el nuevo mito ambientado en Gloma, una ciudad griega ficticia: dos hermanas, princesas; una hermosa y otra fea. Orual amaba a su hermana menor con un sentido de posesión destructivo y narraba su caso a los dioses: cómo ella solo quería proteger y amar a su hermana aun cuando eso la hizo perder el amor verdadero al obligarla a enfrentarse a la «realidad». Mientras tanto, aunque llegó a ser la reina de Gloma, Orual amaba a un hombre al que nunca podría tener: su leal consejero Bardia. Orual acabó llegando a conocerse a sí misma, amarse a sí misma y a los dioses, y reencontrarse con Psique, pero en el camino se había destruido mucho.

Nos veía a Jack y a mí en las páginas que fraguamos juntos, pero en el amor obsesivo y posesivo de Orual por Psique pude ver más que un simple vislumbre de mí misma. «Dios —me pregunté—, ¿cuánto de la creación de Jack es sobre mí?».

Por fin, una noche, después del segundo *whisky*, le pregunté:

—Jack, ¿crees que soy fea?

Dio un respingo como si le hubiera dado un calambrazo.

—¿Cómo se te ocurre preguntar eso?

—Muchas veces pones mis palabras en la boca de Orual. Y no soy rubia —dije, en un pobre intento de resultar cómica.

—*No* creo que seas fea. Eres hermosa. No hay nada de tu semblante en Orual, Joy. Y a menudo a mí también me parece que yo soy Orual.

—¿No eres tú el Zorro? Orual lo ama, y él está muy entregado a ella, pero no la ama del mismo modo. ¿Eres tú...?

Jack me respondió sin que se inmutara su expresión amable.

—¿Cómo puedo saber qué partes de nosotros están entretejidas en esta historia? Pero hay algo que sí sé: esta historia no sería lo que es sin ti. No tendría su profundidad e intimidad sin lo que somos juntos.

Gran parte de nuestra amistad y de nuestras vidas se coló en esta novela: mi País de las Hadas y su Norte, su Isla. Nuestros puntos de vista sobre el anhelo, la necesidad y la alegría. Nuestros reproches y preguntas a los dioses. Compartíamos la historia del mito y su capacidad de brindar significado. En cuanto a mí, estaba el problema del amor obsesivo. En ese mito había una madeja de hilo enredado que éramos nosotros, y lo desenredábamos día a día con nuestras discusiones y nuestras lecturas, nuestras bromas y nuestros debates. Hubo momentos en la escritura de esa novela en que nos fusionamos en una sola persona sin llegar a tocarnos.

Orual y Psique nos tenían consumidos y distraídos; hablábamos de ellos incluso mientras recogíamos manzanas, caminábamos a Oxford o nos sentábamos en el jardín. Durante la cena o tomando una cerveza, Orual, el Zorro y Psique estaban con nosotros.

—Todo lo que he leído o hecho me ha llevado a esta novela —me dijo mientras caminábamos por Oxford, dirimiendo cómo sacar a Psique del árbol donde había sido atada y sacrificada en el bosque.

—Yo siento lo mismo, Jack. Aunque no la estoy escribiendo yo, siento lo mismo —dije, me detuve y le toqué el brazo—. Como siempre ha ocurrido, nos valemos de las historias para darle sentido al mundo.

Se detuvo justo delante de la librería y me miró con su sombrero de pescador inclinado y sus mejillas rojas, con su gran admiración. La lluvia mojaba el adoquinado de las calles y formaba charcos de leves ondulaciones en las partes hendidas de la calzada. Pasó un sacerdote en bicicleta y tocó el timbre de su manillar para saludarnos. Jack no le hizo caso, se dirigió a mí.

—Sí la *estás* escribiendo, Joy. Yo pongo las palabras en el papel y tú haces lo mismo con cada palabra que dices, cada pregunta que haces, cada pensamiento que planteas, cada página que revisas. La estamos escribiendo *los dos*.

—¿Cómo la *titularemos*? —pregunté—. ¿Todavía piensas en *A cara descubierta*?

—Sí —contestó. Estaba decidido por ese título y sonrió cuando lo dijo—. Porque, para que el amor sea verdadero, debemos mostrar nuestras caras *reales*.

—¿Qué pasa al final? ¿Qué es lo que tiene que pasar al final de la historia? ¿Se destruye el egocentrismo de Orual?

Jack asintió.

—El viaje del amor posesivo al amor sano —dijo, y miró más allá como si no hablara conmigo, como si Orual misma estuviese parada detrás de nosotros y se levantara el velo lentamente—. De lo profano a lo divino: la unión con lo divino a través del amor.

—Sí —dije, con un grado de acuerdo que iba mucho más allá de las palabras que había pronunciado. El libro acabó titulándose *Mientras no tengamos rostro*. Entretejía la travesía espiritual de los dos como dos historias del mismo Padre, paralelas y místicas, imbuidas de la habilidad divina que la naturaleza tiene para cambiarnos.

A lo largo del proceso de escritura habíamos llegado a estar tan unidos como cualquier hombre y mujer.

Solo faltaba dar un paso, y no era el mío.

CAPÍTULO 44

Ámame o no, las hojas caerán
Y caminaremos sobre ellas. Tengo mis alegrías

«SONETO XLI», JOY DAVIDMAN

Junio de 1955

Jack solo tardó tres meses en terminar esa novela, la mejor de su carrera en mi poco humilde opinión.

Sola en mi habitación en Avoca Road, mecanografié las últimas páginas en una tarde de junio. Acompañada del canto de los pájaros tras la ventana estival y de las voces de mis hijos gritando mientras jugaban con los niños del vecindario, leí el final de la novela de Jack, *nuestra* pelea con los dioses, el amor y la obsesión. Tenía los dedos sobre las teclas cuando se me cortó el aliento bajo las costillas y se me paró el corazón al leer la última línea de la novela: «Ahora sé, Señor, por qué no te pronuncias. Tú mismo eres la respuesta. Ante tu rostro los interrogantes se desvanecen».

Interrogantes que se desvanecen.

Respuestas que yo buscaba.

Preguntas obsesionantes.

Toda mi vida había estado buscando *fuera* de mí la respuesta a esta pregunta: *¿me amas?*

Buscando, siempre buscando. Siempre lidiando. Siempre perdiendo. *Esta*, he pensado innumerables veces, esta es la respuesta, *esta* es la máscara y *este* es el camino. Yo había hecho lo mismo con Jack: lo había convertido a él en la respuesta.

Quería que respondiera a una pregunta que solo Dios podía responder.

Había oído a Jack decir más de una vez, en un *pub*, en el almuerzo o frente a la chimenea con Warnie, que para salir del yo mezquino casi siempre «se necesita ver el engaño». Lo que Jack llamaba engaño era lo que yo llamaba ilusión.

Lo veía tan claro como si alguien hubiera entrado en el cuarto y arrancado el velo de mi alma, forzándome a mirar en sus oscuras profundidades. Buena parte de lo que había hecho —errores, poemas, manipulaciones, éxitos, libros y sexo— lo había hecho simplemente para conseguir amor. Para *conseguirlo*. Para responder a *mi* pregunta: *¿me amas?* Incluso cuando daba amor, ¿estaba tratando de ganarlo? ¿Había hecho falta el Orual de la ficción para mostrarme la verdad?

Caí de rodillas sobre el duro suelo de mi dormitorio y apoyé la cabeza en el borde del colchón, presionando mi cara contra su suavidad.

El rostro que ya poseía antes de nacer era el de quien yo era en Dios todo el tiempo, antes de que nada saliera bien o mal, antes de que yo *hiciera* nada bien o mal, ese era el rostro de mi verdadero yo. Mi «cara al descubierto».

A partir de ese momento, la historia de amor que iba a desarrollar sería con mi alma. Él ya era parte de mí; eso estaba claro. Adonde ahora iba a acudir por amor era a Dios en mí. Se acabó el mendigar, perseguir o necesitar. Era mi falso yo el que estaba conectado con el doloroso y exigente corazón que se aferraba al mundo, dirigiéndome a la desesperación. Igual que Orual. Igual que Psique. Igual que toda la humanidad.

Posiblemente fue solo un mito, el mito de Jack, el que pudo haber borrado el engaño de que yo debía buscar el amor en el mundo exterior: en el éxito, en el aplauso, en la conducta, en un hombre.

La Verdad: Dios me amaba.

Por fin podría cesar de mis intentos por forzar a algo o a alguien a que desempeñara ese papel.

El dolor de la ilusión destrozada se apoderó de mí como los cristales rotos que se proyectan en un lugar cerrado tras una explosión.

Todo estaba del revés. La pregunta ya no era: «¿Por qué no me ama Jack de la manera en que yo quiero que me ame?». Ahora era: «¿Por qué tendría que exigirle que me ame como yo quiero?».

Ya tenía quién me amaba. Esa era la respuesta a cualquiera de las preguntas que le planteaba al mundo.

—¿Mami? —gritó la voz de Davy desde el pasillo—. ¿Dónde estás?

Me enjugué el rostro, vi que lo tenía mojado por las lágrimas. Me inundó el amor, era un viento arrollador de aceptación total. Me puse en pie tropezando y abrí la puerta para abrazar a mi hijo.

—Te amo, Douglas Gresham —dije.

Se rio y me apartó.

—¿Te has vuelto loca? —dijo, y entrecerró los ojos—. ¿Estás llorando?

—A veces lloramos cuando estamos contentos —le dije y lo despeiné con mis manos mientras el amor latía en torno a mí, una sensación de paz tan penetrante que no reconocí la quietud que tenía dentro. Podría cesar: la necesidad y el miedo podrían elevarse de nuevo como viejos y familiares consuelos. Pero, en el fondo, ahora conocía a la Verdad.

—Yo *no* lloro cuando estoy contento —dijo Douglas con esa gran sonrisa suya—. Solo quería saber qué hay para comer.

—Picnic —dije—. Vámonos de picnic al parque. Ve a buscar a tu hermano y salgamos a disfrutar del sol.

Él salió a la carrera diciendo el nombre de su hermano y yo me quedé de pie en el pasillo de mis habitaciones alquiladas, con una sonrisa en el rostro. Lo tenía todo, todo lo que deseaba, y ni siquiera lo sabía.

No había sido necesario el cuerpo de un hombre para abrirme finalmente al amor verdadero, sino el mito de un hombre y la ternura inquebrantable de Dios.

CAPÍTULO 45

El amor universal es el amor que se dispersa demasiado
Para dar calor a un mortal

«Soneto XVIII», Joy Davidman

En aquel verano de 1955, ya casi no seguí lo que ocurría en Estados Unidos: estaban Elvis y las revueltas por los derechos civiles. Se hablaba del envío de tropas estadounidenses a Vietnam, y el senador McCarthy puso fin a su cacería de comunistas. Mientras tanto, en Inglaterra, Winston Churchill había dimitido en abril; *El señor de los anillos*, de Tollers, se había publicado y estaba causando la gran sensación que se esperaba. Pero yo estaba inmersa en la Tierra Media de los Kilns, como si no estuviera sucediendo nada más. El suelo se parecía a mí: estaba listo para más y más de lo que ya había nacido.

Mi escritura también estaba fértil. Había vendido a Hodder and Houghton un nuevo trabajo por encargo sobre los siete pecados capitales titulado *The Seven Deadlies*, donde decía que las virtudes se hacen mortales cuando se convierten en formas de autojustificación. Se me ocurrió la idea de escribir sobre un protagonista que era un fariseo moderno, un intelectual que se presentó a la puerta del cielo pidiendo que lo admitieran.

Nada de esto me parecía trabajo: la correspondencia con la que ayudaba a Jack todas las mañanas, la edición e indexación para Warnie, y la mecanografía para ambos. También había vendido páginas del libro sobre la Reina Cenicienta bajo el título de *The King's Governess*, y la versión inglesa de *Smoke on the Mountain* estaba vendiendo copias (seguramente gracias al nombre de Jack en la portada). Jack se había adaptado a Cambridge, y el tiempo libre, más del que había tenido en Oxford, permitía que su escritura fluyera.

Disfrutamos del clima estival. Nadamos en el Támesis en Godstow, algo achispados y en compañía de un cisne. Ni siquiera la caminata de casi un kilómetro desde y hacia el almacén para comprar podía aplastar mi felicidad. Jack pagaba las cuentas de la comida y yo cocinaba para todos; parecía algo irreal, de ensueño.

Habíamos entablado una muy buena amistad con un amigo de Jack, Austin Farrer, a quien me presentó como «uno de mis compañeros de debate en el Club Socrático, y director del Keble College». Pero, por supuesto, como en todos los casos, Austin era más que su presentación; era un buen amigo de Jack, y su esposa, Kay, era una escritora de misterio. Congeniamos en nuestro primer *whisky*, y ahora me pagaba para que mecanografiara las páginas manuscritas de sus novelas. Con Austin y Kay pasábamos largas horas de sobremesa y vasos vacíos.

Una nube negra y odiosa se cernía sobre toda esta belleza, una de la que no le había contado a Jack: el British Office le estaba poniendo trabas a la renovación de mi residencia. Si no la aceptaban, tendría que regresar a Estados Unidos. La única forma de quedarme era casándome con un ciudadano británico. Tenía que buscar un abogado, escribir una carta, algo, lo que fuera. *No* podía regresar a Estados Unidos. No iba a hacerlo. Costase lo que costase.

Las malas noticias siempre parecían llegarme en medio de los momentos de mayor tranquilidad.

—Mamá —había preguntado Douglas con su acento inglés una hora antes—, ¿qué es eso?

Señaló con su zapato fangoso a mi bolsa en el suelo, de donde asomaba la carta certificada, que destacaba como documento oficial entre las páginas mecanografiadas y las notas a mano.

Lo guardé más adentro de la bolsa.

—Nada de lo que preocuparse —mentí. El gobierno británico me informaba de que mi visado de trabajo había caducado, y, a menos que me casara con un ciudadano británico, tenía que llevármelo de vuelta al Infierno de Dante.

Una tarde de agosto, estaba inmersa en pasar a máquina las últimas páginas editadas de *A cara descubierta*, en el estudio de Jack en los Kilns, todavía sin habérselo contado. Afuera, mis hijos se reían y la alegría se abalanzaba sobre la ventana abierta como un pájaro. Estaban ayudando a Paxford a limpiar el jardín para plantar más verduras de verano, colocando mallas sobre las tomateras.

En un calco del año pasado, Warnie estaba demasiado enfermo por la bebida como para viajar a Irlanda con Jack. Yo había animado a Warnie a ir a Alcohólicos Anónimos. Esa fue una de nuestras pocas desavenencias, una larga y acalorada discusión junto al estanque. Al final, aceptó ir a un lugar de reclusión terapéutica en Dumfries, Escocia, pero *no* a Alcohólicos Anónimos.

De nuevo estábamos los cuatro en los Kilns para pasar las vacaciones de verano: Jack, Davy, Douglas y yo.

Sacaba la odiosa carta de mi bolso justo cuando sonó el teléfono de Jack y me asustó con su brusco sonido.

—Residencia del señor Lewis —contesté.

—¿Podría hablar con la señorita Davidman? —replicó la voz con un claro acento inglés.

—Sí, soy yo —me puse en pie para mirar por la ventana y vi a Davy corriendo hacia el estanque.

—Le llamo desde la editorial Dutton. Por favor, espere, voy a pasarle con la productora de *Cautivado por la alegría*. El señor Lewis nos ha dicho que nos dirijamos a usted para todas las cuestiones de producción.

—Sí —dije—. Espero.

—Aséate, Davy —subió la voz de Jack hasta la ventana—. Llegó la hora más temida del día.

Tutoría de latín.

La educada voz de Davy respondió con palabras que no entendí, y Douglas dijo que se iba a pescar.

—¿Señorita Davidman?

—¿Sí? —redirigí mi atención al teléfono.

—Tenemos una pregunta sobre la página 32, donde el señor Lewis habla de su internado.

Pasé media hora o más en el teléfono respondiendo preguntas de producción antes de levantarme para recoger la ropa tendida en el patio trasero. Jack y Davy se esforzaban con el latín en el despacho de Jack, y yo estaba fuera de la casa. El sol había secado la ropa y la descolgué, hundiendo mi rostro en una de las camisas de Douglas para inhalar el dulce olor a verano y a mi hijo.

—¿Mami? —me llamó Douglas, que apareció en el recodo del camino con un pez muerto en la mano—. ¿Le das esta perca a la señora Miller, por favor? Me voy a Oxford con mis amigos.

—Estoy doblando la ropa, hijo. Lleva ese pescado a la cocina.

Y se fue corriendo con un grupo de muchachos a la zaga.

—Que te diviertas —le dije al viento vacío que había dejado tras él.

Qué diferentes eran mis hijos: Davy era recto y estudioso, y Douglas se bebía la vida a borbotones. A pesar de eso, se divertían juntos; después de tomar clases de boxeo en la escuela, practicaban el uno con el otro, haciendo caso omiso a mis argumentos disuasorios de que el boxeo era un deporte repugnante. Davy también estudiaba magia, mientras que Douglas estudiaba la rica vida del estanque.

Doblé despacio la ropa y la coloqué en la cesta con mucho cuidado. Había llegado a ser una de esas pequeñas cosas que me daban vida. Si me hubiera conformado con vivir de esta manera en Nueva York, ¿podría haber salvado mi matrimonio? ¿Por qué estas tareas, las que ahora realizaba feliz, habían sido en otro tiempo tan monótonas y las había visto como tareas de Sísifo que me alejaban de mi escritura?

Doblé la camisa de Jack, una camisa blanca con botones que necesitaba unos remiendos, y la puse a un lado para recordarme esa noche que tenía que darle unas puntadas al cuello.

No, no estaba *totalmente* en el marco de mi voluntad.

Lo que tenía con Jack —la intimidad y la comprensión, la colaboración y las risas— lo transformaba todo: todas las tareas, todos los momentos estaban impregnados de un gran amor.

Reflexioné sobre cuántas cosas habían cambiado entre Jack y yo. Chad y Eva Walsh habían venido a visitarnos unos meses antes. Eva y yo habíamos dado un largo paseo solas y ella me susurró:

—¿Estáis enamorados?

Le dije la verdad.

—Creo que estoy sola en ese sentimiento incipiente.

—No lo creo —dijo ella.

—Te soy sincera, Eva —comencé a decir, llegamos al final del camino y nos paramos ante el estanque—, él no tiene ningún interés en otra cosa que no sea esta profunda amistad, lo que él llama *filia*.

Eva se volvió hacia mí y se protegió los ojos del sol de la tarde.

—Veo la forma en que te mira. Es como si no existiera nadie más y tuvieran un lenguaje secreto. Te mira a ti primero cuando dice algo, como si te estuviera consultando.

La esperanza que me ofrecían las palabras de Eva inundó mi pecho, pero yo sabía la verdad.

—Es amor, pero para él es de un tipo diferente. Ha sido un filósofo desde que tenía ocho años y tomó de Dante su visión medieval del mundo —dije, y sacudí la cabeza con una sonrisa—. Su total entrega a la virtud le impide caer en el tipo de amor que cautiva un corazón. Sabe cómo, después de todos estos años, proteger su corazón detrás de la bondad moral que ha practicado. Pertenece a Dios y a la Iglesia casi más que la mayoría de los sacerdotes que conozco.

—Pero él no es un sacerdote, y tú eres una mujer, y además una mujer vibrante —dijo Eva, que se acercó a mí y tomó mis manos, una en cada una de las suyas—. Sé paciente, Joy. El corazón tiene su ritmo y su momento.

—No creo que sea cuestión de entender el momento, Eva. Debo aceptar la maravillosa amistad que tenemos —dije, e hice una pausa—. Hay más. Sus amigos me miran con recelo, sobre todo Tollers, que me llama «esa mujer», y a él le importa lo que piensa Tollers, y mucho. Soy divorciada y con hijos. Soy neoyorquina. Tengo ascendencia judía. Tienen sus razones —comenté, y levanté la mirada al cielo, donde se estaban formando nubes de tormenta—. Además, la última vez que amó de todo corazón fue a su madre, y la perdió de la manera más devastadora. Es cauto. Comedido.

—Joy, dale tiempo.

Me encogí de hombros y volví la mirada a su querida sonrisa.

—Son solo suposiciones, Eva. ¿Cómo saberlo? He llegado a conocerlo mejor que nadie excepto Warnie, pero ¿cómo podría conocerlo *de verdad*? Me dice que es demasiado viejo para empezar otro romance y que nuestro destino es la *filia*.

La abracé mientras Chad se acercaba llamándola desde el otro extremo del camino.

Mientras doblaba el último de los pantalones, me recordé que tenía que comentarle a Jack la llamada telefónica de Dutton, tomé la cesta bajo el brazo y me dirigí a la puerta trasera de la casa. Cuando entré en el salón, me sorprendió ver a una mujer en la silla de Jack. Había poca luz para distinguirla bien, pero sin duda era una mujer. Estaba leyendo un libro, sentada cómodamente con los zapatos a un lado del asiento.

—¿Quién demonios es *usted*? —pregunté, roja de furia en un oscuro estallido de la vieja Joy siempre enojada.

Se asustó y dejó caer el libro, se puso de pie y tropezó antes de apretarse los dedos contra la sien.

—Soy Moira Sayer. Ya nos conocemos.

—No lo creo —dije, sosteniendo la cesta de la ropa y dando dos pasos hacia ella.

Se agarró al borde de la silla de Jack.

—Tengo todo el derecho a estar aquí, igual que usted. Soy la esposa de George Sayer. Jack me dijo que podía venir a leer mientras George trabajaba en Magdalen.

George.

Sayer.

Fue el primer amigo de Jack que conocí en el Eastgate. Moira era su esposa, con quien había tomado el té el año pasado.

—Lo siento mucho —dije, agarrada con más fuerza a la cesta—. Lo siento mucho —repetí y salí huyendo de la sala con el calor de la vergüenza quemándome la piel. ¿No iba a aprender nunca? ¿No iba a cambiar?

Subí la cesta, dejé un montón de ropa de Jack fuera de su habitación y llevé el resto al baño de los niños. Luego entré en mi cuarto de abajo y cerré la puerta para sentarme y dejar caer la cabeza sobre el escritorio.

¿Cómo es que volvía a los viejos y horrendos hábitos tan fácilmente? ¿Por qué reincidía en los celos y la rabia como si me resultaran tan acogedores como un chapuzón estival en el río?

Solo pasaron unos momentos hasta que llegó la llamada.

—¿Sí?

—¿Joy?

Le abrí la puerta a Jack.

—Lo siento —dije—. Fui una imbécil con tu amiga. Me asusté; no sabía que estaba aquí. Seguro que te he avergonzado —lamenté, y sacudí la cabeza—. Esta ira mía... a veces todavía me veo enfrentada con el mundo entero.

—Oh, no es tan malo —se rio—. Le expliqué que no te había dicho que estaba aquí, y que tú, con la vista tan mala que tienes, no sabías si era una intrusa que venía a llevarse mis manuscritos —dijo riéndose, con ese alegre brillo en sus ojos.

—¿La vista tan mala que tengo? —dije, traté de reírme, pero no salió nada.

—Sí, tienes un ojo de vidrio y el otro con cataratas.

—Jack. Perdonas con demasiada facilidad y buen corazón. No estoy acostumbrada —dije, sonreí y salí de la habitación para reunirme con él en el pasillo.

—Salgamos al sol —dijo.

—Sí, vamos a recoger unos frijoles y tomates para la cena.

—Muy bien —coincidió—. ¿Y vamos luego a Oxford?

Bajamos por el estrecho pasillo, donde agarré una canasta para las verduras y un delantal para taparme el vestido. Luego salimos otra vez al sol del verano. Moira se había ido y ninguno de nosotros se percató de su ausencia.

Eché un vistazo al terreno.

—¿Dónde está Davy?

—Ha decidido que tiene que poner ladrillos para el camino desde la casa hasta el estanque; está fuera recogiéndolos de los viejos hornos y tapando el barro con ellos —dijo Jack y señaló hacia el estanque con un gesto—. Está ahí abajo.

—Bueno, ¿se estará volviendo trabajador? —me reí y entrecerré los ojos ante el sol—. Pavimentando un camino. Quién lo habría dicho.

—Joy —dijo Jack mientras se agachaba y arrancaba dos judías verdes de su tallo para echarlas en la canasta—. ¿Por qué te enojaste con Moira?

—Supongo que por celos.

—¿Celos? —dijo, y chasqueó la lengua en broma.

—Sí —dije en voz baja—. Sé que está mal —continué mientras me inclinaba y escogía un tomate maduro de la mata y lo ponía en la canasta—. Como con Ruth Pitter.

—¿Estás celosa de Ruth Pitter? —exclamó, a punto de reírse, aunque mi tono serio lo hizo controlarse.

—He leído su poesía. Es una poetisa de más talento que yo, Jack —dije, y levanté mi mano—. Es algo que está fuera de toda discusión, pero no es eso: está enamorada de ti.

Me incliné para recoger otro tomate, pero mi dedo presionó demasiado fuerte su delicada pulpa. El jugo rojo me goteó por el brazo. Lo dejé caer al suelo y me limpié la palma de la mano en el delantal.

—No es así, Joy. Somos amigos desde hace mucho tiempo. Hace años que mantenemos correspondencia. Hablamos de escritura, cocina, jardinería y poesía.

Me puse de frente a él, con la mano protegiéndome los ojos del sol de la tarde. Quería que escuchara lo que acababa de decir. En esa frase él podía describirnos a *nosotros* tanto como la describía a ella.

—¿Qué pasa? —me preguntó al ver que no le respondía.

—¿No hay ninguna diferencia entre ella y yo para ti?

—¿Diferencia entre Ruth y tú?

—Sí.

Jack apretó las manos como si rezara y sacudió la cabeza.

—Tienes razón. Esto son celos. Estás aquí en mi jardín, después de responder a mi correspondencia y editar mi trabajo. Estás aquí conmigo y nos vamos a la ciudad a tomar una cerveza. Esta noche leeremos y jugaremos al Scrabble y Davy me ganará al ajedrez. Douglas se dormirá hablando a toda velocidad.

Se detuvo y yo respiré hondo.

—Veo cuándo mi ego asume el mando. Me he dado cuenta de cómo me afecta mi pasado: la crítica y la crueldad mezcladas con el apego han dado lugar a una neurosis que pasaré el resto de mi vida superando —dije, e hice una pausa—. No puedo hacer *bien* esto de ser cristiana. ¿Cómo se puede hacer lo correcto en todo? —confesé, y palmeé las manos con frustración.

—¿Hacer bien? —preguntó en voz baja—. ¿Qué es exactamente hacer bien?

—A veces me olvido de acudir a él, y entonces surge la mujer que he sido toda mi vida y sigue siendo tan dañina como antes.

—Dios no es un mago, Joy.

—Oh, cuánto me gustaría tener un poco de magia; es posible que necesite toda mi vida, o lo que queda de ella, para someterme a Dios por completo.

—Toda esta vida, Joy, y tal vez la mayor parte de la siguiente —dijo, y parpadeó, pero luego se acercó—. Al igual que con nuestro arte, debemos someternos y quitarnos de en medio si queremos algo bueno.

—¿Debo someterme una y otra vez? —dije, y guardé una pausa para hacer efecto—. ¿Y otra vez?

—Creo que es lo que todos debemos hacer.

Para entonces ya habíamos llenado la canasta, con verduras suficientes para la cena, cuando le dije:

—La verdad es que ya estaba nerviosa de antes. Verás, puede que no me quede mucho tiempo aquí.

Se le abrieron los ojos de par en par.

—¿Qué quieres decir? ¿Por qué?

—El Ministerio del Interior británico no me va a renovar los permisos. Tendré que regresar con los niños a Estados Unidos.

—Joy, no dejaré que te envíen de vuelta a casa. Encontraremos la manera de asegurarnos de que te quedes.

—Solo hay una manera de quedarse, Jack, y es mediante un matrimonio. Así que, a menos que me vaya a la Globe Tavern y elija a un buen inglés a quien seducir, parece que voy a hacer las maletas para Estados Unidos.

—No puedes irte —dijo—. No dejaré que vuelvas a ese terrible lugar.

Tomó mi cara en sus manos. Dejé caer la cesta. Los tomates y las judías verdes quedaron esparcidos por el suelo.

Yo puse mis manos sobre las suyas.

—¿No quieres que me vaya?

Nuestros rostros estaban ahora muy cerca; sus labios, a unos centímetros de los míos; sus ojos, ensombrecidos por la tristeza.

—No. Te extrañaría demasiado. He llegado a depender de ti, Joy —confesó, se soltó las manos, las puso sobre mis hombros y dio un paso atrás.

Mi cuerpo temblaba por la necesidad de él, y pude percibir lo mismo en Jack: una vibración por debajo de las palabras y el tacto. Me acercó hacia sí y me abrazó; yo apoyé mi cabeza en su hombro.

—No tienes que irte.

CAPÍTULO 46

Ahora, una vez dicho lo que se puede decir,
Habiendo dispuesto que cualquiera vea

«Soneto XLIV», Joy Davidman

—Quiero enseñarte algo —dijo Jack, parado en la acera de Oxford junto a una de las omnipresentes cabinas telefónicas rojas. El calor de agosto apretaba con fuerza, una mujer que empujaba un carrito de bebé pasó a nuestro lado y sonrió a Jack al reconocerlo.

—¿En serio? —le pregunté, redirigiendo su atención hacia mí.

Solo hacía un día que le había contado lo del Ministerio del Interior. No había dicho una palabra más y yo estaba nerviosa, reticente a volver a mencionarlo. Davy hojeaba libros en Blackwell, y Douglas salió corriendo en busca de unos amigos con los que jugar en el Cherwell.

—Sí —dijo, e hizo un gesto con la mano—. Sígueme.

Anduvimos hasta unas cuantas cuadras más adelante y se detuvo frente a una casa de ladrillo, el 10 de Old High Street.

—Esta está a la venta —dijo señalándola.

—Está muy bien —dije, y seguimos caminando. Fijarnos en los cambios sucedidos en la ciudad durante nuestros paseos diarios formaba parte de nuestra rutina tanto como su correspondencia matutina.

Puso su mano en mi hombro para detenerme.

—Puedo ayudarte a comprarla si te mudas a Oxford —dijo.

Entonces sucedió lo más extraño: me quedé sin nada que decir, ni una réplica ingeniosa ni un comentario agudo. Me quedé mirando la casita, de color rojo oscuro, como los geranios de las jardineras que había por toda la ciudad. La casa estaba dividida en dos viviendas de fachada idéntica con dos finas puertas de entrada puestas la una al lado de la otra: un adosado. Había dos ventanas arriba, dos abajo. Una pared de ladrillo recorría la fachada y unos setos bien podados tapaban la mitad inferior de las ventanas de abajo.

—¿Mudarme aquí? —pregunté y, nada más hacerlo, ya nos veía a Davy, a Douglas y a mí con cajas y muebles, libros y juguetes, el gato Leo, con todas nuestras cosas en un remolque y mudándonos a esta casa cerca de los Kilns, de la ciudad, de una vida mejor.

Jack se puso de pie ante mí y me tomó las dos manos.

—Casi no he pensado en otra cosa desde que me dijiste que tendrías que irte. En medio de mi insomnio, sabía que haría lo que fuera para mantenerte aquí. Podemos casarnos; un matrimonio civil, por supuesto, y pueden mudarse aquí —dijo señalando a la casa, con el cartel de SE VENDE pegado en la ventana.

—¿Casarnos? —dije, traté de contener la risa, pero no pude—. No sé si esta es la forma más romántica de declararse.

—No tiene por qué ser una declaración romántica. Tiene que ser sincera. Quiero que te quedes. Te quiero cerca de mí.

De la amenaza de volver a Estados Unidos a la emoción de tener mi propia casa en Oxford. Me quería allí. Me quería cerca. Pero ¿un matrimonio de conveniencia? Sonreí de la manera más auténtica que pude y juntos nos giramos para contemplar detenidamente la casa.

—Una casa de verdad —dije—. No he tenido una desde que me fui de Nueva York. Un verdadero *hogar*.

Las mejillas de Jack se elevaron con su sonrisa.

—Sí —dijo. Dibujó un círculo imaginario con su bastón e inclinó su sombrero de pescador hacia mí—. Un hogar.

Esa misma noche, en los Kilns, Jack se había quedado dormido en su silla y lo zarandeé para que se despertara.

—Oh, mierda, me quedé dormido —dijo, se desperezó y me sonrió—. Espero no haber roncado.

—¿Roncado? Por supuesto que sí. Pero no te desperté por eso —dije, y señalé con la mirada la carpeta que había puesto sobre la mesa—. Tengo algo para ti. Algo que pensé que nunca te daría, pero ahora creo que ha llegado el momento.

—Qué seria estás, Joy. ¿Qué es? —dijo, con cierto temblor en la claridad de su voz y de sus ojos.

Levanté la carpeta, mi mano temblaba como mi corazón.

—Llevo años escribiendo esto, Jack. Son sonetos.

Cuando me propuso un matrimonio civil, allí de pie en una acera de Oxford con el sol cayendo con fuerza sobre su doble oferta de casa y matrimonio, decidí que se los iba a dar.

Me quitó la carpeta beis con la palabra «Valor» escrita en la portada y su mano rozó la mía.

—¿Valor? —preguntó.

—Sí, lo necesitaba para dártelos.

—¿Sonetos? —pronunció con una amplia sonrisa—. ¿Me has estado ocultando tu poesía? ¿Así que ahora tengo un gran tesoro que leer?

—Creo que serás tú quien tendrá que decidir si son un tesoro o una basura.

Lo que no le dije, lo que iba a descubrir, es que los primeros sonetos databan de 1936. Había pasado horas reuniendo los versos en una historia coherente, una especie de progresión que seguía los amores que había sentido antes y mi creciente amor por él. Había entretejido el pasado y el presente en una colección que podría ilustrar la visión más nítida de mi corazón. Fue una osadía. Fue una acción que podría avergonzarme y romperme el corazón.

Los sonetos oscilaban de manera desenfrenada de la pasión a la desesperación, del deseo a la vergüenza. Pero yo quería que él emprendiera esa travesía salvaje para poder entender por fin el gran alcance de mi amor imperecedero por él. También incluí quince poemas que no formaban parte de los cuarenta y cinco sonetos de amor, poemas que describían nuestros días juntos, desde «Balada de los pies ampollados» (nuestra primera caminata en Shotover) hasta mi «Soneto de los malentendidos» después de separarnos aquella mañana de Navidad, hasta el último titulado «Que nadie».

Abrió la carpeta, copias en papel carbón de todos los sonetos de un corazón atormentado expuestas a sus ojos, a su conocimiento. Pero ya no podía seguir escondiéndome. Cuando Orual levantó el velo, le entregué la carpeta.

—He dejado de escribirlos —le dije—. El último lo escribí después de la visita de mis padres.

Pasó los ojos por la portada, en la que yo había escrito una tonta rima y una nota para él: «Querido Jack, aquí tienes algunos sonetos que tal vez quieras leer...».

—¿Has dejado de escribir poesía? ¿Por qué?

—No —dije con una sonrisa—. No todo es poesía. Justo *ese* tipo de poesía. Lo entenderás cuando leas.

Me quedé de pie mientras él se sentaba en su silla, la noche descendía por las ventanas como la miel.

—Es el único regalo que puedo darte —cité la nota de apertura que tenía en su mano—. Me has dado mucho, y ahora me ofreces un hogar aquí en Oxford. Esto es un obsequio en respuesta.

Sus ojos irradiaban ternura. Comenzó a leer. Me aparté y lo dejé con los sonetos de amor, con la poesía y con mi corazón.

La tarde siguiente, al final del día, estaba en la cocina revisando el correo y tarareando una vieja canción en la que no había pensado en años —«Swinging on a Star», de Bing Crosby— cuando Jack vino a donde yo estaba. Había pasado el día en el jardín y me había ensuciado las uñas con la tierra del suelo, así que me puse el delantal de cocina por encima de mi vestido de flores, cansada y satisfecha.

—«Entre dos ríos, en el tiempo de la melancolía; en un clima de nostalgia, cambia el cielo, se desnuda el árbol, no llega el verano».

Soneto VI. De los días de nuestro primer encuentro.

—Los has leído —dije, dejando el correo en la mesa.

—No todos. Todavía no. Quiero saborearlos despacio como una buena copa de vino. Son impresionantes y, tal como he descrito tu trabajo antes, son ardientes. Son palpables las imágenes, el dolor y la pérdida del mismo. Me honra que me los hayas ofrecido a mí.

—¿Entiendes que esos sonetos están dedicados a ti? —dije, me limpié las manos con el delantal y lo manché de barro.

—Pero algunos los escribiste antes de conocerme. Algunos son para otros hombres. Otros hombres que has amado —dijo en voz baja, y pude oír en su tono que no soportaba del todo la idea de que yo amara a otro hombre. ¿Estaba expresando sus celos o solo los hechos?

—Sí, pero siempre han sido para ti. ¿No te das cuenta? Todavía son *para* ti. La recopilación, cómo la ordené... son los problemas de mi corazón.

—Los problemas de tu corazón —repitió Jack y dio un paso adelante—. Tu corazón no tiene problemas. Es precioso.

Me detuve en la belleza de su cumplido, deseosa de sumergirme en la intemporalidad de sus palabras. Aquellas décadas de poesía amorosa estaban ahora en sus manos.

—Eres sublime, Joy.

—Jack —dije su nombre, saboreé su nombre con el mismo amor de siempre.

Exhaló y se acercó un paso más.

—Este es un viaje extraordinario para un viejo. Nunca esperé que alguien como tú entrara en mi vida, he vivido a mi manera y me he esforzado por vivir las virtudes. Hemos hablado de esto antes, pero tal vez se explica mejor con algo que mi amigo Owen Barfield dijo una vez sobre mí en un gran debate entre cervezas: que no puedo evitar tratar de vivir lo que *pienso*.

—Bueno, querido —le dije con una sonrisa—. Quiero que vivas lo que *sientes*.

—Para los demás no es tan fácil como para ti.

Le di un golpecito en el pecho, el lugar de su corazón.

—¿Por qué cierras la puerta de tu corazón que me permite llegar adentro, a ese lugar que es enteramente nuestro?

—*Estás* ahí dentro —afirmó, inclinándose hacia delante—. Siento tu amor y me cambia cada día, pero no puedo forzar el cambio de mis pautas de conducta de tanto tiempo. No sé *cómo* hacerlo. Cuando te conocí, estabas casada y luego, divorciada. Nuestra unión sería adulterio —dijo, y se detuvo.

Fue entonces cuando cité un soneto.

—El amor. «Puedes estar seguro de que no te matará, pero tampoco te dejará dormir por la noche».

—Soneto III —dijo riéndose. Luego se puso serio—. Tienes mucha razón.

Sacudí la cabeza.

—Eres exasperante.

Ignoró mi comentario y se aproximó más.

—Joy, llego tarde al oficio de vísperas en St. Mary's. Luego voy a una pinta en el Six Bells. ¿Me acompañarás?

—Oh, esta noche creo que me quedaré y disfrutaré de la tranquilidad —contesté. Él frunció el ceño, pero asintió.

—Volveré pronto.

Mientras se alejaba, giró la mirada hacia mí como si los dos guardáramos juntos un gran secreto de sonetos, y de hecho lo teníamos.

Capítulo 47

Qué tonta fui al jugar con el ratón
¡Y chillar por piedad!
«Soneto XLIII», Joy Davidman

Abril de 1956

El día de mi boda, si se pudiera llamar así, ¿quién iba a pensar que se repetiría?

Estaba en mi nueva casa del 10 de High Street en Oxford, me paré frente al espejo para abotonarme por delante el vestido crema que iba a ponerme ese día para mi segunda boda, aunque estaba claro que no sería una boda «real» en absoluto. Llegaba justo a tiempo para salvarme de otra visita y rogatorio de extensión de visado a la corte.

Jack golpeó ligeramente a la puerta.

—Adelante —dije y di media vuelta para enfrentarme a él.

Entró con esa sonrisa que yo amaba.

—Estás preciosa, Joy —dijo, se enderezó la corbata y sonrió un poco—. «Los ángeles desaprueban la forma en que te miro» —recitó, se acercó y me apartó los cabellos del hombro.

Acababa de citar el Soneto XXXVIII.

Llevaba meses haciéndolo: en privado, insertaba versos de sonetos en nuestra vida diaria, ya fuera en mi patio trasero mientras plantaba tulipanes y narcisos o extendía una malla en el huerto para evitar que los pájaros lo destrozaran, o mientras llamábamos a un taxi para asistir a una fiesta. Durante los últimos ochos meses, desde que le entregué mi corazón en esos sonetos, se había vuelto más tierno y afectuoso.

Le enderecé la corbata.

—Te ves muy apuesto para tu primer día de boda.

Puso su mano sobre la mía y la sostuvo allí hasta que el grito angustiado de Douglas resonó desde el otro lado de la casa.

—Mami.

—¿Qué pasa? —dije, toqué la corbata de Jack y salí de mi habitación.

Douglas atravesó en un suspiro el pasillo y se detuvo frente a mí, con las manos extendidas en gesto de súplica. En sus palmas estaban los restos de lo que asumí que era su precioso periquito, Chirpers.

—Leo se comió a Chirpers —se lamentó—. Ese gato asqueroso se comió a mi pájaro.

—¿Estás seguro de que fue Leo? ¿Quizás fue Bola de Nieve? —le pregunté. Habíamos adoptado otro gatito, una pelusa blanca de trémulo pelaje.

—¡Fue Leo!

—¿El día de mi boda? —dije. Traté de no reírme, pero ¿qué otra cosa podía hacer? Era un pájaro mezquino y desagradable, aunque eso nunca se lo diría a Douglas.

—No es un día de boda *de verdad*. Y Chirpers está muerto. Muerto.

Tomé el pájaro de mi hijo y lo cubrí con mi otra mano.

Jack apareció detrás de mí:

—Le daremos a Chirpers un funeral cristiano apropiado y como es debido. Ahora está volando en el cielo entre los demás pájaros víctimas de gatos —dijo.

—Odio a los gatos —dijo Douglas, se secó las lágrimas y se marchó. La puerta principal se cerró con tanta fuerza que sacudió el piso.

Davy estaba en algún lugar cercano, probablemente sumido en indagaciones sobre su nueva pasión: Shakespeare.

Llevé a Chirpers a mi cuarto, donde encontré una vieja caja de zapatos y lo coloqué con cuidado mientras Jack se dirigía a consolar a Douglas.

Qué familia más rara.

————

Para entonces hacía siete meses que vivíamos en Old High Street. En una tarde calurosa de agosto, después de que Jack partiera en un viaje pospuesto a Irlanda con Warnie, los chicos y yo salimos de Londres. Nos instalamos en aquella casa adosada de tres habitaciones con sala de estar, cocina y hasta un pequeño comedor. El día de la mudanza, mientras acarreaban las cajas y los muebles por la puerta principal, nosotros tres estábamos parados en el patio trasero contemplando el espacioso césped que compartíamos con la casa adjunta idéntica. En nuestro patio había ciruelos y manzanos, ecos del pasado.

—«Gloria en lugar de ceniza» —les dije a mis hijos—. Dios redime lo que se ha perdido.

Por supuesto, se limitaron a mirarme con gesto confuso y luego se quitaron los zapatos para sentir la suave hierba bajo sus pies.

—Oxford es mucho mejor que Londres —dijo Davy. Era la primera vez en mucho tiempo que veía una sonrisa tan amplia en su serio semblante.

—Sí, precioso mío, lo es —coincidí.

Los meses pasan volando de muchas maneras, y esos meses lo hicieron de la mejor de las maneras, incluso con mi continuo y desconcertante declive de salud. «Ah, no son más que cosas de su edad y del estrés», seguían diciendo los médicos. Me costaba caminar —me dijeron que era reumatismo— y solo tenía cuarenta y un años. ¿Cuándo se había adelantado *tanto* la «edad madura»? Davy trató de enseñarme a manejar su bicicleta para moverme con más facilidad, pero yo ni siquiera podía descansar el peso en mis caderas para sentarme en ella.

Oxford se convirtió en nuestro hogar en un abrir y cerrar de ojos, y empecé a invitar gente de nuevo. Nos visitaban amigos y vecinos. Yo cocinaba, hacía mermelada con las ciruelas del patio, trabajaba en el jardín y, por supuesto, escribía y editaba como siempre. El *pub* White Hart estaba a una cuadra, y sus jardines tenían la exuberancia de una selva tropical, así que a menudo pedía una pinta y me sentaba en una mesa coja para escribir.

Jack pasaba largas horas con los niños. Les había comprado un caballo para que lo llevaran a pastar en la parte trasera de los Kilns, y le permitía a Davy comprar los libros que quisiera en Blackwell. Le regaló un balón de fútbol a Douglas y ropa a los dos. Jack había llegado a amarlos a ellos y ellos a él; era algo obvio y conmovedor.

Cautivado por la alegría se había publicado el mes anterior con gran éxito. No sé cuántas veces me preguntaron si el título hacía referencia a mí.

—Oh, eso sería encantador —era mi respuesta—, pero no. Es la esencia de la búsqueda de Jack de algo que encontró de niño en un jardín en miniatura.

Trabajé en *The Seven Deadlies*, por el que me habían pagado un adelanto, pero parecía un callejón sin salida. Olvidar las conclusiones a las que llegué cuando escribí *Smoke* —escribir teología no era mi fuerte—me estaba llevando al límite. Hice paréntesis en mi trabajo para ponerme a escribir como loca en las páginas de misterio de Kay Farrer, que no solo me aportaron dinero, sino que también sirvieron como favor a una admirada amiga. Me dediqué a los relatos cortos y todavía esperaba hacer algo con mi novela *Queen Cinderella*, sobre la Reina Cenicienta. Escribía a máquina para ganar algo, pero no renuncié a mi trabajo ni pensaba hacerlo.

Además, para mayor provecho de mi ego, me pidieron que hablara en Pusey House sobre Charles Williams, y en una iglesia de Londres sobre el problema de ser judía cristiana. Sentí en muchos sentidos que mi amor por Dios, mi alma, mi familia y mis amigos se habían convertido en un imán que atraía todas las piezas rotas y dispersas de mi vida.

Bill y yo seguíamos manteniendo una correspondencia rigurosa, a veces le pedía dinero y a veces le daba las gracias. Le contaba noticias y siempre lo tenía al tanto de la vida de nuestros hijos: Douglas jugaba en el equipo alevín de fútbol americano. Davy le escribió a Tollers sobre *El hobbit*, el aprendizaje de las runas y el alfabeto gaélico. Le hablé del pasatiempo favorito de Davy: deambular por la librería Blackwell todo el tiempo y con toda la frecuencia que le apetecía, pues Jack le daba una gran cantidad de dinero para libros. Y, para colmo de sorpresas, Douglas había empezado a escribir poesía.

«Un pavo real dorado vuela», comenzaba un poema. Esperaba haber hecho una buena descripción de nuestra felicidad para Bill, porque *era* una vida feliz.

Jack se venía a estar conmigo cada día que llegaba a Oxford desde Cambridge, y muchos murmuraban que se había mudado a mi casa. Qué imaginación tan vívida.

Cierta noche pensé que teníamos una «cita», cuando me llevó a ver *Las bacantes*, la gran tragedia griega. En la oscuridad del teatro me había agarrado de la mano. Con los dedos entrelazados y el gran final trágico de la obra acercándose, creí que habría más entre nosotros. Pero, por desgracia, tras salir de aquel teatro a oscuras, regresamos a nuestros ritmos naturales: *filia*, chanzas, cerveza y risas.

Todos los domingos íbamos juntos a la iglesia de la Santísima Trinidad, a la que él y Warnie habían acudido por años, asistiendo al servicio sin órgano y sentados detrás del pilar para que el ministro no pudiera verlo cuando Jack no estaba de acuerdo con su sermón. Los tres salíamos siempre justo después de la Comunión y nos íbamos al pueblo a tomar una cerveza. Había unas secciones de la liturgia que daban vida a mi alma y otras que me ponían nerviosa.

Una espléndida noche de principios de año, saqué un vestido de baile azul oscuro de mis días en Nueva York. Sorprendida de que todavía me quedara bien, me lo puse para asistir a una cena que Jack ofreció en mi honor en Magdalen. Allí conocí a los amigos suyos de los que había oído hablar, pero que no conocía. Me comporté debidamente. Sonreí con recato. Fue una noche de vértigo que terminó con un trayecto en taxi en el que nos partimos de la risa con mis imitaciones de cada uno de sus amigos. Éramos un equipo, nos entendíamos de una manera que nadie más podría tener ni tendría.

Dos veces había ido a ver a Jack antes o después de una reunión de los Inklings, y en una de ellas me enteré de que el árbol parlante de Tollers, Bárbol, estaba inspirado en Jack.

Justo cuando creía que había aprendido todo lo posible sobre él, había algo más que descubrir. Estaba convencida de que era solo el principio. Sentía que estábamos en un umbral, ante un precipicio. Teníamos toda una vida para acercarnos más y llegar a conocernos de verdad.

Toda una vida.

¿Y quién sabe cuánto dura toda una vida? ¿Cuántos días? ¿Cuántas horas?

———

—Jack —dije, de frente ante él mientras descolgaba mi bolso de la percha para ir a la oficina del registro—. ¿Esto es un secreto? ¿Este matrimonio?

—No es tanto un secreto, sino más bien algo entre tú y yo. Puesto que no lo es a los ojos de la Iglesia y no estamos viviendo juntos, nos toca que quede entre nosotros. Por supuesto, el doctor Humphrey y Austin Farrer estarán allí hoy, así que lo sabrán.

—Quiero que el mundo lo sepa —dije.

Sonrió con aire triste y se abotonó la chaqueta antes de mirarme a los ojos.

—Lo sabremos nosotros, Joy. Nosotros, y eso es lo que importa.

Alisé mi traje crema para ir a la oficina en St. Giles, al final de la calle de nuestro amado Bird and Baby, donde íbamos a firmar los papeles de nuestro enlace legal como marido y esposa el 26 de abril de 1956.

CAPÍTULO 48

Abre la puerta, no sea que el corazón tardío
Muera en la noche amarga; abre la puerta

«Soneto XLIV», Joy Davidman

—Puede que nunca haya habido un octubre más sublime —dijo Jack en voz baja. El extremo encendido de su cigarrillo brilló, su propia luna roja llena, y luego cayó en chispas al suelo—. Las mañanas frescas, los días cálidos y las noches como esta. No puedo recordar otro octubre tan hermoso.

La luna llena nos presidía desde el cielo del jardín trasero de mi casa de Old High Street. Nos habíamos quedado en silencio después de horas de charla, sentados en el mismo banco, con las rodillas en contacto.

Yo asentía con la cabeza y, aunque no me miraba, sabía que sentía la avenencia. Kay y Austin Farrar y otros acababan de salir de una pequeña fiesta que yo había dado. Kay me había susurrado en la cocina: «Austin y yo coincidimos en que Jack parece más elegante en los últimos meses. Está más sosegado y tranquilo. Es como si por fin se hubiera manifestado su naturaleza sensible, y todos sabemos que es gracias a ti».

Para la cena de esa noche había cocinado el mejor cordero que sabía, había servido puré de papas al estilo americano, y unas judías verdes que había puesto en conserva el verano pasado en los Kilns. Hice el pastel de manzana con las manzanas de mi patio y casi podía saborear los veranos en Vermont con los Walsh. El vino y la conversación habían fluido de la mejor manera.

Eran las once de la noche y Jack fue el último en irse. Él era siempre el último en irse. Todos los días caminaba hasta mi casa desde los Kilns y trabajábamos o paseábamos por la ciudad.

—Hoy compré fuegos artificiales para el Día de Guy Fawkes, así que no traigas más —advertí— o los chicos tendrán pólvora suficiente para reventar tu bosque entero.

—Se lo diré a Warnie —dijo—. Él es el que los guarda. ¡Ah! ¿No te lo ha dicho? Está leyendo el libro de tu marido, *Monster Midway*.

Me reí y apoyé la cabeza sobre su hombro.

—Creo que mi marido eres tú.

—Por supuesto que sí —asintió Jack, y me dio una palmadita en la rodilla.

Hice una pausa antes de ahondar en el tema que había estado reprimiendo hasta que todos los invitados se hubiesen ido.

—Jack, estos días y noches han sido de los más preciados de mi vida. Las cenas, los amigos, la conversación... casi siento como si me hubiera forjado una vida aquí.

Se volvió hacia mí; su cigarrillo estaba consumido casi hasta el filtro, lo dejó caer al suelo y lo aplastó con el zapato.

—¿Pero?

—Corren rumores sobre mí. Sobre nosotros.

—¿Qué clase de rumores?

—¿No te lo imaginas, Jack? El profesor de Oxford que está en la casa de la mujer divorciada hasta altas horas de la noche, todas las noches. La gente cotillea —dije, e hice una pausa—. Kay me dijo que Tollers tiene miedo de lo que pensarán en Cambridge cuando se enteren. Lo nuestro parece algo inapropiado.

Intentó reírse, pero no le salió, así que citó otro soneto.

—«Sonreiría con desdén, y en el apogeo del descaro»—citó, y se detuvo después del verso al ver que no me reía ni le replicaba—. ¿Desde cuándo te importa lo que otros consideren inapropiado?

—Me importa, Jack.

—¿Acaso quieres que no venga tanto? Porque eso no podría soportarlo.

Me había dejado la melena suelta por la noche, y me caía por encima de los hombros. Con el viento, mis cabellos revoloteaban y se me metían en los ojos mientras hablaba.

—No, pero me gustaría dejar de ser tu pequeño secreto. Estamos casados. Sé que no a los ojos de Dios. Sé que no a los ojos de *eros*, como tú dirías —dije, me levanté y lo miré desde arriba—, pero estamos casados. Y nadie lo sabe —concluí. Comencé a llorar, con lágrimas que había retenido mucho tiempo—. Me siento como si te avergonzaras de mí, como si te gustase mantener nuestra amistad en esta cajita de cartón a la que solo nosotros y algunos otros tenemos acceso.

—Joy, te he dado plena entrada a mi vida. Te he presentado ante Oxford y Cambridge. Estoy contigo todos los días —dijo, con el rostro lleno de dolor—. No hay ninguna área en la que te haya tenido oculta.

—¿Te avergüenzas de mí?

Jack se levantó para mirarme de frente.

—Tú no crees eso, ¿verdad?

—Ya no sé qué creer de nosotros.

—Si no quieres que deje de venir, ¿qué hago? ¿Quieres que le cuente a todo el mundo que celebramos un matrimonio civil para que pudieras quedarte en el país? Se lo conté a mi querido amigo Arthur de Irlanda.

Levanté la mano para que dejara de intentar defenderse.

—Acabo de arruinar la noche —dije—. Lo siento. Estoy cansada y seguramente no sé bien lo que digo. Vuelven a salir mis viejas inseguridades. Pero mantener nuestro matrimonio en secreto parece convertirlo en algo clandestino y sucio. Y despectivo.

—Joy —dijo, dio dos pasos más hacia mí. El aroma del salón de los Kilns, el humo del cigarrillo y el aire otoñal de las hojas pisadas me envolvían. Me tomó de las manos y las apretó contra su pecho como si fuera algo que había hecho un millón de veces antes, como si no fuera esta la primera vez.

—¿Te gustaría entonces mudarte con los niños aquí a los Kilns?

—¿Disculpa?

¿Lo había oído bien? ¿Nos acababa de pedir que nos mudáramos con él? No de vacaciones, no para unos días de fiesta, sino un *traslado*. ¿Se trataba de algún truco del vino y la luz de la luna? ¿Éramos una nueva versión de Janie y Maureen?

—Le he estado dando vueltas y tú me has hecho ver que es hora de dejar de limitarme a pensar en ello. Es hora de ponerlo por obra. *Construiremos* una vida allí, Joy. No habrá más chismes, les diré a todos que nos hemos casado.

—¿Pero no a los ojos de la Iglesia ni como una sola carne?

—La Iglesia nunca lo permitirá.

—El rey Eduardo abdicó para casarse con Wallis Simpson, el amor de su vida. Pero eso no sucede con frecuencia, un amor tan grande como para desafiar esas reglas tan estrictas y con tan poco sentido —dije, y me detuve—. Aquí estoy yo, una horrenda divorciada como ella.

—No —respondió con un dolor en su voz que me hizo levantar la vista y ver cómo se le arrugaba el semblante. Llevó deprisa mis manos a sus labios.

Cerré los ojos y dejé que me inundara la sensación, la dicha simple de sus labios en mi piel, de mi corazón que se aceleraba pidiendo más, del aire otoñal que lo despeinó en el momento en que me pidió que me fuera a vivir con él. Soltó mis manos y abrí los ojos.

Su mano creó, y al principio no podía imaginar por qué, una exótica coreografía en la danza de nuestra relación. La puso detrás de mi cabeza, clavó sus dedos en mi espeso cabello y, con un leve tirón, me empujó hacia él.

Me besó.

Con delicadeza.

Por fin.

Mis labios encontraron los suyos con la facilidad con que el mar encuentra la orilla, con que el rayo de sol alcanza la tierra. Nuestras bocas se unieron con suavidad, pero ansiosas dentro de la delicadeza. Mis manos estaban en su nuca, en el tierno espacio bajo la línea de su cabello donde tantas veces puse la mirada cuando caminaba delante de mí. Toqué su piel. Sentí contra mí el contorno de un cuerpo que ya me sabía de memoria. Todo dentro de mí quedó suelto y liberado, en verdadera entrega a lo que él quisiera de mi persona.

Nos quedamos allí unos instantes bajo la luna llena, bajo Selene.

Hay cosas que son más intensas en la imaginación y cosas que son más poderosas en la realidad. Su tacto y sus labios: no podría haberme imaginado el éxtasis que ambos producirían. No había nada que hubiera valido tanto la pena esperar como esto.

Se apartó y apoyó su frente en la mía antes de besar el punto blando de debajo de mi oreja. Yo temblaba por mi deseo de más. Cuando se separó de mí, me tomó las dos manos, sonrió, pero era una sonrisa que no había visto antes. Esta, rizada en sus extremos con sus ojos puestos en los míos, era solo nuestra. *Solo* nuestra.

—Buenas noches, mi querida Joy —se despidió, y de repente ya no estaba.

Me sentí casi como la noche en que Dios entró en los rincones fracturados de mi persona, en el cuarto de mis niños, como si mis límites se hubieran disuelto, como si todo lo que yo era fuera a ser uno con todo lo que era otro. Al igual que aquella noche, no se arregló nada, pero fue el comienzo de algo que podría cambiarme, *cambiarnos*.

El amor puro, al parecer, no se limitaba a una experiencia singular.

Durante dos semanas solo pensé en su beso y su tacto, pero intenté trabajar. Mi mente retrocedía hasta ese momento en que sus labios encontraron los míos, y me descubría parada en cualquier lugar donde me encontrara, con la mano sobre el corazón y los ojos cerrados. Era un estado de anhelo y expectativa en el que el tiempo se abre.

Fueron días de dicha, excepto por los dolores en las piernas y las caderas, pero incluso esto se llenaba de color por el deseo creciente. Cuando Jack se escapaba de Cambridge por unos momentos, había más besos: besos suaves de promesa sin palabras. Me tomaba de la mano en los largos paseos por Shotover Hill. Se iba acercando, estrechando el espacio, poco a poco, como si necesitara cortejarme, cuando yo ya lo amaba.

Cuando estaba en Oxford, se quedaba hasta tarde conmigo como siempre, pero ahora descansaba cómodamente apoyado en mí cuando estábamos solos. Yo no había presionado, había esperado con gran paciencia para experimentar cómo seríamos cuando viviéramos juntos.

¿Me mudaría a su dormitorio? ¿Quería que aún nos aferráramos a la abstinencia? Mi cuerpo no me permitía pensar en otra cosa que en Jack y en el contacto con él.

CAPÍTULO 49

Amigo mío, si fuera pecado en ti y en mí
Que fuéramos a pescarnos en
Las aguas turbulentas de la vida

«Soneto XXXII», Joy Davidman

18 de octubre de 1956

Solo Dios sabe cuándo la vida revienta y hace trizas todos nuestros planes y expectativas, tan ilusorios como los sueños. En mi caso fue un jueves, un jueves aparentemente normal.

Mis hijos habían vuelto a la escuela. Acababa de salir la última crónica narniana de Jack, *La última batalla*. Harcourt había publicado *Mientras no tengamos rostro* con su inquietante portada negra. Ambos estábamos tan emocionados como si acabáramos de ser padres, a la expectativa de las críticas y las reseñas.

La vida había comenzado de nuevo para ambos.

El aire otoñal susurró en el abedul y, tras la ventana abierta de la pequeña habitación donde mecanografiaba las páginas de la nueva novela de misterio de Kay Farrar, los pájaros se llamaban unos a otros con sus trinos. El inminente traslado a los Kilns me preocupaba.

Leo se frotó contra mi pierna, restregó su pelaje contra mis pantalones de franela. Me incliné y lo acaricié detrás de la oreja.

—¿Tú también estás contento, muchacho? Te has adaptado a Oxford, ¿no? —le dije. Ronroneó y caminó hacia la puerta principal, mirando atrás hacia mí. Quería salir.

Me puse en pie. Fue todo lo que hice: levantarme y dar un paso. Y todo cambió.

Sentí de pronto un dolor candente, abrasador, en la cadera izquierda. El fuego me bajó por la pierna y me dejó sin aire en los pulmones mientras caía al suelo con un grito de agonía. Por una fracción de segundo creí que me habían disparado. Esperaba ver un agujero en la pared o en la ventana, un delgado río de sangre goteando por el parqué y penetrando en los bordes de la alfombra.

El teléfono sonó desde el otro lado de la casa, del todo indiferente a mi agonía, como si se burlara de mí. Quienquiera que estuviera tras ese teléfono debería haber sido capaz de oírme gritar. Me encogí, me puse en posición fetal con la pierna doblada en el ángulo contrario. El dolor anuló todas las sensaciones excepto la suya, en su angustia desbordada y egoísta no quería que fuera consciente de nada más. No veía nada, no olía nada; el mundo solo existía en el fuego que gritaba a través de mi cuerpo.

Poco a poco surgieron los pensamientos, uno por uno. ¿Qué había pasado? ¿Algo malo? ¿Cómo me había caído? ¿Dónde estaba? ¿Había tropezado con Leo?

No, no fue eso. Me había levantado y me había fallado la pierna.

Con cuidadosos y diminutos movimientos, me arrastré por el piso de madera.

Tú puedes.

Despacio.

Tienes que conseguir ayuda. Que no cunda el pánico.

Las llamas lamían el interior de mi muslo. Respiré largo y profundo, pero el aire se me atascó en la garganta y se escapó en forma de sollozos contra mi voluntad. Luché contra la bruma mental del dolor, esforzándome en pensar a quién llamar. Necesitaba a alguien cerca, alguien que viniera a buscarme.

Kay. Estaba cerca, a solo una cuadra. Finalmente llegué al borde de la mesa. No podía levantarme para descolgar el teléfono, así que agarré su cable oscuro y lo tiré al suelo. Golpeó y resonó, asustando a Leo, que cruzó la habitación con un fuerte maullido. En una escena que parecía de cámara lenta, marqué el número de Kay y esperé cuatro largas y des-esperadas llamadas para que ella respondiera.

—Ayúdame.

Fue todo lo que dije.

CAPÍTULO 50

Lo que saldrá de mí
Después de que el helecho haya salido de mi cerebro
«UNA PRIMAVERA MÁS», JOY DAVIDMAN

Sentía los párpados pesados como el granito, y los abrí como si estuviera empujando una roca cuesta arriba en Shotover Hill. Con la vista borrosa, percibí cortinas blancas y brillo metálico, y entrecerré los ojos por su resplandor. ¿Dónde estaba? La cama era dura y pequeña; estaba acostada boca arriba con una almohada plana bajo la cabeza. ¿Me encontraba en algún lugar lejano o estaba cerca? Había ruido de metales y susurros de voces serias. Las gasas de algodón cubrían mis pensamientos, mi cerebro no iba a arder. ¿Había bebido demasiado? ¿Era una resaca?

Piso de baldosas pulidas.

Luces fluorescentes demasiado brillantes.

Intenté moverme, solo un poco, y sentí el dolor que salía de mi cadera en ambas direcciones: por la pierna hacia abajo y por la ingle. Estallé en un grito involuntario y lo recordé todo en un instante: las voces alteradas de Kay y Austin en High Street para llevarme a la cama. Kay susurrando que ella me estaba llamando justo cuando me caí, como premonición de que algo andaba mal. Había pasado una noche inquieta y angustiosa con la codeína sobrante del trabajo del dentista, que no llegó a mitigar el dolor. Al amanecer, llamaron a la ambulancia y vino a buscarme para llevarme al Hospital Ortopédico de Wingfield. Recordé las radiografías y las agujas, el llanto y la bendita y dichosa ausencia de dolor cuando la medicación se extendió por mis venas.

Ante mi quejido apareció una enfermera, con una gorra blanca que era como un cisne sobre el estanque de Jack.

—Señora Gresham —dijo la enfermera en voz baja—, veo que está despierta.

—¿Dónde está el doctor? Necesito saber qué es lo que tengo —pedí; mi mente lógica irrumpió como un relámpago a través de la niebla: diagnosticar, resolver, arreglar.

—Tiene una pierna rota —dijo con la voz extrañamente plácida de una persona que intentaba mantener calmada a una paciente histérica.

—Eso lo sé —dije con la voz destrozada, tan frágil como el resto de mí. Alguien me había arreglado el cabello en dos trenzas, que caían sobre mis hombros con cintas blancas en las puntas. Nunca me había hecho ese peinado, y el presagio me parecía nefasto: ya no era yo misma. La manta que había sobre mi pierna izquierda formaba una tienda de campaña, pues tenía una jaula de metal debajo para evitar que el tejido descansara sobre los huesos rotos.

—¿Me han operado? —pregunté.

—No, pero el doctor vendrá pronto para hablar con usted.

Me clavó una jeringuilla con un líquido dorado en la parte superior del brazo; yo me limité a verla empujar la aguja, era una observadora distraída que solo esperaba el alivio. ¿Qué dijo Jack sobre el dolor? «Es el megáfono de Dios para hablarle al mundo».

Bueno, Dios, te escucho.

Entonces rugieron sus nombres en mi mente como leones gemelos: *Davy. Douglas.*

Tenían doce y diez años para entonces. ¿Alguien los había llamado? ¿Sabían que me había roto la pierna? ¿Dónde estaba Jack? ¿No lo había llamado Kay a Cambridge?

Giré la cabeza hacia la ventana que ocupaba todo el ancho de la pared. Afuera brillaba el glorioso e idílico otoño de Inglaterra. Las vistas no eran menos hermosas que las de las dependencias de Jack, ya que el hospital estaba en el campus de Oxford. El amplio césped verde, las flores apiñadas compitiendo para llamar la atención, y las rosas con un color tan real que parecían pintadas. Pero, dentro de la habitación, metal y plástico, perchas y sillas estériles de acero, más el persistente olor a alcohol y vómito.

Tras la puerta se oyó un gran murmullo y entre mis confusos pensamientos me preguntaba si me traían un compañero de cuarto. Giré la cabeza lentamente para ver a Jack atravesar la puerta. Llevaba un traje negro arrugado; la corbata estaba torcida; tenía el rostro demudado de miedo.

—¡Jack! —lo llamé, y se me rompió la voz. Lo supe todo el tiempo, pero, al verlo atravesar corriendo esa puerta, con el cabello revuelto y los ojos sobre mí, lo amé con más intensidad que a nadie en mi vida.

—Joy —exclamó, se acercó a mi cabecera y se arrodilló, sin hacer caso de la silla—. Ya estás despierta.

—¿Estabas aquí? —pregunté.

—Sí —dijo, y se metió el dedo debajo de las gafas para secarse las lágrimas—. Aquí he estado.

—No tenías que dejar la facultad... —dije, y me falló la voz.

Jack se levantó y trajo la silla para sentarse y mirarme.

—¿Te duele ahora?

—El medicamento que la enfermera me inyectó en el brazo dice que no —contesté e intenté sonreír, pero no pude—. ¿Qué pasó, Jack? Sé que me caí y luego pasé la noche en casa, pero desde que me trajeron aquí...

—¿No te acuerdas?

—A ratos, como piezas de rompecabezas. Recuerdo una máquina de rayos X, medicinas y voces silenciosas. Tanto alboroto por una pierna rota, Jack. Demasiado alboroto. Que me pongan el yeso y me voy a casa.

Desde afuera llegó una fuerte carcajada de un grupo de estudiantes que paseaba por el césped. La vida estaba fuera de aquellas paredes y ventanas. Miré a Jack con una súplica desesperada.

—Quiero irme a casa.

—Hay novedades, Joy. Los médicos me han preguntado si quería ocultártelo, pero no puedo. No se debe mentir, ni a ti ni a nadie.

El miedo me envolvió en una niebla tóxica, cerrándome la garganta y llenándome el pecho con aquella familiar y alarmista ansiedad. Alcancé la mano de Jack y la agarré como si fuera una balsa salvavidas.

—¿Qué pasa?

—Vendrán a hablar contigo.

—Quiero que me lo digas, Jack. ¿Qué es lo que sabes?

—Es leucemia o algún otro cáncer —dijo, y ambos diagnósticos se esparcieron por la habitación como un polvo oscuro, como el mal.

—No es un verdadero cáncer —dije, aun sabiendo que no existía distinción entre cáncer verdadero o no verdadero—. Es reúma. Eso es lo que siempre me decían. Es fibrositis.

—Estaban equivocados. Sea lo que sea, Joy, el problema lo tienes en la pierna —dijo Jack, y el dolor le retorció la expresión. Se agarró con tal fuerza a mi mano que no quise decirle que me dolía—. Los doctores dicen que en las radiografías se ve tu fémur como si se lo hubieran comido las polillas.

—Bueno, pues tal vez sea eso —dije, pero se me escapó un sollozo—. Tal vez haya una plaga de polillas en Old High Street y no lo sabíamos y...

Jack se inclinó hacia mí, se enjugó las lágrimas y me besó con toda la ternura que se puede tener en una cama de hospital. Si hubiera podido dejarme caer de esa cama a sus brazos, lo habría hecho. Si hubiera podido arrodillarme, ya estaría de rodillas. Pero solo podía agarrarme a Jack, sus manos se entrelazaron con las mías—. No. No puede ser algo tan malo. *Ahora* no.

Me besó una y otra vez, posando su mano suavemente sobre mi mejilla.

—No puedo perderte, Joy. Te amo tanto. He sido un estúpido, un maldito estúpido. Debería haberte amado y haberlo proclamado todos los días desde que te conozco.

—Jack... —dije con voz tranquila, como temiendo espantar su confesión—. ¿Me *amas*?

—Con todo mi ser —dijo.

—¿Porque me estoy muriendo? ¿Es un regalo de consolación? —le pregunté, enjugué sus lágrimas y luego las mías.

—Joy, no te estás muriendo y, aunque así fuera, este amor ha estado aquí todo el tiempo. A veces Dios tiene que zarandearme con fuerza para despertarme de mi insolencia, para hacerme reconocer sentimientos que están ahí.

—El dolor —dije, y cerré los ojos—. El megáfono de Dios.

Había lágrimas en las comisuras de sus labios blandos y carnosos, y me besó de nuevo. Probé su dolor mientras hablaba, su aliento me susurró al oído:

—Quién sabe cuándo la amistad cruza esa frontera y se convierte en amor, pero lo ha hecho. Hace mucho tiempo, pero es ahora cuando puedo decir la verdad.

Levantó la cabeza y le toqué la mejilla.

—Hace tanto que te amo, Jack. Aquí me tienes en mi peor momento ¿y me declaras *tu* amor? Dios obra de maneras misteriosas —dije, lo besé de nuevo y saboreé el tabaco, la calidez.

—¿En tu peor momento? —replicó, sacudió la cabeza y se le cayeron las gafas sobre la desgastada manta color crema que cubría mi cuerpo enfermo—. Para mí eres hermosa, Joy. Eres *todo* lo que es hermoso —dijo, apartándome un mechón suelto de la cara—. Toda mi vida he pensado en el amor en un sentido literario, como parte de una historia o de un cuento de hadas, pero el amor es algo de verdad, real; ahora lo sé. *Eros*…, hasta ahora no había amado completamente. Lo sé —confesó, y su voz sostenía la verdad de cada palabra, era un hombre roto por la amenaza de la muerte.

—Oh, Jack —exclamé, aunque las lágrimas obstruían mi voz—. No he dejado de amarte ni por un minuto. Incluso cuando me dijiste que no lo hiciera, cuando me dijiste que aceptara la *filia*, cuando me dijiste que preferías a las rubias —dije, y me reí, nos reímos, desplegando un humor absurdo en una habitación llena de miedo.

Jack apoyó su mejilla contra la mía.

—Te he mantenido cerca de mí, te necesitaba como el aire y el agua, como el jardín y el bosque, incluso cuando te decía que no. Cuando no estás conmigo, pienso en ti. Cuando te vas, te extraño. He sido un cretino, manteniéndote cerca y a la vez alejándote. Has llegado a ser la otra parte de mí. Eres la primera persona con la que quiero compartir un pensamiento o un momento. Oh, qué necio he sido.

Dejó caer su cabeza sobre mi pecho y posé mi mano sobre su cabello escaso, pasé mis dedos por su cuello y luego por sus hombros debajo de la camisa, sentí la piel del hombre que amaba.

—¿Cómo puede una mujer ser feliz y tener miedo en un mismo instante? —pregunté—. He soñado con nosotros de esta manera todos estos años. Aquí estoy yo en mi peor condición y ahí estás tú, amándome.

Levantó la cara y me sonrió. Esa sonrisa que me había atrapado en el Eastgate, la que me ofrecía cuando contaba un buen chiste o editaba una línea mal escrita o citaba un poema de memoria o le ganaba al Scrabble con una palabra griega que él había olvidado.

—¿Será por los calmantes? —pregunté riendo.

Me besó de nuevo.

—Todo lo que he escrito desde el día en que entraste en Eastgate está relacionado contigo. ¿Cómo puedo no haberlo visto?

—No importa. Ahora sí —dije—. Lo ves *ahora*.

Entonces le cambió el rostro; tenía la seriedad marcada en cada arruga de su expresión.

—Deja que vaya a preguntarle al doctor por ti, Joy. Tenemos muchas decisiones que tomar.

—Aunque sea por un momento, antes de oír la sentencia de muerte que podrían traer. ¿Me abrazarás? —dije, e hice una pausa—. ¿Recuerdas el poema que escribí, aquel que compuse cuando estaba joven y saludable? «Lo que saldrá de mí después de que el helecho haya salido de mi cerebro...» —cité, y me callé—. Era sobre mi muerte, que parecía imposible, solo un concepto.

—«Aún una primavera más». Lo recuerdo —dijo, presionó con sus dos cálidas palmas la parte superior de mi cabeza mientras la puerta se abría y entraban dos doctores con sus portapapeles y una expresión grave—. Tendrás muchas más primaveras... muchas... muchas...

Jack levantó las manos y le pregunté sin mirar todavía a los médicos:

—Mis niños. ¿Se lo han dicho?

—Aún no. Los he mandado a buscar. Llegarán mañana en el tren y yo los recogeré en la estación y los traeré aquí.

—¿Y a Warnie?

—Sí, y está destrozado. Él también te quiere mucho. Ni siquiera pudo acompañarme hasta aquí; regresó a los Kilns.

Los doctores se giraron, pero yo mantuve la mirada clavada en Jack.

—¿Cuándo puedo irme a casa?

—No puedes regresar a la casa de Old High Street, Joy. Estarás aquí mucho tiempo, y luego vendrás a casa conmigo. No volveré a separarme de ti.

Entonces se acercó el primer facultativo y comenzó la larga letanía de mis males.

Podría ser leucemia, pero creían que era otra clase de cáncer y que se había extendido. Los huesos de mi pierna izquierda eran puro polvo y tenía un bulto en el pecho izquierdo. Tendría que pasar por quirófano y, si era cáncer, por radioterapia.

—Es un diagnóstico muy malo —dijo el segundo doctor—. Si se trata de cáncer de mama, como creo, entonces lleva demasiado tiempo ahí, sin detectar.

—He estado acudiendo al médico —expliqué—. Les he estado explicando lo cansada que me encuentro, lo *agotada* que estoy siempre. Les he hablado del bulto en el pecho; de mis raras palpitaciones en el corazón; de mis dolores de huesos; de mis náuseas. Dijeron que eran cosas de la edad madura y del estrés —dije. La ira empujó a mi cuerpo para que intentara sentarse, pero sentí explotar un gran dolor que bajaba por la pierna y subía por el costado—. Yo se lo conté todo —me lamenté.

—¿Cuánto tiempo lleva ahí? El bulto. ¿Cuánto tiempo? —dijo el primer doctor mirando al segundo.

—Por lo menos siete años. Se lo expliqué a mis médicos en Estados Unidos, y luego al doctor Harvey.

Miré a Jack, desesperada por dar marcha atrás en el tiempo, para que alguien me dijera que me quitara la bomba de relojería que tenía en el pecho.

—¿Recuerdas cuando se lo conté a Humphrey en aquella cena? Él también dijo que no había de qué preocuparse. También a los ocho doctores que me examinaron en Londres y me volvieron a decir que era la tiroides. No puede ser cáncer. Lo habrían sabido entonces.

—No podemos cambiar eso —dijo el primer doctor—, pero podemos hacer todo lo posible para tratarla ahora.

—¿Cómo?

La lista era atroz: cirugía en la pierna, extirpación de los ovarios, cirugía de mama, radiación. Rehabilitación. Meses y meses con ese tratamiento, a menos que, por supuesto, muriera en medio de la tortura destinada a salvarme.

Cuando los médicos se fueron, Jack fue a ver a Warnie y a traerme algunas cosas de casa, la habitación se quedó vacía y volví mis pensamientos hacia Jack y su dolor, ya que el mío estaba adormecido por los analgésicos. Había perdido a su madre de esta misma manera, el mayor dolor de su vida enterrado en lo más profundo de su alma. Toda su vida había evitado mirar directamente a esa gran angustia, y aquí yacía yo, haciéndole revivirla. ¿Sería esa la razón por la que dudó en amar desde el principio: el fantasma de la pérdida que se cernía sobre nosotros como una amenaza de muerte?

—Dios —dije en voz alta a la habitación vacía—, ¿cómo puedes ser tan cruel con los que amas? Nos exiges demasiado.

Cerré los ojos y lloré en silencio mientras me dejaba envolver por la certeza de lo que pasaba.

Jack me amaba.

Y me estaba muriendo.

Capítulo 51

El amor era el agua,
La soledad, la sed

«Soneto VIII», Joy Davidman

—¿Mamá?

Me desperté, reflejos de madre, y el dolor me destrozaba la conciencia. Douglas estaba parado junto a mi cama de hospital y yo levanté los brazos.

—Mis cachorritos —le dije, y miré a Davy también, que tenía a Jack a su lado—. Vengan acá.

Dudaban, aún llevaban puesto el uniforme escolar y parecían tan asustados como el día en que desembarcamos en Inglaterra. Mis hijos, que solían correr hacia mí a toda velocidad, que se lanzaban siempre a mis brazos, dudaban.

—Está bien. Sigo siendo yo. Solo que no golpeen la pierna rota de la anciana.

Douglas se me acercó primero y luego Davy. Los estreché en mis brazos.

—Todo va a ir bien.

Douglas tocó la frazada en tienda de campaña que había sobre mi pierna.

—¿Duele?

—Sí —dije—. Pero me dan calmantes. Pasaré por quirófano para un par cirugías y luego volveré a casa con ustedes. Dios tiene gracia suficiente para todos nosotros.

—Jack dice que podemos mudarnos a los Kilns ahora —dijo Davy—. Hoy —su voz temblaba de incertidumbre y yo quería salir de la cama, garantizarle lo que no podía: que pronto estaría bien.

—Entonces vayan —contesté—. Yo me uniré pronto a ustedes. Seremos una familia —dije, miré fijamente a Davy con todo mi empeño y noté en ese momento lo mucho que se parecía a Bill: esa barbilla puntiaguda y la frente alta, con sus gafas sobre la percha de su nariz. Casi se apreciaba una promesa de bigote incipiente. ¿Iban a crecer sin mí? ¡Oh Dios, no! Me mudé a Inglaterra para salvarlos, no para abandonarlos.

Jack vino a nuestro lado, extendiendo un brazo sobre el hombro de cada uno de mis hijos y acercándolos.

—Cuéntenme cómo ha ido en la escuela —le dije—. Quiero escucharlo.

—Ahora no —interrumpió la enfermera, que había llegado sin que yo lo supiera, con su sombrero blanco que apuntaba al este y al oeste y su lápiz labial rojo que sangraba en los bordes de su boca—. Debe descansar. Mañana tiene cirugía y los médicos tienen que verla —dijo. Tenía una jeringuilla en la mano y los chicos se retiraron amedrentados.

—Sean buenos, cachorritos —les dije—. Los veré mañana. Y pronto plantaremos alubias de caña en el jardín con Paxford y pescaremos percas en el estanque. Volaremos una cometa o iremos a patinar al Cherwell.

El semblante de Jack se contrajo con estas frases, golpeado por el dolor, y eso dolía más que los huesos destrozados de mi pierna. Fue su expresión la que me dijo que esos planes nunca se harían realidad.

—Voy a orar por ti, mamá —dijo Douglas con la espalda erguida y una mirada seria y adulta en su rostro—. Voy a orar para que Dios te sane.

—Por favor, hazlo, mi amor.

Douglas salió corriendo de la habitación en un movimiento tan súbito que las cortinas se movieron como si se hubiera abierto la ventana. Davy le siguió, el miedo envolvía y apretaba su cuerpo, y cerraba los puños a los costados.

Me quedé mirando el espacio vacío donde mis hijos acababan de estar, pero ahora todo lo que veía era la mesita de noche con un cubo de vómito y un vaso de agua tibia. Hablé sin mirar a Jack.

—Les contaste todo, ¿verdad?

—Sí.

—Jack, pase lo que pase, debes prometerme que nunca dejarás que mis hijos regresen a Estados Unidos. Debes asegurarte de que Bill nunca obtenga la custodia. Antes de entrar en el quirófano, debo asegurarme de esto. Quiero documentos, un testamento que te dé plenos poderes.

—Joy —dijo Jack, se acercó y me besó, como si esta fuera la forma en que siempre nos tratáramos: un beso antes de un comentario o una conversación. Cerré los ojos ante el puro placer de esto—, tenemos mucho tiempo para ocuparnos de eso.

—No lo sabemos, Jack. Tienes que prometerme que nunca volverán a Estados Unidos, con los abusos y la ira de su padre, con la prima que me traicionó. Este es su hogar ahora.

—Te lo prometo, Joy.

—¿Puedes ir a verlos? —pedí, tomando su mano en la mía—. Te necesitan y te aman, Jack. Lo sabes, ¿verdad?

—Como yo los amo a ellos —dijo, me besó y se fue como un buen padre para mis hijos.

Me acomodé de nuevo en la almohada, en el anestésico en que flotaba. Hacía mucho tiempo que me sentía exhausta y ahora sabía por qué: me estaba muriendo.

Con todas mis indagaciones, mis doctores y mis preguntas, y luego el diagnóstico de fibrositis, reumatismo e hipotiroidismo... ¿acaso no lo sabía Dios todo el tiempo? ¿No había visto crecer el cáncer que se comía mis entrañas? ¿No podría haber intervenido en forma humana? ¿No pudo enviar a un doctor para que lo diagnosticara mucho antes de que me comiera viva?

¿Cómo podía estar mi cuerpo sumiéndose en la destrucción mientras yo hacía acopio de valor y determinación para construir una nueva vida? ¿Estuvo mi cuerpo obrando contra mí mientras yo intentaba con todas mis fuerzas, con todas mis malditas fuerzas, empezar de nuevo? ¿No pudo ningún médico de las docenas que había visitado apreciar que el cáncer me estaba destrozando, que ya corría por mi cuerpo?

Quería gritar: «Hágase tu voluntad». Sería lo mejor de haber podido, pero, sola en aquella habitación del hospital, lloré largas y ardientes lágrimas de desesperación y le rogué a Dios un milagro.

CAPÍTULO 52

Me crearía a mí misma
En un poco de humo de palabras y dejaría mis palabras
Después de mi muerte para que te besaran por toda la eternidad

«Una primavera más», Joy Davidman

Marzo de 1957

Tal vez me lo merecía todo: los cinco meses de cirugías, dolor y vómitos, las semanas de miedo, los traslados al hospital y el malestar interminable. Tal vez todo esto se había ido acumulando por cada cosa mezquina que había dicho o hecho en mi vida para atacarme a mis cuarenta y un años, pero ¿Dios actuaba de esa manera?

No.

Con Dios no se regatea cuando inflige el castigo.

Me habían recolocado y enyesado la pierna y me habían extraído los ovarios; lo demostraban los dolorosos puntos negros que recorrían mi estómago como diminutas arañas. Me habían extirpado el bulto del pecho, el maldito bulto que yo desde el principio reconocí y al que no hicieron caso. Me aplicaban radiación en la cadera colocándome bajo máquinas que gemían, y me había tragado medicamentos de los que nunca había oído hablar. La maldita y horrible lista de sitios con cáncer decía: fémur izquierdo, pecho izquierdo, hombro derecho y pierna derecha.

Durante estos meses pasé de experimentar la paz mística de Dios a la negra duda y al pavor abismal de la aniquilación. Pero, al fin y al cabo, ¿realmente creía todo lo que decía creer? ¿Creía que Dios podría existir? ¿O era como mi País de las Hadas, una táctica para navegar por la vida, imaginando que había algo más, algo mejor, algo que yo había anhelado, pero que solo existía en los sueños? Tal vez, en un simple y maldito quizás, lo único que existía era el ser humano, el dolor y el sufrimiento hasta que ya no existía *nada*.

Podía enumerar en un libro de cuentas las razones por las que merecía este destino. Podía enumerarlas y podía flagelarme, pero el infame cáncer ya estaba haciendo un buen trabajo él solito.

Amado Dios, por fin llegó el amor ¿y ahora te me llevas? ¿Así de egoísta eres? ¿Así de celoso? ¿Es esto lo que merezco por amar a Jack con tanta intensidad? ¿Por encontrar al fin una vida de paz? ¿O es que te he concebido con mi imaginación para consolarme?

Mientras Orual gritaba a la Montaña Gris en defensa de su amor por Psique, yo le gritaba al Dios que había sentido, en el que había creído y al que me había entregado en el dormitorio de mis hijos tantos años atrás.

Me darás un gran amor y luego me arrastrarás a los cielos, si es que existen.

¿Pero acaso creía que Dios castigaba? ¿Creía en el viejo Dios iracundo que hería a sus enemigos y quemaba sus ciudades? Yo no era mejor que Job o Jonás, maldiciendo mi suerte en la vida. Justo cuando parecía que todo iba a salir bien, que iba a tener la vida que había soñado durante mucho, mucho tiempo, ¿justo entonces me iba a morir?

Había pasado toda mi vida presionando demasiado, intentándolo demasiado, tratando de convencer a la cabeza de lo que solo el corazón puede decidir. Pero ¿morir ahora? ¿Cuando había entendido la gracia de la rendición? ¿Cuando había llegado el amor? Qué cruel injusticia.

Me costó semanas, pero poco a poco salí de ese árido desierto de la duda, más fortalecida en mi fe que nunca. Por medio de la lectura y la oración, aferrada a Jack mientras él absorbía mis dudas y mi dolor, hablando hasta que ya no teníamos palabras, Jack y yo encontramos si no paz, al menos aceptación. «La gracia —le escribí a Eva— llegaba cuando oraba». Cualquiera que fuera mi destino, podría soportarlo con

Jack a mi lado y el amor de mi Creador que me envolvía, aun cuando la duda aparecía y desaparecía como humo del pasado, como susurros de la mujer que me perseguía y se burlaba de mi fe.

Noviembre fue un mosaico de dolor y cirugías. Para diciembre, había dejado claro que solo mantenía dos de mis deseos más básicos: vivir los días que me quedaban como esposa de Jack a los ojos de la Iglesia y de nuestra comunidad, y mantener a los niños en Inglaterra.

Mientras la lluvia helada azotaba las ventanas del hospital, Jack vino a verme en lo peor de las náuseas de diciembre.

—He ido a ver al obispo y he presentado nuestro caso para que nos case.

—¿Qué le dijiste? —pregunté. Las náuseas me consumían, me había tragado medio litro de anestesia cuando me extirparon los ovarios. Necesitaba algo, lo que fuera, para aliviar el sufrimiento. Convertirme en la señora Lewis a los ojos de Dios era una esperanza que ardía con más fuerza que ningún fuego. No quería sentirme mal delante de Jack otra vez. Quería ser fuerte, ser la mujer que Warnie y él creían que era: valiente ante la desesperación. Pero cada vez era más difícil.

—Le dije al obispo que tu matrimonio con Bill no contaba porque Bill había estado casado antes que tú. Pero, como me consideran una figura pública, temen que los inunden con otras peticiones, otras excepciones. Su respuesta fue no.

—Eso es lo que te pasa por ser una figura pública —dije, tratando de sonreír. Jack no se rio.

En muchos sentidos, en tan poco tiempo, nuestros roles a menudo se invertían. En lugar de ser Jack quien me abrazaba, era yo quien tenía que citar a su mística favorita: Juliana de Norwich. Todo irá bien, y toda clase de cosas irán bien.

Lo tomé de la mano.

—Amor mío, el dolor me está limpiando. Pronto estaré caminando con ortopedia y viviendo contigo.

Juntos fingíamos que era verdad, pero era tan real como Perelandra o Narnia.

Pasaron las semanas; los niños regresaron a la escuela. Poco a poco me sentí lo suficientemente bien como para que Warnie me trajera mi máquina de escribir. Comencé a mantenerme ocupada mientras esperaba los resultados de las pruebas, la curación y los tratamientos, me puse al día con la correspondencia e informé a todo el mundo de mi situación: a mis padres; a Chad y Eva; a Belle, Marian y Michal; y por último a mi hermano, con quien me reconcilié de la mejor manera posible entre dos hermanos separados por el océano y uno de los dos a las puertas de la muerte. Tejí toda clase de prendas de punto y ganchillo, desde bufandas y guantes hasta manteles para los Kilns, como si pudiera trasladarme allí solo con mis manos.

Fue el anuncio del médico en enero lo que casi acabó con nosotros.

—Meses de vida —nos dijo—. Eso en el mejor de los casos.

Asimilamos juntos la noticia, nos dejó deshechos a los dos.

—Si hubiera podido hacer que me amaras todos esos años atrás, habríamos tenido más tiempo —dije.

—El libre albedrío —replicó, y me dio un beso— es lo único que puede hacer que el amor valga la pena.

Asentí con temor.

—No podemos analizar el horror que nos ha sucedido, sino pensar en cómo nos volveremos a Dios en ese dolor. Si me identifico tan solo con el mundo tridimensional en el que una vez creí, me desesperaré. Pero sabemos más, Jack. Sabemos que hay más.

La cara de Jack, cuya rojez se había tornado ahora blanca y pálida como si le hubiera quitado la vida a él también, se acercó a la mía.

—Quiero más vida aquí contigo —dijo con la voz temblorosa, y por un segundo creí saber cómo debió de sentirse cuando era pequeño y su madre se moría en aquel dormitorio de Little Lea—. Quiero más de ti —dijo.

—Y yo quiero más de ti.

Durante aquellos meses en el hospital, Jack estuvo junto a mi cama todo el tiempo que pudo. Durante sus fines de semana de tres días no me dejó sola más que para dormir en los Kilns. En los períodos en que creía que me curaría, saboreábamos nuestros momentos juntos; a veces colaba algo de jerez en el hospital. Recitábamos poesía y leíamos juntos. Hablábamos del futuro, ya fuera un día, un mes o más. Nos besábamos y nos abrazábamos y mirábamos con gran expectación lo que podría pasar. En los momentos peores orábamos, orábamos con un fervor frenético.

—Es inútil —le dije una tarde de febrero cuando me quitaron el yeso y descubrieron que los huesos *no* se estaban curando—. Debemos dejar de vivir en la negación.

Las agujas de ganchillo envueltas en hilo gris reposaban en mi regazo, junto a los guantes para Davy, ahora abandonados.

—No es inútil —dijo con seguridad—. Es incierto, y esta es la cruz que Dios nos da siempre en la vida, la incertidumbre. Pero no es inútil.

—Jack, lo que siempre quise fue traerte felicidad. Y aquí me tienes, trayéndote dolor. Hubiera sido mejor que no me hubieras conocido.

—¿No haberte conocido? —dijo, se puso de pie, dio unos pasos por la habitación del hospital y luego se volvió hacia mí con el rostro encendido—. Mi vida no habría sido más que tierra seca de no tenerte en mi mundo. ¿Con quién podría haber logrado esta intimidad? *Mientras no tengamos rostro* no existiría. Mi biografía se quedaría en la mitad. Mi corazón seguiría hibernando, demasiado preocupado para sentir —confesó, vino a mi lado y me besó la cara, primero una mejilla, luego la otra y luego mis labios—. Sea lo que sea lo que enfrentemos juntos será mejor que no haberte conocido.

—Hay tanto por lo que vivir ahora. Tanto —dije, cerré los ojos y me sacudí el miedo.

—Parece que el destino diseña una gran necesidad y luego la frustra.

Le sonreí.

—Ahora dime cómo están los chicos. Dame noticias de fuera de esta celda.

—He restaurado la vieja casa de huéspedes para ellos —dijo con una gran sonrisa—. Ahora tienen un lugar propio para jugar y guarecerse. Adivina qué encontraron allí.

—¿Animales muertos? —pregunté.

—¡Tu jamón! En un estante alto. Ahí estaba. Durante los racionamientos usé la casa de huéspedes como almacén.

Me reí tanto que Jack me tuvo que secar las lágrimas de los ojos.

—Me acuerdo de cuando te lo envié.

—Se lo comieron —dijo Jack con su propia risa—. Lo llevaron a la casa; la señora Miller abrió la lata y todavía estaba bueno —contó, luego se puso serio—. Limpié esa casita porque creo que necesitan un lugar donde evadirse como mejor puedan.

—O porque tú necesitas tenerlos a distancia —dije y besé su mano, con la cual sostenía la mía—. Debe de ser una carga, Jack. Lo siento mucho.

—No es ninguna carga, Joy. Los amo. Pero no te imaginas cómo luchan —dijo, e hizo una pausa—. No creo que Warnie y yo peleáramos así. Douglas a menudo se va al bosque y deja a Davy bramando detrás; una vez lo encontré a medianoche patinando en el estanque bajo la luna llena.

—Se han formado de maneras muy diferentes.

—Sí. Por eso chocan. Pero también se preocupan. Se preocupan por ti y no saben qué hacer con esas emociones.

—Eso me rompe más el corazón que mi pierna apolillada. Si al menos pudiéramos prometerles oraciones contestadas —dije, y un inmenso cansancio volvió a apoderarse de mí, como me ocurría a menudo sin previo aviso—. Léeme, por favor. Me quita el dolor —pedí, con los ojos cerrados—. Lo que sea, Jack.

Ese día eligió a Shakespeare, y me quedé dormida, mecida por la cadencia de sus palabras. Hasta que no abrí los ojos para ver por qué se había detenido no me di cuenta de que no había estado leyendo, sino citando de memoria.

Cada vez que creía que no podía amarlo más, más lo amaba.

CAPÍTULO 53

¿Podrías escuchar a tu devota amante?
Escucha un momento, pronto se acabará

«ACRÓSTICO EN ENDECASÍLABOS», JOY DAVIDMAN

Fue un jueves 21 de marzo, en el equinoccio de primavera, el momento del año que, según le dije a Jack en nuestro primer encuentro, era una señal de nuevos comienzos. Él creía que los nuevos comienzos los anunciaba el otoño. Pero parecía que yo tenía razón, porque hoy era el día de nuestra boda. Una *de verdad*.

Mi habitación del hospital, tan familiar ya que podía verla con los ojos cerrados, estaba repleta de libros y papeles, con mi máquina de escribir y mis cuadernos. Había periódicos e incluso un juego de Scrabble esparcidos en la mesa con ruedas de delante de mi cama, pero en los momentos siguientes se convertiría en una catedral sagrada.

Estaba acostada boca arriba en la cama, el yeso me sujetaba la pierna y tenía el pie apoyado en alto; por encima de mi cabeza había soportes metálicos, poleas y engranajes. Tenía almohadas bien mullidas para apoyar toda la espalda hasta los hombros. Me había colocado una manta blanca y limpia sobre la pierna alzada. El cabello, cepillado y limpio con ayuda de la enfermera auxiliar, me caía sobre los hombros. Le pedí prestado a la esposa de un paciente de mi pasillo un pintalabios rojo y me lo pasé por los labios.

Warnie fue el primero en acercarse a mi cabecera.

—Joy, te he amado como a una hermana, y ahora vas a ser mi hermana —dijo con sus ojos sobrios, claros y cubiertos de lágrimas—. Te amo más que nunca.

—Warnie, míranos, amándonos el uno al otro y los dos al mismo hombre.

—Oro por ti todos los días —declaró, con su mano sobre la mía.

Warnie se alejó y Jack se acercó para que solo yo pudiera oírlo, con sus tiernos labios contra mi oído, con su voz que me llenaba.

—Gracias a ti he llegado a ser quien realmente soy, contigo. No escondo nada. Seamos uno solo.

Traje la cara de Jack a la mía y lo besé, no tan ardientemente como me hubiera gustado, porque a mi lado estaba el ministro Peter Bide, un antiguo alumno de Jack, con su alzacuellos blanco y sus túnicas negras que se agitaban como humo con cada movimiento.

—¿Estás lista, Joy? —me preguntó Peter en un tono tan serio que me pregunté si lo habría practicado.

—Creo que toda mi vida he estado lista para este momento —le contesté.

Jack me apretó la mano.

—¿Cómo es que se me rompe el corazón y sin embargo nunca he sido tan feliz?

De pie junto a Warnie estaba una hermana tutelar con su hábito puritano; él llevaba un traje tan bien planchado que parecía tener miedo de moverse. Me sonrió y se agarró las manos a la espalda como si escondiera algo. Sobrio, con las mejillas coloradas de salud, dijo a todos los presentes:

—Amo a Joy como a una hermana, y ahora lo haremos oficial.

Jack entrelazó sus dedos con los míos. Estaba apuesto con su traje negro y su corbata azul, peinado hacia atrás. Sin cigarrillo ni pipa, su boca solo sostenía una tímida sonrisa. Un gran torrente de amor y admiración, junto con la constatación de que existen los milagros, me inundó de un éxtasis creciente que brotaba en mi interior como un mar sagrado.

—¿Puedo preguntarle algo antes de empezar, padre Bide? —pedí.

—Por supuesto.

—¿Cómo decidieron finalmente sancionar nuestra unión, que la Iglesia de Inglaterra diera permiso? Se lo pedimos a todos los que conocemos, incluso al obispo.

—Le pregunté a la única fuente que importa —contestó el padre Bide, hizo una pausa y cerró las manos en torno a su libro de oraciones negro—, al único tribunal de apelación que yo creía que tenía el argumento final, y ese es Dios mismo. ¿Qué haría él en este caso? Y la respuesta fue clara.

—Entonces casémonos —dije dirigiendo mi rostro hacia Jack, y él me apretó la mano.

—Sí, casémonos.

Así que el 21 de marzo de 1957, convaleciente en la cama, en camisón, con la pierna izquierda alzada entre cuerdas y poleas, me casé por fin con el amor de mi vida.

El padre Bide comenzó a pronunciar las palabras de la ceremonia y yo seguí la melodía de la letanía del sagrado matrimonio de la Iglesia de Inglaterra.

En presencia de Dios, Padre, Hijo y Espíritu Santo
Estamos aquí reunidos
Para ser testigos de la unión de Helen Joy Davidman y Clive Staples Lewis
Para rogar por la bendición de Dios sobre ellos
Para compartir su alegría
Y para celebrar su amor...

Peter prosiguió con una voz muy seria, como si estuviéramos de pie ante el altar de la Abadía de Westminster y la reina misma se encontrara entre la congregación. La habitación del hospital no era impedimento para la solemnidad.

—Jack —dijo por fin—, ¿quieres tomar a Joy como esposa? ¿Prometes amarla, consolarla, honrarla y protegerla, renunciando a todas los demás, y serle fiel mientras vivan?

—Sí, quiero —dijo, y lo repitió para darle énfasis—. Sí, quiero.

Peter preguntó:

—Joy, ¿quieres recibir a Jack como esposo? ¿Prometes amarlo, consolarlo, honrarlo y protegerlo, renunciando a todos los demás, y serle fiel mientras vivan?

—Sí, quiero —dije. Brotaron lágrimas de mis ojos y corrieron por mi cara, donde Jack las besó hasta mojarse con ellas los labios.

Warnie y la hermana tutelar, cuyo nombre nunca supe, también lloraron en silencio. Quizás fue por las palabras «mientras vivan», o por el amor infinito que llenaba aquella estancia, no lo sabía. Peter concluyó la ceremonia: votos, anillos y declaración.

No era la boda con la que sueña una niña, con su vestido blanco de encaje y su velo al viento. No había damas de honor, orquesta sinfónica ni largas alfombras de rosas blancas. Pero ¿qué sabe una niña del verdadero amor? Yo ni siquiera había sabido soñar. No sabía que el amor pudiera llegar a los lugares más inverosímiles: una habitación de hospital en la que solían reinar el miedo y la desesperación. Ignoraba que el amor no se podía ganar, comprar o manipular; era solo esto: completa paz en presencia del otro.

Tantos años había desperdiciado convencida de que el amor significaba tener o poseer, y ahora llegaba el más grande amor en medio de mi más grande debilidad. En mi derrota suprema llegó mi mayor victoria. Las paradojas de Dios no tenían fin.

Peter puso fin a la ceremonia con la oración final. Cerramos los ojos, las manos de Jack estaban en las mías.

—Que la Santísima Trinidad los fortalezca en la fe y en el amor, los defienda por todas partes y los guíe en la verdad y en la paz; y la bendición de Dios Todopoderoso, Padre, Hijo y Espíritu Santo, esté en ustedes y permanezca siempre con ustedes.

Fue Warnie quien irrumpió a gran voz:

—Felicitaciones, señor y señora Lewis.

—*Esposa* mía —dijo Jack, y se rio con esa resonante y alegre carcajada que me había animado todos estos meses.

—Esposo mío.

Nos pusimos a reír y la hermana tutelar agitó la cabeza.

—Nunca he visto una celebración así en una habitación de hospital.

—Bueno, nunca ha visto a nadie como nosotros tres —dije—. Nunca.

Yo podía leer su pensamiento: creía que se trataba de un matrimonio en el lecho de muerte, solo para satisfacer a la triste mujer escayolada y con cáncer. Pero era eso. Era el sagrado matrimonio entre un hombre y una mujer que habían llegado a amar en sentidos de los que ninguna palabra ni explicación podrían dar cuenta.

Fue entonces cuando Peter se dio vuelta y nos trajo una bandeja, para ofrecernos nuestra primera comunión como marido y mujer.

—Peter —dijo Jack cuando terminamos la Eucaristía—. Si me dejas molestarte con una petición más.

—¿De qué se trata? —preguntó Peter, colocando la bandeja sobre la mesita de noche.

Jack miró a Warnie y luego a Peter.

—Sé que no te gusta alardear de ello, pero sé que, cuando oraste por aquel joven que se estaba muriendo de meningitis, se recuperó. No creo que dependa de ti que se produzca la curación o no, pero si quisieras orar por Joy ahora como mi esposa... —la voz de Jack se rompió—. Por favor.

Esposa mía.

Peter no respondió con palabras, sino que puso sus manos sobre mi cabeza, confortándome con su calidez. Cerró los ojos.

—Dios Todopoderoso, ante quien todos los corazones están abiertos y todos los deseos son conocidos...

Cerré los ojos a su oración, a su voz que se mezclaba con el poder limpiador de un santo matrimonio y de la Santa Comunión. El espacio a nuestro alrededor resplandecía, era más sagrado que estar de rodillas ante un altar adornado con velas sobre cojines de terciopelo rojo en la catedral más grande de la tierra. Si había un momento en que el cielo podía escuchar nuestras súplicas, era este instante consagrado que nos rodeaba, este silencio místico infinito tras la voz de Peter mientras pronunciaba las oraciones de la Iglesia de Inglaterra y luego la suya, suplicando por sanación y restauración, pero, al final, por que se hiciera la voluntad de Dios. Después de que Peter concluyese, el silencio se extendió y nos envolvió a todos. El hospital y el mundo se detuvieron con nosotros; el tiempo quedo suspendido. Fueron solo unos segundos, pero sentí una eternidad en mi alma. Afuera, un pájaro cantó una sola nota. Sonó el golpe de una bandeja contra el pasillo. Un niño gritó bajo mi ventana. Un médico llamó a una enfermera y el mundo comenzó de nuevo.

Todo comenzó de nuevo.

CAPÍTULO 54

Bajo la silenciosa pasión de la primavera;
Te dejaría la angustia de mi corazón

«UNA PRIMAVERA MÁS», JOY DAVIDMAN

Me enviaron a los Kilns a morir en abril de 1957.

Imposibilitada para ayudar, cerré los ojos y permití que el populoso grupo de miembros del personal médico empacara mis cosas: mis medicinas y la silla de ruedas (para el día en que *pudiera* usarla); la bacinilla y las bandejas. Habíamos contratado dos enfermeras: para el día y la noche. Esto de morir no era tan simple como rendirse ante la gran luz. Era real, sucio y caótico. Como dijo Jack:

—Un recorrido por el huerto de Getsemaní.

En mi interior se producía una brutal colisión de emociones: podía experimentar todos los sentimientos posibles, y normalmente todos a la vez.

Cuando le pedí a Dios que me concediera vivir algún día en los Kilns como la señora Lewis, tal vez debería haber sido más específica, porque la respuesta a esa oración la estaba viendo mientras me transportaban en una cama de hospital y me acomodaban en el salón con las familiares paredes de color yema y las cortinas opacas, las sillas desgastadas y las librerías combadas. La chimenea mantenía el aroma perpetuo de los restos del fuego, y la alfombra descolorida aún tenía sus incrustaciones de ceniza de cigarrillo. Ahora estaba en mi casa y como la señora Lewis, pero era como si me anclaran al suelo para observar una vida que nunca viviría, una felicidad que había probado y me iban a arrebatar.

La cama ya estaba preparada cuando el personal de la ambulancia me llevó en la camilla para ponerme con cuidado sobre las sábanas. Pero hicieron un movimiento repentino con los brazos, me atravesó la pierna un dolor súbito y grité.

—¡Joy!

—¡Joy!

Las voces de Jack y Warnie se entremezclaron mientras acudían a toda prisa al lateral de mi cama desde la pared opuesta, donde habían estado observando y dejando hacer su trabajo a los asistentes.

—Estoy bien —dije entre lágrimas y apretando los dientes. Me senté de nuevo en el colchón duro y las lágrimas surcaron mis mejillas, espontáneas. Quería ser valiente por ellos, por mí, por el recuerdo que dejaba de mí. Pero el dolor, la felicidad perdida y el miedo se imponían.

El personal del hospital tardó algún tiempo en descargarme y asentarme, pero por fin me dejaron a solas con Jack, quien se sentó junto a mi cama y apoyó su cabeza en la almohada que estaba a mi lado de una manera torpe y forzada.

—Quisiera quitarte tu dolor, Joy. Quiero curarte.

Me volví y lo besé.

—Y yo quisiera que me llevaras arriba a tu cuarto y me hicieras el amor. El mayor tiempo posible. Por fin podemos estar juntos, y solo mi cáncer nos mantiene separados —dije, y se me escapó un sollozo. Ya no me quedaba valor, solo desesperación. Si Dios no podía soportar mi desesperación, entonces no podía soportarme a mí.

—Mi amor, en cuanto puedas, voy a llevarte en mis brazos a mi cama —dijo, sobrepasado por la carga, e inclinó la cabeza.

———

Las voces de Jack y Warnie eran murmullos muy parecidos a la música de fondo de un *pub* o a una radio que sonase en otra habitación. Su cadencia y acentos, sus erres alargadas y su breve pero encantadora risa me mecían como las olas. Estaba despierta, pero no de una forma en que ellos pudieran saber que lo estaba. Era más como una consciencia de ensueño de lo que me rodeaba mientras yo seguía con los ojos cerrados, y entraba y salía flotando de esa consciencia. Era como un sueño donde te encontrabas en una situación y luego en otra sin conexión sináptica que lo continuara: entre medio no había nada.

Tumbada boca arriba, con la pierna escayolada y un artilugio muy parecido a un trapecio de circo colgando sobre mi delgada cama, las náuseas se apoderaron de repente de mí como una barca tambaleante que me empujaba hacia el frente. Se me abrieron los ojos y me levanté para agarrar el manillar triangular y sentarme. Me había venido sin aviso; mi cuerpo tardaba mucho en dar sus señales de alarma ante cualquier cosa, y vomité sobre las sábanas limpias y la cálida manta marrón con que la enfermera de día me había arropado. Mis quejidos no eran solo por la desgracia, sino también por la vergüenza.

Jack estaba a mi lado, llegó tan rápido que tal vez había estado allí todo el tiempo.

—Joy, estoy aquí —dijo, y Warnie con él.

—Lo siento —lamenté, y me dejé caer sobre las almohadas, avergonzada.

Warnie, iluminado por el sol de la tarde que se filtraba en el cuarto, sostenía una palangana sanitaria plateada, el omnipresente recipiente para el vómito que habíamos traído del hospital. Esperaba con toda mi alma que abandonar el hospital después de cinco meses significaría dejar estos pertrechos. No hubo suerte.

Jack se apresuró a sacar la frazada y luego agarró la palangana de Warnie para derramar el líquido en ella. Warnie me puso una toallita húmeda en la frente mientras yo gemía, humillada y vacía. Así no era como yo quería que me vieran y recordaran.

Jack colocó la palangana y la manta en el suelo cuando la enfermera llegó corriendo para ver a qué se debía aquella conmoción. El preciado rostro de Jack inclinándose hacia mí hizo que ya no viera ninguna otra cosa de la habitación. En un instante, sus labios estaban sobre los míos con un beso pleno, cálido y abrumadoramente imbuido de compasión. No le hacía ningún caso a la enfermedad que seguía habitándome, a la conveniencia de la asepsia; solo me amaba a mí.

En los meses anteriores a este beso sin esterilizar, yo ya estaba segura de que él sentía amor *eros*, pero quizás una pequeña parte de mí había creído que era por lástima o indulgencia, que sus virtudes medievales lo obligaban a amarme en mi muerte. ¡Pero no! Fue en este guiño del tiempo cuando me esforcé por comprender, por descansar en los brazos del amor que compartíamos, una atípica y delicada combinación de los cuatro amores que habían sido compañía y destino en nuestro viaje: *ágape*, *storge*, *filia*, y ahora, incuestionablemente, *eros*. Nuestro viaje, plagado de dolor y alegría, culminaba con un beso que nunca habría esperado que se convirtiera en la revelación, el consuelo y el dominio del amor.

Jack apoyó su cabeza en mi almohada y, cuando pensé que iba a acariciar mi cabeza o mi mejilla, comenzó a orar, una oración sincera para que Dios le diera a él mi sufrimiento, le permitiera llevar mis cargas. Luego descansó un rato con su rostro frente al mío, con los ojos cerrados y sus labios tocando suavemente los míos.

Durante estos últimos meses había envejecido: podía verlo. Había perdido pelo y peso, como se veía en su cara, pero para mí era aún más bello, con su hermosa boca de labios carnosos y sus ojos profundos.

—Quieres quitarme mi sufrimiento, pero no puedes, Jack. Tengo que cargar yo con él. Fuiste tú quien me dijo que con Dios no se negocia.

—No —dijo, y levantó la cabeza de mi almohada—. Tu dolor ya no es solo tuyo. Es nuestro. Quiero llevarlo por ti. Se lo estoy pidiendo a Dios.

—Esto es mío, pero *contigo* puedo soportarlo. Eres tú quien me ha guiado aquí, a la fe: sé que soy amada.

—Eres amada, y no solo te ama Dios, Joy. Yo te amo. Y Warnie. Y tus hijos y todos los amigos que has hecho; nunca he visto a nadie hacer amigos tan fácil y rápidamente como tú —dijo, se le rompió la voz y puso su cabeza sobre mi almohada—. Te amo con todo mi ser.

—Yo también te amo —dije con voz desvanecida—. Pero que amemos a Dios y estemos comprometidos con él no significa que estemos exentos del dolor y la pérdida en este mundo. No podemos pedir ser la excepción.

Allí descansamos un buen rato, mientras se oían afuera los sonidos de la primavera: el viento, el canto de los pájaros y la voz de Paxford gritando. El crujido del suelo nos decía que Warnie estaba arriba. Las ollas y sartenes de la cocina resonaban mientras la señora Miller preparaba el almuerzo. Me quedé dormida rápida y profundamente, como solía pasarme ahora, un sueño repentino que no se parecía nada a la lenta caída de un reposo no medicado.

Me desperté cuando Jack levantó la cabeza de mi almohada.

—Poesía —dije—. Leamos.

Se echó hacia atrás en su silla y sacó a Wordsworth de la mesita auxiliar.

—Antes de leer, tengo algo que decirte.

—¿Son malas noticias? Porque no sé si puedo soportar más.

—Se trata de Bill.

Ceñí mi corazón con lo que me quedaba de armadura y apreté los puños a los costados. Mi pie, alzado con las férulas de tracción, comenzó a latir de nuevo: las contracciones de parto de un dolor más grande. Tomé el frasco de analgésicos y me tragué uno.

—Dime.

—Ha escrito.

—Déjame ver.

—No creo que debas leerlo, Joy. Solo tienes que saber que exige que, si… si te pasa algo, quiere que los chicos vuelvan con él. Te ha lanzado algunas acusaciones terribles. Pero no te preocupes, le he escrito de la manera más contundente posible. No puede hacer que los niños vuelvan a Estados Unidos, y no lo va a hacer.

—Déjame leerla —dije—. Ahora.

No discutió, pero se levantó y salió de la sala. Sus pasos resonaron por las escaleras hasta su despacho y luego volvieron a bajar. Cuando regresó, me entregó la carta.

Querido Jack:

Comenzaba…

Había condolencias por mi pronóstico y una referencia al hecho de que la única espiritualidad de Bill era la de Alcohólicos Anónimos, y luego venía el puñal:

Déjame contarte mi versión de la historia.

Continué leyendo con una mano invisible presionando mi garganta.

Le decía a Jack que, cuando me fui cinco años atrás, había estado «perturbada». Afirmaba que tenía la mente hecha un lío y el corazón puesto en Jack. Le escribía que yo nunca había hecho grandes progresos en mi carrera de escritora y que él me apoyó en los artículos de *Presbyterian Life* para que pudiera sentirme bien conmigo misma. Decía que dejé a mis hijos demasiado tiempo (tenía razón) y que, cuando regresé, estaba enojada y hostil. Había más. Su amargura era tan palpable que se salía de la página y entraba en mi cuerpo como un calambrazo.

Bill terminaba diciendo.

No hay nada que necesiten más mis hijos que a su padre.

Cerré los ojos y dejé caer las páginas al suelo. Jack permitió que se esparcieran como basura.

—No.

—No se lo permitiremos, Joy. No lo consentiremos.

Mi interior comenzó a llenarse de una pesadumbre que luego dio paso a la ira. Abrí los ojos y traté de sentarme, olvidando por un momento que estaba en cama. Las poleas de tracción protestaron chocando entre sí y un dolor de cuchillo me rasgó el muslo izquierdo. Pero la ira ganó y golpeé el colchón con el puño.

—Qué acusaciones, Jack. Qué clase de mujer hay que *ser* para que todas esas cosas sean verdad. Una mujer horrible. Una que no me gustaría ni conocer, y mucho menos ser.

—Así es como Bill cuenta una historia que necesita creerse él mismo —sentenció la voz de Jack, suave y tranquila, un bálsamo.

—¿Y no cuenta nada de su aventura con mi prima? ¿De sus ataques de ira, su alcoholismo y sus crisis? ¿De sus amenazas de suicidio que nos tenían en vilo? ¿No dice por qué podría estar enojada tras mi regreso a casa? ¿Solo es porque era una mujer amargada y, qué más…, violenta? Menuda farsa.

—Joy —dijo Jack, apoyando su mano en mi brazo.

Respiré hondo y despacio.

—Por favor, tráeme papel y pluma. Debo responderle.

—Ya le escribí yo.

—Entonces le añadiré mis palabras, Jack. No puedo permitir que deje como legado estas páginas llenas de mentiras —protesté. Las lágrimas inundaron mis ojos y me las limpié con furia—. Estoy cansada de llorar. De sufrir. Ahora solo quiero amor. Solo amor. Debería ser todo lo que quede.

—Eso es lo que tenemos —respondió, me besó de nuevo y buscó el libro de poesía. Cerré los ojos, dejé que la furia hostil surcara su ola y escuché a Jack citar a Wordsworth: «Vagué solo como una nube...».

Escuché a Bill en mi mente, pero, cuando abrí los ojos y vi a Jack, supe que lo que Bill creyera o lo que hubiera escrito no podría afectar ni afectaría al amor que se respiraba entre Jack y yo.

Comprendí por primera vez las palabras del apóstol Pablo: «¿Dónde está, oh muerte, tu aguijón?».

CAPÍTULO 55

Más allá del mundo de la espuma; ahí está el mapa
Del último viaje, más allá del último deseo
(ÚLTIMO SONETO, ÚLTIMOS VERSOS)
«SONETO XLIV», JOY DAVIDMAN

Junio de 1957

—Su cáncer se ha detenido.

Estas palabras salieron tan despreocupadamente de la boca de aquel doctor de bata blanca y gafas de carey que pensé que podría haberle oído mal.

Me senté en mi silla de ruedas con Jack de pie a mi lado y miré las gotas de sangre seca en la manga del doctor, el estetoscopio que le colgaba del cuello como una serpiente muerta, mientras las palabras se hundían en mi conciencia con suave misericordia.

—¿Detenido? —preguntamos al mismo tiempo Jack y yo.

El hombre asintió, con las cejas juntas en gesto de perplejidad.

—No está *curada*. Pero la enfermedad está detenida. Sus huesos están sólidos como una roca, al menos por ahora —dijo, hizo una pausa y jugueteó con su estetoscopio—. No lo entendemos. Si quieren llamarlo milagro, pueden hacerlo. Pero *no* es lo que esperábamos. Usted, señora Lewis, está desarrollando hueso nuevo. Su cuerpo está depositando calcio en su hueso, fortaleciéndolo. Sinceramente, cuando la enviamos a casa lo único que esperábamos era que estuviera cómoda. La muerte era inminente.

—Pero ahora ya no —dije, mi voz no se alzó con una pregunta—. Ya no es inminente.

—No, por lo que respecta a este cáncer, no lo es.

Jack y yo habíamos venido al hospital de traumatología para mi chequeo mensual, preparados como siempre para las peores noticias. Jack, Warnie y yo habíamos llegado a una cierta aceptación doliente, pero ese día nos concedieron un indulto. Subimos nuestros corazones a esa balsa salvavidas y nos abrazamos. Jack se inclinó sobre mi silla de ruedas, me besó en los labios y soltó una carcajada después del beso.

—Buenas, buenísimas noticias.

———

A primera hora de una tarde en el salón de casa, la verdad me inundó: era un milagro.

—Te llevaste mi dolor —le dije a Jack con la boca abierta, y la verdad me quitó el aliento—. Tu doctor, el viejo Lord Florey, te ha dicho que padeces un caso bastante difícil de osteoporosis, ahora que descubrimos que me estoy curando.

Peter Bide no era el único que había orado por mí, también lo hizo Jack, pidiendo ocupar mi lugar. ¿Había un amor más grande?

—¿Qué? —dijo Jack, que gruñía con la cara roja mientras se ataba un aparato ortopédico a la cintura para sujetarse la espalda. Yo estaba en mi silla de ruedas con una mordaza metálica brillante que mantenía mi pierna firme y recta.

Habían pasado seis meses desde mi diagnóstico, tres meses desde que me enviaron a casa a morir. Nos habían dicho que nos preparáramos y oráramos. Pero, uno por uno, los pertrechos de la enfermedad habían desaparecido: primero dejamos los analgésicos, luego quitamos el trapecio que colgaba sobre mi cabeza y después despedimos a la enfermera de noche (con lo terrible que era). Después de eso, cuando Jack estaba en Cambridge, empecé a sentarme a tejer y bordar, a escribir cartas y dar la bienvenida a los visitantes, sentada en mi cama con nuestro caniche, Suzie, y nuestro viejo gato, Tom. Luego llegó el día en que pude sentarme en una silla de ruedas para que Jack me llevara afuera. Lloré de alivio ante el aire puro de junio, la fragancia del pino y el abeto, el suelo húmedo y la tierra fecunda. Luego, con el tiempo, iba caminando; con cojera, por supuesto, pues mi pierna izquierda era ahora siete centímetros más corta que la derecha.

En lo que parecía un milagro adicional, o tal vez solo un alivio que nos parecía milagroso, Bill había cesado en sus amenazas de llevarse a los niños a Estados Unidos. Mientras yo me recuperaba, mientras yo dormía, Jack le había escrito a Bill la carta más dura de su vida, explicándole que no devolvería a los niños, que ambos le tenían miedo. «¿A quién conseguiría hacer feliz forzándolos a volver con usted ahora?», preguntó Jack. Douglas también le escribió a Bill, diciéndole que necesitaba quedarse en lo que ahora era su casa. No lo presionamos ni le escribimos la carta, lo hizo de su propia voluntad Douglas, mi precioso hijo, a quien Jack llamaba «un absoluto encanto lleno de la medida justa de travesura». Si nos dejó en paz por la carta de Jack, por la apelación de Douglas o por mis propias súplicas de moribunda, nunca lo sabría.

La vida de nuevo era prometedora.

—Me sentenciaron a muerte —le dije a Jack tocando su mano— y ahora me ha salido hueso. Y tú has perdido hueso. Te duele y necesitas un aparato ortopédico, y yo estoy aliviada de tanto dolor —dije y me levanté temblorosa de la silla de ruedas, usando un bastón para apoyarme—. No deberías haber hecho eso... no deberías... no deberías... —intenté decir, respirando con dificultad—. Estoy empezando a entender lo que el doctor nos dijo hoy. Yo me estoy volviendo más fuerte y tú te estás debilitando, o al menos tus huesos. ¿Por qué hiciste eso?

—Yo no hice nada, Joy. Dios me concedió mi petición, si es que es eso lo que pasó —dijo, sonrió pese al dolor y luego se puso recto—. Mira, ya he descubierto cómo se ponen las malditas correas —comentó, dándose palmaditas en la cintura, donde se abrochaba la faja—. Fíjate en la figura tan juvenil que me da esto.

Nuestras risas se entrelazaron y llenaron la habitación, y parecieron llenar también el mundo.

Agarramos cada uno nuestro bastón. Quería salir, tocar las hojas verdes del verano, probar un tomate del huerto, sentir el sol recorriendo mi semblante como la miel. Quería todas las experiencias sensuales del mundo. Quería pasar mis manos por el cuerpo de Jack, sumergir mis dedos en el estanque frío, inhalar el aire de verano, rodar en la hierba. Ya eran posibles algunas cosas y otras lo serían pronto: ¡estaba viva! Y reponiéndome.

—Jack —dije, dimos unos pocos pasos cojeando juntos por el pasillo y salimos por la puerta principal al sol.

—¿Sí, cariño?

—¿No lo ves? Sé sincero, ¿no lo ves? Es un milagro.

—Los milagros, mi amor, nunca rompen las leyes de la naturaleza.

—¡Jack! Me está creciendo hueso. Tú lo estás perdiendo. Te has puesto en mi lugar.

—No entremos en el terreno de la fantasía —dijo, y se detuvo a mitad de camino—, pero le doy gracias a Dios cada momento que lo recuerdo.

—¿Le das gracias por tu dolor?

—Sí, y por tu alivio —contestó, se detuvo y me dio un beso lleno de intensidad—. El amor que te tengo ha construido un puente hacia mi verdadero yo, Joy, el yo que solo había tocado fugazmente antes de ti. Si este dolor es parte del trato, que así sea.

—¿Por qué tardamos tanto en ver *esto*? ¿En *saberlo*?

Su respuesta fue simplemente un beso. «A veces esta es la mejor respuesta», pensé, y le devolví el beso.

Caminamos despacio, cada paso era un triunfo, puesto que una vez me dijeron que no volvería a caminar y que a esas alturas mi tumba sería mi lugar de descanso. Me detuve antes del jardín y solté la mano de Jack para tocarle la cara.

—Que yo esté aquí y el cáncer se haya detenido da la sensación de ser un milagro orquestado por ti.

—El amor siempre opta por el bien superior del otro, pero no sé si esto lo elegí yo. Solo sé que yo lo habría hecho, y quizás sea eso lo que Dios hizo.

—Yo te elegiría a ti siempre, Jack. Aun con este cáncer. Aun con este sufrimiento. Aun con *todo* lo que me pasó antes, te elegiría a ti y a esta noche en un jardín, con nuestros cuerpos apoyados el uno contra el otro.

Jack me acercó a sí todo lo que le permitieron las mordazas y aparatos ortopédicos, con los bastones en el camino y el dolor en lo más profundo de nuestros huesos.

El silencio, un silencio sublime, se cernió por un largo rato hasta que le pregunté:

—¿Has escrito esta mañana en el nuevo libro?

—Sí, pero también estuve contando los minutos hasta que te despertaste. No podía concentrarme sabiendo que me esperabas. Es difícil concentrarse en los Salmos cuando en la planta de abajo duerme un amor así.

Me besó con la pasión que había soñado durante muchos años. Probé su tabaco de pipa, su humanidad y su boca suave. Deseaba cada centímetro del hombre al que tanto amaba.

No sabía si los demás entendían su profundo amor por mí. Ya no importaba lo que Tollers, los Inklings o los Sayers creyeran. Tal vez Jack había admitido ante ellos su amor o tal vez no, pero lo único que importaba era que yo comprendía la verdad. Me amaba cuando era descarada. Me amaba en mi estado más débil. Me amaba cuando yo ya dejé de esforzarme tanto para *hacer* que me amara. Me amaba cuando yo no parecía ser digna de ello.

Contemplé la finca de los Kilns bañada por el crepúsculo, por la luz dorada del final de otro día, otro día que Jack y yo habíamos pasado juntos.

—Es hora de arreglar un poco este lugar.

—Oh, señora Lewis, me preguntaba cuánto tiempo tardaría en decirlo.

—Es decir, francamente, ¿es posible que sigas queriendo tus cortinas opacas, las paredes ruinosas y la pintura amarilla?

—Es posible —contestó y me reí.

—¿Recuerdas aquel año en el *pub* —preguntó—, la noche antes de irte a Edimburgo? Fue en tu primera visita cuando hablamos de lo que significaba mostrar nuestro verdadero rostro, cuando me hablaste de tu decisión de mostrarme siempre tu rostro sin velo. Aquello era el amor, Joy; es lo que estamos haciendo ahora —dijo. Sus ojos marrones parecían insondables, con una profundidad que albergaba las respuestas—. Aunque fue tu mente lo que amé primero, no es lo que más he amado. El corazón tuyo es mi corazón ahora, y quiero conocerlo completamente.

—Solo quieres que me quede para que pueda ayudarte con tu trabajo —bromeé, pero sabía que estaba siendo sincero.

Presionó su mejilla contra la mía y allí nos quedamos, piel contra piel, tacto contra tacto.

—No es el trabajo que haces o el placer que das, eres tú, mi amada, lo que quiero. Tú.

Lo besé con la misma urgencia y fervor con que lo hubiera hecho cuando estaba sana y había llamado al timbre años atrás y la señora Miller había abierto la puerta. Clavé mi mano en su nuca y lo acerqué más a mí hasta que su mano libre también se adentró en mi enredado cabello.

Se palpaba el deseo en su voz; yo había llegado a conocer el tono, a sentir su plenitud.

—Desde el día en que nos conocimos y paseamos por el puente de Magdalen y hablamos de árboles y ríos, te he «preamado» de la misma manera en que mis poemas «preescribieron» mi prosa, de la misma manera que tus poemas y ensayos «preamaban» a Dios.

Estábamos callados, cada uno perdido en el deseo que para él había llegado de repente y que para mí había florecido en el tiempo, hacía ya mucho. Justo la semana anterior había escuchado cómo le decía a Dorothy Sayers: «A veces el amor florece cuando un tercer adversario entra en escena, ¿y qué mayor adversario que la muerte?».

—Míranos —dijo, dando un paso atrás para contemplarme—. Dos viejos decrépitos actuando como si tuviéramos veinte años y estuviéramos locos de amor —afirmó, y me tomó de la mano—. Ven conmigo, Joy.

Lo seguí adentro y subí despacio las escaleras, mi ortopedia sonaba como un martillazo sobre la madera a cada paso. Su cama, ahora nuestra, esperaba que nuestros cuerpos reposaran e hicieran el amor en ella. La unión fue lenta, exquisita y solo nuestra, algo que no íbamos a compartir con nadie ni a contarle al mundo. Sobre nuestras blandas almohadas, con mi cuerpo extendido contra el suyo, piel contra piel, apoyé mi cabeza sobre su hombro y una gracia justa nos sobrecogió a los dos.

Habíamos seguido nuestros caminos individuales y secretos hacia este destino, ambos con nuestros recuerdos místicos de la infancia a cuestas, en su caso en una pequeña caja de musgo que le trajo su hermano y en mi caso en un bosque cubierto de hielo en un parque del Bronx. Mirando atrás se hacían palpables y evidentes las señales y mensajes recibidos a lo largo del camino: los leones por los que siempre me sentí atraída y su Aslan; mi País de las Hadas y su Norte; George MacDonald y la mitología; nuestras vidas interceptadas e interrumpidas por el Cazador del Cielo; nuestra poesía, nuestra escritura y nuestra lectura, todo apuntaba a este único momento en el tiempo: *Kairós*.

Pero ¿cómo iba a saber leer esas pistas y mensajes...? Se habían presentado dispersos a lo largo de muchos años. Solo ahora lo sabía. Solo ahora.

—Te amo, Clive Staples Lewis.

—Te amo, Helen Joy Lewis —dijo—. Todo el tiempo que tengamos. Con todas mis fuerzas.

EPÍLOGO

Ante el sonido de su rugido, las penas desaparecerán.
Cuando descubra sus dientes, el invierno encontrará su muerte.
Y cuando agite su melena, tendremos nuevamente primavera.

El León, la bruja y el ropero, C. S. Lewis

La gracia no nos dice cuánto tiempo tenemos en la vida ni qué es lo siguiente que nos espera; por eso la gracia se da solo en el momento. La misericordia inmerecida no es algo que se gane.

Después de aquella noche de junio en nuestro jardín de los Kilns, en contra de todos los pronósticos de los doctores, se me regalaron tres años más con Jack, tres años más con mis hijos y mis amigos y la misma tierra que me atrajo a Dios. Tres años más hasta que me aferré al gran León, hundí mi rostro en su melena y me arrodillé en entrega total.

Mucho se ha escrito y contado sobre esos tres años en los que Jack y yo fuimos marido y mujer. No lo merecía: el éxtasis en el dolor, la redención del pasado, un amor que superaba todo entendimiento. Pero Dios y el Amor no reparten sus dones por mérito.

Nuestros cuerpos sanaron lentamente y se unieron en el amor y la pasión que había soñado durante todos esos años, pero más aún. Hay experiencias de las que ni siquiera la imaginación puede dar crédito. No hay soneto ni palabras de enamorados que puedan llevarte al amor de la manera que nuestros cuerpos pudieron. Como Jack escribió una vez: «*Eros* tiene cuerpos desnudos; la amistad, personalidades desnudas».

Celebramos nuestra luna de miel en Irlanda un año y medio después de que me hubieran enviado a los Kilns para morir. Al subir al avión, nos reímos al recordar mi juramento pasado de no poner jamás un pie en uno de esos peligrosos monstruos. Ah, cómo cambia las cosas el amor. Su mejor amigo de la infancia, Arthur, nos recogió en el aeropuerto con sus felicitaciones y su risa cordial. Era obvio que estaba encantado de ver a su amigo del alma enamorado y casado. Jack y yo nos acomodamos en el Old Inn de Crawfordshire. Fue allí donde conocí a su legendaria y gregaria familia, en la que a veces me sentía aparte, pero rodeada de amor. Mis ojos se sumergieron en el exquisito paisaje de la Isla Esmeralda que Jack tanto amaba. Podía caminar más de una milla para entonces, y saboreábamos cada día en lo que yo llamaba tiempo de regalo y «misericordia no pactada».

Cuando volvimos, Jack realizó una serie de discursos radiofónicos que conmocionaron tanto a la conservadora emisora estadounidense que vetaron sus enseñanzas sobre los cuatro amores ¡y el sexo! Oh, mi hombre diciéndole al mundo que «la rudeza, incluso la ferocidad de algún juego erótico es inofensiva y completa». Dijo que la risa «es la respuesta correcta de todos los amantes sensatos». No era exactamente lo que esperaban oír de él.

En esos años planté en el jardín con Paxford y cociné con la señora Miller. Redecoré, actualicé y renové los Kilns mientras me regocijaba en fortalecer las amistades. Jack, Warnie y yo nos reíamos, leíamos y escribíamos, esforzándonos por aprovechar lo mejor de cada día, siempre que podíamos. Gracias al firme amor de Jack, Bill no pudo llevarse a nuestros hijos de regreso a Estados Unidos y nuestra pequeña familia floreció en los Kilns. Belle y los Walsh vinieron a visitarme, al igual que mis padres y otros, animando mi corazón y mi cuerpo. Me había reconciliado con mi hermano, pero nunca lo volví a ver.

En la medida de lo posible, Jack y yo nos escabullíamos para pasar fines de semana a solas en acogedores hotelitos, conscientes de la espada de Damocles que pendía sobre nosotros, haciendo que el tiempo fuera siempre más valioso, tangible en la gracia y palpitante en el deseo.

Ya cerca del final volamos a Grecia, la tierra de nuestros queridos mitos, donde ascendimos a la Acrópolis y bebimos los mejores vinos con nuestros amigos. Fue nuestro último viaje juntos.

Pero aquella noche de verano en nuestro jardín, ¿cómo íbamos a saber qué pasaría después de nuestra muerte?

Dejé a Jack el 13 de julio de 1960, más de diez años después de abrir su primera carta. La intensidad de su aflicción fue tal que describió la muerte como una amputación. Escribió sobre ese dolor envolvente y se convirtió en uno de sus libros más queridos: *Una pena en observación*. Una vez más, el dolor y la pérdida se redimieron al servicio de nuestras vidas. Así es como nos describe en ese libro: «Sé que la cosa que más deseo es precisamente la que nunca tendré. La vida de antes, las bromas, las bebidas, las discusiones, la cama, aquellos minúsculos y desgarradores lugares comunes».

«Aquellos minúsculos y desgarradores lugares comunes», sí, en efecto.

Llegó a ser el más extraordinario padrastro para mis hijos. Escribió dos libros más y les decía a todos los que le escuchaban lo que siempre me decía a mí: «Estos libros y estas obras no existirían sin el amor y la vida de Joy, sin mi amor por ella».

Tres años después de mi partida, Jack desarrolló una enfermedad cardíaca y murió en casa en brazos de Warnie, quien descubrió también que ni su prolífica imaginación podía hacer justicia a lo desconocido.

No era el País de las Hadas ni la Isla, ni el Gran Norte, sino todo eso y nada de eso a la vez.

Lo enterraron en el cementerio de su amada iglesia de la Trinidad. Warnie eligió el epitafio, palabras de *El rey Lear* de Shakespeare que aparecían citadas en el calendario familiar el día que murió su madre: «El hombre ha de sufrir el dejar este mundo».

Se escribirían libros sobre los dos, especialmente sobre Jack, por supuesto. Hubo cursos y clases dedicados a sus teorías y a sus obras. Se fundaría una Sociedad Inkling y se harían películas sobre nuestra vida. Habría estudiosos y teólogos que diseccionarían nuestros escritos, nuestras historias, nuestros errores, nuestra poesía, mis sonetos y nuestras debilidades. Nadie lo haría todo completamente bien, ¿quién podría? Extraños pasearían por nuestro jardín como parte de un recorrido turístico por los Kilns, y también por Oxford y Magdalen.

Mis hijos, mis hijos de corazón roto, ahondarían en su propia fe: David, en las tradiciones judías, y Douglas, en Cristo. Ambos crecerían y encontrarían sus propios amores y vidas, y Douglas escribiría sobre estos días y produciría las películas de Narnia. Incluso habría un cartel en mi dirección del 10 de Old High Street que diría: «Antiguo hogar de la escritora Joy Davidman, esposa de C. S. Lewis». Habría memoriales, estatuas y salas de lectura en Estados Unidos, en Wheaton College, con nuestros documentos archivados en cajas junto con seis de los autores británicos más importantes de nuestro tiempo.

Todas estas cosas y muchas más sucederían, pero aquella noche en el jardín Jack y yo no sabíamos nada de lo que pasaría. Simplemente nos apoyábamos el uno en el otro, nuestros cuerpos y nuestro peso nos sostenían y apuntalaban, como dos árboles enredados, incapaces de estar solos.

—Para mí —dijo Jack—, eres la estrella, el agua, el aire, los campos y el bosque. Todo.

Estas bellas declaraciones de amor serían algunas de las líneas que se grabarán en mi lápida cuando finalmente cerrara los ojos, con Jack a mi lado. Cuando descubriera que todo lo que hay y todo lo que siempre habrá es esto: Amor, en espera de nuestra entrega total, de donde venimos y a donde vamos.

Con el gran rugido de Aslan, terminé mi vida pronunciando estas palabras que le susurré a Jack:

—Estoy en paz con Dios

En memoria de Helen Joy Davidman
Fallecida en julio de 1960
Amada esposa de
C. S. Lewis

Aquí el mundo entero (estrellas, agua, aire,
campo y bosque, como si
se reflejaran en una sola mente),
cual ropa desechada, quedó atrás
en cenizas, pero con la esperanza de que ella,
renacida de la santa pobreza,
en tierras de cuaresma, podrá en adelante
retomarlas en su Día de Resurrección.

Nota de la autora

Sra. Lewis es una obra de ficción histórica inspirada en la vida de Joy Davidman y su improbable historia de amor con C. S. Lewis. La fascinación del mundo por Lewis (Jack para sus amigos) y su única esposa, Helen Joy Davidman Gresham (Joy), no ha decrecido. Su historia de amor *eros* dio lugar a algunas de las obras más grandes de C. S. Lewis sobre el amor, el dolor y la fe. Sin embargo, a Joy rara vez se le da el debido crédito como la musa, editora, íntima amiga y esposa amada que fue para este venerado autor.

Cuando leí *Una pena en observación* y sentí el tangible dolor de Lewis al perder el gran amor de su vida, quise saber más sobre la mujer a quien amaba con tanta intensidad.

Verán, a mi manera, me enamoré de Lewis cuando tenía doce años y leí *Cartas del diablo a su sobrino*, años antes de saber lo que significaban las palabras «sátira» o «alegoría». Leí las otras obras de Lewis más adelante tan entregada como fascinada. Cuando me enteré de la existencia de Joy Davidman, sentí una extraña familiaridad con su pasión por Lewis. ¿Quién era esta mujer? ¿Quién era esta poetisa y novelista que había vivido a un mundo de distancia de Lewis, tanto cultural como literalmente, y que sin embargo se había enamorado de él?

Joy fue una escritora brillante, poetisa galardonada con múltiples premios, novelista, crítica, pupila de la Colonia MacDowell y mucho más. Ingresó en la universidad a los quince años y recibió su maestría en ficción por Columbia. Su currículum es casi tan largo como el de Lewis. Todo en Joy parecía incompatible con un profesor de Oxford y autor de Narnia que vivía en Inglaterra. Era una mujer casada que vivía en el norte del estado de Nueva York con sus dos hijos pequeños, y era una judía conversa, exatea y excomunista. Sobre el papel no había pareja menos posible. Todo obstaculizaba el camino del amor, pero al final no fue imposible en absoluto.

Empecé a leer con gran curiosidad la obra de Joy. Su poesía, ensayos, libros y cartas estaban llenos de talento, dolor y agudeza. Era prosa llena de fuerza y belleza que muchos trataron de sofocar e inhibir. Además estaban los relatos contradictorios sobre su vida, algunos elogiosos y otros francamente desagradables. ¿Quién fue ella *realmente*? ¿Una descarada neoyorquina que se metió en la vida de Lewis o una mujer valiente y franca de tal brillantez que Jack la amó y confió en ella, una mujer que representaba una amenaza para los hombres y mujeres que querían empujarla al que ellos creían que era su lugar legítimo? Era una mujer heterogénea, valiente y complicada, y alguien a quien C. S. Lewis amó con todo su ser.

A menudo parecía que a Joy no le importaba lo que los demás pensaban de ella, pero a mí, sí. Esta obra de ficción tenía como objetivo no solo investigar su vida, su trabajo y su historia de amor, sino también profundizar en los desafíos a los que se enfrentó ella como mujer de su época o a los que se enfrenta cualquier mujer que incluso ahora trata de vivir una vida auténtica a la vez que se preocupa por su familia y se esfuerza por su vida creativa, su arte o su pasión. Con frecuencia dejamos lamentablemente a un lado a las mujeres que acompañaron a los hombres que admiramos, y Joy Davidman es una de esas mujeres.

Ha existido un velo de misterio sobre lo que pudo o no haber ocurrido entre Joy y Jack durante los años 1950-1956 (ya que toda su correspondencia ha sido destruida). Pero recientemente ha habido algún cambio al respecto. En 2013, en un rincón olvidado de un ropero perteneciente a Jean Wakeman, amigo de Joy Davidman en Oxford, el hijo de Joy, Douglas Gresham, descubrió una caja con escritos inéditos: relatos, ensayos, novelas, novelas inacabadas y poemas escritos por su madre. Dentro de esta caja había un montón de papeles etiquetados como «Valor», que incluían cuarenta y cinco sonetos de amor escritos por Joy Davidman y dedicados a C. S. Lewis. Estos poemas y sonetos de amor se publicaron en 2015 (*A Naked Tree: Love Sonnets to C. S. Lewis*, editado por Don W. King).

Yo ya había leído la mayor parte de la obra de Lewis para cuando conocí de Joy, pero, durante la redacción de esta novela, releí muchos de mis títulos favoritos con una nueva visión de la influencia de Joy en la prosa y en los personajes femeninos de Lewis. «¿Cómo es que no lo había visto desde el principio?», me pregunté. ¿Por qué no atribuimos el mérito debido a las mujeres que inspiraron a algunos de nuestros escritores favoritos? Quiero que el mundo, o al menos tú, lector o lectora que tiene este libro en sus manos, conozca su influencia en sus obras.

La amistad, el intelecto, la escritura, el aliento y el amor de Joy constituyeron la influencia más notable en *Mientras no tengamos rostro*, *Cautivado por la alegría*, *Reflections on the Psalms* y *Una pena en observación*. Muchas veces fue a la vez inspiración y coautora.

Para mí, C. S. Lewis fue un profesor de Oxford, un erudito y poeta, un apologista cristiano y un genio de la imaginación, un maestro de la prosa y el ensayo. Fue un hombre con teorías y citas que a veces me inspiran y a veces me enfurecen, y me sorprendió descubrir que fue la vida de Joy la que me hizo ver la vida de Jack de una manera distinta.

En esta ficción histórica, las cartas y el diálogo entre Joy y Jack, así como con sus familiares y amigos, son fruto de mi imaginación. Aunque se trata de una obra de ficción, he querido mantenerme lo más fiel posible a la médula del armazón de hechos con que contamos, de modo que la inspiración, así como fragmentos ocasionales, frases y citas en las cartas, en los diálogos y en las reflexiones internas de Joy proceden de hechos reales, cartas, poemas, ensayos, biografías y artículos escritos por ellos y sobre ellos, así como de discursos que pronunciaron.

Como ocurre con cualquier vida, hay discrepancias entre las muchas historias que se han escrito sobre Jack y Joy; hay mitos y suposiciones que se han contado una y otra vez. Me he esforzado al máximo en recopilar toda la información, compararla y desentrañarla para contar una historia que relata una verdad emocional. Esta novela se ha escrito sobre la columna vertebral de la investigación y el trabajo de los que me han precedido, pero, en ficción, la imaginación y la inspiración deben llenar los vacíos. He intentado captar el coraje y la fiera determinación de Joy, así como entrar en el terreno de su corazón.

A menudo me sentía como un detective escarbando entre testimonios contradictorios y llegando a mis propias conclusiones, lo mejor que podía desde este lado de su historia de amor.

Al principio de este viaje, me dirigí a las primeras biografías de Joy, sobre todo *And God Came In* de Lyle Dorsett, *Through the Shadowlands* de Brian Sibley, *Jack's Life* de Douglas Gresham, *Lenten Lands* de Douglas Gresham, y la biografía *Joy* de Abigail Santamaría. El extenso trabajo crítico, los artículos y las colecciones editadas por Don W. King, profesor del Montreat College, me aproximaron aún más a su vida y obra. Sin embargo, fueron los propios escritos, poemas y cartas de Joy los que más me acercaron a su corazón.

Durante la redacción de esta novela, viajé al Wade Center del Wheaton College en Wheaton, Illinois, que alberga y cuida con esmero la mayoría de las obras de Joy y Lewis, junto con una colección de materiales de investigación de seis autores británicos de renombre. Las cartas, poemas y documentos personales inéditos (hasta ahora) de Joy estaban archivados de manera impecable en numerosas cajas, un auténtico tesoro para un novelista. Sola en la sala de lectura del Wade Center, rodeada de los escritos de Joy, de sus cartas, sus poemas, su sentencia de divorcio y su pasaporte, Joy cobró vida para mí.

Esta novela está escrita en clave de empatía hacia esta mujer extraordinaria. Solo puedo esperar haber captado y reflejado algo de su coraje de corazón de león, sus decisiones problemáticas y a veces descalificadas, así como su amor imperturbable por el hombre al que conocemos como C. S. Lewis, pero a quien ella conocía como mentor, amigo íntimo y, al final, como amante y esposo. El hombre al que ella conocía como Jack.

No podría haber llegado a conocerla como la he conocido (y es solo una imagen del corazón, no un intento erudito de diseccionar su trabajo o sus acciones) sin la lúcida y dedicada labor de tantos otros. Además de los trabajos mencionados anteriormente, encontré los siguientes textos útiles para mi propia investigación y altamente recomendables para quien quiera estudiar y ahondar más en el tema.

Lecturas adicionales sugeridas

Armstrong, Chris R. *Medieval Wisdom for Modern Christians: Finding Authentic Faith in a Forgotten Age with C. S. Lewis*. Grand Rapids, MI: Brazos, 2016.

Bramlett, Perry C. *Touring C. S. Lewis' Ireland and England*. Macon, GA: Smyth and Helwys, 1998.

Curtis, Carolyn, y Mary Pomroy Key. *Women and C.S. Lewis: What his life and literature reveal for today's culture*. Oxford, England: Lion Hudson, 2015.

Davidman, Joy. "The Longest Way Round". En *These Found the Way: Thirteen Converts to Protestant Christianity*, ed. David Wesley Soper. Philadelphia: Westminster, 1951.

Davidman, Joy. *A Naked Tree: Love Sonnets to C. S. Lewis and Other Poems*. Editado por Don W. King. Grand Rapids, MI: William B. Eerdmans, 2015.

Davidman, Joy. *Smoke on the Mountain: An Interpretation of the Ten Commandments*. Prólogo de C. S. Lewis. Philadephia: Westminster Press, 1954.

Davidman, Joy. *Weeping Bay*. New York: MacMillan, 1950.

Dorsett, Lyle W. *And God Came In: The Extraordinary Story of Joy Davidman*. Peabody, MA: Hendrickson Publishers, 2009.

Gresham, Douglas H. *Jack's Life: The Life Story of C. S. Lewis*. Nashville: Broadman and Holman, 2005.

Gresham, Douglas H. *Lenten lands: la verdadera historia que sirvió de inspiración para Tierra de Sombras*. Santiago: Andrés Bello, 1996.

Gilbert, Douglas, y Clyde S. Kilby. *C. S. Lewis: Images of His World*. Grand Rapids, MI: William B. Eerdmans, 2005.

Hooper, Walter, ed. *The Collected Letters of C. S. Lewis*. Vol. 3, *Narnia, Cambridge, and Joy 1950–1963*. New York: HarperCollins, 2007.

Hooper, Walter, ed. *C. S. Lewis on Stories and Other Essays on Literature*. Orlando, FL: Harcourt, 1982.

Hooper, Walter. *Through Joy and Beyond: A Pictorial Biography of C. S. Lewis*. New York: Macmillan, 1982.

King, Don W. "Fire and Ice: C. S. Lewis and the Love Poetry of Joy Davidman and Ruth Pitter". *VII: An Anglican-American Literary Review* 22 (2005): 66–88.

King, Don W. "A Naked Tree: The Love Sonnets of Joy Davidman to C. S. Lewis", *VII: An Anglican-American Literary Review* 29 (2012): 79–102.

King, Don W., ed. *Out of My Bone: The Letters of Joy Davidman*. Grand Rapids, MI: William B. Eerdmans, 2009.

King, Don W. *Yet One More Spring: A Critical Study of Joy Davidman*. Grand Rapids, MI: William B. Eerdmans, 2015.

Algunas obras de C. S. Lewis,
las más importantes para esta novela

Lewis, C. S. *Los cuatro amores*. New York: Rayo, 2006. Primera edición en inglés, 1960, por Geoffrey Bles.

Lewis, C. S. *Una pena en observación*. New York: Rayo, 2014. Primera edición en inglés, 1961, por Faber and Faber.

Lewis, C. S. *El gran divorcio*. New York: Rayo, 2014. Primera edición en inglés, 1946, por Geoffrey Bles.

Lewis, C. S. *El caballo y el muchacho*. New York: Rayo, 2005. De *Las crónicas de Narnia*. Primera edición en inglés,1954.

Lewis, C. S. *La última batalla*. New York: Rayo, 2005. De *Las crónicas de Narnia*. Primera edición en inglés, 1956.

Lewis, C. S. *El león, la bruja y el ropero*. New York: Rayo, 2002. De *Las crónicas de Narnia*. Primera edición en inglés,1950.

Lewis, C. S. *El sobrino del mago*. New York: Rayo, 2005. De *Las crónicas de Narnia*. Primera edición en inglés, 1955.

Lewis, C. S. *Mero cristianismo*. New York: Rayo, 2006. Primera edición en inglés, 1952, por Geoffrey Bles.

Lewis, C. S. *El regreso del peregrino*. Barcelona: Planeta, 2008. Primera edición en inglés, 1933, por J. M. Dent and Sons.

Lewis, C. S. *El príncipe Caspian*. New York: Rayo, 2008. De *Las crónicas de Narnia*. Primera edición en inglés,1951.

Lewis, C. S. *La silla de plata*. New York: Rayo, 2005. De *Las crónicas de Narnia*. Primera edición en inglés,1953.

Lewis, C. S. *Cartas del diablo a su sobrino*. New York: Rayo, 2006. Primera edición en inglés, 1942, por Geoffrey Bles.

Lewis, C. S. *Cautivado por la alegría*. New York: Rayo, 2006. Primera edición en inglés, 1955, por Geoffrey Bles.

Lewis, C. S. *Mientras no tengamos rostro*. Madrid: Rialp, 1992. Primera edición en inglés, 1956, por Geoffrey Bles.

Lewis, C. S. *La travesía del viajero del alba*. New York: Rayo, 2005. De *Las crónicas de Narnia*. Primera edición en inglés, 1952.

Sibley, Brian. *Through the Shadowlands: The Love Story of C. S. Lewis and Joy Davidman*. Grand Rapids, MI: Revell, 2005.

Santamaria, Abigail. *Joy: Poet, Seeker, and the Woman Who Captivated C. S. Lewis*. New York: Houghton Mifflin Harcourt, 2015.

Tolkien, J. R. R. "On Fairy-Stories". En *Essays Presented to Charles Williams*. London: Oxford University Press, 1947. En español se puede encontrar en *Arbol y hoja*. Barcelona: Minotauro, 1997.

Zaleski, Philip y Carol Zaleski. *The Fellowship: The Literary Lives of the Inklings*. New York: Farrar, Straus and Giroux, 2015.

AGRADECIMIENTOS

Esta novela cautivó mi corazón y mi imaginación con la velocidad y fulgor de un rayo. Debo su intensidad y pasión no solo a la fascinante y valiente vida de Joy Davidman, sino también a muchas otras personas que contribuyeron a la comprensión de su vida. Pregunté, presioné, leí, investigué y no podría haber escrito esto sola.

Desde el día en que dije en voz alta: «Quiero escribir una novela que cuente la historia de Joy Davidman más allá de *Tierras de penumbra*», hubo amigos y familiares que apoyaron la idea con tanto entusiasmo que me empujaron a ello. Estoy tremendamente agradecida a esta tribu de escritores que lo supieron desde el principio y ofrecieron su oído, sus consejos y su amor incondicional: Ariel Lawhon, Lisa Patton, Lanier Isom, Kerry Madden Lundsford, Paula McLain, Mary Alice Monroe, Joshilyn Jackson, J. T. Ellison, Laura Lane McNeal, Karen Spears Zacharias, Dot Frank, Kathy Trocheck, Kathie Bennett, Tinker Lindsey, Lisa Wingate, Jenny Carroll y Mary Beth Whalen, ustedes me animaron cuando vacilé, y pude mantener la confianza. Blake Leyers, con su primera lectura, me hizo las preguntas que ni siquiera sabía que necesitaba responder, y le estoy muy agradecida. A Signe Pike, ¿cómo agradecérselo? Este extraordinario editor (y autor) leyó la novela de principio a fin, juntos la desmontamos y encontramos sus problemas y sus puntos fuertes.

Lyle Dorsett (autor de la primera biografía de Joy, *And God Came In*, ministro anglicano y profesor en la Samford University Divinity School) es la nobleza hecha hombre. Pasó horas conmigo hablando sobre Joy y su vida, sus posibles motivaciones y sus triunfos y desengaños. Sus oraciones y su insistencia en «escribir una historia sobre su vida» significaron para mí más de lo que él nunca sabrá. Otro profesor del Montreat College y autor de numerosas obras sobre Joy Davidman es Don King, cuyo trabajo fue de un valor incalculable, ya que le envié correos electrónicos y preguntas y leí todo lo que ha escrito sobre Joy, su escritura y poesía.

No habría terminado esta novela, al menos no en su forma actual, sin el tiempo sagrado que pasé en Rivendell Writer's Colony bajo la ministración de Carmen Touissant. Fue allí donde a menudo encontré el corazón de la historia cuando sentía que lo había perdido. La medida de mi amor es tan grande como la de mi gratitud.

A los autores que han escrito sobre Joy y Jack antes que yo, cuyo trabajo me permitió adentrarme en algunas facetas de ambos, estoy en deuda y agradecida (están en las lecturas adicionales sugeridas en la Nota de la autora).

El Wade Center de Wheaton College, y sobre todo Elaine Hooker, han sido de un valor incalculable. Sentada en la sala de lectura con los papeles de Joy, su pasaporte, su sentencia de divorcio, su poesía y sus cartas, ella cobró vida para mí de una manera que no esperaba. El apoyo del Wade Center y la cuidadosa preservación de sus obras (y las de C. S. Lewis) me permitieron descubrir a Joy de una manera más profunda. Elaine respondió preguntas sin fin y me guio a los documentos que más necesitaba. Todos los escritores deberían tener a alguien como ella en un lugar como este.

A mi agente, Marly Rusoff, que creyó en esta historia desde el principio y la defendió hasta el final. Mi gratitud es ilimitada, como mis correos electrónicos.

Al extraordinario equipo de HarperCollins/Thomas Nelson: ustedes son un regalo y un lujo, y estoy agradecida por cada uno de ustedes. A Amanda Bostic, que desde el principio entendió no solo la historia, sino también por qué quería contarla. Trabajar con ustedes ha sido uno de los mayores placeres de mi historia editorial.

A Paul Fisher, Allison Carter, Kristen Golden, Jodi Hughes, Kayleigh Hinds, Becky Monds y Laura Wheeler, ustedes son el equipo de ensueño. A TJ Rathbun y Ben Greenhoe, que filmaron y produjeron nuestros videos: de alguna manera, ustedes captaron la visión que yo tenía a la hora de contar la historia de Joy. Estoy inmensamente agradecida, y trabajar con ustedes fue uno de los mejores días de este viaje editorial. Y a L. B. Norton, extraordinario editor de textos: tu ojo, tu espíritu, tu generosidad y tu humor hicieron que esta experiencia de edición fuera más de lo que yo esperaba.

A mi equipo, que ama a Joy con la misma pasión que yo, les estoy agradecida a todos y cada uno de ustedes. A Jim Chaffee, de Chaffee Management, que apareció de la manera más sincronizada y significativa en el momento justo. Qué contenta estoy de tenerte en nuestro equipo: tienes una perspicacia y una energía ilimitadas. A Meg Walker, de Tandem Literary, tu espíritu tranquilo y tu creatividad innovadora son impresionantes. Para Meg Reggie, como siempre, desde mi primera novela, eres una joya y todo un genio creativo. A Carol Fitzgerald y su equipo de Bookreporter, que me ayudaron a construir un sitio web que adoro (y estoy segura de que a Joy también le encantaría).

A mis amigas, que me permitieron hablar de este tema sin parar y aun así salían a pasar el rato conmigo. Las amo: Tara Mahoney por tu humor y tu fe; Kate Phillips, por tu confianza inquebrantable; Barbara Cooney, por sentarte a mi lado en los momentos difíciles; Sandee O por traerme siempre de vuelta al centro cuando más lo necesito; y Cleo O'Neal, por caminar y hablar cuando necesitaba volver a poner los pies en el suelo.

A Douglas Gresham (hijo de Joy): son inmensas la deuda y la gratitud que tengo contigo. Tu perspicacia y amabilidad hacia una completa extraña que escribía sobre tu brillante madre fue impresionante. Me siento honrada de llamarte amigo. Gracias, Douglas. Gracias. Tu legado es fiel a la integridad y bondad de Jack y de tu madre.

Y a mi familia. Cuando les conté por primera vez a mis padres esta idea, me apoyaron tanto como siempre y, sin embargo, noté un brillo en sus ojos. Sabían lo que Lewis había significado para todos nosotros. Encontré mi primer libro de C. S. Lewis, *Cartas del diablo a su sobrino*, en el despacho de mi padre en casa. Espero haberlos hecho sentir orgullosos con esto. A mis hermanas, Jeannie Cunnion y Barbi Burris, y a sus extraordinarias familias que me apoyan sin importar mis excentricidades. A mis cuñadas, Serena Henry y Anna Henry, que tanto escucharon sobre Joy y aun así me prestaban atención, me preguntaban y me ofrecieron el ancla de una familia cuando lo necesité. A Pat Henry, por tolerar mis miradas distantes, las cenas que olvidé y las reuniones de madrugada en mi despacho: gracias, te amo. A mis hijos, mi amor por ustedes va más allá de toda medida; al escribir cada palabra de esta novela, pensé en ustedes y en sus alocadas y hermosas vidas desarrollándose en sus nuevas formas, como siempre: Meagan y Evan Rock, Thomas y Rusk.

Preguntas para el debate

1. ¿Sabías mucho sobre Joy Davidman antes de leer esta novela? ¿Venías con ideas preconcebidas sobre quién era? ¿Cómo han cambiado durante la novela? ¿Cuál ha sido la parte más sorprendente de esta historia para ti?

2. Joy le escribió a Jack en busca de respuestas en su travesía espiritual. ¿Estaba buscando un amigo? ¿Asesoramiento? ¿Ambas cosas? ¿Qué hizo que siguieran escribiéndose por tantos años sin conocerse en persona?

3. No fueron muchos los que apoyaron las decisiones de Joy de su primer viaje a Inglaterra y luego de mudarse allí. Tampoco parecía haber mucho apoyo por parte de los amigos de Jack cuando comenzó a verse su amistad y su historia de amor. ¿Cómo encontró Joy la fuerza para superar la resistencia? ¿Cómo superaron esta desaprobación a su unión? ¿Cuáles fueron los puntos fuertes que les permitieron resistir a los detractores de su relación?

4. ¿Cómo influyeron en su historia de amor la época y el lugar en que las mujeres ni siquiera eran admitidas en el Magdalen College, donde Jack enseñaba, en la Inglaterra de los años cincuenta? ¿Sería diferente hoy? ¿*En qué* sería diferente esta historia hoy en día?

5. Joy a menudo pensaba en su pasado, tanto en sus relaciones amorosas como en su vida familiar. ¿Cómo influyó el pasado en su personalidad y sus decisiones? ¿Cómo afectó a su autoestima y a su amor propio? ¿Cómo consiguió superarlo?

6. Joy y Jack disfrutaron de casi tres años de amistad por correspondencia antes de conocerse. ¿Puede iniciarse una amistad con palabras y notas? ¿Pueden dos personas hacerse amigas solo con las cartas? ¿Podemos ser más vulnerables en el papel que en el contacto cara a cara?

7. Joy lloró cuando dejó a Davy y Douglas para embarcar en el SS *United States* la primera vez. ¿Alguna vez has tenido que tomar una decisión difícil para «salvar tu vida» o hacer lo que creías que era lo correcto para ti aunque te causaba dolor a ti y a los demás?

8. Muchos de los últimos libros de Jack, sobre todo *Mientras no tengamos rostro*, fueron fruto de su amistad y amor con Joy. ¿Puedes ver su vida e influencia en sus obras escritas después de 1950? En caso afirmativo, ¿cuáles y cómo? ¿Cómo afectaron a su obra su colaboración en la escritura, su labor de revisión y sus largas conversaciones?

9. Entre las descripciones que Jack hace de Joy encontramos esta frase: «Mi alumna y mi maestra. Mi súbdita y mi soberana. Mi fiel camarada, amiga, compañera de navío, camarada soldado. Mi amante. Pero, al mismo tiempo, todo lo que ningún amigo varón ha podido ser para mí». ¿Cómo cambió Joy no solo la vida, sino también el corazón de Jack?

SOBRE LA AUTORA

Patti Callahan (que también firma como Patti Callahan Henry) es autora de *best sellers* de la lista del *New York Times*. Patti fue finalista en el Premio Townsend de Ficción, ha sido una Indie Next Pick, dos veces elegida por OKRA, y ha sido nominada varias veces para la Novela del Año de la Alianza de Libreros Independientes del Sur (SIBA, por sus siglas en inglés). Su obra también ha aparecido incluida en colecciones de cuentos, antologías, revistas y blogs. Patti cursó su trabajo de pregrado en la Universidad de Auburn y su título de postgrado en la Universidad Estatal de Georgia. Fue enfermera especializada en enfermería clínica pediátrica, ahora escribe a tiempo completo. Es madre de tres hijos y vive tanto en Mountain Brook, Alabama, como en Bluffton, Carolina del Sur, con su esposo.